死体は笑みを招く

ネレ・ノイハウス

ドイツ，2006年6月。オペル動物園で左腕と左足が切断された死体が発見される。首席警部オリヴァーと相棒のピア，そして捜査課のメンバーたちが乗り出し，死んでいたのは高校教師で環境保護活動家のパウリーだと判明する。彼はたくさんの生徒たちから慕われていたが，同時に動物園付近の道路建設による環境破壊や動物園の動物虐待を批判し、さまざまな人間に憎まれていた。捜査が進めば進むほど，パウリーを殺す動機を持つ者が浮上する。さらにピアに危険が迫り……。謎また謎の展開と緻密極まる見事な伏線。リーダビリティに溢れた傑作警察小説！

登場人物

オリヴァー・
　フォン・ボーデンシュタイン……ホーフハイム刑事警察署首席警部
ピア・キルヒホフ……同、警部
ハインリヒ・ニーアホフ……同、署長、警視長
フランク・ベーンケ……同、上級警部
カイ・オスターマン……同、警部
カトリーン・ファヒンガー……同、刑事助手
コージマ・フォン・ボーデンシュタイン……オリヴァーの妻
ローレンツ・フォン・ボーデンシュタイン……オリヴァーの長男
ロザリー・フォン・ボーデンシュタイン……オリヴァーの長女
ヘニング・キルヒホフ……法医学者、ピアの夫
ファレリー・レープリヒ……検察官
ハンス＝ウルリヒ・パウリー……高校教師、市会議員
エスター・シュミット……パウリーのパートナー

マライケ・グラーフ……………………………パウリーの別れた妻
パトリック・ヴァイスハウプト…………………パウリーの生徒
エルヴィン・シュヴァルツ………………………パウリーの隣人、市会議員
エリーザベト・マッテス…………………………パウリーの隣人
クリストフ・ザンダー……………………………オペル動物園園長
アントニア・ザンダー……………………………クリストフの娘
ルーカス・ファン・デン・ベルク………………動物園の実習生
ハインリヒ・ファン・デン・ベルク……………ルーカスの父、銀行頭取
ヨーナス・ボック…………………………………｝ルーカスの友人
ターレク・フィードラー…………………………｝
カルステン・ボック………………………………ヨーナスの父、コンサルタント会社社長
ノルベルト・ツァハリーアス……………………ケルクハイム市元土木課長
スヴェーニャ・ジーヴァース……………………ヨーナスの恋人
フランツ＝ヨーゼフ・コンラーディ……………精肉店店主、市会議員
フラーニョ・コンラーディ………………………フランツ＝ヨーゼフの息子

死体は笑みを招く

ネレ・ノイハウス
酒 寄 進 一 訳

創元推理文庫

MORDSFREUNDE

by

Nele Neuhaus

Published in 2009 by List Taschenbuch Verlag

This book is published in Japan by TOKYO SOGENSHA Co., Ltd.

Published by arrangement through Meike Marx Literary Agency, Japan

死体は笑みを招く

姉クラウディアに捧ぐ

二〇〇六年六月十五日（木曜日）

朝の七時四十五分。オリヴァー・フォン・ボーデンシュタイン首席警部は携帯電話の呼び出し音でせっかくの自由な一日を台無しにされた。ホーフハイム刑事警察署捜査十一課の課長になって三年、マイン川とタウヌス山地のあいだで暮らす人間の醜態《しゅうたい》をさんざん見てきた。それまで二十年以上、フランクフルト刑事警察の捜査十一課に勤務していた。オリヴァーは体を起こし、寝ぼけながら携帯電話を手探りした。妻のコージマは新作のドキュメンタリー映画の最終バージョンを三週間後に完成しなければならないので、今日は終日、編集機に向かうことになるという。息子のローレンツと娘のロザリーはとっくに出かけている。ふたりとももう父親とハイキングをしたり、遠出をしたりする年頃じゃない。だからオリヴァーは自分から今夜の夜勤を買ってでた。ナイトテーブルに載っている携帯電話をつかんだ。電話番号は非通知。なんてこった。

「オリヴァー、インカ・ハンゼンだけど。朝早くごめんなさい」

インカ・ハンゼンは獣医で、オリヴァーの若い頃の女友だちだ。去年、インカの同僚ドクター・ケルストナーの妻が殺された事件を捜査したときに再会した。

「クローンベルクのオペル動物園にいるんだけど」インカはいった。「飼育係が人の手らしきものを見つけたの。本物よ」

「すぐに行く」そういって、オリヴァーはベッドにすわった。

「出かけるの？」コージマがささやいた。うつぶせになって、顔が半ば枕に隠れている。祝日の、しかもありえない時間帯の電話だったが、コージマはもうとっくに慣れっこになっていた。ふたりが自殺者の足元で知り合ってから、かれこれ二十三年になる。オリヴァーはそのとき、はじめて死体を前にした若い刑事、コージマはオフィスで首を吊った株式仲買人について報道するために来たテレビのレポーターだった。

「ああ、あいにくな」オリヴァーは妻の頬にキスをして、あくびをしながらバスルームへ向かった。「オペル動物園でばらばら死体らしきものが見つかったらしい」

「やあね」コージマはそっけなくいって寝返りを打ち、オリヴァーが十分後、髭を剃り、服を着替えて階段を下りていったときにはまた眠っていた。

十五分後、ケルクハイムの踏切を走りながら、オリヴァーはピア・キルヒホフに電話をかけた。アイスクリーム屋〈サン・マルコ〉の前の道路は、戦場の様相を呈していた。店の斜め前にパブリックビューイングのエリアができていて、サッカーワールドカップ用の巨大スクリーンが設置されていた。昨日は一対〇でドイツがポーランドに勝った試合をここで数百人が観戦し、歓声をあげたのだ。ピアが電話に出るまで一分近くかかった。

「おはようございます、ボス」ピアは少し息があがっていた。「今日は非番ですけど。覚えてらっしゃいます？」

「非番だった、と言い直すほかない」オリヴァーは答えた。「オペル動物園で人の手が見つかったらしい。すくなくともそういっている。鑑識にはわたしから連絡する。医者の手配をしてくれないか」

「ちょうど今、そばにいます」

「まさかドクター・ヘニング・キルヒホフ？」オリヴァーはニヤリとした。

「誤解を招かないためにいっておきます」おもしろがっているような声だ。「昨夜、出産の手伝いをしてくれまして」

ピア・キルヒホフ警部は一年ほど前からホーフハイム刑事警察署の捜査十一課に勤務している。法医学者ヘニング・キルヒホフと別居したあと、ウンターリーダーバッハにある広い農場を購入した。そこで動物たちとの暮らしをはじめ、刑事警察に復帰したのだ。

「出産の手伝い？」オリヴァーは市街地から出るところにある自動速度違反取締装置のカメラに収まらないように速度を落とした。

「二頭目の子馬が昨夜、生まれたんです。雄で、ノイヴィルと名付けました」

「それはおめでとう。どうしてノイヴィルなんだい？」

「サッカーのこと、ぜんぜん知らないみたいですね、ボス」ピアは笑った。「ノイヴィルは昨日、ロスタイムに決定的なシュートを決めた選手です」

「なるほど」オリヴァーはフィッシュバッハを走り抜けると、優先道路を進み、信号を右折して国道四五五号線をケーニヒシュタイン方面へ走った。「それでも助けがいる。たぶん長くはかからないだろう」


シュナイトハインの手前の森の中で、オリヴァーは速度を落とし、とうとう立ち往生することになった。道路は人でいっぱいだ。はじめは事故かと思ったが、道路の右側にある林間駐車場に何十台も車が止まっていることに気づいた。たくさんの人がポスターを広げ、展示ボードを設営している。オリヴァーはなにが書いてあるのか読もうとした。そのとき、十五、六歳の少女がふたり、車の窓を叩いて、窓を開けるように合図した。

「なにをやっているんだ?」オリヴァーはたずねた。

「ヨーロッパ環境自然動物保護連盟とケーニヒシュタイン人生の価値行動共同体とケルクハイム独立左派の共同キャンペーンです」少女のひとりがいった。栗色の長髪、ていねいにアイメイクして、アクリル樹脂の人工爪に完璧なマニキュアがしてある。「国道八号線西バイパスが四車線でここを通る計画になっていることを知っていますか?」

少女はチラシをオリヴァーの鼻先でひらひらさせた。

オリヴァーは横断幕を広げている女ふたりを観察した。国道八号線西バイパスは森を破壊すると書いてある。

「何千本も木が切られるんです」もうひとりの少女は金髪で、へそが見える丈の短い〝国道八号線はいらない〟Tシャツを着て、ジーンズに派手なバックル付きのベルトをしめていた。「貴重なビオトープと無傷の森が切り離されてしまうんです。騒音と有害物質がケーニヒシュタイン住民を苦しめるでしょう」

オリヴァーは、少女たちの熱のこもった訴えを耳半分で聞いていた。反対派の主張は知っているが、彼自身は計画中のバイパスに反対も賛成もしていなかった。

少女たちはつづけて数字やデータをまくしたてた。

「急いでいるんだ」オリヴァーは娘の言葉をさえぎった。「すまない」

「ですよね。わたしたちの森なんてどうでもいいんでしょう」栗色の髪の少女が食ってかかった。「高いBMWをアクセル全開で飛ばせればいいんですものね!」

「一酸化炭素をまき散らそうっていうのね!」金髪の少女がさらにいった。

オリヴァーは思わずニヤニヤした。彼が若い頃、自然保護を訴える若者はドイツ連邦軍のパーカを着て、パレスチナスカーフを首に巻き、髪の毛をわざと何日も洗わなかったりしたものだ。へそが丸出しのふたりのタウヌストルテ(ケーニヒシュタインの裕福な家庭の少女のことを、オリヴァーの息子はそう呼んでいる)は今朝、鏡の前でしっかり化粧をしてきたに違いない。おそらくぴかぴかに磨かれたママのVWトゥアレグかポルシェ・カイエンでここまで送ってもらったはずだ。時代は変わった。

オペル動物園で片手が待っていなければ、森林破壊に無関心ではないことをこの少女たちにたっぷり時間をかけて説明してやるところだ。このあたりのことはだれよりもよく知っている。そもそもフィッシュバッハとケルクハイムのあいだの谷に広がる先祖代々の領地で育った身だ。オリヴァーは大学で法学を学び、刑事警察でキャリアを積んだが、弟のクヴェンティンが家を継ぎ、数百年の歴史を持つ領地を人気の行楽地にしていた。そしてクヴェンティンは今話題の国道八号線西バイパス計画にいい顔をしていない。新しい道路がボーデンシュタイン家の領地をかすりもしないからだ。

三分後、オリヴァーはケーニヒシュタインのロータリーに着いた。ここの大がかりな改良工事はサッカーワールドカップをにらんで実施された。噴水のまわりに立てられた旗竿にブラジル国旗がひるがえっている。世界的スターを擁するブラジルチームがファルケンシュタインのホテル・ケンピンスキーを宿泊所に決めたという噂が流れたとき、ケーニヒシュタイン市全体が歓喜のるつぼと化したが、南米サッカーの神さまたちがだれひとり顔を見せないとわかった今、市全体が意気消沈している。

オペル動物園の園長クリストフ・ザンダーはおよそ四十代半ば、中背でがっしりした体格だ。だが太ってはいない。握手したときの手の力が強く、まっすぐ相手を見た。褐色の目に気づかわしげな色をにじませていた。

「見間違いだといいのですが」ザンダー園長はすぐそばの刈り取った草の山を指した。「あれは片手に違いないと思います」

ヘニング・キルヒホフはポケットからラテックスの手袋をだしてはめると、しゃがみ込んだ。

「見間違いではない」ヘニングは数秒遅れて園長にいった。「たしかに人間の左手だ。手首で切断されている。解剖学的に正確な切断ではないな」

ヘニングは手を草の中からつまみあげると、しげしげと観察した。

「これを見つけたのは？」オリヴァーはたずねた。

「象の飼育係です」園長は答えた。「毎朝、グラウンドに餌をまいたあと、象の群れを獣舎からだすことになっています。ところが象が餌のそばで騒ぎだしたので、飼育係が異常に気づいたのです」

「どうだ、いつ頃……」オリヴァーはヘニングの方を向いた。

「正確な死亡時刻は訊かないでくれ」ヘニングが言葉をさえぎって、いっしょに見つかった手首のない腕の方をじっと観察した。

「この手の持ち主が女か男かわかるか？」

「明らかに男の手だ」

ヘニングが切断された腕をつかんで断面のにおいをかいだり、なでたりするのを見て、オリヴァーは胃がひっくり返りそうになった。同僚のピア・キルヒホフにちらっと視線を向けてみたが、驚いたことに彼女は切り取られた手や腕にも、夫のヘニングにも関心を示さず、腕組みをして吐き気と闘っているらしい園長のことをうかがっていた。

「あとどのくらいかかりますか？」ザンダーがたずねた。「九時には来園者が来ます。それにテレビの取材もあるんですよ」

「鑑識チームは数分で到着します」オリヴァーは答えた。「この手はどうしてグラウンドの中に入ったのでしょうね？」

「わかりません」ザンダーは肩をすくめた。「たぶん刈り取った草にまじっていたのでしょう。毎朝、道路の向こうの牧草地で草を刈っています」

「なるほど」オリヴァーは考えながらうなずいた。「だとすると、死体の残りがそこにあるかもしれませんね。動物園内にある刈り取った草をすべて調べたほうがいい」

ザンダーはうなずくと、手と腕を回収したヘニングと共にその場を離れた。

九時ちょうどに動物園は開園した。最初の来園者が雪崩《なだれ》を打って入場した。もっぱら小さな子どものいる家族連れだ。オリヴァーとピアはレストラン〈ザンベジ〉に引き上げた。インカ・ハンゼンはオリヴァーをザンダー園長に引き合わせたところで立ち去っていた。去年の夏の件をまったくにおわさなかったので、オリヴァーはほっとした。インカと最後に会ってから九ヶ月になる。どうしてか今でもわからないが、あのときは魔が差した。インカが拒絶しなかったら、コージマをだますことになっていただろう。オリヴァーは入場券売り場の前にできた長蛇の列を眺めながら、気持ちは十年前にもどっていた。その頃、オリヴァーも子どもたちを連れて、よくこのオペル動物園に来たものだ。その瞬間、携帯電話が鳴った。

「片足が見つかりました」ザンダー園長が不機嫌な声でいった。「ヘラジカの檻です。象のグラウンドを右に進み、それから森の道のある左へ向かってください。そこで待っています」

「オペル動物園ははじめてだ」ヘニングは見つかった足を検分しながらいった。「じつに広大だね」

「二十七万平方メートルあります」ザンダー園長は腰に手を当てた。「そしてばらばら死体がどこに転がっているかわからない。動物ふれあいコーナーは閉鎖しました。子どもが生首でも見つけようものなら悪夢です」

　足はくるぶしの少し上で切断され、キャメル・アクティブというブランドのすりへった褐色の革製サンダルをはいていた。サイズは四十四（約二十八・五センチメートル）。

「この足もさっきの手も、きれいな切断面ではないな。ちぎり取られた感じだ」ヘニングは足をじっくり見つめ、それから顔を上げた。「牧草作業機を見せてもらえるかな？」

「ええ、もちろんです」ザンダーはあたりを見回した。来園者が人体の血管を流れる血液のように園内を歩いている。そのうちグラウンドや森の道やグリルコーナー、憩《いこ》いの広場はいうに及ばず、ラクダ鉄道やトイレまで人であふれかえるだろう。だれかがばらばら死体を見つけたらどうなるか、考えたくもない。ザンダーの携帯電話から呼び出しのメロディが鳴った。

「もしもし」すぐにザンダーの顔が曇った。

「どうしました？」オリヴァーはたずねた。

「くそっ！」ザンダーはため息混じりにいった。「動物園を閉めて、テレビの取材をキャンセルするしかないです。ムフロン（ヒツジの原種と考えられている小型の偶蹄類）のグラウンドでなにか見つかりました」

十時半、死体捜索犬が国道四五五号線の脇の牧草地でなにか発見した。オリヴァーとピアは警察の百人隊が捜索活動をしている牧草地を歩道から興味津々に見下ろす群衆をかきわけた。百人隊の隊長は捜索犬担当官と共に下の駐車場からそれほど離れていないところでオリヴァーたちを待っていた。

「男性の死体です」隊長はいった。「それから自転車がありました。この先の駐車場に通じる藪《やぶ》から三メートルと離れていません」

刈り取ったばかりの草のにおいがぷんぷんしていた。タウヌスの深い混交林の上空が青く輝き、牧草地からはクローンベルクの古城やきらめくフランクフルトの遠景が楽しめた。うららかな六月の朝。ばらばら死体を見るには美しすぎる。オリヴァーはラテックスの手袋をはめて死体のところへ歩いていった。死体はうつぶせだった。背の高い草に半ば隠れている。カーキ色のTシャツを着て、トランクスをはいている。思ったとおり左腕が肘《ひじ》までしかなく、左の膝下から下がなかった。だが血が吹きでた痕がない。現場写真係はあらゆる角度から写真を撮り、鑑識チームは死体発見現場の周辺で手掛かりを捜した。

「これなら、もう動物園で他の部位が見つかることはないな」顔をこわばらせて少し離れたところに立っている園長にヘニングがいった。「他の部位はちゃんとついているようだ」

「それはありがたい」ザンダーは皮肉混じりに言葉を返した。

「仰向けにしてもいいですか？」鑑識官がたずねた。オリヴァーはうなずいて息を止めた。死体を見るのは今でも苦手だ。この暑さで、腐敗が進んでいた。顔はほとんど見分けがつかず、虫と蟻にたかられていた。

「なんてことだ」ザンダーは顔をそむけ、牧草地と駐車場のあいだの雨水溝に吐いた。オリヴァーはザンダーがさっきまで落ち着き払っていたことに感心していた。従業員にてきぱきと指示を飛ばし、緊急事態への対処はじつに水際立っていた。

「身元がわかるものは身に着けていないな」被害者のわずかばかりの衣服を調べてから、ヘニングが声にだしていった。「死斑はまだ押すと消える。あくまでもかろうじてだが」

「というと？」甘い腐敗臭が鼻を打ち、オリヴァーは一歩さがった。

「死んでからまだ三十六時間は経っていない。だがそれなりの時間は経過している」

オリヴァーは頭の中で計算した。

「火曜日の夜だな」

「大丈夫ですか？」ピアはザンダーを心配そうに見つめた。

ザンダーは深呼吸した。顔から血の気が引いていた。

「知っている者だ」声を押し殺してそういうと、ザンダーは足早に逃げるように駐車場を横切っていった。ピアはあとを追った。ザンダーが左右を確かめもせず交通量の多い国道に飛びだそうとしたので、あわてて腕をつかんで引きもどした。シルバーのＢＭＷがすぐそばを走り抜けていった。ドライバーはクラクションを鳴らし、注意するように指を立てた。

「落ち着いてください」ピアはいった。ザンダーは深呼吸した。

「さすがに、あれにはまいりました」ザンダーがいった。

「わかります」ピアはうなずいた。「被害者を知っているんですね？」

「ハンス＝ウルリヒ・パウリーです。園長室に来てください。詳しく話します」

改築中、オフィス代わりに使っているコンテナーに辿《たど》り着く前に、二十代の若者がのんびり歩いてきた。緑色のズボンと作業靴をはき、飼育係用の白いTシャツを着ていた。

「牧草地でなにかあったんですか？」若者がザンダーに声をかけた。「おもしろいものを見損ねましたかね？」

ザンダーは立ち止まった。

「今頃出勤か？」とその若者を怒鳴りつけた。「七時には作業がはじまっているんだぞ。また寝坊をしたな。特別扱いはしないといったはずだ」

若者はうつむいた。

「二度としません、園長。すみません」

ピアは若者を見つめた。ハンサムだ。肩にかかるダークブロンドの長髪、珍しいほどの緑色の目、女の子がうらやむほどのつるつるの肌。そのときザンダーが、若者とふたりだけではないことを思いだした。

「ルーカス・ファン・デン・ベルク。うちの実習生です。ルーカス、こちらは……」

「……ピア・キルヒホフ警部よ」

「どうも」ルーカスは真っ白い歯を見せて微笑んだ。

「牧草地で死体が見つかった」ザンダーはいった。「パウリーだ」

若者の顔から一瞬にして笑みが消えた。鳩尾《みぞおち》を殴られたような表情だ。

「なんですって？　パウリー先生が？」

「ああ、そうだ。死んでいる」ザンダーはそこから立ち去ろうとした。「またしてもひと騒動起こしてくれたよ」

「嘘でしょう」ルーカスは顔面蒼白になった。「おととい会ったばかりですよ。ぼく……その……ちくしょう……」

ザンダーはいきなり足を止めて振り返った。

「なんだって。おととい会ったのか？」

「信じられない」ルーカスは愕然として両手で口と鼻をおおい、何度かかぶりを振った。

「おい」ザンダーはルーカスの肩を乱暴につかんだ。「質問に答えろ。どこで会ったんだ？動物園にいたのか？」

「いいえ、あの……ぼく……それをいったら、園長は父さんに話しちゃうでしょう」ルーカスが急に利かん気になった。「ここの仕事は気に入ってるんです。でも、もうちょっと金が欲しくて」

ザンダーは指を火傷《やけど》したかのようにいきなりルーカスを放した。

「信じられない」ザンダーは爆発寸前だった。「まだ、あの……あのエコバーでアルバイトをしているのか！　夜中にあの精神異常者のためにウェブページを作成したりしていたんだろう！　朝寝坊するのも当然だ！」

「父さんは一セントも小遣いをくれないんですよ。ここで稼げるのははした金だし。どうしろっていうんです？　先生は、ぼくがここで働くことに反対しなかった……」

「だがきみがあいつのために働くことに、わたしは反対だった！」ザンダーが唐突に怒鳴った。この数時間の溜まりに溜まった感情が一気に噴きだしたかのようだった。「もうあいつとは関わらないと誓ったはずだぞ！　わたしに嘘をついたことになる」

「いおうと思ってたんですよ。でも先生のことを話題にすると、いつもかんかんになって怒りだすから」

「わたしがあいつにどれだけ煮え湯を飲まされてきたかわからないのか？」

ピアはそばに立って、テニスを観戦する観客のようにふたりを交互に見た。通り過ぎていく来園者も興味を惹かれて様子を見ている。

「もう少し冷静に話せませんか？」ピアが割って入った。「話のつづきはオフィスでしましょう。みんなに聞かれています」

「わたしに話させてくれますか」コンテナーの扉が閉まると、ピアはかっかしているザンダーにいった。ザンダーはピアを見つめてからため息をついてうなずいた。ルーカスはそのあいだに、園長用のデスクの前にある椅子にすわり、両手で顔をおおった。ピアは二つ目の椅子に腰かけた。

「勘違いじゃないですか?」そうささやいて、ルーカスは緑色の目をあちこちにさまよわせながらピアを見た。「先生じゃないかも」

「パウリー先生とはどういう知り合いなの?」ピアはたずねた。

ルーカスはびくっとして、ザンダーから視線をそらした。

「〈ビストロ・ベジ〉でアルバイトをしてるんです」ルーカスはぼそっといって、顔にかかった髪を後ろに払った。「ケルクハイムにあるベジタリアン向けのビストロ。パウリー先生とエスターがやってるんです」

「おととい会ったといっていたけど、何時頃?」ピアはたずねた。

「はっきりとは覚えていないです」ルーカスは少し考えた。「夜でした。ビストロで今日の抗議集会のための打ち合わせをしたんです」

「パウリーは国道八号線の西バイパス建設計画の反対運動に関わっていたんです」ザンダーが背後からいった。「ケーニヒシュタインとケルクハイムの環境保護団体が最近、定期的にバイパス建設反対集会をしているんです」

「そうなんです」ルーカスはうなずいた。「今日、シュナイトハインと〈ネイチャーフレンドの家〉二ヶ所でデモがおこなわれることになっていて……信じられない。先生とは長い付き合いなんです。ぼくの生物の先生だったから」

「どこの学校？」ピアはたずねた。

「ＦＳＧ」そういってから、ルーカスはいい直した。「フリードリヒ・シラー高等中学校《ギムナジウム》です。ケルクハイムです。先生は恰好よくて……」

ルーカスが言葉を途切れさせた。

「あの、その、恰好よかったんです」ルーカスはささやいた。「最高でした。本当です。付き合いがよくて、なんでも話を聞いてくれました。よく先生の家に集まっておしゃべりしました。先生は分別があったし」

ルーカスはザンダーの方を見た。

「信じないでしょうけど」ルーカスは棘のある言い方をした。

ザンダーは腕組みをして、デスクの肘掛け椅子の後ろに立ち、黙ってあわれむようにルーカスを見つめた。


十分後、ピアはザンダー園長とふたりになった。まだ午前中なのに、コンテナーの中は早くもうだるほど暑かった。

「従業員とずいぶん親密な付き合いをするんですね」ピアはいった。「さっきの若者が気に入っているんでしょう？」

「ええ、気に入っています。かわいそうな子でして」ザンダーは認めた。

「どうしてですか？」

「問題を抱えているんです」含みのある言い方だ。「父親がプレッシャーをかけているんですよ。大銀行の頭取で、息子が同じ道をすすむことを期待しているんです」

ザンダーは窓に寄りかかって腕組みした。

「ルーカスは頭のいい子で、学校が退屈だったんです。第十学年のときノイマン司教校をやめて、半年間、寄宿学校に入っていました。でもそこもだめで、一年半ぶらぶらしていたんですが、そのとき死んだパウリーと出会ったんです。どうやったのか知りませんが、パウリーはルーカスの心をつかんで、学校を卒業する気にさせたんです」

ピアはうなずいた。

「ルーカスはただの実習生じゃないんですね」

「どうしてそう思うんですか?」

「特別扱いはしないといっていたじゃないですか。どういう意味でしょう?」

ザンダーはピアの記憶力のよさにびっくりしているようだった。「父親のハインリヒ・ファン・デン・ベルクはうちの後援会役員で、ルーカスを数ヶ月、実習生として受け入れるよう頼んできたんです」

ザンダーは肩をすくめた。

「はじめのうち、パウリーの影響はいい方に向いていたんです。ルーカスは急にやる気をだして、昨年、優秀な成績で大学入学資格をとりました」

「ところが?」

「父親の逆鱗《げきりん》に触れることが起きたんです。父親は息子のために口座を開設していたんですが、ルーカスはそこに預金していた金を全額引きだして、パウリーのプロジェクトに注ぎ込んでしまったらしいんです。そのうえパウリーのエコバーでウェイターの仕事につき、家に寄りつかなくなり、一週間後、銀行の実習をやめてしまいました。去年の秋には、仲間の若者たちと動物実験反対のデモンストレーションとして薬品メーカーの事務所に不法侵入して逮捕されました。父親は息子にパウリーとの付き合いを禁止して、わたしに相談してきたんです」

「どうしてあなたに？」ピアはたずねた。

「近所なんですよ。ルーカスはわたしの三女とかつてクラスが同じで、うちによく出入りしていたんです」

「ということは、ここでの実習は一種のお仕置きですか？」

「ルーカスの父親はそのつもりでしょう」ザンダーはうなずいた。「息子への責任をだれかに肩代わりさせようとしたんです。まあ、わたしにってことですが」

ザンダーは勢いをつけて窓台から離れると、戸棚を開けて、しばらくなにかを探した。

「飲み物がなにもないですね」ザンダーはいった。「レストランからコーヒーをとりましょうか？」

「いいえ、けっこうです。夜中にたっぷり飲んだばかりですので」

「それはまたどうして？　昨夜も死体の検分を？」

「違います」ピアは顔をほころばせた。「眠れないほどうれしいことがあったものですから。

子馬が生まれたんです」

「ほう」ザンダーはデスクに向かってすわり、ピアが珍しい動物に変身したかのように好奇のまなざしを向けた。そしてその日はじめて微笑んだ。深刻そのものだった顔が輝き、一気に優しい微笑みに変わった。

「死体や殺人犯に関わる仕事と馬でバランスを取っているんですね」ザンダーはまだピアを評価しきれないとでもいうように探るようなまなざしで見つめた。

「大当たりです」ピアは微笑み返した。「馬と同居しているんです」

「馬と同居？」ザンダーはたずねた。そのままプライベートな話に展開してしまったが、ピアはいやではなかった。ザンダーは人当たりがいい。といっても、あいにくおしゃべりをしている暇はない。

「たしか被害者のことを話してくれるはずでしたね。どうして被害者のことを知っているんですか？」

ザンダーの笑みが一瞬消えた。

「パウリーは数年前、動物園の活動に反対する団体を設立して、インターネットの掲示板やフォーラムで動物園へのありとあらゆるヘイトキャンペーンを展開したんです。とくにうちの動物園に対して。はじめて会ったのは二年前です。彼は仲間といっしょに動物園の前でビラを配り、象の飼育法にいちゃもんをつけたのです。教師というのは暇なのでしょうね」

さげすむような口調だった。

「ここ数年、動物の飼育をだいぶ改善してきました」ザンダーは話をつづけた。「それでもパウリーは納得しなかったんです。動物園の存在自体を否定していたので。まったく露骨でしてね。なんでも大げさにいって、罵倒したのです」

「彼が目の上のたんこぶだったんですね」

「動物を放したり、グラウンドの壁面にスローガンを書き殴ったり、そういうことまではしていませんけどね」ザンダーは眉間にしわを寄せた。「しかしインターネットを通じて絶えず抗議の声をあげ、この動物園の前で騒ぎを起こしました。それもわざと動物園が賑わっているときを狙って」

ザンダーは払い捨てるような仕草をした。

「彼とはしばしば議論をしました。ここに招いて、動物園の活動の中味と使命について説明したこともあります。時間の無駄でしたが。正当な批判なら、わたしも受け入れられます。しかし難癖をつけられたのではたまりません。あのパウリーという男のみんなを煽るやり方がとにかく許せなかったんです。事実に基づいていなかったですし、妥協ということを知らなかった。若い連中はそこに惹かれたんでしょう。恰好いいと。その中にルーカスもいたんです。危険だと思いました。人生は白か黒かで割り切れるものじゃないですから」

「被害者と最後に話したのはいつですか？」ピアはたずねた。

「日曜日です。若者の代表を連れてあらわれ、またしても難癖をつけてきたんです。わたしは堪忍袋の緒が切れました」

ザンダー園長が切れたらどうなるか、ピアにも充分想像がついた。遺体の第一印象だと、パウリーはどちらかというと華奢《きゃしゃ》な方だ。バイタリティのある園長の相手ではなかっただろう。

「なにがあったんですか？」ピアはたずねた。

「口論になりました」ザンダーはあいまいに答えた。「ああいえば、こういうで、うんざりしましてね、あいつをここから追いだして、動物園への立ち入りを禁止したんです」

ピアは首をかしげた。

「でも動物園から五十メートルもないところで、死体で発見されたんですね」

「死んでまでわたしに逆らうとは」ザンダーは苦笑した。「体の一部とはいえ」


ピアが事情聴取の結果とザンダー園長とルーカス・ファン・デン・ベルクのやりとりについて話すと、オリヴァーはピアにたずねた。

「園長はパウリーの死となにか関係があるかな？」

「いいえ、それはないでしょう」ピアはかぶりを振った。

「その若者だが、遺体発見現場にやってきて、パウリーを見たがった」オリヴァーはいった。

「ずいぶんショックを受けていて、パウリーのパートナーのことが気がかりだといっていた。あの若者はふたりが好きなようだな」

「ええ、ルーカスはパウリーとそのパートナーが経営するビストロでアルバイトをしているそうです。パウリーと最後に会ったのは火曜日の夜だといっていました」

オリヴァーは車のキーのリモコンを押した。ＢＭＷのライトが二度点滅して、それに応えた。

「きみの旦那はフランクフルトの法医学研究所に向かった。わたしが運転手を買ってでるほかないようだ」

「すみませんねえ」ピアはニヤリとした。「それよりルーカス、あの若者にまさか死体を……」

オリヴァーは眉を上げた。「なにをばかな！」

オリヴァーはピアのために助手席のドアを開けた。「オスターマンとファヒンガーに出勤するよう要請した。ベーンケだけは連絡が取れなかった」

「彼は昨日の晩ドルトムントであった試合のチケットを持っていましたから」

同僚のフランク・ベーンケは複雑なＦＩＦＡのチケット購入で運に恵まれ、死んでもドルトムントに行くといっていた。


ハンス＝ウルリヒ・パウリーの家はケルクハイム＝ミュンスター地区にあるローアヴィーゼン小路のどんづまりに建っていた。その先は森まで草地と畑が広がり、森の向こう側はホーフ・ハウゼン・フォア・デア・ゾンネゴルフ場だ。オリヴァーとピアは、大きな胡桃《くるみ》の木と三本のトウヒの大木のあいだにちらちら見える家の前で車を降りた。家にはツタが絡まり、丸窓や鎧戸《よろいど》で飾られていた。ピアはチャイムを鳴らした。裏手で複数の犬の吠え声が聞こえた。玄関に通じるコンクリートプレートのアプローチは雑草におおわれている。玄関はめったに使われていないようだ。

「だれもいないな」オリヴァーがいった。「裏にまわってみよう」

オリヴァーは庭木戸を押した。鍵はかかっていなかった。ふたりは庭に足を踏み入れた。いたるところに大きな鉢があり、植物が繁茂し、ゼラニウムやペチュニアがハンギングバスケットで咲き誇っている。壁際の折りたたみ式のテーブルの上には、生育段階の異なる鉢植えがところ狭しと並んでいて、その横には庭道具と園芸用土の袋が置いてあった。さらにその奥には池のある荒れ果てた広い庭といくつもの温室が見える。そのとき犬の群れが家の裏から出てきたので、オリヴァーはぎくっとした。先頭に青い目をしたウルフハウンドとシベリアンハスキーとシェパードの雑種がいる。そのあとからローデシアン・リッジバックが一匹と小型の雑種犬が二匹つづいてきた。みんな、動物保護施設《ティアハイム》でも一番みすぼらしい部類に入りそうだ。四匹とも激しく尻尾を振り、思いがけない来客を喜んでいるようだ。

「番犬ではないですね」ピアは微笑んで、犬ににおいをかがれるにまかせた。「あなたたちだけでお留守番？」

「気をつけろ」オリヴァーが注意した。「その灰色の奴は獰猛《どうもう》そうだ」

「なにをいうんですか」ピアはその大きな犬の耳をかいた。「あなたはおとなしいわよね？あなたのこと、このまま連れて帰りたいわ」

「わたしの車には乗せない」オリヴァーは開けっ放しのドアに気づいた。二段ある外階段を上って、大きなキッチンをのぞき込んだ。どうやらここが普段の出入り口らしい。階段のステップに靴が何足も置いたままだ。他にも使っていない植木鉢などいろいろ転がっている。

「こんにちは」オリヴァーは家の中に向かって声をかけた。ピアはボスの脇をすり抜けて、キッチンの中を見回した。タイル張りの床にはびっしり犬の足跡がついていた。調理台には使った皿や鍋が置いてあり、テーブルには中味がそのままの買い物袋が二袋載っている。ピアはドアを開けた。リビングルームはひどいありさまだった。本が棚から抜かれて、床に散らばっている。肘掛け椅子が引っ繰り返してあり、壁にかけてある数枚の絵が引き裂かれ、テラスと庭に面したガラス扉はいっぱいに開け放たれていた。

「鑑識チームを呼ぶ」オリヴァーはポケットから携帯電話をだした。ピアは歩きながらラテックスの手袋をはめた。リビングルームの隣は書斎らしい。そこも爆弾が炸裂したあとのようだった。本棚や書類棚の中味が床に散乱し、がっしりした木製デスクの引き出しが引き抜かれ、中味がぶちまけられていた。壁に貼られたポスターを見れば、住人の政治的志向は明らかだ。反原発や西滑走路反対（フランクフルト国際空港をめぐる環境保護活動）、核廃棄物輸送反対などのデモポスター、グリーンピースをはじめとする団体の宣伝ポスターばかりだ。液晶モニターは壊されて部屋の隅に転がっていて、インクジェットプリンターと、かなりひどい扱いを受けたノートパソコンもそのそばにあった。

「ボス」ピアは手掛かりを台無しにしないように気をつけながら扉の方へ向かった。「これは物盗りじゃないです。これは……」

オリヴァーがいきなり目の前にあらわれたので、ピアはびくっとした。

「そんなに大声をだすな」オリヴァーはニヤリとした。「ちゃんと聞こえている」

「びっくりするじゃないですか！」ピアは口をつぐんだ。家の中で電話の呼び出し音が鳴りはじめたのだ。ふたりは音がしている二階へと階段を上った。家に押し入った奴らは二階までは手をつけていなかった。バスルームの照明が煌々《こうこう》とついていて、シャワーの前の床にタオルが落ちていた。その横にジーンズやシャツや汚れた下着が脱ぎ捨ててあった。ピアは知らない人のプライバシーをのぞくのがあまり好きではないが、これぱかりは仕事だから致し方ない。パウリーのパートナーはどこだろう。ベッドルームのクローゼットがひらいていて、ベッドに服が載せてあった。電話が鳴りをひそめた。

「パウリーはシャワーを浴びてから、どこかへ出かけようとしていたように見えますね」ピアはいった。「下着しか着ていなかったわけです」

オリヴァーはうなずいた。

「そこに携帯電話が」オリヴァーはベッドの上の洗い立てのシャツとジーンズのあいだに無造作に放りだしてある携帯電話をつかんで、盛んに点滅を繰り返すキーを押した。

「新しい着信が二十四件あります」コンピュータの音声がいった。「最初の着信は六月十三日火曜日午後三時三十二分」

「いることはわかってるのよ」女の声だ。「あんたの居留守にはもううんざり。あんたと和解しようとさんざん努力したけど、あんたの強情さには負けるわ！　このメッセージを受けてあんたが弁護士のところへ走ろうとかまわない。どうせわたしの勝ちなんだから。あんたに最後のチャンスを与えてあげる。午後八時半にそっちへ行くわ。あんたが家にいなかったり、つっぱるなら、容赦しないから」

ピーという音がして、さらに四件のメッセージがつづいたが、電話番号を告げることなく、そのまま電話が切れた。午後五時少し前の電話には持ち主が出たらしく、「もしもし……」という男の声が聞こえただけで切れた。午後八時十三分にまた男の低い声がメッセージを残した。

「カルステン・ボックだ。月曜日にまた騒動を起こしたそうだな。謂れのない誹謗中傷だ。すでに法的措置を取った。文書による謝罪を求める。新聞に謝罪広告をだしてもらうからな」

オリヴァーとピアはちらっと顔を見合わせた。火曜日の夜から水曜日にかけて、名前のわからないメッセージが二件あり、水曜日の夜にまた男が電話をかけてきた。

「やあ、先生、俺だよ、ターレク。いいかげんに携帯電話に出ろよな！　旅行からもどった。レイアウトができて、ホームページにアップした。ちょっと確認してくれ。じゃあ、またな」

他の電話はすべてパウリーのパートナーであるエスター・シュミットからだった。合計すると十四回はかけてきている。はじめはけげんそうに、つづいて気づかわしげに、そして最後は怒った口調で。その瞬間、タクシーが家の前に止まり、犬がいっせいに吠えた。

エスター・シュミットは庭でさかんに吠えて跳ねまわる犬たちとあいさつを交わしたあと、キッチンのドアから家に入った。旅行カバンを手に提げ、パソコンバッグを肩にかけていた。四十歳くらいの華奢な女性で、そばかすのある顔は色白で、サンディブロンドの髪は三つ編みにしていた。

「なんなのこれ？」エスターはいった。「三日留守にしただけで……」

「驚かないでください」オリヴァーはいった。エスターはそう声をかけられてびくっとした。旅行カバンをどさっと落として、一歩さがった。

「だれ？」エスターは目を瞠《みは》ってたずねた。「ここでなにをしてるの？」

「わたしはボーデンシュタイン。それと同僚のキルヒホフ」オリヴァーは刑事章を呈示した。「ホーフハイム刑事警察署の者です」

「刑事警察？」

「エスター・シュミットさんですか？」オリヴァーはたずねた。

「ええ。なにがあったんですか？」エスターはピアとオリヴァーの脇を通り抜け、散らかし放題のリビングルームを見て、息をのんだ。振り返って、パソコンバッグを肩から下ろすと、べとついた食卓に載せた。しわの寄ったスカートに柄物のチュニックを着て、はきやすそうだが、エレガントさに欠ける革のサンダルを裸足のままはいて、爪が汚れていた。

「悲しい知らせがあります」オリヴァーはいった。「今朝、あなたのパートナーの方が死体で発見されました。お気の毒です」

その言葉がエスターの脳内に達するまで数秒を要した。

「あの人が死んだ？　なんてこと」エスターは信じられないというようにオリヴァーを見つめ、それからキッチンチェアの角に腰を下ろした。「いったいどうして……死んだんですか？」

「まだよくわかっていないのです。パウリーさんと最後に話したのはいつですか？」

エスターは腕組みした。

「火曜の夜です」声に抑揚がなかった。「月曜日からアリカンテ（スペインの都市）で菜食主義者会議に出ていたんです」

「電話で話したのは火曜日の何時頃でしたか？」

「遅かったです。夜の十時頃。あの人はデモのためのビラをコンピュータで作っているところで、わたしが電話をかける少し前に、前の妻が訪ねてきたといっていました」

エスターは顔をしかめたが、涙は流さなかった。

「電話でだれか呼びましょうか？」ピアはたずねた。

「いいえ」エスターは腰を上げて、あたりを見回した。「大丈夫です。いつ片付けられます？」

「鑑識の作業がすんでからになります」オリヴァーは答えた。「なくなっているものがあったら教えてください。大いに助かります」

「どうして？」

「家が荒らされているのは、パートナーの方が亡くなったこととは関係ないかもしれません。亡くなったのは火曜日の夜遅くとみられます。そのあとまる一日、家は開けっ放しでした」

犬が庭で吠えた。車のドアがしまる音がしてからまもなく、鑑識官たちがキッチンのドアのところにあらわれた。

「わかりました」エスターは目を赤くしてオリヴァーを見てから、肩をすくめた。「なくなっているものがあったらいいます。他には？」

「パートナーの方が最近だれかと問題を起こしていたかどうか伺いたいです」オリヴァーはエスターに名刺を渡した。エスターは名刺をちらっと見てから顔を上げた。

「事故じゃないんでしょう？」

「ええ」オリヴァーは答えた。「おそらく違います」


ピアは午後二時半に、ザクセンハウゼンの法医学研究所に着いた。所内は勝手知ったる場所だ。十六年の結婚生活のあいだ、地下の解剖室で何時間も過ごしてきた。夫のヘニングは仕事と研究しか頭にない根っからの学者だったからだ。ファレリー・レープリヒ検察官がピアより先に到着していた。パウリーの死体は服を脱がされてステンレスの解剖台に横たえられ、明るい光を浴びていた。切断された部位をヘニングの助手ロニー・ベーメが解剖学的に正確な位置に置いていた。腐敗臭は息が詰まるほどだ。

「手足は牧草作業機によって切断されたの？」白衣とマスクを身に着けてから、ピアはたずねた。

「ああ、明らかだ」ヘニングは死体の上に身をかがめて、一センチずつルーペで死体の皮膚を検視していた。「それから、手足を切断される前にすでに死んでいた。ざっと検視をしただけで、遺体はすくなくとも死後二十四時間以内に動かされたことがわかる。死因は頭部損傷だ。レントゲン写真を撮った」

ヘニングはライトボックスの方を顎でしゃくった。

「自転車に乗っていて転倒したとか？」レープリヒ検察官がたずねた。まだ三十代前半の魅力的な茶色い髪の女だ。屋外は暑かったが、お洒落なブレザーに、タイトなミニスカートとシルクのストッキングをはいていた。

「ちゃんと話を聞いてもらいたいな。死体は動かされたといっただろう」ヘニングの声には棘があった。「自転車事故で死んだ場合、どうやって自分で移動できるんだね？」

ピアとロニーはいわくありげに顔を見合わせた。ふたりとも、不用意な質問をしてきつく叱責された経験があるのだ。ヘニングはすぐれた法医学者だが、毒舌家だ。だがレープリヒ検察官も負けていなかった。

「自転車の転倒で死んだのかと訊いたわけではないわ。転倒したのかと訊いただけよ」

ヘニングが顔を上げた。

「たしかに。被害者は転倒していない。そうであれば指や下半身に擦り傷をこしらえているはずだが、それは見当たらない」

「わかったわ、ドクター・キルヒホフ」

ピアは、ヘニングが死体の胸郭を鮮やかにY字切開するところを見た。肋骨剪刀《ばさみ》で肋骨を切り、内臓を取りだす。解剖は手順どおりにすすんだ。ヘニングは首から下げたマイクに所見を吹き込んだ。秘書があとでテープ起こしして、解剖所見に書き込むことになっている。ロニーは摘出した内臓を計測し、データを記録した。

「ステアトーシス・ヘパティス。菜食主義者なのにな」ヘニングは皮肉っぽく微笑むと、レープリヒ検察官の鼻先に肝臓を差しだした。「どういう意味か知っているかね?」

「脂肪肝でしょう」レープリヒ検察官は微笑んだ。「おあいにくさま、ドクター・キルヒホフ。わたしはそんなことで気絶したりしません」

つづいて頭髪をていねいに剃った頭蓋をルーペで仔細に観察し、ピンセットを使って傷口の小片を採取し、ラボにまわすプラスチックコップに入れた。ロニーがそのコップにすぐ必要事項を記入した。

「鈍器で頭蓋を殴打されている」ヘニングはいった。「頭蓋前部の傷口には金属と錆《さび》の痕跡がある。後頭部の傷はくずおれたときについたものだ」

後頭部の頭皮にメスを入れると、頭皮を死体の顔にかかるようにひらき、頭蓋骨を調べた。

「骨折の典型例がふたつそろっている」ヘニングはいった。「まず殴打による骨折、次に倒れたことによる頭蓋骨骨折」

「それが死因?」ピアはたずねてみた。

「そうとはかぎらない」ヘニングは電気鋸《のこぎり》で頭蓋骨を切った。「この種の怪我をすると、脳内出血を起こすことが多い。その結果、脳浮腫になり、脳圧が上がると、呼吸が止まり、心停止に至る。そして臨床死になる。比較的早く進行する場合もあれば、数時間かかることもある」

「つまりそのあともしばらく生きていた可能性があるということね」

ヘニングは脳みそを取りだし、しきりに観察してから輪切りにした。

「出血はない」ヘニングはそういって、脳みそをロニーに渡すと、身を乗りだし、頭蓋の内側をのぞいた。それから死体の頭部を横に向けて、ライトボックスのところへ行き、もう一度レントゲン写真を調べた。

「早期に死に至っている」ヘニングはいった。「昏倒によって頸椎が骨折、頸髄が離断。即死だ」

鑑識官たちがキッチンと書斎で作業しているあいだに、エスター・シュミットに聴取がおこなわれた。大切な人を失って気落ちしている人に質問しなければならないのは、無神経なことだとオリヴァーは日頃思っていたが、この最初の聞き込みでたいていのことがわかることも長年の経験で重々承知していた。

「あの人はどこで見つかったんですか？」エスターはたずねた。

「クローンベルクのオペル動物園のそばです」そう答えて、オリヴァーはエスターが目を瞠ったことに気づいた。

「オペル動物園？　それなら園長が関係しているに決まってるわ。あの人は、動物園が動物虐待にあたると責めたうちの人を嫌ってたから。二、三週間前にも、うちの人を車でひきそうになったんです。それもわざと」エスターは腹立たしげにいった。「わたしたち、動物園の前の駐車場でビラを配っていたんです。そしたらあの人が四輪駆動車で突進してきたんです。駐車場からすぐに消えないと切り刻んで狼の餌にしてやるっていわれました」

オリヴァーは聞き耳をたてた。

「このあいだの日曜日に、うちの人は立入禁止を言い渡されました」エスターは話をつづけた。「あの人はなにをするかわかりません」

オリヴァーは違う印象を抱いていた。ザンダーはたしかに感情に走りやすいようだが、だからといって殺人まで犯すとは思えない。

「留守番電話に女性の声でかなりきつい内容のメッセージが残されていましたが」オリヴァーはいった。「だれだと思いますか？」

「たぶんうちの人の別れた妻マライケです」エスターは吐き捨てるように答えた。「別れたあとすぐ再婚したんです。相手はバート・ゾーデンの建築家。ふたりは次から次へと防空壕みたいな家を建てて、次はこの土地を狙ってるんです」

「パウリーさんを脅しているような口調でしたね。弁護士について言及していますが」

「うちの人とあの女は敷地とこの家を共同名義で相続したんです。出ていったとき、あの女はうちの人に家を明け渡しました。でもすぐにそのことを悔いて、自分の取り分を寄こせといってきたんです。それで何年も係争しています」

「マライケさんはパウリーさんに最後通牒を発して、ただではすまないといっていました」オリヴァーはエスターをじっと観察した。「もしかしてパウリーさんの元妻が……」

「あの女なら、なんでもするでしょうね」エスターはつっけんどんに答えた。「あの夫婦はこの敷地にテラスハウスを六棟建てる計画なんです。金儲けが目的です」

「パウリーさんは他にもだれかと喧嘩をしていましたか？」

「たくさんの人に不愉快な思いをさせていました。うちの人は不都合なことを見つけるのが得意で、気づいたら黙っていられない質《たち》でした」

そのとき牧草を積んだトレーラーを二台牽引した大きなトラクターが家の前を通った。運転しているのは汚れたアンダーウェアを着た禿頭《とくとう》の大男で、興味津々にパウリーの敷地をうかがった。

「あいつもうちの人とぶつかっていました」エスターはいった。「となりのエルヴィン・シュヴァルツです。市会議員で、なにをやってもお咎《とが》めなしと思ってる輩《やから》です」

オリヴァーはケルクハイム市民だったので、エルヴィン・シュヴァルツがフンケ市長の親しい友人で、国道八号線西バイパスの強硬な推進派であることを知っていた。あとで訪ねてみることにした。

「……それから、あの汚らわしいコンラーディもそうです」エスターは唇を引き結んだ。眉に深いしわが寄った。「あいつったら最近、うちの犬を撃ち殺したんです。犬が暴れまわったからだといってますが、真っ赤な嘘です。チャコは十四歳近くて、ほとんど目が見えなかったんですから。コンラーディはこのあたりの猟場の管理人で、なにかというと、うちに嫌がらせをするんです」

「駅前通りにあるコンラーディ精肉店の主人ですか？」

「ええ、あいつ。うちの人は以前、あの店が出所不明の猪肉をステーキ肉として売っているって訴えたことがあるんです」

「シュヴァルツさんがあなたのパートナーと仲が悪かった理由はなんですか?」

「シュヴァルツは最低の環境破壊者です。うちの人はあいつが牧草地と畑にゴミを捨てて、これを肥料と偽ってリーダーバッハの業者に卸していたことを突き止めたんです。もちろんシュヴァルツは関係者との太いパイプを使ってごまかしていました。うちの人がそれを暴いたので、うらんでいたんです」

白い紙の作業着を着た鑑識官たちがキッチンに通じる外階段のステップで作業していた。そのひとりが振り返って、オリヴァーにいった。

「ちょっと見つけたものがあります。見てもらえますか?」

「すぐ行く」そう答えて、オリヴァーはエスターに礼をいった。そのときもうひとつ訊きたいことを思いだした。「ターレクという人物はご存じですか?」

「ええ」エスターはうなずいた。「ビストロでコンピュータのケアをしてもらっています」

「ルーカス・ファン・デン・ベルクは?」

「知っています、もちろん。〈ビストロ・ベジ〉のバーで働いている子ですけど。なぜですか?」

「いえ、なんとなく」オリヴァーは歩きだした。「ありがとうございました」

エスターは肩をすくめ、犬たちを連れて庭に消えた。

オリヴァーは鑑識官のところへ行った。

「なにがあった?」オリヴァーはたずねた。

「血痕です」鑑識官のひとりがマスクを下ろして、キッチンのドアの横の壁を指差した。「壁と靴と花に付着しています。人間の血のようですね」

オリヴァーはしゃがんで、一見、アブラムシのように見える血痕を観察した。

「犬の脚に血がついていたんでしょうね」鑑識官は話をつづけた。「キッチンに血のついた犬の足跡がありました。犬が階段の血をなめたのかもしれません。それから門に血でついた手形がありました。暗くなるのを待って、ルミノール検査をします」

鑑識官はかがんで、錆びた蹄鉄を入れたビニール袋をオリヴァーに差しだした。

「階段の前に落ちていました」鑑識官はキッチンのドアの横の釘を指差した。「元はかけてあったのだと思います。勘違いでなければ、蹄鉄にも血が付着しています。おそらく凶器です。被害者はここで殺されたのでしょう」

オリヴァーはビニール袋の中の蹄鉄を見つめた。すっかり錆びついていて、まともに指紋を採取できそうにない。

「よくやった」オリヴァーはいった。「門に残された手形が犯人のものだといいんだがな」

「手形を自動指紋照合システムにかけます」鑑識官は答えた。「うまく当たるかもしれません」

ファレリー・レープリヒ検察官は開いているドアのところで、いまだにヘニングと小声で話していた。司法解剖中に見せたレープリヒの仕草は露骨だった。彼女はヘニングに気がある。

なにかというと質問をし、胸元の奥が見えそうなほど解剖台にかがみ込む。もちろんヘニングはなにも気づかなかった。死体を前にすると、アンジェリーナ・ジョリーが裸で立っていても一顧だにしないだろう。だが解剖が終わると、ヘニングもこの美しい検察官が関心を向けているのはパウリーの遺体だけではないと気づいたようだ。レープリヒになにかいわれて笑った。レープリヒもはすっぱな笑い声をあげた。ロニーは摘出した内臓と脳を元にもどし、Y字切開を縫い閉じた。ロニーはピアと目が合うと、眉を上げて、目をくりくりさせた。返事の代わりに、ピアは肩をすくめた。ヘニングは名声をほしいままにし、その上、見た目も魅力的な男だ。新しい相手がいまだに見つからない方がかえって不思議だ。自分から彼を捨てたというのに、ピアは胸がちくっと痛くなった。レープリヒがそばを去ると、ピアはヘニングに従って一階の彼の研究室に向かった。

「レープリヒと付き合っているの？」ピアはさりげなくたずねた。ヘニングは立ち止まって、ピアをじろじろ見つめた。

「いけないかな？」

思いもかけない返答だった。ピアは、てっきり別居してからヘニングには女っ気がないと思っていたのだ。そういうわけではないと考えただけで、複雑な気持ちになる。

「いいえ」ピアは嘘をついた。「かまわないわ」

ヘニングは眉を上げた。「残念」

その瞬間、ピアの携帯電話が鳴った。

「ごめん」ピアは少しほっとして電話をだし、解剖結果をボスに手短に報告した。ヘニングは、話が終わるのを待った。

「解剖所見はいつもらえる？」ピアはたずねた。

「明日の朝」ヘニングは答えた。ふたりは顔を見合わせた。「今晩の予定は？　子馬を見に寄りたいんだが。ワインを持っていく……」

「どうしようかしら」ピアはやんわりいって、携帯電話をしまった。白樺農場《ビルケンホーフ》に彼を来させていいものかどうか迷ったが、結局肩をすくめていった。「わかった。今晩来て。でも帰りがいつになるかわからないわよ」

「いいさ。待っているから」

パウリー家の隣の農家は農作業の真っ最中だった。農家のご多分に漏れず、エルヴィン・シュヴァルツもカレンダーより天候を重視していた。この数日は暑さがつづいたので、牧草の刈り込みには絶好のタイミングだった。シュヴァルツはケルクハイムに残っている数少ない農民のひとりだ。もちろん耕地面積は小さくなっている。休耕地には国から助成金が出て、油菜や小麦を生産するよりももうかるからだ。オリヴァーは開けっ放しのドアをノックした。

「どうぞ！」中から声がした。

オリヴァーは大きな田舎風キッチンに足を踏み入れた。家の内部は薄暗く、ひんやりしていて屋外よりも心地いい。柱時計が大きな音で時を刻み、饐《す》えたにおいがした。暗さに目が慣れると、さっきトラクターに乗っていた大柄の男がオリヴァーの目にとまった。サロペットをはき、汗じみのあるアンダーシャツを着ている。チェック柄のビニールクロスをかけたテーブルとセットのコーナーベンチにすわって、目の前に水のボトルとピクルスの瓶を置いていた。オリヴァーはエルヴィン・シュヴァルツのことをケルクハイム新聞に載った写真でしか知らなかった。そこでは市会議員として登場するので、いつもスーツにネクタイという姿だった。

「ホーフハイム刑事警察のボーデンシュタインです」オリヴァーは名乗った。シュヴァルツの水色の目がオリヴァーに向けられた。

「さっきパウリーのところにいなかったかい？　なにがあったんだ？」シュヴァルツはぐいっと水を飲んだ。

「今朝、パウリーさんが遺体で発見されまして」オリヴァーは答えた。

「えっ」農民のシュヴァルツはびっくりして目を瞠った。

「パウリーさんは火曜日の夜、キッチンのドアの前で殴り殺されたとみられるのです。なにか聞いたか、見たかしませんでしたか？」

シュヴァルツは日焼けした禿頭にかろうじて残っている、汗で濡れた髪をかいた。

「火曜日の夜か」シュヴァルツはささやいた。「俺は家にいなかった。十一時四十五分までレーネルトのところで飲んでた」

「レーネルトのところですか」ミュンスターの旧市庁舎の斜め向かいにある酒場で、本当の名は〈黄金の獅子亭〉だ。そこからローアヴィーゼン小路までは車で五分ほどかかる。

「前を通りかかったときになにか気づかなかったですか？」オリヴァーはたずねた。「見にきたら、家のドアはすべて開いていて、家の中が荒らされていました」

「なんにも気づかなかったなあ」シュヴァルツは吐き捨てるように答えた。「あそこがどんなに騒がしかったか知ってるかい？　アナキストの巣さ。若い連中がスクーターや車で集まってきて、笑ったり奇声をあげたり。傍若無人とはあのことだな。それからパウリーのところの犬どもがところかまわず駆けまわり、糞をするんだ。あんな奴が、俺たちの子どもを教える教師だなんて、とんでもない話さ」

「お隣との付き合いはいかがでしたか？」オリヴァーはたずねた。

「友人なんかじゃなかった」シュヴァルツは肥満した胸をかいた。「パウリーはいやな奴だった。なにかというと難癖をつけてきた。政治的な意見の違いなんて関係のないことだった」

「というと？」

「あいつは口だけの奴さ。あいつの別れたかみさんのマライケはゲオルク・ショルシュの孫娘だった。マライケは別れたあと、家を出ていって、パウリーだけが家に残ったんだ。あいつひとりの家じゃないのにな。火曜日にマライケがまた来たんだ。すごい口喧嘩をしたそうだ。向かいに住んでるエリーザベト・マッテスから聞いた」

　ドアのところに若い男があらわれた。

「機械が直ったよ、おやじ」若い男はオリヴァーにかまわずにいった。「森のそばの牧草地を片付けるかい。それとも修道院のそばの牧草地？」

シュヴァルツは息んで立ち上がり、ズボン吊りを肩にかけると顔をしかめた。

「椎間板ヘルニアだよ」シュヴァルツはオリヴァーにそういうと、息子の方を向いた。「修道院のそばの牧草地をまかす。森のそばの牧草地は俺がやる」

若い男はうなずいて、姿を消した。

「今、牧草の刈り取りの真っ最中なんだ」シュヴァルツはオリヴァーにいった。「天気のいいうちにやらんとな」

「ではこのくらいにしておきましょう」オリヴァーは親しげに微笑み、名刺をテーブルクロスの上に置いた。「話をしてくださって感謝します。なにか思いだしたら電話で教えてください」

エリーザベト・マッテス夫人は建ち並ぶ古ぼけた家の一軒に住んでいた。前庭の表札は今にも落ちてしまいそうだった。オリヴァーがチャイムを鳴らすと、待ってましたとばかりにすぐ玄関ドアを開け、きれいに片付いたキッチンに彼を通した。夫人は七十代半ばで、重度の骨粗《こつそ》鬆症《しょうしょう》にかかっていたが、青い目が鋭かった。オリヴァーはまず夫人の好奇心を満足させるため、ハンス＝ウルリヒ・パウリーが死んだことを話した。

「いつかそうなると思っていたわ」マッテス夫人は声を震わせながらいった。「あの人は、やたらと問題を起こしていたから」

夫人はパウリーと前妻の口論をほぼ一言一句漏らさず再現した。口論の時間も覚えていて、八時半少し前だといった。そしてその三十分後に、パウリーを男が訪ねてきたことも記憶していた。

「わたしは庭で花に水やりをしていたのよ。パウリーさんが前庭に立っているのが見えたわ」

夫人は食卓に手をついた。「垣根越しにレーマー家具店のジーベンリストさんと話をしていた。あの人はパウリーさんの親友のひとりでね。といっても……」

マッテスは眉間にしわを寄せた。

「あのときは口喧嘩していた。ジーベンリストさんがパウリーさんにいったわ。昔のことを蒸し返すのは納得できないって」

夫人はその夜、他にも目撃していた。午後十時半頃、ゴミのコンテナーを道端にだしたとき、娘が二輪車に乗ってパウリーの家の門から飛びだしてきたというのだ。娘はバランスを失って、道路で転倒したという。

「若い子はせっかちで困るわ。鳩小屋の鳩と同じ。気遣うことなんて端から頭にないんだから。まったく……」

「その子がだれかご存じですか？」オリヴァーは夫人が本題からそれる前に質問した。

「いいえ、みんな、同じに見えるもの。デニムパンツ、お腹が見える短いTシャツ。でも金髪だったと思うわ」

「乗っていたのは……バイクでしたか？」

マッテス夫人は一瞬考えてから、しわだらけの顔を輝かせた。

「二輪車よ！　そういうんでしょう？　真っ黄色だったわ」

それから夫人はとんでもないことを思いつき、オリヴァーに顔を近づけて、声をひそめてたずねた。

「あの子がパウリーさんのことを殺したの？」

オリヴァーが午後五時半にホーフハイム刑事警察署にもどると、カイ・オスターマン警部とカトリーン・ファヒンガー刑事助手がすでにハンス＝ウルリヒ・パウリーについていろいろ調べていた。ザンダー園長が午前中、ピアに話したとおり、パウリーはインターネットを使ってあらゆる話題に首を突っ込んでいた。

「どうやら」カイはいった。「被害者に殺意を抱く人物は相当の数に上りますね」

「どうしてだ？」オリヴァーは上着を脱いで椅子の背にかけた。シャツは汗でびっしょりだった。

「被害者の名前をグーグルで調べました」カイは椅子の背にもたれかかった。「環境保護団体や自然保護団体、動物保護団体に片っ端から参加していて、イタリアのカナリア乱獲反対に肩入れし、核廃棄物輸送反対運動に加わり、馬の食肉加工反対デモにも参加しています。彼自身のウェブページは〈動物に檻はいらない〉という名前でした」

「パウリーがオペル動物園園長にとって赤い布だったのもむりはないですね」ピアはそっけなくいった。

「しかしそれだけじゃないです」カイはいった。「パウリーは〈ケルクハイム・マニフェスト〉

という別のウェブページを持っていました。ケルクハイムで起きるさまざまな疑惑をそこであげつらっていました。国道八号線の西バイパス建設計画が中心ですが、北部市街地再開発や電池メーカーのファルタの工場建設なども俎上《そじょう》に載せられていました。何人かをひどくこき下ろしていますね」

「たとえば？」オリヴァーはたずねた。

「ケルクハイム市長のディートリヒ・フンケ、国道八号線西バイパス建設担当者のノルベルト・ツァハリーアス。それからカルステン・ボック……」

「ボック？」ピアが口をはさんだ。「パウリーの留守番電話にメッセージを残していた人物よ！　パウリーに謝罪を求めていたわ」

「そうだ」オリヴァーはうなずいた。「何者だ？」

「ボック・コンサルタント社長、ケルクハイムとケーニヒシュタインから依頼されて騒音と交通事情の鑑定をおこなっています」カイは答えた。「その結果、連邦道路開発計画で国道八号線問題の優先順位が突然上がったんです。道路建設への障害はもうなにもなくなったといえます。タウヌスのマフィアが金儲けのために暗躍している、とパウリーは主張していました。フンケ、ツァハリーアス、ボックなどがそのタウヌスのマフィアだというんです。犯罪者、ならず者呼ばわりしていました」

カトリーンはカイがあげた名前をすべて壁の大きなボードに書いた。オリヴァーはマーカーを取ってさらに書き加えた。シュヴァルツ。別れた妻マライケ。コンラーディ。ジーベンリスト。

「ずいぶんすらすら書くんですね」ピアがいった。

「わたしも聞き込みをした」そう答えて、オリヴァーは「ザンダー園長」と書き加えた。

「どうしてあの人を？」ピアは驚いてたずねた。

「園長はパウリーたちを車でひこうとした、とパウリーのパートナーがいっていた」

「なるほど」ピアはため息をついた。「これは大変な仕事量になりそうですね」

「ところで、凶器がわかった」オリヴァーはいった。「古い蹄鉄だ。科学捜査班が血痕を発見した。キッチンに通じる外階段の前に落ちていた」

二〇〇六年六月十六日（金曜日）

午前八時になる前、オリヴァーとピアはフリードリヒ・シラー高等中学校《ギムナジウム》の校舎に足を踏み入れた。聖体の祝日と土曜日にはさまれたこの日は、職員会議がひらかれることになっていた。玄関のすぐ左側にある曇りガラスのドアの奥が事務室だった。教員が数人集まって侃々諤々《かんかんがくがく》の議論の真っ最中だった。

「……なんの連絡もないなんてありえない」疾病保険で配給される安メガネをかけた口髭の男がすごい剣幕でまくしたてていた。「彼の授業をまるまる肩代わりなんてごめんです」

「黙って欠勤するなんて、彼らしくない」

「自宅に電話をかけましたが、だれも出ません。携帯電話は電源を切ってありました」職員がデスクからいった。

「これから来るんじゃないかな」別の教員がのんきそうにいった。「まだ七時四十五分」

「パウリー先生のことを話しているのなら」二度もていねいに声をかけたが、無視されたので、オリヴァーはいった。「今日は来ないでしょう」

全員が口をつぐんで、オリヴァーを見た。オリヴァーは自分とピアの身分を告げてから、咳払いをした。「パウリー先生は昨日の朝、遺体で発見されました」

その小さな部屋に衝撃が走った。

「初動捜査で、パウリー先生は殺されたものと判明しています」

「なんてこと」女性がひとり、押し殺した声を発すると、すすり泣きをはじめ、他の人は押し黙った。オリヴァーはその場にいた面々を見回した。みんな、愕然としていた。校長のインゲボルク・ヴュースト がオリヴァーとピアを校長室へ招じ入れた。銀髪をショートカットにし、丸メガネをかけた五十代半ばの元気のよさそうな女性校長も、オリヴァーからパウリーになにが起きたか知らされて絶句した。パウリーは十六年間、フリードリヒ・シラー高等中学校《ギムナジウム》で教師を務め、生物、ドイツ語、政治を教えていた。

「人間として、教師として、どんな方でしたか」ピアは校長にたずねた。

「教師としては申し分ありませんでした。生徒に慕われていましたし、勤務態度も真面目で、学生の悩みにもよく耳を傾けていました」

　ピアは、パウリーに感化されて学校にもどり、大学入学資格試験を受けたというルーカス・ファン・デン・ベルクのことを思いだした。

「最近、同僚や生徒とのあいだで問題を抱えていませんでしたか？」オリヴァーはたずねた。

「問題はいつでもあります」ヴュースト校長はしばらく言葉を探しているようだった。「パウリー先生は人を感動させましたが、その逆のケースもありました。みんな、彼を好きになるか、嫌いになるか、両極端でした。たぶんそういっていいだろうと思います」


　オリヴァーとピアが職員室に足を踏み入れると、一大事が起きたことはもう教員のあいだで噂になっていた。さっき事務室で泣きだした女教師シャンタル・ツェングラーが、パウリーはある生徒ともめていたと教えてくれた。生徒の名はパトリック・ヴァイスハウプト、最終学年の生徒で、パウリーに嫌われて、大学入学資格試験を落とされたと訴えているという。ツェングラーは目に涙を浮かべながら、火曜日に学校でふたりが言い争っているのを自分と同僚のペーター・ゲルハルトが目撃したといった。ツェングラーたちは三人で校舎を出て、ツェングラーとゲルハルトはそれぞれの車に、パウリーは自転車のところへ歩いていった。そのとき自動車が走ってきて、パウリーをひきそうになったのだという。ツェングラーはそこで言葉を途切れさせ、唇を引き結んだ。

「ひと悶着ありそうだったので、わたしとゲルハルト先生は様子を見たんです」

「なぜですか？　運転していたのは？」

「パトリック・ヴァイスハウプトでした。パウリー先生をののしったんです。ゲルハルト先生とわたしはそばへ行きました。パトリックは〝今度はひき殺してやる！　おまえなんか、あの世行きだ〟と叫びました。そしてわたしたちに気づくと、タイヤをきしませて走り去りました。パウリー先生は完全に腰を抜かしていました。大学入学資格試験に落ちた責任を転嫁されたといっていました」

「生徒がパウリー先生に本当になにかしたと思いますか？」ピアがたずねた。

ツェングラーは肩をすくめた。

「わかりません。でもパトリックはひどく興奮していました」

上級学年主任のゲルハルトがツェングラーの話を裏付けた。パトリック・ヴァイスハウプトは大学入学資格試験に合格することを前提にしてアメリカの大学への入学申請をしていた。だからどれだけ失望したか想像に難くなかった。


学校の事務室で聞いた住所へ行ってみると、円柱で飾られた玄関のある地中海風の邸《やしき》が建っていた。車が二台入るガレージの前に黒いクライスラー・クロスファイアが止まっている。ピアはチャイムを鳴らした。なしのつぶてだったので、もう一度長めにチャイムを鳴らすと、若い男がドアを開けた。寝ていたのか、明るい日差しに目をしばたたいた。

「パトリック・ヴァイスハウプトさん？」ピアはたずねた。

「だれ？」若者は無愛想にたずねた。いましがたベッドからはいだしてきたかのように髪がぼさぼさで、灰色のTシャツとよれよれのジョギングパンツという恰好だ。顔の肌が脂ぎっていて、薄汚い。酒臭く、汗のにおいがぷんぷんしている。

「刑事警察の者です」ピアは刑事章を彼の鼻先に呈示した。

「ああ、パトリック・ヴァイスハウプトは俺だよ。なんの用？」

「昨日の朝ハンス＝ウルリヒ・パウリー先生が遺体で発見されました」オリヴァーが口をひらいた。「殴り殺されたのです」

「ひえー」パトリックはとくに驚いた様子もなく肩をすくめた。「そりゃかわいそうに。俺となんの関係があるの？」

「関係がないといいのですが」オリヴァーは答えた。「あなたは火曜日の午後、学校の前でパウリー先生をののしって、脅迫したそうですね」

「パウリーは阿呆だったのさ」パトリックは毛嫌いしていることを隠そうともしなかった。「俺があいつのエコ狂いに乗らなかったから、気に入らなかったんだろう。俺に嫌がらせをするために、大学入学資格試験で落としやがったんだ。腹が立って当然だろう」

「腹を立てるのと脅迫するのは別ですけど」ピアはいった。

「脅迫なんてしてないけど」パトリックは洗っていない髪を右手でかき上げた。「あいつに話があったんだ。おやじが弁護士を立ててね」

「あなたは大学入学資格試験に合格するつもりだったからアメリカの大学に入学申請をだして

いた。そうなんでしょう?」ピアはたずねた。

「ああ」パトリックはピアをじろじろ見た。「申請期限があるからね」

「大学入学資格試験に合格しないとだめでしょう」オリヴァーはいった。「これからどうするのですか?」

「弁護士は、追試を受けられるっていってる。半年前の学期と成績差が六ポイント以上あれば可能なんだってさ。だからパウリーと話をつけたかったんだ」

「あなたとパウリー先生のことを目撃した人たちは、あなたが話し合おうとしたという印象を持っていませんけど」ピアは、すぐにシャワーを浴びた方がいい、とパトリックにすすめたかった。そのくらい汗臭かった。

「ゲルハルトとツェングラーだろう」パトリックは顔をしかめた。「あいつらがパウリーの肩を持つのは当然さ。俺はちょっとばかりかっとした。それだけのことだよ」

「なるほど」オリヴァーは微笑んだ。「火曜日、パウリー先生と話したあとはどうしましたか?」

「仲間といっしょだった。〈サン・マルコ〉で落ち合って、フランス対スイスの試合を観戦した」

「その手はどうしたんですか?」ピアはパトリックの左手に巻いた包帯を指した。

「割れたグラスで切ったんだ」

「ひどい怪我のようですね。手首まで内出血していますよ。左足も痛めているようですね。まともに体重を乗せられないみたいじゃないですか。どうして火曜日からシャワーを浴びていないんですか？」

「なんだって？」パトリックは口を開けた。

「汗臭いですよ」ピアは鼻にしわを寄せた。「左のズボンを上げてみてください」

「なんでだよ」パトリックは怒鳴ることで不安を隠そうとした。「いったいどういうことだよ。ふざけんなよな！」

オリヴァーはさっとピアを見た。ピアがなにを考えているのかわからなかったのだ。

「足の怪我はどうしたんですか？　それもグラスで切ったんですか？」ピアは、パトリックがなにか隠していることに気づいていた。「それとも犬に嚙まれたりしました？」

「あほか！　犬ってなんだよ？」

「たとえばパウリー先生の犬とか」

「なんだよ、それ」パトリックはまた怒鳴った。「俺を犯人に仕立てようってのか？」

「いいえ、もちろんそんなつもりはありません」ピアは顔をほころばせた。「お大事に。火曜日のことでなにか思いだしたら電話をくださいね」

ピアはパトリックの怪我をしていない方の手に名刺を渡して、背を向けた。オリヴァーは彼女のあとにつづいて外に出た。その瞬間、シルバーのポルシェがクライスラー・クロスファイアの横に止まって、四十代後半の褐色の髪の女がオリヴァーたちの方を見た。

「なにかご用？」女はそういうと、助手席のハンドバッグを取って車を降りた。パトリックと顔が似ていた。

「パトリックさんのお母さんですか？」ピアは立ち止まった。

「ええ」女はけげんそうにピアとオリヴァーを見比べた。「なんでしょうか？　どちらさま？」


「ホーフハイム刑事警察の者です。パトリックさんの担任のパウリー先生が遺体で発見されまして。息子さんに少し質問していたんです」

「どういう質問ですか？　パトリックとどういう関係があるんですか？」

「たぶんなにも関係ないでしょう」ピアは微笑んだ。「今帰るところでした。しかし……ひとつ伺ってもいいですか？」

「なんでしょう？」

「息子さんは手と足に怪我をしていますね。いつどうしてあんな怪我をしたんですか？」

女はためらった。少し長すぎた。

「知りません」そういって、神経質に笑った。「パトリックは十九歳です。そのくらいの年になると、母親にはあまり話してくれませんので」

「ええ、そうですね」ピアは、嘘をついていると思った。「ありがとうございました」

女はオリヴァーたちを見送ってから、ハイヒールをこつこつと鳴らして、玄関へと歩いていった。

「どうして犬に嚙まれたと思ったんだ？」オリヴァーは車へ向かう途中たずねた。

「パウリーの家の門に血の手形があったじゃないですか。当てずっぽうでしたが、大当たりでしたね。パトリックの母親はわかっていました」

オリヴァーは驚いてかぶりを振った。「いい勘しているな」

刑事警察署へもどる途中、ピアの気持ちはパトリック・ヴァイスハウプトとパウリーからヘニングへと移った。昨夜のことですっかり落ち込んでいた。ふたりでテラスにすわり、おしゃべりをし、赤ワインを飲んだ。そしてピアはひとり暮らしが寂しくなっていたことを自覚させられた。そう感じたことで敗北感を味わい、つい飲みすぎてしまった。そして二度とヘニングと共にしたくないところに入ってしまった。ベッドだ。だが心の目にはヘニングではなく、別の男性が浮かんでいた。その男性への気持ちをどうしても消し去ることができなかった。

「パウリーの家の近くでパトリックの車を目撃した者が見つかるといいんだが」オリヴァーはケーニヒシュタインのロータリーを走りながらいった。「そうすれば、彼を出頭させて、指紋と血液が採取できるんだが」

「ふむ」とだけいって、ピアはサングラスをかけた。

「どうしたんだ?」オリヴァーはたずねた。「昨日はにこにこしていたのに、今日はずいぶんふさぎ込んでいるじゃないか。子馬になにかあったのか?」

「いいえ、子馬は元気です」

「じゃあ、どうしたんだ?」

「ここしばらく寝不足なもので」ピアはいい繕《つくろ》った。ヘニングに会ったのはまずかった。だがそのことをボスにいうわけにはいかない。

　捜査十一課の面々の前で刑事助手のカトリーン・ファヒンガーがタウヌス＝ウムシャウ紙の「ケルクハイム市議会のワイルド・ウェスタン」という記事を読み上げた。オリヴァーは眉間にしわを寄せ、聞き耳を立てた。

「月曜日の夜、ワイルド・ウェスタン顔負けの騒動がケルクハイム市議会で持ち上がった。国道八号線西バイパス建設に関する激しい言葉の応酬がハンス＝ウルリヒ・パウリー議員（ケルクハイム独立左派）とドイツキリスト教民主同盟会派のあいだで繰り広げられたのち、パウリー議員から何度も〝駅前通りのソーセージ王〟と揶揄されたフランツ＝ヨーゼフ・コンラーディ議員（ドイツキリスト教民主同盟）が右ストレートでパウリー議員を床に沈めたのだ。

　喧嘩の発端は以下のとおりだ。国道八号線西バイパス建設反対の急先鋒パウリー議員は議会でそれまで公にされていなかった微妙な問題をいつもの容赦ないやり方であげつらった。国道八号線の交通動向判定には明らかな誤りがあるというのだ。交通量予測と実際の交通量に齟齬《そご》が生じた責任は、ケルクハイム市の元土木課長ノルベルト・ツァハリーアスにあるという。元土木課長は国道八号線西バイパス建設計画の顧問として最近まで高給を受けとっていた。バイパス建設の評価を一手に引き受けていたのは、元土木課長の娘婿であるカルステン・ボックのコンサルティング会社だ。偶然だろうか、意図的だろうか？

　またパウリー議員によると、エルヴィン・シュヴァルツとコンラーディ両市会議員はごく最近、一見価値のなさそうな緑地を購入している。偶然にもその土地が計画中の国道八号線西バイパス予定線にあたっていて、道路建設が実現した暁には十倍の価値になるとみられている。ケルクハイム独立左派は、身内びいきと不当利益にあたるとして、道路の必要性が太陽の光を浴びた氷のように溶けてしまっているのに、早期退職した土木課長や任期満了間近の市長がこの計画に執着することを疑問視している。

コンラーディ議員が暴挙に出たあと、議長は会議を閉会した。その夜、コンラーディ議員は〝パウリーの墓石に小便をかけてやる〟と捨てぜりふを吐いたという。前日にディートリヒ・フンケ市長（ドイツキリスト教民主同盟）が仲間内で開いた会合で、〝ふたたび脚光を浴びている国道八号線西バイパス建設に反対する不愉快な連中は足にコンクリートブロックを結わえつけて、ブラウバッハヴァイアー沼の水底に沈めてしまえ〟と軽口を叩いていた。だが月曜日の夜の出来事を考えると、これは衝撃的な内容となる。火の手はまだくすぶっている。続報を待たれたし」

「パウリーには敵がたくさんいたことになるな」オリヴァーは声にだして考えた。「まずオペル動物園の園長、隣人、生徒、さらにケルクハイム市会議員たち」

「被害者の元妻もお忘れなく」ピアがいった。

「それから精肉店のコンラーディ」カトリーンが付け加えた。

「国道八号線問題にはいったいなにが絡んでいるんだ？」フランク・ベーンケ上級警部は退屈そうにボールペンをいじった。彼はザクセンハウゼン生まれでフランクフルトの外にあるものはなにもかも田舎くさいという考えの持ち主だ。カイ・オスターマン警部は国道八号線問題を簡潔に説明した。これはケルクハイム市民にとって三十年来の懸案事項なのだ。一九七九年、ケルクハイムとケーニヒシュタインの若者たちがローテミューレの近くのリーダーバッハ谷で、計画中だった道路のために積んだ土塁を占拠して、ほぼ二年にわたって仮小屋の村を作った。パウリーはその土塁占拠者の仲間だった。その後ケルクハイムで、独立左派を結党し、激しい反対活動を推しすすめた。一九八一年五月、土塁が撤去されると、ケルクハイム＝ホルナウまで開通したバイパス計画はしばらく鳴りをひそめた。

ケーニヒシュタインのロータリーで生じる悪名高いラッシュ時の渋滞を解消するためという名目の下、バイパス建設をめぐる議論が数年前に再燃した。地域開発計画の中で四車線の自動車専用バイパスが必要だとされた。

「数日前、ケルクハイムとケーニヒシュタインの環境保護団体の代表者が行政区長官にバイパス建設反対の二千人の署名を提出しました」カイが情報を詳しく報告した。「バイパス建設計画の資料はケルクハイム、ケーニヒシュタイン双方の市庁舎で市民の閲覧に供されましたが、その時期が復活祭休み中で、ケーニヒシュタインでは実質的に市民が閲覧できなかったため、激しい非難を浴びました」

「結論をいってくれ、カイ」フランクがじれったくなっていった。「バイパスは着工されるのか、されないのか？」

「まさにそのことに、パウリーが絡んでいるんです」カイは咳払いをした。「月曜日に彼は

〈ケルクハイム・マニフェスト〉というサイトに意見書を公開して、ボック・コンサルタントがケーニヒシュタイン墓地付近に設置した交通量自動計測スポットのデータが交通量予測をシミュレーションする際に意図的に無視されたと主張しました。それにケーニヒシュタインのロータリーがすでに改良工事中で、渋滞が解消する予定であることが判定書には盛り込まれていないとも書いています」

カイはメモをペラペラめくった。「パウリーは、市とヘッセン州道路交通局、連邦交通・建設・都市開発省、ボック・コンサルタントのあいだで密約が交わされている動かぬ証拠を入手しているようですね」

オリヴァーは黙って聞いていた。バイパス建設をめぐる問題はだいたい知っている。もっとも判定書の信憑性が低いことや、密約のことは初耳だった。パウリーが殺された背景に、このバイパス建設に決定権を持つ者が関わっている可能性がある。はたして違法な犯罪行為を暴いたために死ぬことになったのだろうか。

ディートリヒ・フンケ市長は地方自治体の政治家らしくにこやかな笑顔でオリヴァーとピアを迎え、広い執務室にある応接セットへ導いた。

「すわりたまえ」市長はしたしげな微笑みを浮かべていった。「刑事警察がどのような用件かな？」

「昨日の朝、ハンス＝ウルリヒ・パウリー議員の遺体が見つかりました」オリヴァーは単刀直入にいって、市長の顔から微笑みが消えるところを観察した。「わたしたちは他殺と見ています」

「なんということだ」市長は首を横に振った。

「月曜日の夜、市議会で騒動が起きたそうですね」オリヴァーは話をつづけた。「パウリー議員とわたしは馬が合わなかった。わたしは彼の敵だった。ことの起こりは二十五年以上前に溯《さかのぼ》る。パウリー議員たち当時の若者が土塁を占拠して伝説の村を作ったんだよ。どうせ長続きはしない、冬が来る前にあきらめるだろうと思ったんだがね」

市長はメガネを取って、目をこすった。

「あのとき手ぬるいことをしたせいで、連中はやればできると思ってしまったんだ。その後、ケルクハイム独立左派を結成して、市議選で十一・八パーセントの票を集めた。それからパウリー君は市議になり、わたしのやることなすことにケチをつけた」

市長はまたメガネをかけると、気のいい蛙のようににたっと微笑んだ。

「月曜日は国道八号線西バイパス計画が問題になった」市長は話をつづけた。「ヘッセン州が地域開発計画をすすめることになり、ケルクハイムとケーニヒシュタイン両市は必要なデータを集めたんだ。第三者機関であるコンサルティング会社が、現在深刻な状態の騒音公害と、環境への負荷と、市中心部へ向から道路の交通渋滞を期待通り解消するという判定結果を作成した。新しい道路は現在の交通状況を大幅に改善するはずなんだ」

「パウリー議員のウェブページにはまったく違うことが書いてありますけど」ピアが口をはさんだ。

「新しい道路によって、美しい散歩道を犠牲にし、樹木の伐採がおこなわれることは否定しない。北タウヌスからの通勤通学者や、当該の市民など数十万人の利便性があがるわけだからね。多少の自然破壊には目をつむらないと。パウリーは難癖をつける傾向があった」

「数人の議員の名をあげて、汚職を非難しましたね」ピアは親しげに微笑んだ。「それに市長とその議員方を〝タウヌスのマフィア〟と呼びました」

「たしかに月曜日にもそういう罵声をわたしたちに浴びせた」市長はため息をついた。「パウリー議員はひとりよがりで、偏見にとらわれていた。しかしわたしたちはもう慣れっこになっていた。汚職とか、マフィアというのは、彼の口癖だったから」

「なんの証拠もなくそういう疑義をはさむとは考えづらいのですが」ピアはこだわった。

「パウリー議員はすぐ自制心をなくすところがあったので、仲間からも顰蹙《ひんしゅく》を買っていたよ。彼は証拠など持っていなかった。いつものことだ。彼に非難され、罵倒された人たちの多くは、わたしのようにどっしり構えていることができなかったんだ。彼は死ななければ、誹謗中傷をした廉《かど》で訴えられていただろう」

「たとえばカルステン・ボックさんにですか？」

「ああ」市長はうなずいた。

「ということは、ボックさんの判定書に環境保護団体が不信感を抱いたということですね？

ボックさんの義父がよりによってバイパス建設計画全権委員に任命されたというのはなかなか微妙な話だと思うのですが」

市長は少し考えた。

「そういってもいいだろう。正直いって、なにも考えていなかった。だれかに全権委員になってもらわなければならなかったからね。ツァハリーアス君は長年ケルクハイム市の土木課長だった。手続きの流れがわかっているし、その道の専門家だ」

「しかし内容を精査したら、お金のかかった娘婿の判定書におかしなところが見つかったとなっては、ちょっと後味が悪いですね」

「あれはミスだった。人間だからね。そこに難癖をつけるのは、パウリー議員のような人間だけだよ」

市長は腕時計に視線を向けた。

「もうひとつ伺いたいことがあります」ピアは顔を上げずにメモを取りつづけた。「ツァハリーアスさんをバイパス建設計画全権委員に推挙したのはどなたですか?」

市長には都合の悪い質問だったようだ。

「それはだね。ボック君に適任者をたずねられたのだよ」市長は少したためらってから認めた。「ツァハリーアス君はそういう計画に関わる規定や必要事項に通暁しているから。そう考えると、ツァハリーアス君を推挙するようボック君に水を向けられたといえるな。しかしあれはいい選択だったと思う。ツァハリーアス君は専門家で、しかもどの政党にも所属していない」

「たしかですか？」

「もちろんだとも。さもなかったら支持しない。疑っているのかね？」

「ええ、あいにく」ピアはうなずいた。

〈黄金の獅子亭〉の店主は、エルヴィン・シュヴァルツがこのあいだの火曜日の夜、いつものように店に来ていたと証言した。

「シュヴァルツさんは何時に店を出ましたか？」ピアはたずねた。

「正確には覚えていないな」店主は肩をすくめた。「でも夜更けだった。最後まで残っていた客のひとりだったよ。すっかり酔っぱらっていたので、常連のひとりが家まで送っていくといっていた」

「常連の人たちがなにを話していたか聞きましたか？」オリヴァーはたずねた。

「俺は聞いていない。従業員のだれかが聞いているかもしれない」店主は、空の盆を持って歩いてきた五十代半ばの金髪のウェイトレスを手招きした。ウェイトレスは火曜日の夜のことを詳しく覚えていた。

「エルヴィン・シュヴァルツさんはすっかり腹を立てていました」ウェイトレスはいった。

「なにかの会議とシュヴァルツさんの隣人のパウリーさんのことが話題になっていましたね。パウリーさんのことはいつも一度は話題になっていました」

「いっしょに飲むのはだれでした？」オリヴァーはたずねた。

ウェイトレスは少し考えてから、数人の名前をあげた。その中に精肉店のコンラーディとノルベルト・ツァハリーアスの名があった。

「ふたりも火曜日ここにいたんですか？」

「コンラーディさんはいらっしゃいませんでした」ウェイトレスは首を横に振った。「なにか用事があったそうです。でもツァハリーアスさんはいました。夜の十時くらいまでいて、帰りましたけど。ツァハリーアスさんはあの夜、やけに静かでしたね。でもシュヴァルツさんはすごい剣幕でした」

男の客がふたり入ってきて、カウンターの横のテーブルについた。

「あれは本屋のフレットマンさんじゃありませんか？」オリヴァーはウェイトレスにたずねた。

ウェイトレスは振り返った。

「ええ、そうです。フレットマンさんとジーベンリストさん。おふたりはパウリーさんの友だちです」

「ジーベンリスト？」ピアはたずねた。「レーマー家具店の？」

「そうです」ウェイトレスはうなずいて、声をひそめた。「フレットマンさんの奥さんが旅行代理店のマンタイさんと駆け落ちしてから毎日、昼食をとりにうちへ来るんです。ときどきジーベンリストさんもいっしょに来ます。それからパウリーさんも」

ウェイトレスは常連たちの私生活に詳しいようだ。

「すくなくとも週に一度、パウリーさんはカツレツかステーキを注文します。野菜と豆腐しか食べないなんて、あれは嘘っぱちです。最近、ツァハリーアスさんもいっしょに席につくことがありました。でもシュヴァルツさんには内緒ですよ」


フレットマンとジーベンリストは、オリヴァーとピアがそばに近づいてもなかなか気づかなかった。そのくらい熱心に小声で話し込んでいたのだ。ふたりは、昨日エスター・シュミットから電話を受けて、すでにパウリーの死を耳にしていたのだ。フレットマンは彼女を慰めるために車で行ったという。フレットマンは背が高くすらっとした体格で、きれいに整えた薄い髭を生やし、縁なしのメガネをかけ、髪は白髪まじりで、額《ひたい》の上が薄くなっていた。

「学生の頃から友人だったんです」フレットマンはタバコを吸った。「ショックですよ」

レーマー家具店社長のシュテファン・ジーベンリストは額の禿げあがった小太りの男だった。メガネをかけ、左のこめかみに鮮紅色血管腫があり、かつて土塁を占拠した活動家の面影はない。水色の目をしていて、握手したときの手がしめっていた。ピアは思わずジーンズで手をふいた。高等中学校《ギムナジウム》の生徒が保守的な親の世代への反抗心から反原発活動や、ドイツ赤軍派《RAF》といった極左に共感し、一九七〇年代終わりに新しく結成された緑の党にイデオロギー上の我が家を見つけた頃、フレットマンとジーベンリストもパウリーといっしょに学校に通っていた。一九七九年五月の国道八号線の土塁占拠は確信をもって参加した。だがパウリーが学生時代に、左翼思想と抵抗運動を洗練させていったのに対して、彼の友人たちは社会に流されていった。フレットマンは親から書店を引き継ぎ、ジーベンリストはベルベル・レーマーと結婚して、十年前に有名なレーマー家具店の経営者になった。ふたりはケルクハイムの名士とみなされ、ケルクハイム独立左派を結党するときに決定的な役割を果たした。数年前、ハンス＝ウルリヒ・パウリーはラディカルすぎるとして、ジーベンリストが党首に選ばれていた。

「ウルリヒのことは悪くいえません」フレットマンは人差し指でメガネを押し上げた。「あいつは熱くなりやすく、妥協ということを知りませんが、高潔で気前がよかったんです。よく意見が対立しましたけど、それでも友だちでした。ウルリヒはやたらと争いを起こしましたけど、いなくなってさみしいですよ」

フレットマンは悲しそうに微笑み、ため息をついた。

「なによりも最後に会ったときに喧嘩してしまったことが悲しい。もう仲直りすることができませんから」

「どうして喧嘩をしたんです？」オリヴァーはたずねた。

「ウルリヒは最近、公の場での放言がひどすぎて、役に立つどころか弊害が目立っていたんです」フレットマンは灰皿でタバコをもみ消した。「たくさんのケルクハイム市民が国道八号線西バイパス建設に反対で、多くの支持を得ているんです。党員にとどまりません。しかし、みんなの協力を得るには事実に基づく必要があります。ウルリヒはそれが納得できなかったんです。月曜の市議会で彼を止めようとしたら、彼にののしられてしまいました。しかたないと思いました。彼のことはわかっていましたので」

「月曜日になにがあったんですか？」オリヴァーはたずねた。

「やはり国道八号線の西バイパス建設が問題になったんです」フレットマンは答えた。「行政区長官の文書が朗読されました。地域開発計画は既定の事実とされ、二千人の反対署名が無視されたのです。ドイツキリスト教民主同盟会派で拍手が起きると、ウルリヒがかっとして、ボック・コンサルタントが判定に使ったデータは偽装されたものだ、証拠があるといいだしたんです。それはただの臆測ではなく、事実なんです。そのことについて、わたしたちはヨーロッパ環境自然動物保護連盟とケーニヒシュタイン人生の価値行動共同体のリーダーと話し合って、判定をし直すよう要求することで一致していました。ところがパウリーは、汚職は連邦政府にまで及んでいて、州の官庁、行政区、連邦交通省の官僚が絡んでいるから、やっても無駄だといっていたんです」

ピアはメモをとった。

「だけどウルリヒは他にも切り札を持っていたんです」フレットマンはいった。「ウルリヒが計画中の予定線上にあるシュヴァルツとコンラーディの土地を列挙したので、あのふたりがかんかんになって怒りだしました」

「シュヴァルツはリーダーバッハ谷に牧草地を持っているんです」ジーベンリストが付け加えた。「コンラーディはシュナイトハインの近く、ツァハリーアスもあちこちにいくつも土地を持っていて、市議会議長のニッケルもライスのあたりに。微妙なのは、予定線が公にされる直前に、みんな、その土地を買っていたことです」

「どうして微妙なのですか?」ピアはよくわからなかった。

「インサイダーの利点を使ったからですよ」ジーベンリストはハンカチで額をふいた。「連中は耕地や緑地として一平方メートルあたり二ユーロで買ったんです。道路工事がはじまれば、ヘッセン州からすくなくとも十ユーロは支払われるでしょう。前の地主たちはかなり腹を立てていて、訴えようとしています」

「なるほど」オリヴァーは咳払いをした。「しかしパウリーさんはどういう証拠があって、複数の官庁で賄賂《わいろ》が飛び交ったと疑っていたんでしょう？」

「ボック・コンサルタントと賄賂を受けとった者たちのあいだで交わされた文書のコピーがあるといっていました。見てはいないですけど」

「ボック社は道路工事にどういう関心があるのですか？」ピアはたずねた。「判定をしただけでしょう」

「ボック・コンサルタントはボック・ホールディング社の傘下にある複数の企業のひとつなんです」ジーベンリストは答えた。「パウリーは徹底的に調べていました。ボック・ホールディング社の傘下には道路工事、土木、道路標示、ガードレール設置などを請け負う子会社があるんです。もう何年も前からケルクハイムとケーニヒシュタイン両市の事業をすべてこの一連の子会社が受けているんです。不思議なことに、どんな入札でも、最低価格を提示して」

「それは興味深いですね」オリヴァーはいった。

「これが証明できたら、ものすごいスキャンダルになります」ジーベンリストは答えた。「しかしもはや打つ手はないでしょう。ウルリヒがそのことをののしったせいで、みんな、危険を察知してしまったはずです。今頃、シュレッダーが大活躍していますよ。賭けてもいい」

「パウリーさんが具体的に疑っていたのはだれでしたか？」オリヴァーがたずねた。

「まずはツァハリーアス、それからホーフハイム市の土木課長ゲオルク・シェーファー、ボック・コンサルタントの経営者カルステン・ボック」

「どうして火曜日の夜にパウリーさんを訪ねたんですか？」オリヴァーはたずねた。

ジーベンリストはためらった。

「もう一度彼と話がしたかったんです。冷静に」

「なにについてですか？」

「もちろん月曜日の夜の件です」

「あなたはパウリーさんに、昔のことを蒸し返すのは納得できない、といったそうですね」オリヴァーは、ジーベンリストがびっくりしていることに気づいた。「どういうことか教えてもらえますか？」

「古い話です」ジーベンリストはおっとり構えているが、アップルワインのグラスをつかんだ指には、関節が白く見えるほど力が入っていた。「たいしたことじゃないです。気が立っていたものですから、つい」

「気が立っていた？」ピアはたずねた。

「なにがいいたいんです？」ジーベンリストは困惑したまなざしをピアに向けた。

「かっとなって彼を殺したとか？」

「勘弁してください」ジーベンリストは大げさに振る舞った。「暴力行為は嫌いです。暴力ではなにも解決しないと考えています」

ピアはジーベンリストの指が震えていることに気づいた。

「多くの人がそう考えているでしょう」ピアは顔をほころばせた。「でも追い込まれると、それしか解決の方法がないように思えてくるものです。たとえば忘れていた若い頃の悪さに今の地位を脅かされたときとか」

ジーベンリストのぶくぶくした頬を汗が流れた。

「火曜日の夜、パウリーさんとなんの話をしたのか教えてください」オリヴァーに要求されて、ジーベンリストは軽はずみな言動を後悔しているような顔つきになった。

「あなたの気が立つほどの話とは？」

「事故の話です」ジーベンリストはしぶしぶ答えた。「一九八二年のことです。どうして彼が蒸し返したのかわかりませんが、わたしがケルクハイム独立左派党首の選挙で勝ったことが気にくわなかったのでしょう。わたしが彼に対して陰謀を巡らしたと食ってかかったんです。ウルリヒはいつも自分を追放者、殉教者、陰謀の犠牲者と見る傾向がありました。実際には、彼が成し遂げたことなんてひとつもないのですが」

「でもあなたは違いますね」ピアがいった。「ケルクハイム商工会の会長で有名家具店の経営者。名士ですね。二十四年も前のちょっとしたスキャンダルでも、あなたは評判を落とすことになるのではないですか？」

ジーベンリストは目がこぼれ落ちそうなほど大きく見開いた。

「わたしはなにもしていません。会って話をしただけです。わたしが帰ったとき、彼はぴんぴんしていました」

「そのあとどこへ向かわれたんですか？」

「自分の事務所です。いくつか書類を書きにいったのです。サッカー騒ぎには辟易《へきえき》していたので」

「証人は？」

「清掃作業員が夜の十時までいました。そのあとはわたしひとりでした」

オリヴァーとピアは顔を見合わせた。ジーベンリストはまた汗だくになっていた。

「わたしたちの調べでは、パウリーさんは十時以降に亡くなっています」ピアはいった。「あなたは気が立っていて、その夜のうちにもう一度パウリーさんを訪ねたのではありませんか？犯行時間にアリバイがないことになります」

「そんなばかな」フレットマンが口をはさんだ。「われわれは友だちでした。あいつに死んでもらいたいと思っている奴は他にごまんといます」

「たとえば？」

フレットマンは一瞬ためらった。

「根拠もなく誹謗したくありません」フレットマンはジーベンリストをちらっと見た。「腹が立つと、思ってもいないことをいってしまうこともありますから」

「コンラーディさんは、パウリーの墓石に小便をかけてやるといったそうですね。たとえば、そういうことですか？」オリヴァーはたずねた。

「まさか。冗談でしょう？」フレットマンはメガネを直した。

「そうかもしれません。しかし、パウリーさんは次の日に殺されたわけですから、そうなると冗談ではすまされなくなります」

そのときジーベンリストたちの注文した料理をウェイトレスが運んできた。

フレットマンは食事をはじめたが、ジーベンリストは食欲をなくしたのか、料理にまったく手をつけなかった。

フランク・ベーンケ上級警部とカトリーン・ファヒンガー刑事助手は、サッカーをテレビで観戦したり、庭でくつろいだりしていたローアヴィーゼン小路の住人に片っ端から聞き込みをした。だがおかしな物音を聞いたり、気になるものを目撃したりした者はひとりもいなかった。とはいえ、パウリーの家はいつも騒がしかったというエルヴィン・シュヴァルツとエリーザベト・マッテスの言葉を裏付ける証言がいくつか得られた。スクーターや車の出入りする音、犬の吠え声、駐車スペースの占拠、哄笑や叫声。火曜日の夜になにかあったとしても、だれもなんとも思わなかっただろう。カイ・オスターマン警部はタウヌス＝ウムシャウ紙の記者ヘンドリク・ケラーから耳寄りな情報を聞きつけてきた。日曜日の夜、郊外にあるレストラン〈愉快な田舎者〉のテラスで偶然、フンケ市長の隣の席になり、市長とその友人たちの話が聞こえたというのだ。声をひそめようともしなかったので、はっきり聞くことができたという。市長たちはしばらくノルベルト・ツァハリーアスを待っていたが、そのうち食事をはじめた。フンケは、自然保護団体への説明会を前にして元土木課長ツァハリーアスが怖じ気づいているようだといった。同席していたひとりが、ツァハリーアスが寝返るのではないかと心配し、もうひとりがそれに反論し、問題はツァハリーアスではなく、パウリーを一時的にでも説明会前に黙らせる方が重要だといったという。

「ツァハリーアスには犯行時にアリバイがないです」ピアがいった。「〈黄金の獅子亭〉のウェイトレスの話だと、ツァハリーアスは十時に店を出たそうです」

「今のところツァハリーアスという人物は要注意ですね」カイはいった。

「わたしもそう思う」オリヴァーはうなずいて、時計に視線を向けた。「わたしが訪ねてみよう」

「わたしたちはどうしますか？」ピアはたずねた。

「きみとベーンケはパウリーのビストロを訪ねてくれ。そろそろ開店している頃だ」

そのときピアがいやそうな目つきをしたことを、オリヴァーは見逃さなかった。ピアはフランクと気が合わないのだ。というか、それはお互い様だった。はじめはオリヴァーが目をかけているせいだと思ったが、どうやらフランクはピアのことがそもそも気に入らないらしい。ピアはフランクのことを傲慢だと思っていた。なにかというと女性をこき下ろす薄っぺらで子どもっぽい奴で、自分の改造車を自慢するからだ。

ボスに替わってくれと頼もうとしたとき、携帯電話が鳴った。

「もしもし、ヘニング」画面に表示された電話番号を見て、ピアはいった。「どうしたの？」

「オペル動物園の死体をあらためて検視した」ヘニングは答えた。「牧草地に遺棄される前に、しばらくのあいだ仰向けで横たわっていた。肩と臀部に圧がかかっていることから木製のパレットに乗せられていたことは間違いない」

「パレット？」ピアは立ち止まった。

「ああ、昨日、腿と上腕の皮膚組織で見つけた木くずと符合する。覚えているだろう。どうして木くずが刺さったのかわからなかった」

「木製のパレットなんてどこにでもありそうじゃない。他に手掛かりはないの？」

「あるとも」ヘニングはいった。「脚と腕の裏側、それから毛髪に塩化ナトリウムの痕跡を見つけた」

「塩化ナトリウム？　それはなに？」

「化学は苦手だったな」ヘニングは愉快そうにいった。「しかしこれは教養の範疇《はんちゅう》だぞ。塩化ナトリウムとは食塩のことだよ」

「だれと話をするんだ？」フランクはつまらなそうにあたりを見回した。〈ビストロ・ベジ〉はまだ閑散としていた。奥の席で若い女が三人、コーヒーを飲んでいるだけだった。

「もうすぐ集まってくると思うわ」〈ビストロ・ベジ〉は学生運動をした、髭面で議論好きの六八年世代の溜まり場だろうと思っていたが、中央通りの角の家の一階に店を構えるセンスのいいモダンなビストロなのでピアは驚いた。入口近くにカウンターテーブルとぴかぴか輝くクロムのスツールが並び、その奥の鏡張りの長いカウンターに沿って、いくつもの木のテーブルを囲んで、革張りのすわり心地のよさそうな椅子があった。厨房への入口の横には大きく開いたドアがあって、中庭に通じていた。そこにもベンチと横長のテーブルが列をなしていた。バーと厨房の入口のあいだの壁には、額入りの大判のモノクロ写真がかけてあった。ハンス＝ウルリヒ・パウリーの遺影だ。ピアは立ち止まって、パウリーの写真を見つめた。灰色の巻き毛、細面、丸メガネ。カリスマがあるようには見えない。人気を博しながら、方々でこれほど嫌われるとは、いったいどういう人間だったのだろう。ピアは並んでいるテーブルに向かっていき、席についた。どこからともなく若い娘がやってきた。

「こんにちは、わたしはアイディン」そういって、娘はピアたちにメニューを差しだし、タコスチップスの山をテーブルに置いた。フランクはタコスチップスをわしづかみして口に入れると、立ち去るウェイトレスをいい娘だというように見つめ、革の肘掛け椅子にだらしなくすわって、いつものようにふんぞり返った。

「俺はなにも食わないぞ。豆腐と野菜を食うと、吹き出物ができる」

「なにそれ。それじゃ昨日、野菜を食べたの？」ピアはからかった。

フランクはじろっと見た。彼は夏になるとアレルギーがひどくなる。そこが弱点だった。だがアイディンがもどってきたので、フランクはなにもいわなかった。ピアはマンゴージュースとフレッシュチーズをはさんだハーブ入りベーグルを注文した。女の子が四人入ってきて、カウンターに向かって腰かけた。カウンターの中では若い男がオーディオを操作していた。しばらくして静かなBGMが流れてきた。フランクは結局、ハワイ風サンドイッチを頼んで、不服そうにむしゃむしゃ食べた。

ピアは、三々五々やってきた若者たちを観察した。ほとんどの若者が入口のあたりにとどまり、脚の高いテーブルやカウンターにたむろした。みんな、悲しそうに肩を落とし、声を押し殺してしゃべり、互いに慰め合うように抱擁していた。そのうち若者が数人、店の奥に入って、「プライベート」と書かれたドアの奥に消えた。

六時半を少し過ぎたとき、ルーカス・ファン・デン・ベルクが店に入ってきた。悲しそうにしている娘をすぐに抱きしめた。娘はすすり泣いて、抱かれるままになった。しばらくしてルーカスはカウンターの奥に入って、仕事をはじめた。そこへまた若者がふたり、バイクのヘルメットを腕に抱えて入ってきた。ふたりはルーカスにあいさつし、悲しそうにしている女には目もくれず、まっすぐ店の奥のドアに向かっていった。パウリーが死んでも、放心状態にならない若者もいるということだ。

もし建築家のグラーフ夫妻が事務所を自ら設計したのなら、なかなかの腕前ということになる。オリヴァーはバート・ゾーデン旧市街の古い木組みの家を大胆に修復したその事務所に感銘を受けていた。かれこれ十五分近く、一階にある空調の効いた居心地のいい応接室にすわっていた。先にノルベルト・ツァハリーアスを訪ねたが、これといった成果はあがらなかった。ツァハリーアスは留守で、良心が痛むのか、窓のブラインドを下げて、外からの視線をさえぎっていた。オリヴァーは名刺をよく見えるように郵便受けに挿して、あとでもう一度寄ってみることにした。五時半。マライケがようやく建築現場からもどって、すぐ面会室にやってきた。オリヴァーは、パウリーの好みははっきりしたと思った。マライケも、エスター・シュミットと同じように華奢《きゃしゃ》でかわいらしかった。もちろんエスターの方が洗練さに欠けている。マライケはほっそりしたリネンのワンピースに、腰のところを絞ったブレザーというでたちで女性らしさを強調していた。マライケは、エスターがいうほどきつくはなさそうだ。

「遅れてすみません」マライケは魅力的な笑窪を作って、オリヴァーに手を差しだした。「だれか飲み物をおだししましたか？」

「ええ、ごちそうさま」オリヴァーも微笑んでふたたびすわった。

「前の夫が死んだと聞きました」マライケはいった。「そういうことはすぐ噂になるんです。シュヴァルツさんが昨日、電話をかけてきました」

「あなたとパウリーさんはどのくらいの期間結婚していたんですか？」オリヴァーはそうたずねながら、犬猿の仲の隣人が死んだという朗報をシュヴァルツが昨日さんざんいいふらしたようだなと思った。

「十四年です」と答えて、マライケはきれいな顔をしかめた。「あの人はわたしの先生でした。第九学年のとき、あの人こそ生涯の伴侶だと確信したんです」マライケは鼻で笑った。「とんだ勘違いでした」

「パウリーさんのどこに魅力を感じたのですか？」

「あの人はいろいろとビジョンを持っていたんです。確信を持って行動するところがすごいと思ったんです」

「離婚の理由はなんですか？」オリヴァーはたずねた。

「彼の本性がわかったからです」マライケは優雅に肩をすくめた。「よりよき世界のために無心になって闘っているふりをしていましたが、決してそんなことはなかったんです。実際には、弱い人でした。だからうまく乗せられた若者に囲まれているのが大好きだったのです。魚に水が必要なように、あの人はまわりからの賛美を求めていたんです。崇拝する人が増えれば増えるほど、あの人もやる気をだすんです。でもなにもかも嘘っぽちでした。菜食主義者だということも」

マライケは吐き捨てるようにいった。

「若い人には、自分がしていることと正反対のことを説いていたんです。夜も昼も若者がうちにたむろしていることを、はじめのうちはなんとも思いませんでした。でも年をとってくると、なんとも奇妙に思えてならなくなったんです。わたしは成長したけど、あの人は変わらなかったので。とくに十八歳の子たちを無批判に誉め称えることがずっとつづきました」

「あなたをだましていたということですか？」

「たぶん。ちゃんとはわかりません。結婚生活最後の八年間は食卓もベッドも別でしたから」

「しかし別れたご主人のパートナーはもう十八歳ではないですね」オリヴァーはいった。

「十八歳ではお金がないですからね」マライケはばかにするような口ぶりだった。「ビストロの入っている家がエスターのものですから。それになにもいわずあの人の借金の肩代わりをしましたし」

「借金があったんですか?」

「それはもうたっぷり」マライケは鼻で笑った。「あの人は見栄っ張りだったんです。どうせなら女性弁護士を引っかけたらよかったんです」

「どうして家を前のご主人に渡したんですか?」

「渡してなんかいません」マライケは背筋を伸ばした。青い目がきらっと光った。「あの人は喉から手が出るほど欲しかったでしょうね。でも家を出た日にはっきりいってありました。別に住む家が見つかるまでよ、と。わたしはあの家を売って、片をつけたかったんです」

「パウリーさんの留守番電話に残されていたあなたのメッセージを聞きました」オリヴァーはいった。「パウリーさんが死んだ夜に訪ねていますね」

「ええ」マライケはうなずいた。「我慢の限界に達したんです。うちはあの土地に計画したテラスハウスのうち三棟を販売したのですが、建築開始を三度も延期しているんです。買い手がひとり、契約を破棄しました。他にも訴訟を起こすといっている客もいます」

「会いにいった夜、どう決着をめざしたのですか?」

「一ヶ月以内に出ていけば、お金を払うといったんです」マライケは微笑んだ。「五万ユーロ」

「それは大金ですね」

「建築を延期していることでかかる費用と較べたらたいしたことはありません」

「火曜日の夜、金を持参したんですか？」

「ええ」

「パウリーさんは金を受けとりましたか？」

「目の前のお金を見たら我慢できなくなりましたよ」マライケは答えた。「お金を数えて、七月三十一日までに出ていくと書かれた書類に署名しました」

オリヴァーは鑑識の押収品リストをまだ目にしていないが、それだけの現金が発見されたら報告があるはずだ。パウリーは殺される前にどこかに隠したのだろうか。それともその金のせいで殺されたのだろうか？　五万ユーロ以下の金でも、人が殺されることがある。しかしパウリーが別れた妻からその夜、大金を受けとることをだれが知っていたのだろう。

「目撃者によると、あなたとパウリーさんは火曜日の夜にひどい言い争いをしたということですが」オリヴァーはいった。「そうですか？」

「お向かいのマッテスさんね」マライケは顔にかかった金髪を耳にかけた。「そのとおりです。はじめ言い争いをしました。会うといつもそうなるんです。でもお金を渡したら、あの人、おとなしくなりました」

マライケは笑った。

「パウリーさんが署名したという書類を拝見できますか？」オリヴァーはいった。

「もちろんです」マライケはアタッシェケースをつかんでテーブルに置き、バックルを開けた。それからクリアファイルにはさんだ書類を一枚、オリヴァーに渡した。

「預かってもいいですか？」

「コピーでよければ」

「本物の方がありがたいです」オリヴァーは微笑んだ。「必ずお返しします」

「いいわ」マライケは腰を上げて、隣の部屋にあるコピー機のところへ行こうとした。

「クリアファイルからはださないでください」オリヴァーはついていった。マライケは振り返って妙な目つきをした。

「指紋ね？　わたしを信じていないんですね」

「今のところすべて信じます」オリヴァーは気を許して微笑んだ。「ただし矛盾が生じるまでです」


「いつまでかかるんだ？　今日は用事があるんだけどな」フランクが悪態をついた。同僚たちがみんな、フランクのことを好いているらしいのが、ピアにはどうしても合点がいかなかった。ピアから見れば、反吐が出るような奴だ。

「女の子たちのところへ行ってみるわ」ピアは立ち上がった。本当は〝プライベート〟と書かれたドアの奥が気になっていた。あれから五、六人の若者がそこに消えたまま、出てこない。あたりをうかがって、だれにも見られていないのを確認すると、ドアを開けて中にするりとすべり込んだ。廊下に沿ってすすむと、頑丈な金属のドアに行きついた。ドアの左横の壁にカード読み取り機がつけてあった。「関係者以外立入禁止。カードキーを挿してください」と書かれている。

「これはなに？」そうつぶやいて、ピアはドアの奥に聞き耳を立てた。ビストロから鈍く響いてくる音楽しか聞こえない。さっきピアがもぐり込んだドアがいきなり開いて、若者がふたり、廊下を歩いてきた。

「……ターレクは本当にひどい奴だよ」ひとりがいった。「あんなことをするなんてさ。おやじにばれたら、首を引っこ抜かれる」

ピアに気づいて、若者は口をつぐんだ。

「おい」あばた顔でやせていて、ダーティブロンドの髪のもうひとりの若者がピアの頭のてっぺんからつま先までじろじろ見た。「どこへ行こうっていうんだ？」

ピアはトイレを探していて道に迷ったといってごまかそうかと思ったが、本当のことをいうことにした。

「このドアの奥がどうなっているか知りたかったのよ」

「クラブのカードを持ってるのか？」あばた顔がそうたずねて、自分で答えた。「持っているわけないよな。知らない顔だ」

「あなたはだれ？ 支配人？」ピアは言い返した。

「俺はディーン・コルソ」あばた顔がニヤニヤした。「こっちは友だちのボリス・バルカン」

「ジョニー・デップには見えないわね」ピアは映画の〈ナインスゲート〉を見ていたので、そう答えると、身分証を呈示した。「ホーフハイム刑事警察署の者よ」

「おお、法の番人か」あばた顔が口を尖らせて、ピアの身分証には動ぜず、映画で仕入れた知識を応用した。「それでも、あんたはクラブには入れない。外にいるんだな」

ピアはもうひとりの若者を見た。褐色の巻き毛が肩までかかったおよそ十八、九歳の若者で、ぼうっと突っ立ったまま、手にプラスチックのカードを持っていた。そこへ三人目の若者がやってきた。やせたあばた顔の若者と同じで、スケーターのだぶだぶズボンに、よれよれのTシャツ、かかと部分のないスニーカーといういでたちだった。ピアは、どうして昨今の女の子はこんなだらしのない若者に恋をするのだろうと自問した。

「どうした？」三人目がふたりの若者にぞんざいにたずね、ピアを見つめた。ピアはにらみ返した。

「この中はなに？」ピアはたずねた。「違法なことをしていないのなら、隠す必要はないでしょう」

「違法なことなんてしていないさ」あばた顔はいった。「だけどここはプライベートなんだ。あんたには関係ない。わかった？」

「いいえ、わからないわ」ピアはフランクの電話番号にかけた。

「おい、トイレにはまっちまったのか？」フランクはいつもの調子でたずねた。

「プライベートと書かれたドアを入ってきて」ピアはいった。「すぐによ」

「応援が来てもだめさ」あばた顔は腕を広げて、ニヤニヤしながら道をふさいだ。巻き毛がカードを素速く読み取り機にかけた。ジーッと音がしてドアが開いたかと思うと、三人の若者は中に入り、ピアひとりだけあとに残された。そのときフランクがあらわれた。ピアはなにがあったか説明したが、フランクは関心なさそうに肩をすくめた。

「連中が入れてくれないのなら、打つ手はないな」

「そんな簡単にあきらめはしないわ」ピアは拳骨で鉄扉をノックした。「あんなガキどもになめられてなるものですか！」

「捜査令状を取ってこいよ」フランクは時計を見た。「ところで俺はあと十一分で終業時間だ」

「なら帰ればいいでしょう！」ピアは怒鳴りつけた。

「ああ、そうさせてもらう」フランクは背を向けて立ち去った。フランクがドアを抜けて店にもどった瞬間、鉄扉が開いた。巻き毛の若者がいらついた目つきでドアを大きく開けた。

「入れよ」

「ものわかりがいいのね」ピアは答えた。「ここはなに？」

「ソーシャルネットワーキングサービス《SNS》の事務所さ」若者がピアを案内した。「部外者に勝手に入られたくないから、カードキーを使ってる」

ふたりは階段を下りて、廊下を歩いた。その先の部屋の奥からリズミカルな鈍い音が漏れてくる。巻き毛の若者がドアを開けた。耳をつんざく大音響だった。ピアは窓のない大きな部屋をのぞき込んだ。壁は殺風景で、天井の蛍光灯が光っていた。腕の太さくらいあるケーブルの束がむきだしのコンクリートの上をはい、床のどこかに消えていた。およそ十台の液晶モニターが部屋の中央で明滅している。そのまわりにさっき見かけた若者たちがすわり、モニターを見ながらキーボードを叩いていた。

「ここでなにをしているの?」ピアが巻き毛の若者の耳元で叫んだ。若者は、頭は確かかというように、ピアに視線を向けた。

「ネットサーフィンさ」若者は叫び返した。「決まってるだろう」


フランクといっしょにいた二時間で、ピアの気分は急降下、ひどい頭痛に悩まされていた。朝のんだアスピリンの効果はとっくに薄れ、ヘニングと夜を過ごしたことだけでなく、赤ワインを五杯飲んだことも後悔していた。ビストロはいつのまにか客でごったがえしていた。ピアは、バーにすわっている娘たちにじろじろ見られていることに気づいた。ルーカスが微笑んで手を上げた。ピアはカウンターの端に立った。

「こんにちは、キルヒホフさん」親しげにそういうと、ルーカスはグラスを磨くのに使っていたタオルを肩にかけた。「なにか飲みます?」

「こんにちは、ルーカス」ピアはすくなくとも二十五人近い娘たちの嫉妬のまなざしにさらされた。「飲み物はいらないわ。支払いをしたいんだけど」

「アイディンにいいます」ルーカスはピアの方に膝を乗りだして、真剣な顔をした。「パウリー先生を殺した犯人はわかったんですか?」

「あいにくまだよ」そう答えると、ピアはルーカスの魅力的な目を見た。こんなに美しい緑色の目は見たことがない。

「エスターは今晩ここに来るの？」ピアはたずねた。

「いいえ」ルーカスは首を横に振った。「かなりまいってますから。でも、なんとかなるでしょう」

「火曜日の夜、この店を出たあと、パウリーさんがなにをしたか知ってる？」ピアはたずねた。

「さあ」ルーカスは肩をすくめた。「集会のあと自転車で帰りました。八時十五分頃でした」

ピアは、ルーカスが背後を気にしていることに気づいた。彼は急にそっちに気を取られた。若い女の子の集団が店に入ってきた。みんな、体にぴったりのデニムパンツとTシャツというでたちで、ピアには見分けがつかなかった。自分が若かった頃は、こんなにきれいではなかったし、みんな似たり寄ったりの服装に執着してはいなかったような気がする。

「邪魔をしてはいけないわね」ピアはいった。「仕事があるでしょう。ありがとう」

「どういたしまして。なにか質問があったら、ぼくがどこにいるかわかってますものね」


オリヴァーは〈ビストロ・ベジ〉にいるピアを迎えにきたが、終業時間と同時に帰宅したフランクについてはなにもいわなかった。エスター・シュミットの家の前にパトカーが二台、青色警告灯をつけて止まっていた。近所の家のバルコニーや歩道に様子を見ている人たちが集まっている。

「なにがあったんだ?」オリヴァーはパトカーの後ろに停車した。「まさかまた死体が見つかったなんていわないよな」

ふたりは車から降りて、庭に足を踏み入れた。家の中からヒステリックな声と物を投げる音が聞こえた。キッチンに通じる外階段に、若い婦人警官がすわって頭から血を流し、タオルで押さえていた。もうひとりの警官がキッチンでふたりを出迎えた。その警官は唇から血を流していた。

「なにがあったんだ?」オリヴァーはたずねた。

「殺人事件が起きたと思った隣人から通報があったんです。しかし、こんなのははじめてです」警官が愚痴をこぼした。「それで応援を要請したんです」

オリヴァーとピアはリビングルームに足を踏み入れようとして、あまりのすさまじさに立ち尽くした。ひとりの警官が、半裸の状態でところかまわず蹴り上げるエスター・シュミットにヘッドロックをし、もうひとりの警官が、鼻から血を流した華奢な金髪女と取っ組み合いをしていた。オリヴァーは、それがマライケ・グラーフであることに気づいて唖然とした。上品で洗練されていたのが嘘のようだ。

「静かに!」警官のひとりがたまりかねて叫んだ。「もうやめろ!」

エスターとマライケはオリヴァーに目もくれず、喉が痛くなりそうなほど甲高い声で怒鳴り合った。

「わたしの家にひと晩でも泊まれると思ったら大間違いだからね!」とマライケ。

「あんたの家だって？　笑わせないでよ！」エスターが言い返す。死んだパートナーを悼む気持ちなどさらさらない。

「なんの騒ぎだ？」オリヴァーが声を張りあげた。エスターとマライケがわめくのをやめて、オリヴァーを見た。マライケがはっと我に返って、警官の手を払うのをやめた。

「お金を返してほしいのよ」マライケはいった。「こいつには、この家に住む権利なんてないんだから。そういったら、わたしに襲いかかってきたの」

「でたらめいうんじゃないよ！」エスターがかっとなって叫んだ。「襲いかかってきたのはあんたの方じゃない！」

「この女は、わたしが元夫に渡したお金をねこばばしたのよ」マライケは鼻血が出ているのもかまわず、胸を張っていった。「それなのに、お金なんて知らないなんてふざけたことをいって！」

「金なんて見てないわ！」エスターが怒りで顔をどす黒くさせて言い返した。

「嘘よ！」マライケはまた両の拳を固めた。「この遺産どろぼう！」

「遺産どろぼうはどっちかしらね！」エスターは憎まれ口を叩いた。「あんたなんて、刑務所行きよ」

「それがいい」オリヴァーはケルクハイム警察の巡査たちの方を向いた。「ふたりを連行して、二時間ほど留置場で頭を冷やさせろ。ふたりがおとなしくなったら、釈放していい」

マライケはうなだれて、おとなしく引っ立てられたが、エスターは野良猫狩りにつかまった猫のように抵抗した。巡査たちはまだふたりの喧嘩のすごさを話題にしていたが、オリヴァーの関心は問題の金の方に向いていた。

「マライケ・グラーフが八時半にここへ来て、パウリーにお金を渡したとして」ピアは考えた。「彼が十時半頃死んだとしたら、お金を隠すのに二時間の猶予があったことになりますね」

「そのあと何者かがその金を見つけようとして家捜ししたのかもしれないな」オリヴァーはリビングルームを見回した。

「強盗殺人かもしれません」ピアがいった。「もっと少ないお金でも人が殺されることがあります」

「強盗殺人なら、死体を隠す手間はかけないだろう」オリヴァーはいった。

医者の治療を受けたふたりの巡査を従えて、ふたりは一時間にわたって地下室から屋根裏まで家じゅうを捜索した。しかし紙幣はまったく見つからなかった。


九時少し過ぎ、捜索を打ち切って、ふたりは家の施錠をし、ホーフハイム刑事警察署にもどった。カイはまだコンピュータに向かっていた。オリヴァーが電話で頼んでおいたマライケに関する情報はすでに作成してあった。

「一九八八年に前科があります。しかし少年刑法による判決だったので抹消」カイは報告書を読み上げた。「一九九一年と一九九二年、暴力行為で罰金と奉仕活動を言い渡されています。一九九八年、傷害事件で保護観察。二〇〇二年、家宅侵入罪と破壊行為で有罪。二〇〇三年にも脅迫と傷害で有罪判決を受けています。現在、保護観察中」

「見た目にだまされた」そういうと、オリヴァーは心の中でエスター・シュミットに詫びた。

カイはちょうどエスター・シュミットについてコンピュータで検索をかけたところだった。彼女も法に触れることをいろいろしていた。保険金詐欺、脅迫、名誉毀損、傷害で前科があった。

「ふたりともやりますね」ピアは皮肉をこめていった。

「鑑識結果も出ています」カイはいった。「門の手形からはなにも検出できませんでしたが、血液はパウリーの書斎とリビングルームで採取した血痕と一致しました」

オリヴァーとピアは顔を見合わせた。

「パトリック・ヴァイスハウプトが怪しいですね」ピアはいった。「彼の怪我を調べさせた方がいいです」

オリヴァーの携帯電話が鳴った。コージマだった。

「今日は換気の悪い編集室に缶詰で本当にひどい一日だったわ。帰ってくるとき、中華料理のテイクアウトを頼んでいい？」

オリヴァーはカイの部屋を出て、自分の部屋にもどった。「疲れているようだな。大丈夫か？」

「ええ、テラスで横になって夕空を眺めているわ」コージマは明るく答えた。だがその言い方にオリヴァーは引っかかりを覚えた。

「なんか変だな。どうかしたのか?」

コージマはためらった。「ちょっと事故を起こしちゃった。たいしたことはないわ。車に傷をこしらえただけ」

「事故? どこでだ? どうして?」

「たいしたことはないわ。本当よ。心配しないで」

オリヴァーはいやな予感がした。コージマの「たいしたことはない」は、普通の人にとっては大事件を意味するからだ。去年もアンデスの探検で乗っていたジープが崖から数百メートル下の峡谷に転落した。足指の骨折をしただけで命拾いしたが。

「十五分で帰る」オリヴァーはいてもたってもいられなくなった。「なにか食べるものを買って帰る。いいね?」

二〇〇六年六月十七日(土曜日)

朝の四時、ナイトテーブルに置いていた携帯電話が点滅して、激しく振動した。オリヴァーは朦朧《もうろう》とした意識の中、体を起こした。エリーザベト・マッテスだった。興奮していて、パウリーの家が燃えているといった。

「そんなばかな」オリヴァーは罵声を吐いて、ベッドの脇の照明のスイッチをつけた。

「どうしたの？」コージマは寝ぼけながらたずねた。

「オペル動物園で見つかった被害者の家が火事なんだ」オリヴァーはそういいながら、服を着ていた。「眠っていてくれ。すぐにもどる」

危惧したとおり、コージマの事故は大きなものだった。コージマは高速道路六六号線を走行中、ヴァラウ付近で運転を誤ったのだ。エアバッグとシートベルトのおかげでむち打ち症と診断されただけですんだが、乗っていたBMWX5はガードレールにぶつかり、かなりひどい傷をこしらえていた。

オリヴァーはガレージに通じるドアまで行くと、その横にかけていた上着をつかんだ。愛犬の頭をなでて、ドアを開けると、照明をつけた。オリヴァーはびっくりして心臓が止まるかと思った。息子のクラシックカーに寄りかかるようにして人がふたり抱き合っていたのだ。そのふたりがあわてて離れた。

「おい、ローレンツ、朝の四時にガレージでなにをしているんだ」オリヴァーは長男を怒鳴りつけた。それからようやくいっしょにいる娘に気づいた。

「おはようございます、フォン・ボーデンシュタインさん」トルディス・ハンゼンは顔を真っ赤にして、恥ずかしそうにTシャツをなでつけた。オリヴァーは面食らって息子とインカ・ハンゼンの娘を見比べた。ふたりの関係はまったく知らなかった。去年の夏、インカの同僚ドクター・ケルストナーに妻イザベルの殺人事件で容疑がかかったとき、トルディスと知り合った。彼女はイザベル・ケルストナー殺人事件の早期解決に協力してくれた。

「ぼくたち……あの……トルディスにぼくのサンビームを見せようと思って」ローレンツは口ごもり、トルディスはクスクス笑った。これがあと二分遅かったら本当に気まずい状況になっていただろう。オリヴァーは去年の夏、トルディスにちょっと微妙な思いをした経験がある。彼女が明らかに気のあるふりをしたのだ。年齢の違いやオリヴァーが既婚であることをまったく意に介さなかった。トルディスは、息子がいつも家に連れてくる娘たちとはまったく違っていた。だがふたりはどこで知り合ったのだろう。ふたりは本気だろうか？　トルディスが将来、自分の家に出入りするかと思うと、内心穏やかではなかった。

「まあ、がんばりたまえ」これ以上気まずくなる前に、オリヴァーはスイッチを押して、ガレージを開けた。「おやすみ」

市内の三つの地区から駆けつけたケルクハイム消防隊が隣のテラスハウスへの延焼を防ぐため、懸命の消火活動をしていた。オリヴァーは車をかなり手前で止め、火災現場まで歩いていった。オリヴァーは立ち止まって消防隊員を見た。家や木や小屋をのみ込む紅蓮《ぐれん》の炎を背景に黒い人影が動きまわっている。ホースで足の踏み場もなく、消防車のエンジンがうなり、何本ものホースから放出された水が炎にかかりじゅうじゅう音をたてていた。その上もうもうとした黒煙の中に明滅する青色灯が見える。遠くから見ると、狂気じみていた。オリヴァーの頭を最初によぎったのは、この火事がマライケ・グラーフには好都合だということだ。そのとき男がひとり道を横切って、オリヴァーのところへやってきた。

「やあ、オリヴァー」男はいった。「ここでなにをしているんだ？」

放火事件を担当する捜査十課のユルゲン・ベヒトだ。

「一昨日オペル動物園で見つかった被害者はこの家で殺されたんだ」オリヴァーはいった。

「昨日の夜、家宅捜索したばかりだ」

火災現場から百五十メートルは離れているのに、熱気を感じる。

「消防は放火と見ている」ユルゲンはタバコをくゆらし、不機嫌そうに炎を見つめた。

「なぜだ？」オリヴァーはたずねた。「どうしてそう判断するんだ？」

「三時五十分に隣人から緊急通報があった。その隣人は午前三時三十五分頃、車が通りに進入してくる音を耳にした。そのあとガラスが割れ、数分後、火の手が上がったんだ。どう思う？」

「まず間違いないな。わたしもその隣人から電話をもらった」

そのとき、オリヴァーは、連行させたふたりの女が落ち着いたら釈放するよう指示したことを思いだした。

「火災が発生したとき、家にはまだだれかいたのか？」オリヴァーは気になってたずねた。

「ああ」ベヒトはうなずいた。「ふたりとも不幸中の幸いだった。女は軽い二酸化炭素中毒になり、軽度の火傷《やけど》を負っただけですんだ」

「ふたり？」オリヴァーは聞き返した。

「ああ」ユルゲンは答えた。「その家に住んでいる女と男だ。消防隊が到着する前に男の方は姿を消した。女は検査のためにバート・ゾーデン病院に搬送された」

消火活動の中を縫って、ガウン姿のエリーザベト・マッテスが近づいてきた。オリヴァーは一礼し、電話をくれたことに感謝した。

「眠れなかったので、キッチンにいたのよ」マッテスは舞い上がっていた。いきなりすごい事件の中心に立ち、熱心に耳を傾けてくれる人が見つかってうれしいのだ。「車の音が聞こえたの。転回スペースまで走ってきて、エンジンを止めてね」

マッテスはわざと間を置いた。

「どんな車かわかりましたか？」オリヴァーはたずねた。

「もちろんよ」マッテスはガウンのポケットからメモ用紙をだし、オリヴァーに渡した。「白いライトバン。ナンバーが変わっていたわ。ERA－82TL」

オリヴァーはメモ用紙に視線を落とした。ポーランドナンバーだ。マッテスは男が降りて、パウリーの家へ行くところを目撃していた。その直後、ガラスが割れる音がして、それからきな臭いにおいがしたという。

「男が門から出てきて、駆け去るのを見たわ。そしたら火の手が上がったの」マッテスはなにかいい忘れていないかどうか考えた。オリヴァーはメモ用紙をベヒトに渡し、そのポーランドナンバーを洗うようにいった。そのとき大きな音と共に屋根の梁《はり》が崩れ落ち、明るい火の粉が煙に包まれた夜空に舞い上がった。

「おかしなことに、犬が吠えなかったのよ」マッテスはいった。「普段はすぐ吠えまくるのに」

「他になにか気づいたことはありますか？　逃げた男はその白いライトバンに乗ったんです

か？」

マッテスはためらった。消防車のそばで消防隊員と話していた禿頭《とくとう》の大柄な男が近づいてきた。農民のエルヴィン・シュヴァルツだ。

「いいえ、それ以上は見ていないわ」よくしゃべるマッテスが、シュヴァルツに気づくと急におどおどしだした。オリヴァーがなにかいおうとしたときにはもう、逃げるように前庭に入り、家の中に姿を消していた。


日が昇ると、炎と放水によってどれだけの破壊がなされたか明らかになった。エスター・シュミットはくすぶりつづける廃墟の前で茫然自失していた。ゆったりしたパンツにしみだらけのTシャツとサンダルといういでたち。火がついた家から飛びだしたときのままの恰好だった。顔と腕には火ぶくれができ、右手に包帯を巻いていた。消防隊は、焼け跡を見張るために隊員をふたり残して撤収していた。火災現場は立入禁止だった。

「わたしは大丈夫です」オリヴァーに声をかけられると、エスターは焼け跡から目をそむけずにいった。

「火が出たとき、どこにいましたか？」オリヴァーはたずねた。

「ベッドの中です。咳き込んで目が覚めたんです。そしたらもう一階は火の海でした」

「どうやって避難したのですか？」

「窓からです。ツタを伝って下りました」エスターは両の拳を固めた。「犬たちはみんな、炎に巻かれて死んでしまいました。悪党め」

「だれが放火したか思い当たりますか？」

エスターは赤く泣きはらした目でオリヴァーを見つめた。

「マライケ・グラーフに決まっているでしょう。この家を燃やして得する奴なんて他にだれがいます？」

「消防隊の話では、だれか男性が訪ねていたそうですね。どなたですか？　なぜ逃げたのですか？」

「だれも訪ねてきていませんよ。しかも男だなんて。それが放火犯だったかもしれませんね」

「シュミットさん」オリヴァーはグラーフ夫妻とパウリーのあいだで交わした覚書のコピーをだした。「グラーフさんがあなたのパートナーに渡したという金を、本当に知らないのですか？」

「ええ」エスターはその書類を興味なさそうにちらっと見た。「どうしてわたしが嘘をつかなくてはいけないんですか？　そんなお金、わたしにはどうでもいいことです」

〈ビストロ・ベジ〉と書かれた緑色のライトバンが走ってきて、二、三メートル手前で止まった。褐色の髪の若者が車を降りて近づいてきた。若者は二十五歳くらいで、少しアジア人ぽい顔立ちだった。

「やあ、エスター」若者は声を曇らせた。「大丈夫？」

「あら、ターレク」エスターはむりして微笑んだ。「わたしは大丈夫よ。迎えにきてくれてありがとう」

「当然のことさ」若者はオリヴァーとピアに一礼し、それからまたエスターの方を向いて、

「車で待ってる」といった。

「待って」エスターは若者の腕をつかんで、急に泣きだした。若者は彼女に腕をまわした。

「もうひとつ伺いたいことがあります」ピアはいった。

「今じゃなくちゃいけないのかい？」若者はピアをじろっとにらんだ。「ショックを受けているのがわからないのか？」

この四十八時間で、エスターはたしかに立てつづけに不運に見舞われたが、ピアはなぜか同情を覚えなかった。エスターが落ち込んでいるように思えなかったのだ。そういうふりをしているだけに見えた。昨日の晩、マライケ・グラーフと取っ組み合いを演じたエスターにはパートナーを殺されたことを悲しんでいる様子が微塵もなかったからだ。

「昨日、あなたのビストロを訪ねました」ピアはいった。「プライベートと書かれたドアに数人の若者が入っていって、出てこなかったんです。あのドアの向こうにはなにがあるんですか？」

エスターの泣きはらした目が急に鋭くなった。今朝はじめて、エスターはピアをじっと見つめた。

「なんでもありません。あのドアは地下室に通じているんです」エスターはおどおどしている少女のような声で答えた。似合わなかった。

ほんの一瞬エスターが目を泳がせたのを見て、SNSになにか裏がある、とピアは直感した。だがピアがなにかいう前に、若者が割って入った。

「もういいだろう。あとにしてくれ」

エスターはまた涙を流し、若者に抱きかかえられるようにしてライトバンへ向かった。

「若者が好きなのはパウリーだけではないようですね」ピアはそっけなくいった。「あのスーパーベジタリアンも、若い野菜がお好みのようです」

オリヴァーはふたりを見て、にやっとした。その瞬間、シュヴァルツ農場の門からトラクターが出てきた。そのときピアの携帯電話が鳴ったが、オリヴァーはトラクターの男に声をかけてみるとピアに目で合図した。ピアはうなずいて携帯電話をひらいた。ヘニングだった。パトリック・ヴァイスハウプトの手とふくらはぎの怪我が犬に嚙まれたものであることが確かめられたという。ピアはパトリックの血液検査と指紋の採取を頼んでから、道を横切ってボスのところへ行った。ボスはトラクターに乗っている二十五歳くらいの男と話していた。

「……なんのことだい？」ピアは、男がエンジン音に負けじと大きな声を張りあげるのを聞いた。がっしりした体格のその男は、髪が砂色っぽいブロンドで、丸顔はにきびだらけだった。

「顔と前腕に、できたばかりの火傷の痕がありますね」オリヴァーは火ぶくれのある男の腕を指した。「どうしたんですか？」

「うちのボイラーが壊れたんだ。昨日、シャワーから熱湯が出て。行ってもいいかい？　畑に行かなくちゃならないんだ」

オリヴァーはさがって、トラクターを通した。

「だれですか？」ピアはたずねた。

「エルヴィン・シュヴァルツの息子だ。あの隣人のばあさんだが、目撃証言をしたとき、シュヴァルツ家のことを話そうとしていたような気がする。父親の方を見て、すごすご引っ込んだ」

オリヴァーは遠くを見つめた。

「白いライトバンは関係ない、とベヒトがいっていた。月曜日は粗大ゴミの日だ。多くの人が早くからゴミをだしておく。ポーランド人やリトアニア人が使えそうなものを漁っていくらしい。ベヒトは、偶然だといっている」

そうこうするうちに鑑識チームが到着した。州刑事局からの応援もあった。作業服とマスクをつけて、いまだにくすぶっている焼け跡に入っていった。家の残骸は煤だらけの壁とまだ熱を発している瓦礫《がれき》だけだった。

「ヘニングが、パトリックの怪我は犬に噛まれたものだと特定しました」そういって、ピアはおとなしい青い目の犬を思いだして、顔をしかめた。「灰の中から犬の牙を見つけてくれるといいのですが。そうすれば、パトリック・ヴァイスハウプトがここに来ていた証拠になります」

コンラーディ精肉店は駅前通りの角の家だった。そこは昔ながらの商店街で、フランケンアレー通りに新しくひらけたお洒落な中心街よりも繁盛していた。週末を前に、店は客でごった返していた。オリヴァーとピアは列の一番後ろに並んで、順番が来るのをじっと待った。おかみは機嫌が悪かった。ダイエットをしだすと、おかみはいつも不機嫌になる、とオリヴァーはコージマから聞いて知っていた。客が多いのは、ソーセージがうまいこともあるが、じつはおかみの口の悪さと、夫婦げんかがおもしろいからという理由もあった。今日もまた期待は裏切られなかった。

「脂身の少ない、きれいなあばら肉をちょうだい」女の客はいった。

「それ、食べるため、それとも飾るため？」おかみが軽口を叩いた。女の客は黙って微笑んだ。常連客らしい。

「他には？」まるでけんか腰だ。

「ボイルしたハムを三枚。でも新しく切ってね」

おかみがフォークでショーケースのハムを刺し、蠟引きの紙に三枚載せると、金髪の売り子がおかみの後ろを通ってレジへ行き、値段を打ち込んだ。

「どうぞ」おかみはオリヴァーに視線を向けた。浮かぬ顔にさらに気むずかしいしわが寄った。

「わたしはボーデンシュタイン、いっしょにいるのは同僚のキルヒホフ……」オリヴァーはいつものように名乗った。

「それはどうも」おかみがさえぎった。「それで、なんの用？」

「ご主人と話したいのですが」

「どうして？　なにか問題でも？　わたしにも話してもらいたいね」

「ホーフハイム刑事警察の者です」ピアは身分証をだした。「ご主人を呼んでください」

おかみはふたりをじっと見つめ、それからフォークを作業台の上にばしっと置いて、奥にさがった。

店はまた客でいっぱいになった。おかみのいないあいだ、金髪の売り子が代わりに対応した。数分後、真っ白な衣服と赤と白のチェックのエプロンを身につけたダークブロンドの大きな男があらわれた。コンラーディは顔の彫りが深く、輝くような青い目をしていた。店にいた女性客たちは、彼にあいさつされると、ものほしそうな顔をした。

「やあ」コンラーディは親しげに微笑んだ。「俺に用があるんだって？　外から裏にまわってくれないかな」

オリヴァーとピアは店を出て、裏庭にまわった。後部ドアを開けたライトバンが止まっていた。

「おかみが他の女性に邪険なのも当然ですね」ピアはいった。

「どうして？」オリヴァーは驚いてたずねた。

「わからないんですか？」ピアはいった。「男ですね」

「なんのことだ？」

「女にもてるタイプだってことです」

コンラーディが裏口にあらわれ、手招きした。オリヴァーとピアはあとについて、白タイル張りのソーセージ工場の小さな事務室に入った。

「パウリーの件だろう」オリヴァーとピアがデスクの手前の椅子に腰かけると、コンラーディが口火を切った。「エルヴィン・シュヴァルツから聞いた。あいつが死んだそうだな。そのうち警察が来ると思っていた」

「どうしてですか？」ピアはたずねた。そばで見ると、コンラーディはますますハンサムだった。グレーのもみあげと目元の笑いじわも全体の印象を下げはしなかった。

「俺があの意固地な菜食主義者と犬猿の仲だってことは知らない奴がいない」コンラーディは嫌悪感丸出しでいった。

「最近、被害者の犬を撃ち殺したそうですね」オリヴァーはいった。

「ああ」コンラーディはうなずいた。「放し飼いにする方が悪い。動物を野放しにするなんてな！　俺は森の猟場の管理人として責任がある。せめて禁猟期には犬を鎖につなぐように口が酸っぱくなるほどいったんだ。ところで、撃ち殺したのがパウリーの犬だとは知らなかった。あいつは首輪もつけていなかったからな。そうやって犬を登録せず、税金をけちっていたことがあとでわかった。だからいつもなら大騒ぎするあいつが、犬の件ではおとなしかったんだ」

「いつのことです？」

「二、三週間前かな。次の日に俺の店に踏み込んできて、客の前で犬殺しとののしりやがった」コンラーディは顔をしかめた。「あいつはそういうやり方ばかりした。俺はあいつを店から追い払った。次の朝、店の窓ガラスに落書きをされたよ」

「黙っていたんですか?」ピアはたずねた。

コンラーディは肩をすくめた。

「家内にまかせたさ。どっちにしても、あいつと話をつけるといっていたからね。せがれのことで」

コンラーディの顔が曇った。

「うちのせがれには精肉屋の修業をつけて、いつかこの店を継がせることにしていたんだ。それなのにあの糞パウリーが、大学入学資格試験を受けて、進学しろとそそのかした。うちのせがれは突然、お上品な仲間の前で俺たちを恥じるようになり、店に寄りつかなくなって、コンピュータばかりいじるようになった。二、三週間前、とうとう家を出ていった」

「あなたは火曜日の夜どこにいましたか?」オリヴァーはたずねた。

「なんでだい?」コンラーディはいぶかしげにたずねた。「俺がパウリーを殺したってのか?」

「真っ白とはいえませんので」オリヴァーが言葉を返した。「あなたはパウリーさんに腹を立てていました。月曜日の夜にパウリーさんを張り倒したとも聞いています」

コンラーディは薄ら笑いを浮かべた。

「あの夜は本当に堪忍袋の緒が切れた。〝駅前通りのソーセージ王〟と三度もぬかしやがったんだ。頭にきたよ」

「パウリーの墓石に小便をかけてやるといった、と新聞に載っていました」ピアはいった。

「もうすぐ実行に移せるじゃありませんか」

コンラーディは顔を紅潮させた。

「火曜日はなぜいつものように〈黄金の獅子亭〉に顔を見せなかったのですか？」

刑事警察がそこまで知っていることに、コンラーディは明らかに驚いたが、そういうそぶりは見せなかった。

「あの夜は……」そういいかけて押し黙った。おかみが事務室のドアのところにあらわれ、まるで異端審問官の使者ででもあるかのように腕組みをしてそこにたたずんだからだ。

「あの夜は？」オリヴァーはたずねた。

「ゴルフクラブに子豚の丸焼きを二個届けにいったのよ」おかみが口をだした。コンラーディは明らかに気に入らない様子だ。

「なるほど」ピアはメモをした。「何時に帰宅しましたか？」

コンラーディは答えようとして口を開けたが、おかみの方が早かった。これでおかみが夫の味方でないことがはっきりした。

「午前二時」おかみは鋭い口調でいった。「泥酔していたわ」

「ばかなことをいうな！」コンラーディは妻を怒鳴りつけた。「店をほっといていいのか？もどれ！」

「午前二時までどこにいました？」ピアはたずねた。

「ゴルフクラブにいた」コンラーディはいった。「食事が終わるまで。それから……」

「それはわたしも気になるわ」おかみがすかさずいった。

「出ていけ！」コンラーディは跳ね上がると、ドアのところへ行った。おかみはあとずさった。

「どうせどこかの女のところでしょう」おかみは悪意のこもった笑い声をあげた。「まったく好きなんだから！」

コンラーディはドアをばたんと閉め、オリヴァーとピアの方を向いた。

「酔っぱらってはいなかったが、たしかに知り合いを訪ねた」

「知り合いの名前は？　どこに住んでいるんですか？　何時にその人のところに着きましたか？」ピアはたずねた。

「彼女を面倒に巻き込みたくない」コンラーディは後ろめたそうにした。

「火曜日の夜から水曜日にかけてアリバイが証明できなければ、あなたが面倒なことになりますよ」ピアは肩をすくめた。コンラーディはまたどさっと椅子にすわった。オリヴァーとピアは考える時間を与えた。

「わかったよ」コンラーディはいった。「どうせわかることだろうしな。マライケと会ってたんだ。マライケ・グラーフだよ」

その答えに、オリヴァーとピアはしばらく言葉を失った。

「あのマライケ・グラーフ？」ピアは念押しした。「パウリーさんの元妻の？」

「長い付き合いなんだ」コンラーディは肩をすくめた。「パウリーと別居してから、マライケはレーネルトのところでしばらくのあいだウェイトレスをしていたんだ。ある日、意気投合して、それで、その……」

「マライケ・グラーフさんは結婚したばかりじゃないですか」オリヴァーはいった。

「旦那を知っているのか？」コンラーディは手で払う仕草をした。「あいつは仕事とゴルフとクラシックカーラリーしか頭にない。あいつとマライケは結婚したが、プラトニックな関係さ」

閉めたドアに視線が向けられた。

「俺の場合と同じでな」にがにがしげな言い方だった。

オリヴァーとピアは顔を見合わせた。コンラーディもマライケも、犯行時間にアリバイがないことになる。しかもパウリーの死を望む動機がいくつもある。猟場の管理人として、コンラーディは森の中の柵の鍵をすべて持っているから、ゴルフ場からパウリーの家まで最短距離で移動できる。体力もあるので、死体をなんなくライトバンに積めるだろう。動機、手段、機会、すべてそろっている。

グラーフ夫妻はプライベートでもガラス張りの家に住んでいた。人の背丈はあるうっそうと茂ったツゲの生け垣に囲まれた邸《やしき》はバート・ゾーデンのダッハベルク地区に建っていて、大部分が巨大な窓でできていた。大きな鉄の門の向こうの開け放ったガレージの前に古いジャガーのカブリオレが止まっていて、他にも車が二台ある。

「この車を見たら、うちの息子はうらやましくて涙を流すだろうな」そういいながら、オリヴァーはチャイムを鳴らした。「勘違いでなければ、五〇年代のジャガーＸＫ１２０だ」

銀髪のやせた男が家から出てきた。ポロシャツを着て、折り目の入ったジーンズをはいている。年齢は五十代半ばだろう。口髭を生やし、メガネをかけている。ゴルフバッグを肩にかけていて、クラブが数本顔をのぞかせていた。

オリヴァーは身分証を呈示した。

「ホーフハイム刑事警察の者です。夫人にお会いしたいのですが」

男は門を開けて、オリヴァーとピアをちらっと見た。「妻はすぐに来ます。前の夫のことですね」

「そうです」オリヴァーはうなずいた。「ゴルフをしに行くところですか?」

「ええ。今日はトーナメントがあるのです。クラブ選手権です」

「ほほう。どこでプレイするんですか?」

「ホーフ・ハウゼン・フォア・デア・ゾンネです」グラーフは手首の時計にさっと視線を向けた。

「すてきな車ですね」オリヴァーがいった。「XK120ですか?」

「そのとおりです」グラーフは自慢そうに微笑んだ。「一九五三年製。十年前、廃車になっているのを買って完全に修復しました。クラシックカーラリーを走るのが好きでしてね」

ハイヒールを鳴らしてマライケ・グラーフが近づいてきた。土曜日の午前中だというのに、エレガントないでたちだ。三連の真珠の首飾りはちょっとした財産だ。

「おはようございます」マライケはにこにこしながらいうと、夫の腕をさすった。「もう行かないとだめじゃないの、うさぎちゃん。十一時十五分よ」

オリヴァーたちが訪問の理由を口にする前に、夫を行かせたいと思っているのがありありしていた。グラーフが美しい妻を見つめるその目つきは、プラトニックな結婚とは相容れなかった。マライケは夫の頰にキスをして、夫がジャガーＸＫ１２０に乗り込んで、手を振りながらバックで進入路から出ていくのを見送った。マライケの化粧は非の打ち所がなかった。エスター・シュミットと修羅場を演じたといわれても、自分の目で見なかったら、ピアはにわかには信じられなかっただろう。

「どういうご用件でしょう？」マライケがたずねた。

「ご主人には、昨日どこにいたと話したのですか？」ピアはたずねた。

マライケはそうたずねられても、まったく動じなかった。

「もちろん本当のことをいっています」マライケは答えた。「夫とわたしは一切隠しごとをしませんので」

「そうですか」ピアはさげすむようにマライケを見つめた。「ということは、ご主人もフランツ＝ヨーゼフ・コンラーディさんとあなたの関係をご存じなんですね」

マライケは虚を衝かれた。

「いきなりなんですか？」一瞬、言葉を荒立てたが、すぐに気を取り直した。

「コンラーディさんから聞きました」ピアはいった。

「まあ、そのとおりですけど」マライケは否定しても意味がないと悟ってあっさり認めた。

「夫がいながら別の男と寝るというのは変に聞こえるでしょうが、そんなことはないんです。マンフレートのことは学生時代から知っていました。彼はわたしが建築学を学んでいたダルムシュタット大学の講師で、その頃から愛していたんです」

マライケはわざとらしく肩をすくめた。

「マンフレートは若い頃に精巣癌《がん》にかかりました。生き延びはしましたけど、そのせいで……まあ……わかるでしょう」

「いいえ」ピアはぴしゃりといった。「わかりません」

マライケはむっとしてピアをにらんだ。「夫はできないんです。結婚する前に取り決めたんです。わたしは……」

「なんですか？」

「コンラーディとの関係は内緒です」マライケは冷ややかに答えた。「わたしの結婚には何人《なんぴと》も口をはさませません。たとえ警察であろうと」

「あいにくですが」オリヴァーが割って入った。「コンラーディさんには、あなたの前のご主人が殺された時刻にあなたといっしょだったというアリバイしかないのです」

「どうしてアリバイが必要なんですか？」マライケは驚いてたずねた。

「犯人の疑いがあるからです」オリヴァーはいった。「あなたと同じように。火曜日の午後九時半から十一時まではどこにいましたか？」

「わたしは八時半頃パウリーを訪ねました」マライケはそういう質問をされると考えていたの

か、淀みなく答えた。「覚書に彼の署名をもらったあと、ゴルフクラブへ行きました。クラブの会長が六十歳の誕生パーティをひらいたんです」

「そこにはどのくらいいましたか？」

「コンラーディの片付けが終わってから、ふたりでズルツバッハにあるわたしたちのアパートに行きました」マライケはからかうように微笑んだ。「シュタルケラート小路五二番地の五階」

「それは何時でしたか？」

「なんなの？」マライケは目を丸くした。「いちいち時間なんて見ていません！　たぶん十一時頃です」

「その前に、前のご主人のところに寄ったりしませんでしたか？」

「寄っていません！　どうして寄る必要があるんですか？」

「コンラーディさんに手伝ってもらって、金を回収するためです」

「ナンセンス」マライケは首を横に振った。

「ローアヴィーゼン小路のあなたの家が今日の未明に燃えたことは当然ご存じですね？」ピアはいった。「消防隊は放火だとみています。もしお金がまだ家の中にあったのなら、もう灰になっているでしょう」

マライケは一瞬、ピアを見つめ、それから愉快そうに微笑んだ。

「なにそれ。家が燃えたなんて。都合がよすぎだわ」

「そのとおりです」ピアはうなずいた。「わたしたちも、放火犯が大いにあなたの役に立ったと考えています」

「わたしが放火したというの？」マライケは腰に手をやった。「むちゃくちゃだわ！　昨日の午後十一時半、夫にケルクハイム警察まで迎えにきてもらって帰宅したわ。くたくたに疲れていたの」

「周到に計画されたものかもしれません」ピアはマライケをじっと見つめた。

「それならあの人にお金を渡す意味がないじゃない」

「本当に渡したんですか？」ピアはたずねた。「引き落としの証明書はありますか？」

マライケも負けていなかった。

「もちろんよ」マライケはふてくされていった。「もういいかしら？　約束があるの」

「ええ」オリヴァーはいった。「ひとまずけっこうです。よい週末を、グラーフ夫人」


「科学捜査研究所の分析結果が全部そろいました」三十分後、カイは会議室でピアとオリヴァーにあいさつがてらいった。

「それはよかったわ」ピアは椅子の背にバッグをかけた。「パウリーの家が未明に燃えてしまって、事件現場からはもう新しい証拠が得られないから」

カトリーンが入ってきた。いっしょに来たフランクはピアを無視した。全員がテーブルに向かってすわると、カイが科学捜査研究所の分析結果を報告した。蹄鉄は凶器に間違いなかった。被害者の血液と毛髪が付着していたのだ。だが犯人の指紋は採取されなかった。パウリー家の前の路上で見つかった割れたバックミラーと黄色いプラスチック片はホンダ製スクーターのものだった。

「パトリック・ヴァイスハウプトは手と脚を犬に嚙まれ、アリバイがありません」ピアもわかったことをかいつまんで報告した。「それからコンラーディ、マライケ・グラーフ、シュテファン・ジーベンリストの三人にも強い動機があり、アリバイはきわめて脆弱《ぜいじゃく》です。黄色いスクーターの少女も被疑者になる可能性があります。家の中で採取された血痕は、門についていた手形の血と一致しました。この血痕がだれのものか判明すれば、パウリーを殺害した犯人が特定できるでしょう」

「スクーターの少女は除外していいでしょう」カイは答えた。「遺体を遺棄するのはむりですから」

「共犯者がいたかもしれませんよ」カトリーンがいった。

「スクーターの娘はあわてて逃げていったという。パウリーの遺体を見たからかもしれない」オリヴァーは考えた。「遺体、あるいは殺人犯を見たかもしれない。とにかくその少女を早く見つけなくては」

デスクの電話が鳴った。近くにすわっていたオリヴァーが受話器を取った。少し聞いてから、うなずいて礼をいった。

「ドクター・キルヒホフだった」そういって、オリヴァーはみんなを見回した。「門についていた手形の血痕とパウリーの家の中の血痕は、パトリック・ヴァイスハウプトのものだった」

「やっぱり」ピアはテーブルを平手で叩いた。「あの無精な奴がなんて言い逃れするか見物ですね」

「逮捕令状を手配します」

「よし」オリヴァーは腰を上げた。「ファヒンガーとフランク、きみたちはゴルフクラブとシュタルケラート小路の聞き込みをしてくれ。コンラーディとグラーフ夫人がいつゴルフクラブを出て、家に着いたか知りたい」

「パトリックが連行されてくる前に、もう一度ルーカスと話してみようと思います」ピアはバッグをつかんだ。「彼は〈ビストロ・ベジ〉に出入りしている人間をみんな知っているようです。もしかしたら黄色いスクーターの少女も知っているかもしれません」カイはいった。


オペル動物園の駐車場は満車だった。晴天なので、たくさんの来園者があった。ピアはチケット売り場まで人混みをかきわけながら、はたしてルーカスが見つかるだろうかと危ぶんだ。ピアは入場券を買って、領収書を発行してもらい、動物園のパンフレットを手にした。一瞬あたりを見回してから動物園の案内板のところへ行った。

「お手伝いしましょうか？」だれかに後ろから声をかけられた。ピアは振り返った。ザンダー園長の褐色の目を見て、ピアの胸が高鳴った。

「こんにちは、キルヒホフ刑事」ザンダーは手を差しだすと、じっとピアを見た。「ここへはお仕事ですか、それとも来園者としてですか？」

「あいにく仕事です。ルーカスを捜しています。少し質問したいことがありまして」

「それは残念でした。ルーカスは非番です。わたしでよければなにかお手伝いしましょうか？」

「その必要はないでしょう。別に大丈夫ですから」ピアは微笑んだ。

ザンダーも微笑んだ。

「コーヒーかアイスはいかがです？」ザンダーが誘った。

ピアはパトリック・ヴァイスハウプトのことがちらっと脳裏をかすめたが、待たせておけばいいと考え直した。

「喜んで」ピアはそう答えると、ザンダーのあとからレストラン〈ザンベジ〉に入った。テラス席がまだ少し空いていた。しばらくして、ふたりはコーヒーと棒アイスを持って向かい合わせにすわった。

「ごちそうになります」ピアは顔をほころばせ、アイスの包み紙をはがした。「ちょうどいい気分転換になります」

「たしかに」そういうと、ザンダーは深い傷のある左手をちらっと見た。

「ひどい傷ですね」ピアはいった。「どうしたんですか？　牧草作業機かなにかで？」

ザンダーは苦笑した。「数頭のミーアキャットが檻を外から眺めようとしたんです。自由を束縛されることに断固抵抗しましてね」

「なるほど」ピアはアイスをなめながら、ザンダーをじっと見つめた。はじめて会ったときから気になっていた。最初からなにか惹きつけられるものがあったのだ。それがなにか突き止めたいと思っていた。

「パウリー事件の手掛かりは見つかりましたか?」ザンダーはさりげなくたずねたが、顔は緊張していた。

「いろいろと。パウリーさんのパートナーは、あなたが事件に関係しているといっています。パウリーさんを殺して、狼の餌にするといったそうですね」

ザンダーはむりして微笑んだが、目は笑っていなかった。

「あのときはかっとしまして」ザンダーは認めた。

「パウリーの遺体の一部が本当に餌に混入していたわけですから、その言い方はまずかったですね」ピアは小首をかしげた。ザンダーに好感を持っていても、目を曇らせてはいけない。「状況証拠から衝動的な犯行と思われます。パウリーさんを殺した犯人はかっとして犯行に及んだのです」

ザンダーは眉間にしわを寄せてピアを見つめた。

「わたしに人が殺せると思いますか?」

「あなたのことをよく知らないので判断できません」ピアはアイスの棒を灰皿に置いた。「でも人間、怒ると見境がつかなくなることがありますから」

ザンダーは手の怪我を見つめてからまた目を上げた。落ち着いているようだが、目つきが変わっていた。

「わたしは怒りっぽいかもしれません。しかし人を殺して、自分の玄関先に遺棄するような冷血漢ではありません」

　ピアはテーブルに肘を乗せて頬杖をついた。どうしてアイスとコーヒーをおごってくれたのだろう。ただ気に入っているから？　それとも捜査の状況を聞きだすため？　ピアは、仕事柄疑り深くなる自分を忘れたかった。

「ルーカスにはどのような用件ですか？」ピアがなにもいわなかったので、ザンダーがたずねた。

「事件当日の夜、金髪の少女が黄色いスクーターに乗ってパウリー家の進入路から飛びだしてくるのをパウリーさんの隣人が目撃していまして、その少女を捜しているんです。その少女はパウリーさんと親しかったとにらんでいます」

　ザンダーの目がほんの少し泳いだような気がした。だが勘違いかもしれない。

「その少女が遺体を見たかもしれないのです。あるいは犯人を目撃しているかもしれません。スクーターごと横転するほどあわてていたようなので。割れたプラスチック片とバックミラーが見つかっています」

　ピアの携帯電話が鳴った。同僚のカイからだった。パトリック・ヴァイスハウプトが連行されてきたが、ほぼ同時にすごい剣幕の父親と熱心な弁護士がやってきたという。

「さて行かなくては」ピアは腰を上げた。「仕事です。コーヒーとアイスをごちそうさま。それからお話しできてよかったです。ひょっとしてルーカスの携帯電話の番号をご存じないですか？」

「ええ、知っていますよ」ザンダーも立ち上がった。

「あとでわたしにショートメッセージで送ってくれますか？」

「わかりました」ザンダーはニヤリとした。「娘たちのおかげで、ショートメッセージの送り方はなんとかマスターしました」

ピアが署にもどると、パトリック・ヴァイスハウプトはふてくされた様子で取調室にいた。被疑者の取り調べや目撃者の事情聴取はたいてい自分の部屋でおこなうが、ミラーガラスのある取調室の殺風景な雰囲気の方が相手を萎縮させる。パトリックの場合はその方がいいと思ったのだ。あいにくパウリーの犬が嚙んだという証拠はない。鑑識は煙を上げる焼け跡で使える手掛かりを見つけることができなかった。

「弁護士と話したい」パトリックはあいさつ代わりにそういった。

「あとで会わせるわ」ピアは答えた。カイと彼女はパトリックと向かい合わせにすわった。

「血のついたあなたの手形がパウリー家の門にあって、家の中からあなたの血が採取されたわけをまず教えてもらおうかしら」

「パウリーを殺したのは俺じゃない」パトリックは声を荒らげた。

「だけど、今のところそういうふうに見えるの」ピアはいった。「嘘をつくとためにならないわよ。あなたが事件の夜、先生の家にいたという証拠はそろっているんだから。なにをしたか話した方が身のためよ。目下、あなたがパウリーの殺人に関係していると考えているわ」

パトリックは無表情だったが、目がおどおどしていた。もはや見た目ほど突っ張ってはいなかった。

「わかったよ」パトリックは肩をすくめた。「パウリーの家を訪ねた。話があったんだ。だけど、パウリーは家にいなかった」

「それはいつ？」

「さあ。サッカーの試合が終わったあとだよ。仲間とアイスクリーム屋で観戦したんだ。酒を飲みながらね」

「仲間の名前は？」カイがたずねた。「電話番号も教えてもらえるかな」

「どうしてさ？」

「きみの話が本当かどうか確かめるためだ」

パトリックは三人の名前をあげて電話番号をいった。カイはうなずいて、取調室から出ていった。

「パウリーの家に入ったとき、なにか見なかった？」ピアはパトリックから目を離さなかった。

「パウリーのことは見かけなかった。声をかけたけど、だれの返事もなかった。それから家に入った。どこもかしこも開けっ放しだった」

「つづけて」ピアは指先でテーブルを叩いた。パトリックには殺人の動機がある。パウリーに腹を立てていて、酒を飲んでいた。

「ちくしょう。犯人は俺じゃないっていってんだろう！」パトリックは怒りだした。「あいつは家にいなかったんだ！　俺は書斎に入ってみた。ノートパソコンが起動してあった。俺が恐くて、どこかに隠れているのかと思った。急にかっとなって、家じゅうのものをぶち壊したんだ」

「パウリーさんがいないか、家の中を捜しまわったの？　二階にいたかもしれないでしょう。あるいは浴室とか」

「そこまではしなかった」パトリックはにきびだらけの眉間をかいた。

「どうして？」

「急に犬が飛びだしてきたんだ。それまで奴らがどこにいたのか知らない。だけど俺が二階に上がろうとしたら、キッチンから飛びだしてきたんだ。一頭が俺の脚と手に噛みついた。俺は逃げだして、キッチンのドアを閉めた」

「パウリーのところへいつ行ったか思いだして」

「試合が終わってから向かった。十一時十五分、いや十一時半だったかも」

「確か？」

「終わるまで試合を見ていたことは確かだ」

　エリーザベト・マッテスは、黄色いスクーターの娘が十時半に進入路から出てきたといった。サッカーの試合開始は九時だ。遅くとも十一時には終わったはずだ。暫定的な解剖所見によると、パウリーは十時から十一時のあいだに死んだ。ピアは、パトリック・ヴァイスハウプトに嫌疑をかけるのはむりだと思いはじめた。話には信憑性がある。

「どうしてすぐそのことを話してくれなかったの？」ピアはたずねた。

「だって、俺は家宅侵入したんだぞ。そのうえ怒りにまかせて、家の中を荒らした。嘘をついた方がいいと思ったんだ。それより、俺のあとからパウリーの家に入っていった奴がいた」

「なんですって。だれなの？」

「どこかの大男さ」パトリックは答えた。「俺は車のところに駆けもどって、手に布を巻いたんだ。それから走り去ろうとしたとき、鍵をなくしていることに気づいた」

「それで？　それからどうしたの？」ピアはじれったかった。

「俺が門までもどったとき、そいつが車でやってきたんだ。犬が走ってきた。俺は門の陰に隠れて、小便をちびりそうになっていた。だけどそいつは犬のけつを蹴って、一匹残らずけちらした。パウリーのことを相当怒っているようだった」

「パウリーさんの名前を呼んだ？」ピアはたずねた。

「ああ、何度もね」パトリックはうなずいた。「それから家に入っていった。だけど俺が姿を消そうとしたとき、また出てきたんだ」

「あなたはどうしたの？」

「そいつがいなくなるのを待った。もう家に入ってみる気はしなかった。そのとき、鍵は持っていたはずだって気づいたんだ。だって、車はロックしてあったんだからね。実際、鍵は車のドアに挿したままだった」

ピアはミラーガラスの向こうにいる係官に、取り調べ記録を終えるように手で合図を送って廊下に出た。オリヴァー、カイ、フランクの三人がそこに待機していた。

「殺人とは無関係ね」ピアはいった。「家に押し入って荒らしたけど、パウリーはもういなかった」

「パトリックの仲間に連絡がついた」カイがいった。「パトリックはパウリーに一発くらわせるといって十一時十分に店を出たと証言したよ」

「殺す意図があったことになるな」フランクがいった。

「それは間違いないわね」ピアはうなずいた。「でもだれかに先を越されたのよ。そしてパトリックのあと、だれかが家に入ったらしいわ。たぶんシュヴァルツだと思う」

「パトリックは帰していい」オリヴァーが決断した。

ピアはうなずいて、パトリックを取り調べているあいだ着信音をオフにしていた携帯電話を見た。ザンダーが約束どおりショートメッセージでルーカスの携帯の電話番号を送ってくれていた。ザンダーの文面を見て、ピアは微笑んだ。〝わたしを殺人犯と思っていないことを祈ります。容疑者と食事をするわけにはいかないでしょうから〟

「モスクワからラブレターか？」フランクは眉を上げた。

「おあいにくさま」ピアは冷ややかに答えた。「ルーカスの電話番号よ。オペル動物園にいなかったの。でも今日のうちに話をしたいと思って。スクーターの少女を見つけなくては」

「ああ」オリヴァーはうなずいた。「その娘がなにか目撃した可能性がある。いっしょに行こうか？」

「最初は彼とふたりだけで話した方がいいと思います。大げさにしない方が、口をひらいてくれるような気がするんです」

「そうだよな」フランクはニヤニヤしながらあてこすりをいった。「ふたりで夕暮れの散歩としゃれ込むのもおつだからな」

ピアは胸のうちで十まで数え、言い返すのを我慢した。

「電話をしてみてくれ」オリヴァーもフランクを無視していった。「ルーカスがなにを話すか様子を見てみよう。わたしは今晩自宅にいる」ピアは自分の部屋に入って、ルーカスの電話番号にかけた。呼び出し音が三回鳴ったところで彼が出た。ピアは、話がしたいので〈ビストロ・ベジ〉で会えないかといった。

「今晩、ケーニヒシュタイン城でライヴがあるんだ」ルーカスは答えた。

「それは楽しみね。じゃあ、明日会えるかしら」

「今晩は予定がある?」ルーカスにそう訊かれて、ピアはびっくりした。

「とくにないわ。どうして?」

「いっしょに来ない? 古城の中世ロック・ライヴなんだ。最高だよ」

ピアはケーニヒシュタイン城でのライヴに行くのも悪くないと思った。ライヴは数年ぶりだ。七、八年前、フランクフルトの旧ヴァルトシュターディオン（現在のスタジアム、コメルツバンク＝アレーナを指す）でティナ・ターナーを聞いたのが最後だ。

「考えてみて」ルーカスはいった。「八時にチケット売り場で待ってる。いいかな?」

別に悪くない。

「わかったわ」ピアは答えた。「では八時に古城で」

暖かい夏の夕べだった。空気がビロードのようにやわらかく、さまざまなにおいに包まれていた。ピアはエルミュール小路で駐車スペースを見つけ、ケーニヒシュタイン旧市街の路地を抜けて古城へ向かう若者の長い列に加わった。妙な気分だった。あたりはなにひとつ変わっていない。くねくねした栗石舗装の細い道、路地、小さな商店、奥まった庭に玄関。当時、学校をさぼって先生と出くわしたときに身を隠した玄関。ピアが何年ものあいだカトリック系の女子校からバスターミナルへ向かうときに歩いた道だ。放課後や授業の合間の自由時間に、友だちと区裁判所が入っているルクセンブルク城の公園に行き、ベンチにすわってこっそりタバコを吸ったり、男の子との初体験を打ち明けたりして盛り上がったのもその頃だ。夏に三日にわたっておこなわれた古城祭は大イベントだった。ケーニヒシュタインにある三つの高等中学校《ギムナジウム》から若者が集まり、その特別な日には出会いがあり、別れがあった。ピアは顔を上げて、黄金色に染まる夕空に浮かぶ城の廃墟の鋭いシルエットを見上げた。大学入学資格試験に合格してからケーニヒシュタインとの縁は切れた。人生の舞台が他の場所に移ったのだ。女子校時代のことはすっかり忘れていた。

コンサートへの期待に胸をふくらます人々が城門のそばのチケット売り場の前に集まっていた。ルーカスは腕組みをして城壁にもたれかかって群衆をきょろきょろ見ていた。髪をたらし、黒いTシャツにスリムな洗いざらしのジーンズといういでたちで、最近の若者が好むルーズパンツではなかった。ピアは二十五年前にこんな若者と待ち合わせしていたらどんな気持ちがしただろうと思って、ふっと笑みがこぼれた。ピアに気づくと、ルーカスは手を上げた。しばらくしてピアは彼の前に立った。急な坂を上ってきたため、少し息が切れていた。

「やあ」ルーカスはにこにこしながらピアを見つめた。気に入ったようだ。「クールじゃない」

「ありがとう」ピアは驚いて微笑み、ちょっとうれしかった。ふたりは入場口へ行き、チケットをもぎってもらった。

「そのTシャツ、なんて書いてあるの？」ピアはプリントされた文字を読んでニヤリとした。

「誘惑者。なに、それ」

「ヘルマン・ヘッセの詩だよ」ルーカスは真面目に答えた。「今晩演奏するバンドのサルタティオ・モルティス（ドイツのロックバンド、死の舞踏の意）が曲にしたんだ。詩のつづきは背中に書いてある」

ルーカスは背を向けた。背中もなかなか魅力がある。

「口づけ、俺はそれに焦がれた／夜、俺はそれを熱烈に求めた／やっと俺のものになってみれば、萎んだ花じゃないか」

「ずいぶん切ないわね」ピアはいった。

「でも実際そういうものじゃないかな」ルーカスはいった。「憧れたり期待したりしたものが実現してみると、思っていたものと違うなんてことはさ」

「そうね。現実にがっかりさせられることってよくあるわ」

「それだけじゃない」ルーカスが急に緊張した。苦しそうでさえあった。「いいなと思ったものを追い求めることは、実際にそれを手にすることよりも百倍はすばらしい。目的を達成すると、やるだけの価値はなかったってわかる。あとはもう、空疎なだけさ」

「あなたって哲学者なのね」ピアは微笑んだ。

ルーカスは彼女のすぐ前で足を止めた。暗い顔をしていた。

「快楽なんてちっともいらない」ルーカスはピアから目をそむけずにいった。「欲しいのは夢、あこがれ、孤独だ。所有したって幸せにはなれない。あらゆる現実が夢を破壊する」

「所有って、なにを？」ピアはたずねた。「物質的なもの、それとも愛？」

ルーカスは眉を上げてから、ふっと微笑んだ。

「物質的なものなんかで幸せになれるものか。ぼくはずっと観察してきた、ぼくの両親、友だちの両親。たいていの親が金でなんでも買ってくれる。だけど幸せにはなれない」

「いつも幸せでいられる人なんていないわ。それ自体、耐えられないと思う」

ふたりは人の波からはずれて、城壁へと歩いた。ピアは頑丈な城壁に両手をついて、夕日を浴びて薔薇色に染まるケーニヒシュタインの街並みを見下ろした。ツバメがつがいで生暖かい夏の空を飛び交い、空気の流れに乗って急降下しては虫を追っていた。最初のバンドが調弦する音と歓声が、分厚い城壁を越えて鈍く聞こえた。

「人間がやらかす最大の過ちは期待しすぎることだと思うわ」ピアはいった。「期待が大きすぎると、失望も大きいものよ」

「それは俗物的な考えだね」ルーカスは異を唱えた。「ぼくはいっぱい期待している。なんでも体験したい。少しだけなんていやだ！　それに……ルールは自分で決めたい」

そばを通りかかった数人の若者がニヤニヤ笑いながらルーカスに声をかけた。

「わたしは邪魔なようね」ピアは当初の目的が大きくずれてしまったことに気づいた。

「そんなことないよ」ルーカスは瞬時にいった。「邪魔なんかじゃない。その逆さ。こういう話ができるのはクールだもの。最後にこういう話ができたのはパウリー先生だった」

顔に影がかかって、ルーカスはため息をついた。

「先生がいないと、〈ビストロ・ベジ〉はただのビストロだ」

ルーカスは顔を上げて肩をこわばらせた。「それよりなにか質問があったんだよね」

「黄色いスクーターに乗っている女の子を捜しているの」ピアは単刀直入にたずねた。

「黄色いスクーターの女の子？」ルーカスはじっとピアを見つめた。「女の子はたくさん知っている」ピアの関心を誘おうとしてではなく、ただ事実を告げただけだった。

「気にしてくれる？」ピアはいった。「スクーターはかなり壊れているはずなの」

「わかった」ルーカスはうなずいた。

「パトリック・ヴァイスハウプトを知っている？」ピアはたずねた。「大学入学資格試験に落ちたのはパウリーのせいだといっている。パウリーとは馬が合わなかったらしいんだけど」

「それはないね！　パトリックはなまけ者さ。落ちたのは自分の責任だ」ルーカスの顔が曇った。「先生は公平だった。パトリックとかフラーニョとかヨーとかの父親になにをいわれても動じなかった」

「どういうこと?」

「先生はぼくたちの将来のことを本気で心配していた」ルーカスは肩をすくめた。「それぞれに一番よかれと思うことをしてくれた。先生が大学入学資格試験でパトリックを落とすなんてことはありえないよ」


古城の大きな中庭にステージが組まれていて、その前に人がひしめいていた。大きなスピーカーから音が鳴り響き、サーチライトが閃光を発し、崩れた城壁をさまざまな色に染めた。人の流れがまばらになった。遅れてきて、古城の中庭にあるステージの方へ急ぐ集団がちらほら見える程度だ。

「前の方に行こう」そういうと、ルーカスはピアの手をつかんで人混みをかき分け、ステージの真ん前まですすんだ。ピアは揺れる人の波にもまれた。汗をかき、目を輝かせ、恍惚とした若者たちが腕を振り上げ、音楽に合わせて体を動かす。音楽はリズミカルなロックで、歌詞はメランコリックで哲学的だった。ルーカスは歌詞をすべて暗記していて、歌いながら体をはずませ、手を叩いた。群衆がステージの方へ押し寄せたが、だれも意に介さなかった。ピアも気にしなかった。ライヴではいつもみんながステージ前に押し寄せるものだ。

二番目のバンドが演奏し、ステージの転換がおこなわれていたとき、ルーカスはまた当然のようにピアの手をつかんだ。ピアはルーカスに引っ張られるがままにした。数人の若者があとについてきた。みんな、屈託なく笑い、音楽について話し合っていた。ピアは、火事が起きたときエスターを迎えにきた若者がいることに気づいた。〈ビストロ・ベジ〉の廊下で出会ったあばた顔の金髪もいる。

「あら、ディーン・コルソさんじゃない」ピアはいった。「今日はお友だちのボリス・バルカンはいっしょじゃないの？」

そのとたん笑い声が消えた。急に緊張が走り、みんなの目が泳いだ。

「あなたの本当の名前を知らないから」ピアがさらにいった。

「ラースだよ」あばた顔がきまり悪そうに答えた。ピアは見回した。だが若者はみな目をそらした。そこへ若者がさらにふたり、ビールグラスを何客も盆に載せてやってきた。みんな、ほっとした様子で手を伸ばし、ビールを飲みはじめた。ピアは丁重に断った。

「友だちを紹介してくれる？」ピアはルーカスにいった。

「いいとも」ルーカスは手の甲で上唇についたビールの泡をぬぐってから順に名前をあげていった。ラース、カティ、ターレク、イェンス＝ウーヴェ、アンディ、ゼーレン、フラーニョ、トニ、マルクス。

「あっちにいるのがヨーとスヴェーニャ」ルーカスは少し離れた城壁のそばで口論しているひと組の男女を指差した。ピアは褐色の巻き毛の若者に見覚えがあった。昨日〈ビストロ・ベジ〉のコンピュータ室に通してくれたボリス・バルカンと名乗った若者だ。ステージでは次のバンドのセッティングがすみ、大勢の聴衆が歓声をあげながら、バンドメンバーの名をさかんに呼んでいる。

「わたし、ぼちぼち帰るわ」ピアはルーカスにいった。「馬がまだ放牧場にいるの。厩舎《きゅうしゃ》に入れないと。とても楽しい夕べだったわ。またね」

ルーカスはピアを見た。顔に軽くかいた汗が輝いている。笑っていなかった。

「ぼくももうここにいるのに飽きた」ルーカスはいった。「このあとのバンドにはそんなに興味がないんだ」

ピアの頭の中で警鐘が鳴り響いた。若くて魅力的な若者からこういうふうに関心を寄せられたら、他の女なら有頂天になるのだろうか。ピアはそんな気になれなかった。ふたりは古城をあとにし、森を抜ける道を歩いた。ふたりは黙って並んで歩いた。砂利の音がした。ピアはふとフランクに皮肉られたことを思いだした。

「この古城が好きなんだ」ルーカスはしばらくしていった。「禁止されているんだけど、ときどきこっそり城の中にもぐり込んでパーティをしたり、探検をしたりする。ぼくたち、古城保存協会の人より詳しいだろうな」

「わたしも昔、仲間とよく城の中にもぐったわ」ピアは答えた。「禁止されていると、破ってみたくなるのよね」

「そうそう」ルーカスは微笑んだ。ふたりはプロテスタント教会の前を通り過ぎた。

ルーカスはいきなり足を止めた。

「ぼくが二十一歳じゃなくて三十五歳だったら、きっと避けたりしないんだよね？」ルーカスは小声でいった。

「どういう意味？」ピアは驚いてたずねた。「わたしが避けていると思うの？」

「ああ」ルーカスはうなずいた。「避けてる。どうしてなの？」

ピアは自分の言動を振り返った。ルーカスになにか期待させたのだろうか。どうしてこんな微妙な状況になってしまったんだろう。

「ルーカス」ピアは親しげにいった。「古城にいる仲間のところにもどって。わたしはあなたのお母さんの年齢よ」

「でも母親じゃない」

近くの街灯の明かりに照らされたとき、ピアはルーカスの熱い視線に気づいてびっくりした。

「好きだ」ルーカスの声はしわがれていた。「ものすごく。その目と口、その笑い方……」

ピアは耳を疑った。どういうこと？　誘惑しようというの？　ルーカスはピアの肩に両手を置いて抱き寄せた。彼の顔が目の前にあった。体力では負けそうだ。危険を感じた。昔、同じようにいい寄られたことがある。そのときは、相手を突き放すことができず、人生最悪の体験をすることになった。

「わたしもあなたが好きよ、ルーカス」ピアはそっと彼の腕の中から離れた。「でもそういう気にはなれないわ」

「どうして？」ルーカスは両手をジーンズのポケットに突っ込み、つま先を上下に動かした。

「若すぎ？」

「ええ。それにわたしは既婚よ。チケット代いくら？　代金を払うわ」

「いいさ、そんなの。招待するよ」ルーカスは顔にかかった髪を払った。「楽しんでくれたのならいいんだけど」

「楽しかったわ」ピアは答えた。

ルーカスはがっかりしているようだったが、ふられたのをじっと我慢した。

「じゃあね。おやすみ」ルーカスはしばらくピアを見つめてから微笑んだ。

ルーカスは片手を上げて、来た道をもどっていった。

二〇〇六年六月十八日（日曜日）

「古城はどうだった？」

ピアは振り返って、コーヒーメーカーのそばに立つボスを見た。

「こんなに朝早くどうしたんですか？」ピアはたずねた。

まだ朝の八時少し前だ。

「たまにはきみよりも早く出勤しようと思ってね」オリヴァーはニヤリとした。「コーヒーは？　昨日は帰りが遅かったようだな」

「そうでもないです」オリヴァーが差しだしたカップを、ピアは受けとった。「十二時には帰宅しましたので」

「ルーカスから、例の少女の情報は得られたのか？」

「仲間に訊いてみてくれるそうです」

「それだけ？」

「具体的な情報は得られませんでした。それからパウリーを誉めちぎっていました。ヴュースト校長がいっていたとおり、パウリーは毀誉《きよ》褒貶《ほうへん》が激しいですね。彼はだれとも適当な付き合いができなかったということですね」

「SNSの件はなにか聞けたか？」オリヴァーはたずねた。

「いいえ。そのことを訊く機会を逸しました」

「ライヴにいっしょに行ったのではむずかしいだろうな」オリヴァーはもう一杯コーヒーを注いだ。ピアは、ボスがそれ以上根掘り葉掘り訊かなかったのでほっとした。じつは夜中になかなか寝つけず、ルーカスの態度についてずっと考えてしまったのだ。深夜一時半、ルーカスからショートメッセージが送られてきた。〝ぼくのことを悪く取らないでほしい。でもさっきいったことは本気だ〟

ピアは返事をしなかった。

「昨日の晩、弟のところで食事をして、耳寄りな情報を仕入れてきた」オリヴァーがいった。ボスの弟クヴェンティン・フォン・ボーデンシュタインは一族の名を冠した領地を継いで農場、馬場、レストランを営んでおり、バイパス建設に賛成していなかった。

「ヨーロッパ環境自然動物保護連盟ケーニヒシュタイン支部の役員会が十日前クヴェンティンのところでひらかれたそうだ」オリヴァーはいった。「パウリーがその前日、ボック・コンサルタントとヘッセン州道路交通局や連邦交通省の担当者とのあいだで交わされたEメールを入手した、と役員たちにいったそうだ。複数の道路建設計画でボックの会社が発注を受ければ、担当者ふたりが大金をもらえる約束になっているとわかる内容だったらしい。そこには国道八号線西バイパスも含まれていた」

ピアはコーヒーカップをデスクに置いてすわった。

「そのEメールはどこに？」ピアはたずねた。「それにパウリーはだれから手に入れたんでしょう？」

ピアはコンピュータを起動して、キーボードを定位置に置いて、パスワードを入力した。

「パトリックが壊したというノートパソコンの中にあったようだな」オリヴァーがいった。

「パウリーは情報源がだれか明かさなかったらしいが、ボックをよく知る人間であることは間違いない」

「どうして隠したりしたんでしょうね？」ピアはたずねた。「パウリーはなんでもすぐ公にしたのに」

「情報源を守るためか、違法な方法で情報を得たために、そのEメールが本物であると証明できなかったからだろう」

「それじゃボックに手をだせないですね」ピアはEメールの着信欄をひらいて、着信メールにざっと目を通した。「科学捜査研究所からEメールが届いています。見てください。マライケ・グラーフとパウリーが交わした覚書から採取した指紋の分析があがっています」

「それで?」

「指紋はマライケ・グラーフとパウリーのものだけではありませんでした」ピアは答えた。

「興味深いですね」


〈ビストロ・ベジ〉は閉まっていたが、中庭の門は開いていた。オリヴァーとピアは中庭でエスター・シュミットに会った。そこには無数の鉢植えがあり、緑のオアシスのようだった。エスターは朝日を浴び、コーヒーのマグカップとフランクフルター・アルゲマイネ新聞の日曜版が載ったテーブルについていた。

「おはようございます」オリヴァーはていねいにあいさつをした。

「おはようございます」エスターは驚いて応えた。「日曜日のこんな朝早くからどうしたんですか?」

「あるはずのないところで、あなたの指紋が採取されたんですよ」

「あるはずのないところ?」エスターはたずねた。

オリヴァーは小首をかしげ、共犯者でもあるかのようににっこり微笑んだ。

「不思議なんです」オリヴァーは持ち前のバリトンをささやき声にまで下げた。「パウリーさんが殺される数時間前に署名した覚書にあなたの指紋があるなんて。パウリーさんに署名してもらう代わりに、マライケ・グラーフさんが渡したという五万ユーロが消えていますし」

ピアは目を丸くした。オリヴァーのやり方があまりにまどろっこしく思えた。もちろんボスの人当たりのよさは、つんとすましたエスターにも効果は覿面《てきめん》で、彼女はいつになく口が軽くなった。

「それはむりもないです」エスターはいった。「マライケは木曜日、うちの人の身に起きたことをシュヴァルツから聞いてわたしのところに来たから。そしてあの紙をわたしに見せて、四十八時間以内に家から出ていけと迫ったんです」

ピアはかっとならないように気持ちを抑えながらいった。

「ではお金のことは知っていたんですね。どうして嘘をついたんですか？」

エスターがピアをちらっと見て、またオリヴァーの顔に視線をもどした。

「グラーフ夫妻があのお金を取りもどそうとすると思ったんです。わたしはあれをささやかな賠償金として受けとったつもりです」

「金はどこにしまったんですか？」オリヴァーはたずねた。「今、どこにあるんですか？」

「うちの人はドッグフードの空き缶に入れて、冷蔵庫にしまっていました」エスターは答えた。「その空き缶はわたしたちの秘密の隠し場所だったんです。冷蔵庫といっしょに燃えてしまったでしょうね。今となってはどうでもいいことです」

エスターはため息をついた。

「あら、いけない。すわってください。コーヒーはいかがですか？」

ピアは断ろうとしたが、その前にオリヴァーがいった。

「お気遣いは無用です」オリヴァーは微笑んだ。「でもコーヒーはいいですね」

「ちょっと待っていてください」エスターは立ち上がると、裏口から早足でビストロに入った。

「ライオンでもおとなしくさせられそうなその甘いマスクを、いつも鏡の前で練習しているんですか？」ピアはからかい半分にたずねた。

「ライオンでもおとなしくさせられそうな甘いマスク？」オリヴァーは目を丸くした。「これは生まれつきだ。だが時と場合によっては、きみの単刀直入な物言いよりも効果がある」

「でもあの赤毛のゾラ（ドイツで人気のある古典的児童文学の同名作品の主人公）に勘違いされないように気をつけた方がいいですよ。朝食の代わりに骨までしゃぶられても知りませんからね」

「赤毛の女には慣れているさ」

「では幸運を祈ります」ピアはそういって、中庭を見回した。金曜日の夜、ドアから見たときの記憶とまったく違う。あのときは鉢植えが数個あるだけの殺風景な中庭だった。

「パウリーの敷地にあった植物を覚えています？」

「ああ、もちろんだとも」オリヴァーは驚いてピアを見つめた。「なぜだ？」

「まわりを見てください。まるでジャングルです。一昨日来たときと違います」

「よくわからないんだが」オリヴァーは答えた。

「パウリーの家は予期せず放火されたのではないかもしれません。あそこの青い紫陽花《あじさい》はパウリーの家にあったものに間違いありません。それに焼け跡から犬の痕跡がなにひとつ見つかりませんでした。歯も骨も首輪も」

「シュミットが植物とペットを避難させてから家に火をつけたというのか？」

「そのとおりです」ピアはうなずいた。だがそのときエスターが盆を持って出てきたので、話は立ち消えになった。「SNSのことを忘れずに」ピアは耳打ちした。

エスターはにこにこしながらラテマキアートに生クリームを載せた大きなカップをオリヴァーに差しだし、同じものをピアの前にも置いた。ただしピアを見ることなく。オリヴァーの作戦は図に当たったようだ。エスターは、パウリーと友人のジーベンリストやフレットマンとのあいだには意見の相違があったこと、彼がケルクハイムの「マフィア」の秘密を暴くために調査したことを詳しく話した。フンケ市長、シュヴァルツ、コンラーディたちと何年にもわたって確執があったことにも触れた。エスターとパウリーをつなぐものはなんだったのだろう。大恋愛ではなさそうだ。

「パウリーさんはツァハリーアスさんとボックさんの裏取引の証拠をつかんでいたそうですが、証拠をどうやって入手したのですか？」オリヴァーはたずねた。

「それは教えてくれませんでした。その点では徹底した秘密主義で、何時間もルーカスとターレクのふたりとコンピュータに向かっていました。動かぬ証拠がすべてそろったら話してくれるといっていました。でもそうはなりませんでしたけど」

ピアはエスターが信じられなかった。「ルーカス・ファン・デン・ベルクさんのことですか？」といって口をはさんだ。

「ええ」

「コンピュータに詳しいんですか？」オリヴァーはたずねた。

「ええ」エスターはうなずいた。「彼とターレクは天才ですよ。うちの店のウェブページだけでなく、ビストロの決算用ソフトも作成してくれました。まるで買い物メモでも書くような感覚で」

「ではSNSもふたりのアイデアだったんですね？」オリヴァーはさりげなくいった。聞き役に徹していたピアは、エスターの表情が一瞬変わったことに気づいた。

「SNS、ああ、あれのことですね」エスターはすぐにいった。「ラテマキアートをもう一杯いかがですか、首席警部？」

「血圧によくないので」オリヴァーは血圧に問題など抱えていなかったのに、ていねいに断った。「でもひさしぶりにおいしいコーヒーをいただきました」

ピアはあきれてしまった。だがエスターはオリヴァーに見つめられてとろけてしまいそうだった。小ぶりの胸をつきだして、くすくす笑った。パートナーが死んでまだ間もないというのに、新しい男を漁っているというわけか。

「そうだ」オリヴァーは、今思いついたかのようにいった。「地下室をちらっと見せてもらえませんかね？」

これで赤毛のゾラは板挟みになった。ピアがいったのではあっさり断っただろう。オリヴァーだから、彼女は断り切れなかった。三人は店に入り、〝プライベート〟と書かれたドアをくぐった。エスターはしばらく鍵の束をじゃらじゃらいわせてから、鍵穴に鍵を挿した。それから顔を曇らせて、救いを求めるようなまなざしをオリヴァーに向けた。

「開かないです。どうしたんでしょう」

「ICカードがいるんですよ」ピアは手助けした。

「ああ、そうでした。最近そうなったんです」エスターはきまり悪そうに微笑んだ。「すっかり忘れていました。本当にごめんなさい。今はわたしも中に入れません」

しばらくしてオリヴァーとピアは駅前通りを歩いた。

「たいした役者だな」オリヴァーはニヤリとした。

「ボスほどではないです」ピアは答えた。「例のSNSはどうもあやしいですね。カイに捜索令状を取らせましょう」

「そうしよう」オリヴァーは車に乗り込むと、ダッシュボードの時計に視線を向けた。「十時三十五分。教会へ行く時間だ」


塔が目立つケルクハイム修道院はこの町の目印になっていた。修道院教会の鐘の音に誘われて、信者が教会に入っていく。年輩の人ばかりだが、子ども連れの若い夫婦もちらほら目につく。

オリヴァーが駐車場に車を止めたので、ピアはたずねた。

「ここでなにをするんですか？」

「ノルベルト・ツァハリーアスを迎えにきた。自分からは話しにきてくれそうにないからな」

「どうしてここにいると知っているんですか？」ピアは驚いてたずねた。

「ツァハリーアスは聖ヨーゼフ小教区の参事で、毎週日曜日にここの教会でミサに出席する」

「どうしてそんなことを知っているんですか？」

「わたしもこの教会に通っているからさ。ただ最近は足が遠のいているがね。ああ、あそこにいる！」

オリヴァーは車を降りた。ピアはあとに従った。ノルベルト・ツァハリーアスは上品な身なりをしていた。背が高くすらっとしている。髪は白く、細面で、日焼けしていた。ツァハリーアスはオリヴァーを見てびくっとした。

「明日にも連絡するつもりでした」ツァハリーアスはそういって、オリヴァーの名刺を見つけていたことを暗にほのめかした。

「そんな悠長にしていられないのです」オリヴァーはていねいに答えた。「刑事警察署にご同道願いたいのですが」

「一時間待ってもらえませんかね？」ツァハリーアスがちらっと振り返った。白い巻き毛の彼の妻が、恥ずかしくて地面にもぐりたそうにしていた。オリヴァーは譲歩しなかった。ツァハリーアスは妻に車のキーを渡し、おとなしく自分の運命に身を委ねた。

「ずいぶんと厄介ごとを抱え込みましたね」署にもどり、自分の部屋であらためてツァハリーアスと対面すると、オリヴァーはそう切りだした。「どうして全権委員を引き受けたのですか？」

「市長に拝み倒されまして」ツァハリーアスは答えた。「規則や開発のイロハをだれよりも知り尽くしているからといわれました。それに報酬もよかったので」

「しかしあなたは土木課長時代に賄賂《わいろ》を受けとったと非難されて辞職したのですよね。そのことを考えると、辞退する必要があったのではないですか？」

ツァハリーアスは頬を赤らめた。

「あれは辞職ではありません」彼は力なく言い返した。「年金生活に入ったんです。昔も今も賄賂など受けとっていません」

「パウリーさんの意見は違っていましたね。あなたの娘婿の会社が偽の数値に基づいて判定書を上梓したことをあなたは知っていたはずだと非難していました。それにケーニヒシュタインの交通量自動計測スポットのデータが小さな値で、判定書にいい結果を出さないので意図的に無視したともいっていました。どう申し開きしますか？」

「一見そう見えるのは認めます」ツァハリーアスはヨーロッパ環境自然動物保護連盟などの国道八号線拡張反対派からの質問に対して周到に準備していた。「地域開発計画のためにおこなわれる見積もりや実測は膨大で複雑なのです。わたしにしても、ボック社にしても、ケーニヒシュタインでのデータをわざと考慮しなかったわけではありません。ミスが生じたのです」

「しかしミスがあるとわかっても撤回されなかったですね。計画中の国道八号線西バイパスは第一に、交通渋滞が緩和できるという理由ですすめられたものでしょう。ところが実際の交通量が見積もりよりもはるかに下回ったとなれば、バイパスを建設する最大の根拠がなくなるのではないですか？」

「問題は交通量だけではありません。有害物質と騒音が環境に与える影響の軽減という点でも大きな役割を担っています」

「なるほど」オリヴァーは書類をぱらぱらめくった。「パウリーさんは、ケルクハイムとケーニヒシュタインの責任者たち、ヘッセン州道路交通局、さらには連邦交通省のあいだで不正がおこなわれていると主張していましたね。あの計画はボック社の利益と計画中の予定線にかかっている土地の複数の所有者が懐《ふところ》を肥やすためにすすめられているといっていました」

「ナンセンスです。いかにもパウリーのいいそうなことです」ツァハリーアスは手で払う真似をした。「根拠のない臆測です。なぜそのようなことに警察が関わるのですか？」

「パウリーさんを殺した犯人を捜しているからです」ピアはいった。「シュヴァルツさんとコンラーディさん、そしてあなたが最近、価値がないに等しい緑地を購入していて、そこをちょうど計画中の道路が通るといっていました。その事実が公になれば、あなたたちにとっては都合が悪いですね」

ツァハリーアスはなにもいわなかった。

「火曜日の夜十時頃、〈黄金の獅子亭〉をあとにしましたね」オリヴァーは核心をついた。「そのあとどこに行きましたか？」

「しばらくあたりを車で走ってから、シュミーバッハタールにある別荘に行きました。少しのあいだひとりになりたかったので」

「あたりを走ったというのは、正確にはどのあたりですか？」ピアはデスクをまわり込むと、ボスの椅子の横の窓台に寄りかかった。「ローアヴィーゼン小路にも偶然立ち寄りましたか？」

顔色がほんの少し暗くなり、ツァハリーアスは手で顎をなでた。

「嘘をついても意味がないですね」ツァハリーアスは元気のない声でいった。「ええ、ローアヴィーゼン小路に寄りました。パウリーを訪ねたんです。冷静に、男同士で話し合うつもりでした」

「そうしたんですか？」ピアはたずねた。

「そうしたって？」ツァハリーアスはけげんそうにピアを見つめた。

「パウリーさんと話をしたかということです」

「い……いいや」ツァハリーアスは首を横に振った。「彼の敷地に入ろうとしたとき、少女がスクーターに乗ってあらわれたんです。少女はわたしを見て、スクーターを止めました。わたしはなんとなく勇気がなくなって、車にもどりました」

オリヴァーは向きを変えてピアを見てから立ち上がった。

「ツァハリーアスさん、それを信じろというのですか？　そうじゃないでしょう。あなたは敷地に入って、パウリーさんと口論になり、かっとして彼を殴った。まさにその瞬間、少女がスクーターに乗ってあらわれ、あなたとパウリーさんを見たんじゃないですか？」

「いいや、それは違う！」ツァハリーアスは立ち上がった。「パウリーには会っていない。わたしは……」

「すわってください」オリヴァーの声は鋭かった。「あなたの言葉は信じられない。あなたには強い動機があり、犯行時間に現場にいた。被害者を殺害し、あとで遺体を運びだす手段も持ち合わせていた。ハンス＝ウルリヒ・パウリー殺害の容疑であなたを緊急逮捕します」

「わたしはなにもしていない」ツァハリーアスはささやいた。「本当だ。信じてくれ！」

「スクーターに乗ってあらわれた少女が見つかることを祈るのですね」そう応じて、オリヴァーは受話器をつかんで、ツァハリーアスを留置場に連れていくよう係官に指示した。

二〇〇六年六月十九日（月曜日）

所有するメルセデス・ベンツのステーションワゴンが科学捜査班にまわされて、ツァハリーアスの立場はさらに悪くなった。車は最近、徹底的に清掃され、ラゲージマットまで洗剤で洗い掃除機をかけてあったにもかかわらず、血痕が採取されたからだ。この証拠によって、捜査判事は月曜日の昼、ツァハリーアスに逮捕令状を発付した。ヴァイターシュタット拘置所へ移送される前にオリヴァーはもう一度、取り調べをした。ツァハリーアスはすっかり悄《しょ》げて、留置場の寝台にすわり込んでいた。ベルト、ネクタイ、靴紐を押収された姿は惨《みじ》めそのものだった。ツァハリーアスは、パウリーに会っていないし、ましてや殺すはずがない、ラゲージスペースの血痕は知人のハンターから買った猪をコンラーディに解体してもらうために運んだときのものだと繰り返し言い張った。

「あなたの容疑が晴れることを話してください」オリヴァーはそういった。「問題の時間にあなたを見かけ、それによって無実であることを裏付けてくれる証人の名をあげることです。今のところ、あなたの容疑は晴れませんね」

ツァハリーアスは両手で顔をおおい、かぶりを振った。パウリーのところから自分の別荘に行き、朝までそこにいたといった。なぜか？　ひとりになりたかったからだ。娘婿に利用されたと悟ったから。娘の泣き落としに負けたから。オリヴァーが立ち去ろうとしたとき、ようやくツァハリーアスは役に立つ供述をした。

「パウリーの家の門から飛びだしてきた少女を知っています。わたしの孫ヨーナスのガールフレンドです」

オリヴァーたち捜査官は月曜日の午前中、検察と捜査判事をせっついた。ズルツバッハのシュタルケラート小路五二番地にある集合住宅で二階に住む夫婦が水曜日の未明、零時半にマライケ・グラーフとコンラーディを階段室で見かけていた。だがゴルフクラブの複数の客の証言により、ふたりがクラブを出たのは十時少し過ぎであることが判明した。マライケもコンラーディもこの空白の二時間どこにいたか説明できなかったし、説明しようとしなかった。解剖所見から、パウリーの遺体の死斑に残っていたパレットの痕はコンラーディ精肉店のライトバンに載せてあるものと一致した。マライケとコンラーディには動機もあったため、逮捕令状は間を置かず発付された。法医学研究所でシュヴァルツ父子の検査をして、土曜日の未明、息子と共に家に放火した疑いが濃厚になった。それにピアは〈ビストロ・ベジ〉の捜索令状を手に入れた。それをポケットに入れて、カイ・オスターマンは数人の同僚と共に中央通りへ向かった。

ピアが焼け跡の前を通ってシュヴァルツの農場へ向かうとき、焼け跡を再度徹底的に調べている州刑事局の担当官と出会った。

オリヴァーはシュヴァルツの妻の悪口雑言を平然と聞き流した。妻のレナーテはずんぐりした、エネルギッシュな人物で、顔つきがきつく、風雨と心配ごとのせいで深いしわが刻まれていた。

「夫と息子がパウリーの家に火をつけたっていうの？」レナーテは手を腰に当てた。「気は確か？　なんの酔狂でそんな真似をするのよ？」

オリヴァーは意に介さず、たずねた。

「土曜日の未明、ご主人が家にいないことに気づかなかったのですか？」

「もちろん気づいていたさ」レナーテは耳が痛くなるほどの大声で答えた。「消防隊に加わっていたからね。火事がうちに延焼したら大変だし」

「落ち着いてください」オリヴァーはなだめるようにいった。

「落ち着け？」レナーテは息巻いた。「息子が逮捕されたのよ！　どうして落ち着いていられるのよ」

「逮捕はしていません。二、三時間でもどります」

「パウリーを殺した犯人を捜すなら、他を当たってちょうだい。あいつにはさんざん迷惑をこうむったんだ」

「どのような迷惑ですか？」

「四六時中、路上駐車するからうちのトラクターや農業機械が通れやしなかった。夏には朝方まで庭で笑ったり歌ったりしたし、パウリーのところの犬がうちの乾し草に小便をかけたし、うちの猫が一匹嚙み殺されたこともある！」

レナーテはしだいにかっかしてしゃべりまくり、期せずして、殺人の動機を数え上げることになった。オリヴァーとピアは口をはさまず、興味深く耳を傾けた。

「……それからあの赤毛の女」レナーテはむきになった。「うちのマティアスに言い寄ったりして、あつかましいったらありゃしない！　パウリーが出かけると、マティアスを呼んで、庭仕事をさせた。あれじゃ奴隷だよ！　利用されているだけだっていつもいってたんだけど、あの子は聞きやしない。自分にもチャンスがあると思ってるんだからね！　ふん！　安上がりにこき使うためにあの子をのぼせあがらせているだけだってのにさ！」

ピアの携帯電話が鳴った。カイからだ。悪い知らせだった。

十分後、ピアはもぬけの殻となった〈ビストロ・ベジ〉の地下にたたずんだ。

「くそっ」ピアはいった。「手遅れだったわね」

「まんまと逃げられたね」カイがいった。「どうする?」

ピアは一瞬考えた。その気になれば、店を閉めさせて、家宅捜索することもできる。だが時間の無駄に思われた。ピアは自分の目でコンピュータや、ケーブルの束や、たくさんのモニター、電子式カード読み取りシステム、入口の監視カメラを目撃した。あれだけのものを短期間に別の場所に移したということは、〈ビストロ・ベジ〉の他の部屋からもあやしいもの、禁じられたものをきれいさっぱり片付けてしまったはずだ。万策尽きたとピアは思った。

「近所に聞き込みをしましょう」そういって、ピアは捜査官を近所の聞き込みに向かわせ、カイといっしょにビストロにもどった。エスター・シュミットはカウンターの後ろに立って、勝ち誇った顔をしていた。

「それで?」エスターはあざけった。

「間借り人はちゃんとした人たちでしたね」ピアは答えた。「あれだけきれいにしていくとは」

「本当?」エスターは目を瞠《みは》った。「あきれた!」

「賃貸契約書を見せてくれますか? それから賃貸料の入金記録も」

エスターがニヤリとした。

「賃貸契約書はないです。賃貸料ももらっていませんでした。部屋はただで貸していたんです」

「嘘はたいがいにしてください」ピアは微笑んだ。「五万ユーロの件も、あとで思いだしたくらいですものね。でもあの部屋をだれに、なんのために貸したかくらい思いだせるんじゃありませんか」

　エスターは顔を紅潮させた。

「わたしたちには時間があります。部下がお手伝いしますよ」ピアはいった。「あなたが闇で家賃を徴収していないといいんですがね。あれだけたくさんのコンピュータがあったんですから、電気代もばかにならなかったはずです」

「わかったわよ」エスターは流し台にタオルを叩きつけた。「連中の中にＳＮＳをひらこうという子がいたのよ。でも資金がなかったし、他人を加える気もなかったの。だからあの人とわたしが部屋を貸したのよ。ただでね。その代わりビストロの手伝いをしてもらったり、あの子たちの知恵を借りたりしたのよ」

「あの子たち、ではよくわかりませんね。名前があるでしょう？」

「ルーカスとターレク。他の子はあだ名しか知らないわ」

「もしかして女の子の客なら名前を知っているんじゃありませんか？」ピアはいった。「バックミラーが壊れた黄色いスクーターの女の子を捜しているんです。その子は事件の夜、あなたのパートナーを訪ねていて、重要な目撃者かもしれないんです。ヨーナス・ボックという若者のガールフレンドらしいんですけど、ご存じですか？」

　エスターの顔が曇った。自分が留守のときに若い娘が自宅に出入りしたと知って、気に入らないようだ。

「知らないわ」エスターはつっけんどんに答えた。

「まあ、いいでしょう」ピアは肩をすくめた。「でも壊れた黄色いスクーターの女の子がだれかわかったら、電話をください。ここによく来ていることはわかっているんです」

「訊いてみます」エスターは控え目にいった。「でもスクーターに乗っている子は多いので」

「パートナーの方が殺された事件が解明されることをあなたも望んでいると思っています」ピアは冷ややかに答えた。「わたしの電話番号はご存じですね」

まわりに聞き込みをしてきた捜査官たちがもどってきて、前の日に数人の若者がレンタルしたトラックで大量のコンピュータを運び去ったことがわかった。若者たちは三度往復したというが、一時間でもどってきたという話なので、それほど遠くへ運んだわけではないようだ。レンタカーの会社を調べれば、若者たちの身元はすぐわかるだろう。

ピアがシャワーを浴び、ちょうど髪を洗っていたときに、携帯電話が鳴った。ぶつぶついいながらシャワーを止めて飛びだした。携帯電話はキッチンのテーブルに載っていた。

「キルヒホフです！」息せき切って電話に出たが、足元の床に水が広がるのを見てむっとした。

「クリストフ・ザンダーです。こんな時間に申し訳ない」

ピアの鼓動が一瞬速くなった。

「かまいません」ピアは即座に答えた。「手の具合はどうですか？」

「わたしの手？　ああ、これですか。もうよくなりました」

ザンダーが意表を突かれていることに、ピアは気づいた。

「土曜日に話したことでちょっと。あなたが捜している女の子のことなんですが」

事件のことが話題になったので、ピアは少しだけがっかりした。

「娘の親友が黄色いスクーターに乗っています」ザンダーは話をつづけた。「つい今し方、ふたりで出かけたのですが、スヴェーニャのスクーターのバックミラーが壊れていたんです。それで、あなたがいっていたことを思いだしまして」

「その子の名前は？」ピアはたずねた。

「スヴェーニャ。スヴェーニャ・ジーヴァースです」

その名に聞き覚えがあった。ピアはつい最近その名を耳にした。どこでだろう？　そしてどういう関連で？

「わたしの娘がスヴェーニャと仲がいいんです」ザンダーがいった。「しかし二、三日前からスヴェーニャの様子がおかしくて。土曜日、ボーイフレンドと喧嘩をして、それから泣きっぱなしだというんです」

ピアは体を起こし、頭の中を整理した。

「ふたりはパウリーさんと知り合いだったのですか？」ピアはたずねた。

「残念ながら、そうです。スヴェーニャの友だちを介して、ふたりはパウリーと関わりを持っていました。幸いうちの娘は健全な思考力があって、パウリーの底の浅さに気づきましたが、スヴェーニャはすっかり虜《とりこ》になってしまいました」

ピアはザンダーに見られているような気がして、バスルームにもどり、体にタオルを巻いた。

「その子は今どこにいますか？」ピアはたずねた。

「知りません。アントニアがなにもいわなかったので」

「スヴェーニャさんの住所は？　両親はどういう人ですか？　彼女の両親が、ふたりの居場所を知っているかもしれませんよね？」

「いや、それはないでしょう。スヴェーニャは母親と仲が悪いそうです。それに義理の父親は空港の夜警として働いているそうですし」

「あてずっぽうにふたりを捜してもむりでしょう」ピアはバスタブの縁にすわって考えた。

「それに、その女の子を目撃した人は、ボックさんの息子ヨーナスのガールフレンドだといっていましたから、あなたのお嬢さんの友だちではなさそうですね」

その瞬間、電話の向こうが静かになった。

「その子ですよ」ザンダーはいった。「スヴェーニャはヨーのガールフレンドです」

スヴェーニャ。ヨー。突然、記憶が蘇った。〝あっちにいるのがヨーとスヴェーニャ〟。ルーカスが一昨日、古城でいっていた。しかもその前日、ピアはそのヨーと〈ビストロ・ベジ〉で会っている。しだいにつながりが見えてきた。ボリス・バルカンの本名はヨーナス、カルステン・ボックの息子。カルステン・ボックといえば、パウリーの留守番電話に、すでに法的措置を取ったとメッセージを残した人物だ。そしてヨーナスの祖父は、汚職に手を染め、殺人容疑で勾留中のノルベルト・ツァハリーアス。その一方でヨーナスはパウリーの友人で、〈ビストロ・ベジ〉の常連だ。ヨーナスはどちら側についているのだろう。

コージマはその晩、スタッフを家に招いていた。みんな、この数ヶ月、今回の映画制作に関わった仲間だ。まだ細かい点で仕事が残っているが、基本的に今晩は完成祝いだ。オリヴァーはテラスのテーブルセッティングを手伝い、スパークリングワインを冷やし、地下室から上物の赤ワインを持ってきた。栓を抜こうとしたとき、娘のロザリーがスクーターのヘルメットを腕に抱えてガレージからキッチンに入ってきた。ロザリーは顔立ちがコージマにそっくりで、赤毛まで母譲りなのを嫌って、今はプラチナブロンドに染めている。

「もう帰ってたの」ロザリーはそっけなく父に声をかけ、冷蔵庫を開けて中をのぞいた。

「ごあいさつだな」オリヴァーは、帰宅すると娘が抱きついてきた昔のことを懐かしんで、不満を抱えながらロザリーを見た。「その恰好でスクーターを乗りまわしているのか？」

ロザリーのはいているデニムパンツはローライズで、Tバックの下着がのぞいてみえ、シャツも丈が短くて、腹が丸見えだった。まるで駅周辺にいる娼婦だ。

「しょうがないでしょ」ロザリーは口答えした。「自分の車はないし、母さんは車をポンコツにしちゃったし」

オリヴァーは首を横に振った。息子のローレンツは最近まともになったが、ロザリーは思春期まっさかりで、なにかというと突っかかってくる。

「ところで」ロザリーがいった。「夏休みにめちゃくちゃすごいアルバイトをするの」

「ロヴェルズ法律事務所で研修をする話はどうなったんだ?」

「それはやめたわ」そういって、ロザリーは指先にグリルのソースをつけた。「マヨルカ島のソーリェルにある観光センターで働くの」

「なんだって?」オリヴァーは面食らった。「なんの仕事をするんだ?」

「父さんは気に入らないかもね」ロザリーはキッチンテーブルに載っているナスとズッキーニのマリネとサラダのあいだに小さな尻を押し込んだ。「厨房の手伝いとウェイトレスよ。でも八百ユーロもらえるの。賄《まかな》いつきで、住み込みよ。ボスはクラウディオ・ベルクレディ」

オリヴァーはワインの瓶を置いた。

「マヨルカ島でコック見習い? 熱中症にでもかかったのか? 大学で法学を専攻して、夏休みにフランクフルトにあるあの法律事務所で研修するという話だったじゃないか」

「法学なんてつまらないわ」ロザリーは首を横に振った。「コックになるの。このすごいアルバイトを世話してくれたのがだれかわかる?」

「たぶんな」オリヴァーはため息をついた。「サン＝クレアの入れ知恵だろう」

ジャン＝イヴ・サン＝クレアはフランス人のスターシェフで、弟の妻がしばらく前に古城ホテルに招いたのだ。ロザリーがこの気性の激しい南仏人に熱を上げていることをオリヴァーはコージマから聞いていた。

「入れ知恵というのはあんまりじゃない」ロザリーは足をぶらぶらさせながらいった。オリヴァーは、娘が顔を赤くしたのに気づいた。「コックになるかどうか決心する前にいろいろ経験を積んだ方がいいといわれたのよ」

コージマがキッチンに足を踏み入れた。

「そこから下りなさい、ロザリー」コージマはいった。ロザリーはいうことを聞いてテーブルから下りると、母のそばを通り、ふたたび冷蔵庫を開けた。

「邪魔しないで」コージマはロザリーを引っ張ると、冷蔵庫の扉を閉めた。

「なにか飲みたかったのよ」ロザリーが文句をいった。

「ガレージにあるでしょう」

「温いじゃない……あたし……」

「出ていきなさい！」コージマは頭ごなしに怒鳴った。

「気に入らないとすぐ怒鳴る」ロザリーはふくれっ面をして出ていった。

「あの子にはいらいらさせられるわ」コージマは流しに寄りかかってため息をついた。「ああ、なにもかもいらいらする」

オリヴァーは妻を見つめた。コージマは前からやせていた。不健康なほどやせている。顔が蒼白く、目の下に隈ができている。こんなコージマを見るのははじめてだ。

「少し静養が必要だな」オリヴァーはいった。「映画制作が早く一段落つくといいな」

「そりゃ、あなたはうれしいでしょうよ」コージマは皮肉っぽく答えた。「あなたは事件のことにしか関心がないものね。ひと晩中、映画制作の話を聞かされて飽き飽きしているんでしょ」

ひどい言い掛かりだ。決してそんなことはない。

「もううんざり」コージマが金切り声になった。「うちではいつも料理人で掃除婦。なにもかもわたしが見ていないといけない」

オリヴァーには、どうしてコージマが急に切れてしまったのかわからなかった。しばらくのあいだ彼女の長ぜりふを黙って聞いていた。

「あなたはいつも朝からいなくなって、なにもかもわたしに押しつける」コージマはオリヴァーを非難しだした。「そして子どもたちのことにはまったく関心がないんだから」

「待ってくれ」オリヴァーはびっくりして口をはさんだ。「きみと子どもたちのことはいつも気にしている。わたしは……」

「嘘をつかないで！」コージマは声を荒らげた。「もういいのよ。車に乗って、事件を解決しに行ったらいいでしょう！　わたしの友人たちとしゃべるのが苦痛なのよね。あなたがいなくても、わたしだけでなんとでもなるわ」

「どうしたんだ？」オリヴァーは声を大きくした。ロザリーがキッチンにあらわれた。

「やだ、夫婦げんか？」ロザリーがそういうと、あの気丈なコージマが泣きだし、ロザリーを払いのけて、キッチンから出ていった。父親と娘は呆然として顔を見合わせた。

「どうしちゃったの？」ロザリーはたずねた。「更年期？」

「母さんにひどいことをいうな」オリヴァーは腹が立っていたことを忘れ、コージマを追って二階のベッドルームに入った。バスルームからすすり泣く声が聞こえた。コージマはバスタブの縁にすわっていた。マスカラが涙で流れて、頬に黒い筋ができていた。オリヴァーはしゃがんで、そっと彼女の膝に触れた。コージマはヒステリックにしゃくり上げ、それから笑いだし、気絶したかのようにがくっと体を沈めた。オリヴァーは、タイルにぶつかりそうになったコージマの頭をかろうじて支えた。それからコージマを腕に抱いてベッドルームへ運び、ベッドに横たえた。ロザリーは愕然とした表情でドアのところに立っていた。

「パーティは中止しよう」オリヴァーはいった。


〈ビストロ・ベジ〉の前に、自転車やスクーターが止めてあったが、その中に黄色いスクーターはなかった。ピアはビストロに足を踏み入れた。カウンターに立つルーカスを見つけて、胃のあたりが妙にうつろな感じを覚えた。その晩は客が少なかった。いつもの若者たちはどこか他のところで遊んでいるようだ。ルーカスはうれしそうにピアに一礼した。土曜日の夜ふられたことをなんとも思っていないようだ。

「こんばんは」ピアは、空いているやどり木に腰かけた。「ずいぶんがらがらね」

「サッカーだよ」ルーカスは親指で背後の中庭を指した。「なにか飲む?」

「お願いするわ。なにがお薦め?」

「ぼくのスペシャルは浜辺のセックス」ルーカスは目配せをした。息をのむほどすてきだ。ピアは、女の子の半数は彼が目当てで〈ビストロ・ベジ〉の常連になっていると見た。

「その話は蒸し返さないで」ピアはそっけなく答えた。「ピニャ・コラーダをいただくわ。でもラム酒は少なめにして」

「わかった」

ピアは、慣れた手つきでカクテルをこしらえているルーカスを見た。

「あのね」ピアは頬杖をついた。「地下室でやっていた謎のSNSについて話を聞かせて。今日になったら、消えていたのよね」

「どこにも謎なんかないさ。少しずつ人気が出て、噂にはなっていたけどね。パウリー先生とエスターの気に染まない連中がやってくるようになったんで、会員制にしたんだ」

「なんでここからいなくなっちゃったの?」

「エスターが賃貸契約書をちゃんと交わして、賃貸料が欲しいっていいだしたのさ。それに納得できない仲間がいてね」

ルーカスはできあがったカクテルをピアにだした。きれいにデコレーションしてあり、トロピカルフルーツが添えられていた。ルーカスの話には信憑性がある。エスター・シュミットはたしかにがめつい。

「乾杯」ルーカスはピアの正面でカウンターに寄りかかった。

「あなたはエスターとうまくいっているの?」ピアはピニャ・コラーダをなめて、びっくりした。「おいしいじゃない……」

「エスターと? まあね」ルーカスはためらった。「先生ほどじゃないけど、うまくいってるよ」

ルーカスはカウンターに肘をついた。

「どういう意味？」ピアは興味を覚えてたずねた。

「エスターはここの経営者だよ。収支を考えなくちゃならない。先生は売り上げとかローンの返済とか、原価とか、税金の申告のこととかぜんぜん興味がなかった。四六時中、新しいアイデアを思いついた。エスターはいつもブレーキ役だった」

ルーカスは悲しげに微笑んだ。

「エスターは細かいことにうるさいって、先生がいってた。先生にはすごいビジョンがあって、日常のことに振りまわされるのを嫌ってた」

「コンピュータをどこへやったの？」ピアはたずねた。

「ミュンスター地区のビジネスパークにある倉庫さ」ルーカスは答えた。「仲間の父親が所有してるんだ。そこで仕事をつづけてる」

「仕事？」

「会員制のSNSだよ」ルーカスはにやっとした。そして急にセクシーな目つきをした。若い女の子ならこれでいちころだ。気の利いた誉め言葉とこの緑色のまなざし、憂いのある表情、これで詩でも読んだら……

「ガールフレンドはいないの？」ピアはピニャ・コラーダの残りをストローで吸った。

「ああ」ルーカスは空のグラスをつかんだ。「もう一杯飲む？」

「ええ、でもノンアルコールでね。あなたのその目つき。女の子たちはみんな、あなたに首ったけでしょう」

ほんの一瞬、ルーカスの顔が曇った。

「無条件で賛美する子なんて退屈なだけさ。簡単に落とせる獲物はつまらない」

ピアはルーカスをしみじみ見つめた。ぶさいくな顔、でぶ、あばた顔なら不満を漏らすのもわかる。だけどハンサムが重荷になるとは。

「何度もがっかりさせられたのね」ピアは深入りしすぎたことに気づいたが、そのことに興味を惹かれた。ルーカスはシェイカーを下ろして、眉間にしわを寄せた。

「期待値が高すぎるのかもしれない」

「女の子への期待値ということ？」

「違うよ。人生への期待値さ」ルーカスはまたピアのカクテルをシェイクした。「このカクテルがいい例だ。どんな味か知っている。はじめは楽しみだけど、そのうち水と変わらなくなる。味に飽きるんだ。そういうこと」

ルーカスはピアに二杯目をだした。今度はノンアルコールのピニャ・コラーダだ。

「なんか欲求不満がたまりそうね」ピアはいった。

「欲求不満になるほど重要でもないけど」ルーカスは腕を組んで、首をかしげながらピアを見た。「ぼくはなにごとにも挑戦したいんだ。それも、ひと目見て手強いと思えるものにね」

ルーカスは微笑んだ。ピアは深入りせず、ピニャ・コラーダを飲んだ。そろそろ本題に入る頃合いだ。

「あなたの友だちのヨーだけど、本名はヨーナス・ボックでしょう?」

「そうだよ」

「そしてヨーの恋人はスヴェーニャ」

「そうだよ」ルーカスはじっとピアを見つめた。「どうして?」ピアは答えた。

「スヴェーニャが黄色いスクーターに乗っているからよ」

ルーカスはびっくりして眉を上げたが、口をひらく前に、アイディンがいくつか注文を受けてきた。中庭でサッカーを観戦している客が歓声をあげた。きっとゴールが決まったのだ。アイディンがピアをじろっと見てからカウンターに寄りかかり、飲み物を用意するルーカスに視線を向けた。この子もルーカスにとっては簡単な獲物だろう、とピアは思った。

「じゃあ、スヴェーニャを捜していたんだ」アイディンが飲み物を盆に載せて立ち去ると、ルーカスがいった。「考えてもみなかった」

「スヴェーニャは火曜日にパウリーさんを訪ねたけど、なんの用だったのかしら?」

「さあ」ルーカスはアイディンが置いていった汚れたグラスを洗った。「たぶんアントニアが知っている。アントニア・ザンダー」

「アントニアがだれかは知っているわ。あのふたりは今どこにいると思う?」

ルーカスはグラスを落として割ってしまった。

「しまった」そうささやいて、ルーカスはガラスの破片を集めた。「もうちょっとしたらここに来るかもしれない」

「ヨーとスヴェーニャが最近、喧嘩をしたらしいんだけど、知っている？」

「これって尋問？」ルーカスは微笑んだが、ピアは彼が急に用心しだしたことに気づいた。

「どうしてぼくが知ってるのさ？」

「ヨーナスとスヴェーニャが土曜日にひどい口論をしたと聞いているのよ」

「そのことは知らない。古城にはもどらなかったから」

「日曜日、コンピュータを移動させたとき、ヨーナスはあなたにそのことを話さなかったの？」

「なにもいわなかった。あいつは虫の居所が悪かったけど、エスターとぶつかったのかと思ってた」

若者の一団が笑いながらやってきて、入口近くのカウンターテーブルを囲むハイチェアにすわった。ルーカスにはおしゃべりをする時間がなくなった。ルーカスは代金を受けとろうとしなかったが、ピアはカウンターに十ユーロ札を置き、ごちそうさまといって立ち上がった。

「スヴェーニャは事件と関係ないと思うよ」ルーカスはピアにいった。「みんなと同じで、彼女もパウリー先生が好きだったんだ」

「でも犯人を見たかもしれないでしょう。犯人に気づかれていたら、彼女の身が危険にさらされるわ。今晩、彼女を見かけたら、わたしに絶対連絡するようにいってちょうだい。わかった？」

「わかった。そういうよ」ルーカスはうなずいて、身を乗りだした。「それと、キルヒホフさん……」

「なに？」
「ショートメッセージだけど、あれは本気だから」

二〇〇六年六月二十日（火曜日）

オリヴァーはコージマがヒステリーを起こした本当の理由がわからず、なかなか寝つけなかった。この数日ストレスがたまっただけだと思いたかったが、本当に体調が悪いのかもしれないという一抹の不安もぬぐえなかった。朝の六時、ピア・キルヒホフに電話をかけるために起き上がり、一階に下りた。こんなときに自分だけ仕事から抜けるのは意に染まないが、今日はコージマをひとりにしたくなかった。

ピアは朝の捜査会議で、オリヴァーが私的な事情でその日一日休むことになり、自分が捜査の指揮をとると告げた。フランク・ベーンケがすぐに不平を鳴らした。勤続年数は自分の方が長いから、オリヴァーの代理は自分が務めるべきだ、といわなくていいことまで口にした。

「ボスがそう考えたのなら、あなたに電話をしたはずよ」ピアも黙っていなかった。「やることは山積みなんだから、勤続年数の長短なんかでつべこべいわないで」

フランクはふんぞり返って腕組みした。

「では仕事を采配してくれ、同僚さん」皮肉たっぷりの言い草だった。

ピアは無視して、会議机に載っていたファイルを取ろうとした。すると、フランクがすぐさまそのファイルを自分の方へ引き寄せ、いじわるそうにニヤリとした。

「どうぞゆっくりファイルを見るといいわ」ピアは冷笑した。「わたしは中味を知っているから。でもあなたはこのところ定刻に帰宅しているから、目を通してもらわないとね」

これは効いた。フランクは顔を紅潮させ、ファイルをピアの方へ投げた。ファイルは机をすべって、そのままどさっと床に落ちた。

「おい、いいかげんにしろ」カイ・オスターマンがかがんでファイルを拾い上げた。「ふたりともガキのような真似はよせ。今日はボスなしでなんとかしないといけないんだぞ」

ピアとフランクは机越しににらみ合った。

「こうしよう」カイがいった。「フランクとカトリーンはマライケ・グラーフとコンラーディとツァハリーアスの取り調べをする。ピアは例の女の子を捜す……」

「そりゃいいや。どうせならお気に入りのあの店、エコ・ビストロに行くといい」フランクがまぜっ返した。「あの美男子のルーカスとまた楽しくおしゃべりできる」

ピアは腹が立って、平常心を失いそうになった。

「黄色いスクーターの女の子はスヴェーニャ・ジーヴァースよ」ピアはいった。「昨日わかったわ」

「へえ？　で、今まで黙っていたのか？」

「あなたが口をはさまなければ、とっくの昔に話していたわ」ピアは冷たくいいはなった。

「カイの提案に異論のある人はいる？」

ピアはみんなを見回した。カトリーンは自分のボールペンをじっと見つめ、カイはフランクを見た。フランクはただ肩をすくめた。まったくたいしたチームだ！

「では、みんな、よろしく」ピアは腰を上げた。

そのすぐあとカイは、ピアと共同で使っている部屋の前で、いいにくそうにピアに声をかけた。

「フランクとは十五年の付き合いになる。いっしょに警察学校へ行き、パトロールの相棒でもあった。悪い奴じゃないんだ」

「あらそう？」ピアはバッグをつかんだ。「今のところ、わたしの前では能ある鷹が爪を隠しているってわけね。わたしには吐き気がするほど傲慢で、自分は特別だと思い込んでいるように思えるけど」

カイはためらった。

「あいつも、きみのことをそう思っている」

ピアはカイを見つめた。まるで背後から首にナイフを突き刺されたかのように。

「そういうこと。あなたたち、わたしの知らないところでわたしの噂をしているわけね。そんな人だとは思わなかったわ、カイ」

「なんできみとぶつかるのか、フランクに訊いてみたんだ。俺はきみのことをなんとも思っていない。同僚として評価している。きみとフランクがいがみ合うのが残念でならないんだ」

「わたしのせいではないわ」ピアはカイの横をすり抜けて部屋に入った。カイがあとにつづいた。

「同僚の多くは、きみが遊び半分で刑事をしていると思っている」カイはピアと向かい合わせのデスクについた。「農場を購入し、馬を飼っている……公務員の給料ではできることじゃないからね」

ピアはカイをじっと見つめた。

「どういうことか、ようやくわかった」ピアは臆面もなくいった。「普通なら話さないことだけど、あなたには打ち明ける。義理の弟が株のスペシャリストで、新興市場が流行っていた時代にアドバイスをしてくれたのよ。他の人と違ってわたしは賢く立ちまわり、プロのアドバイスに従って絶好のタイミングで株を売り払ったの。農場はそのときの利益で手に入れたのよ」

カイは唖然とした。その瞬間、ピアの携帯電話が鳴った。ザンダーだった。彼の声を聞いて、すっと腹の虫が収まった。ザンダーは朝早くからすまないと断り、夜中にキリンが産気づいて、徹夜したといった。朝、帰宅したら、娘はすでに登校したあとだったという。

「スヴェーニャは今どこにいると思いますか？」ピアはメモ帳とボールペンをつかんだ。

「ケルクハイムで医療事務の研修をしています」ザンダーは答えた。「コールマイヤー先生のところですよ。しかし電話をかけたのは別に相談があるからなんです」

「というと？」

「Eメールの着信欄を見ていたらちょっと変なメールがあったんです。送信者はヨーナス・ボック。内容はあるホームページへのリンクでした」

「それで？」

「自分で見てください。Eメールを転送します」

ピアは礼をいって、コンピュータを起動した。しばらくしてザンダーから届いたEメールをクリックし、リンクが張られているウェブページ「www.swenja-sievers.de」へ飛んだ。トップページに〝これがスケベ女スヴェーニャの正体……〟というアイコンがあった。信じられない思いで、ピアは若い娘のあられもない姿を写した写真の数々を見つめた。全裸、トップレス、泥酔、顔のわからない男との性交。ピアはわけがわからなかった。Eメールの送信者はヨーナス・ボック。だがどうしてこんなリンクをEメールで配信したのだろう。スヴェーニャと付き合っているはずなのに！　それにこんな恥ずかしい写真をどうやってこの個人ホームページにアップできたのだろう。ピアはリンクをカイに転送して、Eメールの本当の送信者がだれか突き止めるよう頼んだ。

「Eメールの送信者がボーイフレンドとはとても思えないわ」ピアはどうして懐疑的なのか理由をいったあと、そうしめくくった。

「じゃあ、だれだっていうんだ？」

「この子を傷つけようと思っているだれかよ」ピアは残りのたわいもないページをクリックした。「スヴェーニャとヨーナスに嫉妬しているだれか。このEメールがだれに送信されたかも気になるわね」

「なにかわかったら連絡する」

「わかった」ピアはバッグをつかんで、立ち上がった。「それから、カイ」

「なんだい？」カイが顔を上げた。

「あいだを取りもってくれようとしたこと、感謝する」


三十分後、ピアはスヴェーニャ・ジーヴァースの研修先であるコールマイヤー医師から、彼女がもう一週間休んでいることを知らされた。医師は当然のごとく腹を立てていた。ネットにアップされたポルノまがいの写真を見てしまったのだから、状況がよくなるわけがなかった。コールマイヤー医師のクリニックはフランケンアレー通りのケルクハイム健康センターにある。そこへ向かいながら、ピアはザンダーに電話をかけた。

「スヴェーニャの研修先にもこのEメールが届いていました」ピアはザンダーにいった。「水曜日から出勤していないそうです。しかも写真の件もあって、スヴェーニャをクビにするつもりだそうです。ヨーナスはどこにいると思いますか？」

「あきれてものがいえない」ザンダーはいった。それがヨーナスに対してなのか、コールマイヤー医師に対してなのか、ピアにはよくわからなかった。「ヨーナスは学校にいると思います。たしか大学入学資格試験の最中ですから」

しかしヨーナス・ボックは登校していなかった。九時四十五分にはじまる口頭試問にあらわれず、それっきり音沙汰がなかった。学校の事務が両親に電話をかけたが、家政婦しか出ず、要領を得なかった。父親のオフィスに電話をかけると、社長は外出しているといわれた。学校側と州教育局の試験官の我慢にも限度があった。十二時にヨーナス・ボックの口頭試問は欠席扱いになった。こうしてヨーナスは大学入学資格試験に落ちた。他の受験者たちは廊下や学校の前に集まって、ヨーナスがどうしてあらわれなかったのかいろいろと噂し合った。ピアは校舎から出て、大学入学資格試験の合格を祝ってスパークリングワインのコルクを音を立てて飛ばしている生徒たちの一団に近づいていった。

「あいつは昨日、羽目をはずしすぎたんじゃないかな」スパークリングワインを注いだ紙コップを手にした生徒のひとりがいった。「たぶん寝坊したのさ」

「羽目をはずした？」ピアは驚いてたずねた。「どうして？」

「誕生日」若者はそっけなく答えた。「ヨーナスは昨日が誕生日だった」

ピアが車に乗ったとき、この二時間、マライケ・グラーフとフランツ＝ヨーゼフ・コンラーディをフランクといっしょに取り調べていた刑事助手のカトリーンから電話連絡が入った。一夜明けて、ふたりは自分たちの立場がどれだけ深刻か悟ったらしく、ゴルフ場からシュタルケラート小路に着くまでのあいだになにをしたか自分たちから話したという。

「ゴルフ場から森の狩猟櫓《やぐら》に行って遊んだそうです」カトリーンはいった。「それからコンラーディのライトバンのボンネットの上でもう一度」

ピアはこれからどうしたらいいかオリヴァーに相談しようかと思ったが、彼が不在のときに捜査十一課を指揮するつもりなら、自分で判断しなくてはいけないと思い直した。

「ふたりを帰していいわ」ピアはカトリーンにいった。マライケとコンラーディは住まいがあるから、逃亡したり、証拠を隠滅する恐れはないだろう。「ツァハリーアスとも話ができた？」

「いいえ。黙秘しています」

「わかったわ」ピアはエンジンをかけた。「じゃあ、あとで」


ジーヴァース一家はバート・ゾーデンに住んでいた。駅の向かいのケーニヒシュタイン通りに建つ一九六〇年代の醜い集合住宅の五階だ。ピアは中庭に駐車スペースを見つけた。この時間はほとんどがらがらだった。さっきからルーカスのことが気になっていた。昨日どうしてヨーナスの誕生パーティのことをいわなかったのだろう。スヴェーニャとザンダーの娘は誕生パーティに顔をだしたはずだ。ルーカスは行かなかったのだろうか。ヨーナスの友人のはずなのに。奇妙だ。玄関には四十の呼び出しブザーがあり、しかもその多くが外国人の名前だったので、ピアはかなり手間取った。ブザーを鳴らそうとしたとき、カイが電話をかけてきた。スヴェーニャのホームページにリンクを張ったEメールはヨーナス・ボックのホットメールのアドレスから百四十七のアドレスに送られていたという。

「あの子に恥をかかせたいだれかの仕業ね」ピアはいった。「ホットメールアドレスの向こうにいる奴がだれか突き止められる？」

「それはむりだね」カイは期待させなかった。「それよりダブルライフという名前は知っているかい？」

「いいえ」ピアは驚いて答えた。「なんなの、それ？」

「オンラインゲームのヴァーチャル世界。プレイヤーはアバターを買って、ダブルライフの世界で暮らし、買い物をしたり、家を建てたりすることができる……」

「ちょっとしたセカンドライフということね」ピアはいった。

「それだけじゃない。ダブルライフでは人を殺すことも、だますことも、盗みを働くことも許されている。というか、それがプレイの目的だ。犯罪行為をするたび、正体不明の〈名づけ親〉からマネーがもらえる。そしてプレイヤーたちは、だれが人殺しか知らない」

「なにがいいたいの？」

「ダブルライフは暴力を賛美したので、数ヶ月前に禁止された。それから、大騒ぎになった。公式ウェブページがなくなり、アクセスできなくなったんだ。ダブルライフ・コミュニティはインターネットの地下世界にもぐったということさ。だけど人気は衰えなかった。数週間前から連邦刑事局とインターポールのコンピュータ専門家が、ダブルライフのアップされているサーバーを捜しているが、成功していない」

「どうしてそんな話をするの？」ピアにはわけがわからなかった。

「スヴェーニャ・ジーヴァースのホームページでそのダブルライフへのリンクを見つけたんだ。衝撃的だよ」

五階の玄関でピアを待っていた少女はスヴェーニャ・ジーヴァースではなく、友だちのアントニアだった。ピアはザンダーの娘を見つめた。元気のいいかわいらしい顔をしていて、栗毛の髪にウェーブがかかっている。そして父親と同じ目をしていた。

「学校をさぼったの？」ピアはたずねた。

アントニアは片方の眉を上げてから肩をすくめた。

「スヴェーニャが落ち込んでいて、ひとりにしておけなかったの。入って」

ピアはアントニアのあとから住まいに入った。

「スヴェーニャとあなた、昨日はどこにいたの？　ヨーナスは今日、大学入学資格試験の口頭試問に来なかったけど、どうして？」

アントニアは開けっ放しのドアに視線を向けた。

「スヴェーニャは昨日の晩、ヨーと別れた」アントニアは声を押し殺していった。「彼のしたことを考えたら当然でしょう。おかげでスヴェーニャはすっかり落ち込んでいるわ」

「なにがあったの？」

「スヴェーニャとヨーは土曜日の夜に喧嘩したのよ」そういうと、アントニアはまたドアの方を見た。「ケーニヒシュタインの古城で。はじめはいい感じだったの。でもそのあと……」

アントニアは中立の立場をとった。

「ヨーはスヴェーニャを置き去りにして帰っちゃったの。そして日曜日のあいだずっと連絡をしないで、それから……あれだもの！」

「Eメールとスヴェーニャのホームページにアップされた写真のことね？」

「どうして知ってるの？」アントニアはうさんくさそうにたずねた。

「あなたのお父さんに聞いたのよ」ピアは答えた。「お父さんにも今朝Eメールが届いたの。スヴェーニャの研修先など他の人にもね」

「信じられない！」アントニアはかぶりを振った。「昨日の晩、ヨーは自分がやったんじゃないって言い張っていたのに。嘘つき！」

「写真のことを知ったのはいつ？」

「昨日の午後。タレクがあたしに電話をかけてきたの。午後四時にEメールが届いたといってたわ。それで、あたしたち、さっそく自分の携帯を見たら、どっちにもメールが届いてた。スヴェーニャは茫然自失だった」

「わかるわ」ピアはうなずいた。「でも、あの写真は？　だれが撮ったものなの？」

「だれって、決まっているでしょう。ヨーナスよ！」アントニアは語気荒くいった。「彼の携帯電話でね。彼があんなことをするなんて思いもしなかった」

「写真を削除したらいいじゃない」

「試したけど、だめだったの。スヴェーニャは自分のホームページにアクセスできなくなっていたのよ。ヨーはそういうことが得意だから。なにか細工をしてアクセスできなくしたのよ」

「だけど、なんでそんなことをしたのかしら？　スヴェーニャと付き合っていたんでしょう？　スヴェーニャを辱《はずかし》めるなんて！」

アントニアは肩をすくめた……どうやらふたりの喧嘩の本当の理由は知らないようだ。

「パウリー先生とは知り合い？」ピアは話題を変えた。

「ええ、もちろん」アントニアは顔をしかめた。「あたしたち〈ビストロ・ベジ〉に入り浸っていたから。でもパウリーはあたしの好みじゃなかった。スヴェーニャは先生にすっかり心酔しちゃって、慕っていたけど」

「どうして？」ピアはたずねた。

「さあ。はじめはからかっていたけど、そのうち本気だってわかったの。スヴェーニャは先生のためにビラを配布したり、立て看板の説明役を買ってでたり、父の動物園への談判にも参加したりしたわ。父は……あたしの父の仕事は知っているわよね？」

「ええ」ピアは下唇を噛んで考えた。

「あたしはパウリー先生が好きになれなかった。知ったかぶりするし、なんかしつこくて。それにエスターが口やかましいし。どうしてみんな、あのふたりに入れ込むのかわからなかった」

「パウリー先生が殺された夜、スヴェーニャが訪ねていたことは聞いている？」

「ほんとに？」アントニアは本当に驚いていた。「いいえ、知らなかった。スヴェーニャはあの日の午後、少しのあいだあたしのところに来たの。そのあとあたしに電話をかけてきて、大泣きしたわ。でも、あたしはそのとき家を出られなくて……」

アントニアがちらちら気にしていた部屋から、女の子があらわれた。スヴェーニャの具合が悪いのでそばについていたというのは嘘ではなかったのだ。スヴェーニャはひどいありさまだった。かわいらしい顔は涙でくしゃくしゃになり、金髪の髪がぼさぼさだった。

「こんにちは」スヴェーニャはささやいた。

アントニアがすぐ駆け寄って、スヴェーニャを腕に抱いた。

「ベッドにいた方がいいわ」アントニアが声をかけた。「来て」

アントニアはスヴェーニャを部屋に連れもどすと、くしゃくしゃになったベッドにそっと横たえた。ピアは小さな部屋の中を見回した。ステレオ、テレビ、コンピュータ。平均的な若い子の部屋だ。スターのポスターが壁に貼ってある。ロビー・ウィリアムス、ジャスティン・ティンバーレイク、ヘルベルト・グレーネマイヤー。そして床や肘掛け椅子に服が山と積まれていた。ブラインドは下りていて、隙間から日の光が射し込んでいるだけだ。空気が淀んでいた。

「スヴェーニャとふたりだけの方がいい？」アントニアがピアにたずねた。

「いいえ、いっしょにいてちょうだい」

スヴェーニャは毛布にくるまり、アントニアはベッドの縁にすわった。

「スヴェーニャ」ピアはできるだけ優しく声をかけた。「火曜日の夜のことで話を聞きたいことがあるの。あなたの身に危険が及ぶ恐れがあるから」

スヴェーニャは黙って横を向いた。長い髪が顔にかかった。

「あなたはどうしてパウリー先生を訪ねたの？」ピアは質問した。じっと待ったが、返事はなかった。

「被疑者をひとり逮捕しているの。その人物が、パウリー先生の家からスクーターに乗って飛びだしてきたあなたを見ているのよ」ピアはつづけた。「そのあと隣に住んでいる人が、スクーターに乗っていて転倒するあなたを目撃している。なにがあったの？　パウリー先生を殺害した犯人を見た？」

　スヴェーニャは顔を上げた。ピアはぞっとした。スヴェーニャのうつろな目の奥に絶望の色が浮かんでいた。スヴェーニャがすすんで話す気にならないかぎり、強制してもむりだ。

「火曜日、パウリー先生には会ったの？」ピアは質問をつづけた。「先生と話をした？　お願い、スヴェーニャ、答えて。本当に大事なことなの」

　返事はなかった。なんの反応もない。

「昨日の晩、ヨーナスの誕生パーティでなにがあったの？　どうして彼と喧嘩をしたの？」

　娘の頬を涙がひと筋流れ落ちた。そしてもうひと筋。

「なんであんなひどいことをしたの？」スヴェーニャはいきなりささやいた。「恥ずかしい！　もう外に出られないわ！」

　スヴェーニャはすすり泣き、手の甲で涙をぬぐった。

　アントニアが立ち上がって、ティッシュを取ってきた。

　スヴェーニャは洟をかんだ。

「わけがわからない。一旦は仲直りしたの。それなのにまた嘘をついて、自分はやってないなんていうんだから。あたし、完全に切れちゃって、せめて正直になりなさいよって怒鳴りつけたの。それから彼を残して帰った……」

ピアは、こっくりうなずいているスヴェーニャを見つめた。

「どこでのこと？」ピアはたずねた。「〈ビストロ・ベジ〉？」

スヴェーニャは激しくかぶりを振った。

「二度とあそこへは行かない。もう二度と家から出ないわ！」

「ヨーナスは今どこにいると思う？」ピアはたずねた。「今日、大学入学資格試験の口頭試問にあらわれなかったの」

スヴェーニャはうつむいて、枕にあった携帯電話をつかんだ。

「ヨーナスは昨日の夜もう一度ショートメッセージを寄こしたわ。でもあたしは返事をしなかった。あんなことをして、しかも嘘をつくなんて許せない！　もう絶対に会いたくない！」

スヴェーニャは両手で顔を隠し、さめざめと泣きだした。本音は逆だろう、とピアは思った。

「そのショートメッセージを見せてもらってもいい？」ピアは優しくいった。

スヴェーニャは顔を上げずに携帯電話をピアに差しだした。

「〝すなまい〟」ピアは読んだ。「〝きみのことで腹を立ててしママった。あんなことをじなければよかった。ゆるじてほしい。どうやってわびたらいいだろう。きみがいないと生きていけない。ゆるじてくれ。ＪＢ〟」

タイプミスが多い。急いでいたか、酔っぱらった状態で書いたようだ。ピアは携帯電話の画面を見た。ヨーナスは十一時少し前、メッセージを送っていた。スヴェーニャと決裂してから一時間半後。ピアはいやな予感を覚えた。ショートメッセージの内容は絶望に満ちていて、別れの手紙のようにも読める。ピアはアントニアに合図をした。ピアが部屋から出ると、アントニアもついてきた。

「パーティはどこでやったの？」

「ヨーのおじいさんの別荘だけど」アントニアがいった。「どうして？」

「それはどこ？」ピアはかまわず訊いた。

アントニアがその場所を一生懸命に説明した。

「よく聞いて、アントニア」ピアはいった。「頼むからスヴェーニャのそばにいてちょうだい。お父さんに電話をして、どこにいるか教えるのよ。お父さんはあなたとスヴェーニャのことで気をもんでいるわ」

「学校をさぼったことがばれたら、首を引き裂かれるわ」

「じゃあ、お母さんに電話をして」

「それはおあいにくさま」アントニアはそばかすのある顔をしかめた。「死んじゃったから」

「えっ？」ピアはカイに電話をかけようとしていた指を止めて、アントニアを見つめた。

「脳卒中。あたしが二歳のとき」

「それは気の毒に」ピアは本当にびっくりしていた。

「しかたないことよ」アントニアは答えた。「父に電話する。あたしがスヴェーニャといっしょにいる。約束する」

ピアはアレー通りをジナイ方面に走り、給水塔のところで曲がって、アスファルト敷きの農道をすすんだ。行楽地の食堂〈エーバーハルトの納屋〉の先で国道八号線の高架をくぐり、絵に描いたような果樹園や森や畑が広がるシュミーバッハタールに辿《たど》り着いた。

森のそばの柵に囲まれた敷地で、門がある、とアントニアはいっていた。大きな樫の木のところで砂利道に右折し、がたがた揺られながら分かれ道まで森の縁をすすんだ。さらに直進。五百メートルほど走ると、アントニアがいっていた木製の門が左側に見えた。勢いよくブレーキを踏んだので、砂利が跳ねた。ピアは車から飛びおりた。門は開いていた。ピアはきれいに芝を刈ったなだらかな斜面の敷地に足を踏み入れた。大きなトウヒの陰にガーデンハウスが建っていて、きれいに剪定《せんてい》された茂みと柵に囲まれている。家の前にパーティの跡が残されていた。レッドブルの空き缶、飲みかけのビール缶、ウォッカの瓶、使った紙皿や紙コップ、食べ残し。ピアはそうしたゴミのあいだをまたいで歩き、ふと顔を上げて、心臓が止まりそうになった。いやな予感は的中したのだ。

「なんてこと、ヨーナス」ガーデンハウスの切り妻からぶら下がっている死体を見て、ピアはいった。「どうしてこんなことを?」

二十分後、敷地は人でごったがえした。最初に救急医が到着し、数分後、最初のパトカー、それからフランク・ベーンケ上級警部も鑑識といっしょにあらわれた。ピアはひとりでもなんとかなりそうだったので、少し迷ったが、フランクに電話をかけることにしたのだ。オリヴァーが不在のときに仕事を独り占めしていると陰口を叩かれたくなかった。

「これがヨーナス・ボックだってどうしてわかるんだ?」フランクは車から降りるなり頭ごなしにそういって、サングラスをはずすことなくあたりを見回した。

「顔を知っているからよ」ピアはガーデンハウスの方へ芝生を下りていった。「それにガールフレンドのウェブページにも彼の写真が載っているわ」

「ずいぶん羽目をはずしたようだな」フランクは若者の死体を見上げた。ちょうど写真係があらゆる角度から写真に収めているところだった。「ひとりで片付けるのがいやだったのかな。首を吊った方がましだと考えるなんて」

ピアは、やはりこいつを呼ぶんじゃなかったと後悔した。フランクの戯《ざ》れ言《ごと》に、わずか二分で神経を逆なでされた。救急医が検視をはじめていた。

「縊《い》死《し》です」救急医はピアにいった。「死後硬直。指先と下腿に、血腫を伴う死斑が広範に出現しています」

「自殺だな」フランクはジーンズのポケットに両手を突っ込んだまままそういうと、巡査たちの方を向いた。「下ろしていいぞ」

「ちょっと待って」ピアは、みんなの前で同僚に異議を唱える危険をあえて冒した。死体に近寄ると、硬直した若い顔を見つめた。頭は前にうなだれていて、顔が青くなっている。緑色に輝くクロバエがそのまわりを飛んでいた。左足の靴が一メートルほど離れた小さな外階段の一番上のステップに転がっている。その階段はベランダに通じていて、ドアのそばに空っぽのビールケースが横倒しになっていた。ヨーナスは本当にガールフレンドとの喧嘩を苦にして、十九歳の誕生日に自ら命を絶ったのだろうか。それとも、なにか裏があるのだろうか。

「検視は終わったか、女医さん？」フランクは皮肉たっぷりにいった。「本物の先生にも仕事をさせてやらないと」

ピアはフランクのすねを五十センチくらい蹴り上げたいと思ったが、ぐっと我慢した。

「どうぞ」といって、ピアはさがった。鑑識官ふたりが死体の縄をほどき、医師の指示であまりゴミの散らばっていないところに横たえた。ピアは十六年間たくさんの司法解剖に立ち会い、わずかな手掛かりにも気づくセンスを磨いていた。一見無意味に思えるものがあとで意外な結果を生むことがある。自殺であることをなぜ疑うのか、自分でもよくわからなかった。見たところ、自殺に間違いない。

「唇に血がついているけど、どうしてかしら？」ピアは医師にたずねた。「舌を嚙んだということ？」

「いいえ、それはないでしょう」医師は首を横に振った。「死後硬直しているので、今は顎を開けられません。ただなにか口に入っているようですね」

医師は死体の顔の左半分が赤くなっているところを指差した。

「ここを見てください。激しく殴られています。その直後に絶命し、屋外に吊られた結果、血液が沈下し、血腫にならなかったのです」

「殺人だったとしても、あとで再検証できるだろう」フランクはじれったそうに時計を見た。

「Tシャツに血痕があります」医師はかまわずつづけた。「これは他人の血液の可能性があります。死体に出血した傷の痕が確認できませんから」

ピアはうなずいた。敷地で手掛かりを捜していた鑑識官のひとりが声をあげ、手招きした。ピアとフランクは芝生を少し上った。地面は日差しを受けて乾き、固くなっている。黄ばんだ芝生は短く刈られ、足やタイヤの痕がはっきり見分けられた。

「これです」鑑識官が地面を指差した。「携帯電話ですね」

ピアはかがむと、手袋をはめた右手で携帯電話をつかんだ。若者に人気のモトローラ製のシルバーカラーのモデルだ。蓋がなくなっていて、充電池とSIMカードも抜き取られている。長いことここに打ち捨てられていたように見える。ピアは携帯電話の他の部分も捜すよう鑑識官にいってから、あたりを見回した。散歩をしていた人が数人、パトカーのそばに立って様子をうかがっている。ピアはオリヴァーに電話をかけて死体発見の一報を入れた。

「自殺かどうかまだはっきりしません。いくつかおかしな点があります」

フランクは目を丸くして、ふたたびガーデンハウスの方へ下りていった。

「直感に従え」オリヴァーはいった。「わたしが必要か？」

「両親にヨーナスが死んだことを伝えなくてはなりません」ピアは声を低くした。「ひとりではちょっと荷が重いです。でもフランクといっしょに行くのはもっといやです」

「わたしを迎えにきてくれ」オリヴァーは答えた。「自宅にいる」

ピアは携帯電話をたたむと、ガーデンハウスにもどった。

「どうですか、先生？」ピアは医師の方を向いた。

「自殺に見える。しかし確信が持てない」

「では検察に電話をします。司法解剖を要請します。いいわね、フランク？」

「どうぞご自由に」フランクはわざと腰を低くした。「法医学での長年の研鑽《けんさん》があるのだから、きみの判断は全部正しいさ」

ピアは彼を見つめた。本当にうんざりだ。

「どうしてなの？」ピアはたずねた。

「どうしてって？」

「わたしに対するその態度よ。なにかあなたを不快にさせるようなことをした？　他の人とは問題ないのに、あなたとはいざこざばかり」

「なんの話かわからないな」フランクはサングラスをかけたままだった。

「わたしたちは組んでいるのよ。協力し合うべきで、足を引っ張ってはいられないわ。理解し合うのは大事でしょう」

「おお、そうかい？」フランクはそれだけいうと、車にもどっていった。ピアは怒り心頭に発し、自分が間抜けに思えた。

「傲慢な糞野郎」ピアはフランクに聞こえるようにいった。フランクが立ち止まってなにか言い返すかと思ったが、そうはしなかった。

ケーニヒシュタインのヨハニスヴァルト地区は、あるときから高級住宅地に変わった。一九六〇、七〇年代にここに家を建てた第一世代はフランクフルトの金回りのいい若い弁護士や銀行家に家を売り、新しい住人は古家を解体して新築し、まったく違う家に改築した。コマドリ小路へ行く途中、ピアとオリヴァーは三棟の建築現場の前を通り過ぎた。道路のアスファルトは穴だらけで、パッチワーク状態だった。だが高い塀や生け垣の奥に住む人々は、ハイオクガソリンが一リットルあたりいくらするかなどまったく気にしていないのは確かだ。道端に止めた車で二百馬力以下のものはほぼ見当たらない。カルステン・ボック邸はそうした建ち並ぶ高級住宅さえも影が薄くなるような邸宅だった。ピアは古いニッサン車で大きくひらかれた鉄の門を入った。公園のようなしつらえの庭を抜ける進入路の左右にはたくさんの車が駐車してあった。

「なかなかのお屋敷ですね」ピアはいった。「家」といったのでは失礼なほどの建物だ。明るい砂岩で建てられたノルマン風のお城といった方がいい。事実、尖った屋根や小塔や縦長の窓がいくつも配されている。六段の外階段は、高さが三メートルはある深緑色の玄関ドアに通じていて、庇《ひさし》は太い円柱に支えられている。ピアはカイから教えられたボック家についての情報を思いだした。ボック・ホールディング社は世界的企業で、創業者は建設業界でいくつもの特許を持ち、莫大な収益を得たカルステン・ボックの父だった。ただ監査役会会長のハインリヒ・ファン・デン・ベルクが六月はじめに突然、会長職を辞したため物議を醸《かも》していた。

庭から笑い声にまじって、サッカー解説者の声が聞こえ、グリルで焼いた肉のにおいがあたりに漂っていた。

「パーティの最中ですね」ピアは気がすすまなかった。「入っていきたくありませんね」

「ちょっとタイミングが悪いな」オリヴァーはそういいながら真鍮《しんちゅう》製のドアノッカーを叩いた。なにも反応がなかった。

「みんな、サッカー観戦中ですよ」ピアは遺体発見現場でも鑑識官たちからさんざん聞かされた。午後四時からドイツ対エクアドル戦の実況中継があるという。「そこにチャイムのボタンもありますけど」

オリヴァーはボタンを押してみた。しばらくして足音が聞こえ、大きなドアが開いた。女性がドアの隙間から顔をだし、ふたりを見つめた。

「なんでしょうか？」

その女性は、ピアがイメージしていたとおりの住人だった。やせていて、骨張っていて、胸が小さく、きれいな金髪のボブカット。爪も短く切りそろえてある。夏の暑い盛りなのに、カシミアのアンサンブル。デザインはこういうハイソサエティ向きのシンプルなものだが、もちろん本物の真珠のネックレスをかけ、デザイナージーンズをはいている。「わたしはボーデンシュタイン、そして同僚のキルヒホフ。ホーフハイム刑事警察の者です」オリヴァーはそういって、身分証をだした。「ボック夫人ですか？」

「はい。どのようなご用件ですか？」

「あなたとご主人にお話があります」オリヴァーはいった。

ボック夫人は一歩さがって、ふたりを大きな玄関ホールに通した。ドアの横には、人の背丈以上の大きさがある金縁の鏡がかけてあり、そこに映った自分を見て、ピアはボック夫人のようなレディといっしょにいるとなぜ居心地が悪いのかわかった気がした。違いは一目瞭然だ。ピア自身はジーンズに、八十五センチのCカップで、かなりボリュームを感じさせるTシャツ、金髪のポニーテール、そばかす。まるでザビーネ・クリスチャンゼン（ドイツの有名テレビキャスター）と並んだMTVのキャスターだ。時計でいえばショパールとスウォッチの差。ファッションでいえば、アルマーニとC&A。ボック夫人は玄関ホールを抜けて、ふたりを大きなサロンに案内した。サロンの掃きだし窓が開け放たれていて、大きなテラスが見える。庭の向こうにライン＝マイン地方が展望できた。テラスの奥、青く輝くプールのあるあたりに三十人ほどの人が、すわり心地のよさそうなラタンの肘掛け椅子にすわって大きなスクリーンに映しだされたサッカー中継を見ていた。男がひとり、夫人を見てガーデン用の寝椅子から立ち上がり、テラスを横切って、サロンに入ってきた。背が高く、顔が角張っている。カルステン・ボックはパウリーの留守番電話に記録されていた声から想像したとおりの人物だった。

「あなた、刑事警察の方よ」ボック夫人はいった。

「ほう」カルステン・ボックは泰然自若としていた。「どういった用件かね？　立て込んでいるんだが」

「悪い知らせです」オリヴァーは動じることなくいった。

夫人が顔をこわばらせ、目を大きく見ひらいた。胸元で組んだ腕に爪が食い込んでいる。

「ヨーナス」夫人はささやいた。「やだ、ヨーナスになにかあったんですか？」

「息子のことなのか？」ボックはたずねた。

「ええ」オリヴァーはうなずいた。「残念ですが、ヨーナスさんは亡くなりました」

数秒のあいだなにも起きなかった。夫妻はオリヴァーを見つめた。理解できず、信じられないという驚愕の表情。オリヴァーがよく知っている瞬間だ。いつも同じ。

「嘘よ」夫人がささやいた。「嘘に決まってる」

カルステン・ボックの顔が石のようにこわばっていた。ボックが夫人の肩に腕をまわすと、夫人が夫を激しく突き飛ばした。

「いや！」といきなり叫んだ。「いや！　いや！」

夫人はなにもいわず、オリヴァーに飛びかかり、両手の拳で叩いた。顔が涙でぐしゃぐしゃだ。ピアは夫人の手首をしっかりつかんだ。夫人は泣き崩れた。十六歳くらいの少年が開けっ放しのドアのところにあらわれたかと思うと、駆け寄ってきて、夫人のそばに膝をついた。

「母さん！」少年は叫んだ。「母さん、どうしたの？　なにがあったの？」

「兄さんが死んだ」少年の父親であるボックが太い声でいった。外からサッカー場の歓声が聞こえた。ドイツチームがスーパープレイを見せたらしく、レポーターが興奮してしゃべっている。だがボックの客たちは、なにかあったと気づいたようだ。だれかがテレビの音声を消した。突然あたりは静かになり、床にくずおれたヨーナスの母のうちひしがれた泣き声だけが聞こえた。カルステン・ボックは妻にかがみ込み、肩に触れた。

「触らないで！」ボック夫人は金切り声をあげ、夫を叩き、足で蹴ると、泣き崩れた。少年は呆然と立ち尽くしていた。

「医者を呼びましょうか？」ピアは小声でたずねた。

「家にひとりいる」ボックは答えた。夫人は今度は黙ってボックに助け起こされ、玄関ホールを通って階段を上がった。一歩足をだすごとに、夫人の頭が揺れた。泣き声はやんでいた。

「来てくれ」ボックがぽつりといった。「おまえもだ、ベンヤミン」

オリヴァーとピアはちらっと視線を交わした。壮絶だった。こんな光景を見るのはひさしぶりだ。ピアはテラスに出た。客たちは棒立ちになり、呆然とした様子でピアを見つめた。だれもなにもいわなかった。背後のスクリーンでは、音もなくサッカーの試合がつづいていた。

「パーティはおひらきです」そういって、ピアは家の中にもどった。

オリヴァーとピアは図書室で待たされた。床から天井まであるガラス扉つきの書架が並び、高い天井にはスタッコ飾りが施されている。数分後、カルステン・ボックが入ってきて、ドアを閉めた。

「なにがあったんだ？」小声でそう訊いた。顔から血の気が引いていたが、感情を抑えていた。ボックは安楽椅子の向こうに立ち、背もたれに両手を置いた。

「シュミーバッハタールにあるあなたの義父の別荘でヨーナスさんを発見しました」ピアはいった。「ヨーナスさんは今日、大学入学資格試験の口頭試問にあらわれず、ガールフレンドに別れの手紙らしいショートメッセージを送りました。ですので、気になって別荘を訪ねてみたんです。昨日、そこで誕生パーティをしたと聞きましたので」

「ヨーナスの捜索願をだしていなかった……その説明をしなくてはならないだろう」ボックは咳払いをして、うまい言葉を探した。「ヨーナスはしばらく前に家出して、友人のところにいたんだ」

「なぜですか？」オリヴァーはたずねた。

「意見の相違があった」ボックは安楽椅子の角にすわって、両手で顔をおおった。

「ど……どうやってあいつは……？」そうたずねて、ボックは顔を上げた。

「首を吊りました。今のところまだ自殺かどうかはっきりしていません」オリヴァーはいった。

息子の家出についてボックがなにか隠しているのは確実だ。それでもあわれに思えた。子どもを亡くすのは、親にとってもっとも辛いことだ。最後が喧嘩別れだったのでは尚更だろう。

「どういうことだ？」ボックはたずねた。

「殺害の可能性を排除できないのです」オリヴァーはいった。「そのため検察は遺体の司法解剖を指示しました」

カルステン・ボックは顔をなでた。

「これからどうしたらいいんだね？　その……つまり……」ボックはその先がいえなかった。

「息子さんの身元はもう確認されています」オリヴァーはいった。

「しかし後日、もう一度あなたと奥さんから事情を聞かせてもらいます」ピアが付け加えた。

「どうしてだ？」ボックは血走った目をした。「ヨーナスは死んだ。他になにを話すことがある？」

「息子さんの死が他殺であった場合、わたしたちには犯人を突き止める使命があります」ピアは答えた。「そのためにヨーナスさんの交友関係などの情報が必要になります」

「それに」オリヴァーはいった。「火曜日の夜、ハンス＝ウルリヒ・パウリーという人物が殺害されました。パウリー宅の留守番電話にあなたのメッセージが録音されていました。それにすでに耳に入っていると思いますが、あなたの義父を逮捕していますし……」

「あんたたちが……なにをしたって？」ボックは驚いて口をはさむと、両手をだらっとたらした。ピアは、ボックの目にかすかに狼狽《ろうばい》の色が浮かび、すぐに消えたことを見逃さなかった。

「知らなかったのですか？」オリヴァーはびっくりした。「ツァハリーアスさんを日曜日に緊急逮捕しました。犯行時間にアリバイがなく、事件現場で目撃されています。本人も現場を訪ねたことを認めています」

ボックは勢いをつけて立ち上がると、窓辺に立って外を見た。

「帰ってくれ」彼は振り返ることなくいった。「気持ちの整理をしたい」

「義父の逮捕について知らなかったのは本当でしょうかね？」ケルクハイムへもどる途中、ピアがたずねた。

「奇妙な話だ」オリヴァーは考えながらいった。「だがツァハリーアスの奥さんが恥ずかしくて娘に話していなかったのかもしれない」

「あるいはボック夫人が夫に話していなかったのかもしれません。ふたりはあまりうまくいっていないようですから。夫人が夫を突き飛ばすのを見たでしょう?」

「ああ、見たとも」

「ボスがツァハリーアスの話をしたとき、ボックの反応が変でしたね」

「息子の死を知らされたばかりで取り乱していたのだからむりもない」

「いいえ。取り乱していたとは思えません。ボスがツァハリーアスのことを話題にしたとき、たしかに彼は驚いていましたが、あれって……」

そのときピアの携帯電話が鳴った。

「キルヒホフです」

「運転中の携帯電話。罰金三十ユーロ」オリヴァーはささやいた。ピアはにやっとした。電話をかけてきたのはカイだった。

「召喚したマティアス・シュヴァルツが待っているぞ」

ピアはシュヴァルツの息子のことをすっかり忘れていた。

ピアは、すぐにもどる、とカイにいった。

「やだ、ボスを自宅で下ろさないといけませんね」

「かまわないさ。いっしょに署へ行く。被疑者たちはどうなっている?」

ピアはローテミューレの進入路のそばで速度を時速六十キロに落とし、ホルナウ方面出口を通り過ぎると、国道八号線に乗ってまたアクセルを踏んだ。ピアはフランクがカトリーンといっしょにおこなった取り調べの結果と昨日〈ビストロ・ベジ〉を訪ねたときのことをオリヴァーに報告した。そしてフランクとのいざこざも忘れずに話した。

マティアス・シュヴァルツは小太りでごつかった。顔は丸く、カニのように赤らみ、目がおどおどしていた。ピアは席にすわるようにいってから、取り調べを録音すると断って、身元の確認をした。マティアス・シュヴァルツ、二十六歳、本業はタイル職人だが、目下のところ失業中で両親の下で暮らし、明らかに現状に満足していない。ピアは彼をじっと見つめた。

「エスター・シュミットさんとの関係は？」ピアは単刀直入にたずねた。

マティアスは唾をのみ込んだ。喉仏が小刻みに上下している。

「ど……どういうことだ？」

「あなたがシュミットさんからいろいろ頼まれる、とお母さんが嘆いていました。そうなのですか？」

マティアスは砂色っぽいブロンドの薄い髪の地肌まで赤くなった。

「いいや、そんなことはない」マティアスは首を横に振った。「庭仕事を手伝ったことがあるくらいで、たいしたことはしていない」

「ふむ」ピアは書類をめくって、なにか探すふりをした。「前科がありますね。傷害、脅迫、もう一度傷害、しかもかなり危険な傷害事件を起こしていますね」

マティアスははにかんだ。自慢にならない自分の半生を誇りにしているかのように。

「シュミットさんに最後に会ったのはいつですか、あるいは最後に話したのはいつでしょう?」

「金曜日だ」マティアスは頭をかいた。ピアがなにをいいたいのかわからないようだ。

「金曜日の何時ですか? 正確に教えてください」

マティアスは必死に考えた。

「シュミットさんからなにかいわれたのではないですか? それを聞かせてほしいのですけど」

ピアはしばらくしていった。マティアスは目をそらした。良心が咎《とが》めているようだ。

「パウリーが死んだばかりで、俺があの人のところに出入りしていることを知られたら、みんなに変に思われるといわれた」マティアスは認めた。それはたしかにずるがしこいエスターのいうとおりだ。変に思われる。しかし、喪に服しているときに外の目を気にする方がもっと変だ。ある考えがピアの脳裏に浮かんだ。パウリー殺人事件の捜査ではとんでもない勘違いをしているのではないか、と。彼の突然の死は、エスターがわずらわしいパートナーを排除するためにマティアスを道具として使ったもので、計算ずくの犯行だったのかもしれない。ピアは、エスターについてろくに知らないことに気づいた。エスターは〈ビストロ・ベジ〉のオーナーで、店が入っている建物の所有者だが、どうやってそんな財産を手にしたのだろう? それにパウリーが彼女のために契約した生命保険もある。とにかく、エスターはパートナーの死をたいして悲しんでいない。

「シュミットさんに頼まれると、いやといえないのではありませんか？」ピアはたずねた。

マティアスはうなずいた。そのとき録音されていることを思いだした。

「ああ」マティアスはいった。「いつも」

「その代償は？」

マティアスは合点がいかないという顔でピアを見た。

「代償？　なんのために？」

「頼まれたことをしたら、お金がもらえたとか」

「い……いいや」

「ではなにがもらえたのですか？」ピアはわざと皮肉っぽく聞こえるようにいった。「まさかただの隣人愛からシュミットさんの庭で働いたわけではないですよね？」

ピアはマティアスのような鈍い人間の扱いには慣れていた。こういうタイプの人間は、利用されたり、だまされたりすると、過剰に反応する。マティアスの頭に狙いどおりの効果を及ぼさせるには言葉を積み重ねる必要がある。だから話をつづけた。

「シュヴァルツさん。あなたの顔と両手と前腕の火傷《やけど》について検査結果が届いています。熱湯で火傷したのではありませんね。土曜日の未明、シュミットさんの家にいたのでしょう？」

マティアスはためらった。疑う気持ちがはじめて頭をもたげたことが、その顔つきから読み取れた。

「エスターはいつも俺に優しくしてくれた」マティアスは、ピアのひとつ前の質問に答えた。

「俺はあの人のところで働いたわけじゃない。ときどき手伝ってやっただけだ。金が欲しくてやったんじゃない」

「あら」ピアは顔をほころばせた。「ずいぶん優しい方なんですね」

前科を勲章だと思う類《たぐい》の若い男にとって、その言葉は最低の誉め言葉だ。

「優しいなんて」吐きだすようにいうと、マティアスは水色の目でピアをちらっと見て、また視線を落とした。「俺は……俺はただ……」

マティアスは言葉に詰まった。

「シュミットさんがいつの日かあなたの愛に気づいてくれることを期待していた。そうですね？」

首のあたりが赤くなったかと思うと、みるみる丸い顔が紅潮した。マティアスは唾をのみ込んだ。

「でも気づいてくれなかった」ピアは話をつづけた。「あなたは彼女にとってただの安上がりな労働力でしかなかったのですね」

ピアは彼の表情を見て、痛いところをついたことに気づいた。

「金曜日の夜のことを話してください。あなたはシュミットさんのところにいた。彼女と寝たのですか？」

マティアスは今にも爆発しそうな表情をし、ジーンズで掌をこすった。

「いいや」マティアスはささやいた。「パウリーが死んだばかりで、そんなことはできないっていわれた。もう少し時間をくれ、ゆっくりはじめようって」

「つまりあなたはなだめられたんですね」ピアは眉を上げた。「それを受け入れたんですか?」

マティアスは答えなかった。納得がいかず、疑いと怒りで頭の中がぐつぐつ煮えたぎっている。憧れの隣人への無条件の忠誠心が雲散霧消した。

「夜に電話がかかってきたんだ。十一時半だった」マティアスは声を押し殺した。「ビストロに迎えにきてくれっていわれた。エスターは泣いていた。俺が家まで車に乗せた。そのとき俺に抱きついて、不安だからいっしょにいてくれっていったんだ。エスターはベッドに寝た。俺はソファで横になった」

マティアスは口をつぐんだ。自分と闘っていた。

「俺は眠れなかった。どうしたらいいか悶々とした。もしかしたらエスターの気が変わって……。そのうちにエスターが起きて、俺が寝ているか見にきた。俺はじっとしていた。そしたらエスターは一階に下りていった。突然、燃えるにおいがしだした。そしたらエスターが上がってきて、俺の肩をゆすって、火事だって叫んだ」

ピアはマティアスが話をつづけるまで辛抱強く待った。

「でも外に逃げだしたとき、エスターが急にあわてだしたんだ」

冷蔵庫の大事なドッグフードの空き缶のことがピアの脳裏をよぎった。だから燃えさかる家の中にマティアスを飛び込ませたのだ。そのせいで彼は火傷した。エスターはそのあと彼を家に帰して、黙っているように言い聞かせた。

「犬や他のペットはどこですか？」ピアはたずねた。

マティアスは自分がただの間抜けで、エスターと関係を持つチャンスなどまったくないことに気づいたようだ。訊いてもいないのに、火事になる前に、たくさんの段ボール箱に詰めた本と衣服と鉢植えを〈ビストロ・ベジ〉に運んだことを自白した。マティアスはそのあと、タウヌスシュタインでペットホテルを経営しているエスターの女友だちのところに犬を連れていったという。放火がエスターの計画だったことが、これで判明した。

「もうひとつ聞かせてください」マティアスが黙ると、ピアはいった。「パウリーさんが殺された火曜日の夜はどこにいたんですか？」

マティアスはぼんやり遠くを見つめた、ピアがもう一度たずねると、マティアスがゆっくり顔を上げた。エスターにいいようにされたことに気づいてかなり落ち込んでいた。

「テレビでサッカーを見ていた」マティアスは淡々といった。

二〇〇六年六月二十一日（水曜日）

午前三時少し過ぎ、ピアは白樺農場《ビルケンホーフ》の大きな門の前で車を止めた。カイ・オスターマンとふたりで、パウリーのノートパソコンに保存されていたデータをひと晩じゅうチェックした。しかしパウリーがだれかの不利に働く証拠を持っていた形跡はなかった。本当にはったりだったのだろうか。車のエンジンをかけたまま降りて、ピアは門を開けようとした。ところが門の鍵がかかっていなかった。ピアはどきっとした。

「おかしいわね」ピアはささやいた。鍵を閉め忘れるはずがない。夏場はとくに、高速道路六六号線と平行して走るウンターリーダーバッハからツァイルスハイムに通じる舗装道路の人通りが激しい。午後から夕方にかけて、ジョギングや散歩をする人やインラインスケーター、自転車、近所のエリーザベト農場を訪れる客などで。ピアは身を乗りだして、車のヘッドライトで鍵の具合を見てみた。壊されてはいない。出かける前にあわてて馬を厩舎《きゅうしゃ》に入れて、飼い葉をやったから、うっかり鍵をかけ忘れたのかもしれない。いやな予感を覚えつつ車を敷地に入れてから降り、門を閉めた。厩舎にある外灯のスイッチを入れて、馬の様子を見た。雌馬たちは眠そうに目をしばたたいた。子馬は藁の中で眠っている。なにもおかしなところはない。

ピアは少し安心した。穏やかな夏の夜、空気は生暖かく、厩舎の壁にはわせてあるライラックと薔薇のにおいがした。ピアは家へ行って、新たな恐怖に襲われた。玄関のドアが開けっ放しだったのだ。ヘニングが来ているのなら、事前に電話があるはずだ。それに戸締まりには人一倍うるさい。近くの高速道路には行き交う車がほとんどなかった。どくどくと血の流れる音が聞こえた。車にもどると、エンジンをかけ、ヘッドライトをつけてから一一〇番をかけた。即座に応答があった。状況を説明してからピアはいった。

「だれか寄こしてくれないかしら？」

「わかりました。すぐに人をやります。ひとりで家に入らないでください」

「入るものですか。英雄を気取る気はないわ」ピアは携帯電話を閉じて、車を門まで後退させ、様子を見にきてくれる巡査のために門を開けた。ドキドキしながら、汗ばんだ両手で拳銃を構えてパトカーを待った。

ピアは部屋の明かりが次々とともるのを見た。パトカーは数分で来てくれた。胸の鼓動が通常の速さにもどった。しばらくして巡査のひとりが玄関に姿をあらわし、手招きした。

「だれもいません」そういって、巡査は拳銃をホルスターにもどした。「なにかなくなっていないか見てください」

ピアは部屋を見てまわったが、家を出たときとなにも変わっていなかった。

「こんなところに女性ひとりで暮らすのは物騒ですね」もうひとりの警官がいった。

「どうしろというの？」ピアはキッチンの椅子にすわった。体がまだ震えていた。「だれか男を釣れっていうの？」

「男じゃなくてもいいでしょう」巡査はニヤリとした。「ひとまず犬がいいです。いくらでも場所があるじゃないですか。まあ、寝てください。わたしたちは外の敷地で待機します。勤務は朝六時に終わります。それまでに呼び出しがなければ、ここにとどまります」

ありがたいと思いながらピアは、ふたりが外に出るのを待ち、それから照明を消して、服を脱ぎ、ベッドに入った。目を閉じることはできないと思っていたが、数分後には熟睡した。

昼頃、暫定的な解剖所見が届いた。ヨーナス・ボックは死ぬ前にだれかと争っていたことがわかった。両手と前腕に無数の防御創があり、口腔内と歯のあいだに人の組織が見つかった。ヨーナスは頸部への圧迫により脳への血流が止まったために死んだ。つまり縊死だ。だが自分の手で命を絶ったのか、他人が介在していたかは、解剖を担当したクローンラーゲ教授にもわからなかった。奇妙なのはヨーナスの口腔内の組織とTシャツの血痕をDNA分析した結果だ。なんとヨーナスのDNAと共通するところがあったのだ。

「ロープとフックに関するラボの報告は届いているか?」オリヴァーがたずねた。彼は顔を上げて、寝不足の面々を見た。ピアとカイは未明までコンピュータのハードディスクを調べていたからだ。フランクはドイツチームの勝利を祝って遅くまで飲んでいたせいだ。ぐっすり眠って、元気潑剌なのはカトリーンだけだった。

「はい、届いています」カイは、州刑事局の科学捜査研究所から朝方届いたファックスをぱらぱらめくった。「待ってください……ここにあります……錆《さ》びたフックにけずれた跡があり、ナイロンロープにはこすれた跡があるとのことです」

「つまりだれかが被害者を引っ張りあげたということだな」オリヴァーは推理した。「だがそのときはまだ生きていたはずだ。首を吊られて死んだということだからな」

「自分でぶらさがったんじゃないかな。それでロープがこすれたんだ」フランクがいった。

ピアはあくびを嚙み殺しながら、鑑識が遺体発見現場で撮影した写真を見ていて、はっとした。

「ちょっとこれを見てください!」ピアは遺体を斜め後ろから撮った一枚の写真を持ち上げた。

「変じゃないですか?」

みんな、その写真をしげしげ見た。

「なにがいいたいんですか?」カトリーンがたずねた。

「あなたが首を吊ろうとして、ロープを首にかけたあとどうする?」ピアはすっかり目が覚めていた。

カトリーンは首にロープを巻いたところを想像して、それから肩まである髪を片手でつかんでロープの輪から抜いた。

「待って!」ピアは叫んだ。みんな、わけがわからず、ピアを見た。

「写真を見てください」ピアは興奮していった。「髪がロープにはさまったままです。自分で首を吊ったのなら、髪を払ったはずです。カトリーンが今したみたいに」

オリヴァーはピアを見て、さすがだというように微笑んだ。

「他殺の可能性が高いな」

「血中アルコール濃度は〇・二五パーセントだったんだぞ」フランクが異議を唱えた。「髪のことなんて気にもならなかったはずだ!」

「そうは思えないわね」ピアはかぶりを振った。「これは長髪の人の自然な反応だから」

「つまり、ヨーナスは他殺」カトリーンが考えながらいった。

「そうよ」ピアはうなずいた。

「そして死ぬ前に、犯人に噛みついた」オリヴァーはいった。

「つまりヨーナス殺しの犯人には噛まれた痕がある」オリヴァーが殺人と断定すると、フランクもすぐそっちの立場になった。「パーティに来た連中を全員調べよう。それに唾液のサンプルを採取する」

「それがいい」オリヴァーはうなずいた。「全員を召喚する」

「ツァハリーアスの別荘で見つかったＳＩＭカードで携帯電話の中味を確認することができました」カイがいった。「ヨーナス・ボックのものでした」

携帯電話には大量の呼び出し音と壁紙と電話番号、他にも写真が保存されていた。捜査十一課の面々はカイのモニターでその写真を見た。ヨーナスのお気に入りの被写体はガールフレンドのスヴェーニャだった。彼女のかわいらしい顔写真がほぼ四十枚あった。

「なんて写真を撮ってやがるんだ」フランクがいった。自動車、ずらっと並んだ空き瓶、笑っている若者たち、なにかの書類らしいピントのずれた画像。

「これを拡大できる？」ピアがいった。「なにかしら？」

カイがマウスをクリックして、写真を拡大した。もちろん画質は落ちた。

「少し時間をください。読めるようにしてみます」

「これ、見て」ピアは写真の一枚を指差した。「パウリーよ。それにパウリーを見るスヴェーニャの目つき！　それから……ルーカスだわ」

ピアはじっと見つめた。スヴェーニャはルーカスの腕に絡みつきながら、ヨーナスに向かって微笑んでいる。

「少し若いが、ハンサムではある」フランクはニヤリとした。「こいつにひとりで会いたがった気持ちはわかる」

ピアは彼の挑発には乗らなかった。

「これが最後の写真ですね」カイはモニター上の写真を何度か回転させてみた。「なにかな？」

「プリントアウトして」ピアがいった。数秒して、プリンターから紙が吐きだされた。

「どう思います、ボス？」ピアはオリヴァーに写真を渡した。

「ふむ」オリヴァーは考えながらいった。「胎児の超音波写真に見えるな」

「わたしもそう思います。どうしてこんなものがヨーナスの携帯電話に保存されているんでしょう？」

「簡単さ」オリヴァーはいった。「ガールフレンドは妊娠している」

「啞然ですね」ピアはかぶりを振った。スヴェーニャの顔色が悪いのも、これで説明がつく。妊婦によくあるつわりだ。

「ショートメッセージは百通近く残っていますね」ピアはいった。「最後のメッセージはスヴェーニャ宛で、十時五十六分に送信しています。その直後に死んだことになります。クローンラーゲによると、死亡推定時刻は午後十一時と零時のあいだです」

ピアはプリントされた紙をめくった。

「ヨーナスの最後の発信は午後十時十九分と午後十時二十三分。どちらもスヴェーニャ宛です。午後十時十一分に最後の電話に出ています。残念ながら発信者名は不明です。そのあと四回電話がかかっていますが、通話していません。午前零時二十二分に携帯電話の電源が切られました」

　オリヴァーは、書類をしきりにめくっているピアを見つめた。

「携帯電話にはヨーナスの指紋しかないですね」ピアはいった。「それから殺人の動機がはっきりしません。それに携帯電話が犯行後三十分近くもオンになっていたのはなぜか？」

　カルステン・ボックは黒いシャツに黒いズボンといういでたちでドアを開けた。もともとほっそりしていた顔がやつれている。眠れぬ夜を過ごしたようだ。

「奥さんの具合はいかがですか？」オリヴァーは城と見《み》紛《まが》う邸宅の玄関ホールを図書室へ向かって歩きながらたずねた。

「具合がよくなるわけがないだろう。鎮静剤をのんだ」ボックは答えた。「今は母親が付き添っている」

　先にオリヴァーとピアを通してから、ボックは図書室のドアを閉めた。

「なにかわかったかね？」

「息子さんは他殺でした」オリヴァーはうなずいた。「犯人は犯行をカモフラージュするために、ヨーナスさんを吊るしたのです」

「これからどうするんだね？」ボックの声はかすれていた。

「ヨーナスさんを殺害する動機を持った者を捜します」ピアはいった。「現場のそばで携帯電話が発見されました。そこに保存されていた住所録の名前と写真についてよくわからないことがあります。助けていただけるとありがたいのですが」

「見てみよう」

ピアはボックの顔から目をそらさなかった。ボックの態度にはどこかあやしいところがある。ボックの振る舞い方は子どもを殺された親が取る態度とどこか違っていた。ボックにはショックの痕がない。その冷淡さと無感情には背筋が寒くなる。ピアはバッグを開けて、ヨーナスの携帯電話から見つかった写真のプリントをだして、ボックに渡した。ボックはそれをぱらぱらめくった。

「写真の人物がだれで、どこで撮影されたものかわかりますか？」ピアはたずねた。「息子さんのガールフレンドはご存じですよね？」

「ああ、もちろんスヴェーニャのことは知っている。この子はルーカス・ファン・デン・ベルクだ。他にも顔を知っている子が数人いるが、名前までは知らない」

「息子さんが家出したあといっしょに暮らしていたという友だちの名前はご存じですか？」

ボックは写真をペラペラめくり、一枚の写真を叩いて顔をしかめた。

「こいつだ。ターレク・フィードラー」

ピアは写真を見つめた。肩にかかる長い褐色の髪、アジア人ぽい顔立ち。土曜日の朝、ライトバンで焼け跡までエスター・シュミットを迎えにきた若者だ。それにその夜、ケーニヒシュタインの古城でも見かけた。

「あなたは息子さんとは仲がよくなかったようですね？」オリヴァーがたずねた。

ボックはためらった。

「ヨーナスはここ数ヶ月、人が変わってしまった」ボックは片手で顔をなでた。「以前はよくスポーツをしていた。テニスがうまくて、ヨットに夢中だった。週末にはマウンテンバイクで遠出をしたものだ。ところがこいつと知り合ってから、なにもかもに興味を示さなくなって、暇さえあればコンピュータに向かって金儲けの話をするようになった」

「息子さんの友人が好きではなかったのですね？」ピアはたずねた。

そのときボックの顔に緊張が走った。

「ああ」ボックは写真をピアにもどした。「はじめから好意を持てなかった。息子には友だちが多かったが、急にこのターレクとしか付き合わなくなった。そしてあいつがうちのITマネージャーに応募していることを知って、うさんくさく感じるようになった」

「どうしてですか？」ピアはたずねた。

「あいつに息子が利用されているような気がしたんだ」ボックは間を置いた。「われわれは別の応募者を採用した。そのとき息子があいつをうちに連れてきて、文句をいった。人事には口をはさまないことにしているといっても、息子は納得せず、あいつを雇うように迫った」

「しかしそうしなかったんですね？」ピアはいった。

ボックはピアを見つめた。

「そのために人事部長がいる。彼がターレクを雇わなかったのには、それなりの理由があったんだ。息子の友人だというだけで、雇うことはしない。わたしはヨーナスとターレクにはっきりいった」

「それで喧嘩になったんですね」

「いや、まだだ。応募書類を取り寄せたら、あいつにそれだけの力がないことがわかった。大学に行っていないし、職業経験もない。どうしても就職したいのなら、コールセンターか建設現場の仕事をしてはどうかと声をかけた。しかしあいつはそれを望まなかった。しだいにつけあがって、脅迫まがいのことまでいうしまつだ」

「脅迫ですか？　なんといったんですか？」

「はっきりとは覚えていない。あいつは見下されていると感じたのか、腹を立てた。脅しは利かないとはっきりいってやった」

「ヨーナスさんはどうしました？」

「友人のターレクと同じ物言いをした」ボックの顔が曇った。「私情を交え、なにかというとわめきちらし、わたしとは縁を切るとかいって、将来は経営学士とかエンジニアとかではなく、生物学者になるといいだした」

「それで勘当したのですか？」ピアがたずねた。

ボックはピアを見つめた。氷のように青い目には温もりが一切なかった。

「いいや」ボックは答えた。「勘当はしていない。息子は自分から出ていった」

ヨーナスの部屋は二階にあった。ピアの家全体が収まるくらいの広さがあった。一番大きな壁に巨大なプリントアウトが貼ってあった。縦三メートル、横六メートルはある。ケルクハイムとケーニヒシュタインを一望するもので、赤い線が森や草地の中をくねくねと走っていた。

「これは?」ピアは数歩さがって、そのプリントアウトを見つめた。

「計画中の国道八号線西バイパス予定線のコンピュータシミュレーションだ」ボックはドアのところからいった。

「あなたのところのエンジニアが作成したものですか?」ピアは感心した。細かいところまで正確だ。家並み、ケルクハイム修道院、ケーニヒシュタイン城、ボーデンシュタイン城、ドレスナー銀行研修所。まるで写真のようだ。

「いいや」ボックが渋い声をだした。「息子が作った。わたしではなく、バイパス建設反対派の新しい友人のために」

ボックは手で顔をぬぐった。感情をあらわにして、涙をこぼすのではないか、とピアはほんの一瞬思ったが、ボックはすぐに気を取り直した。

「ヨーナスのコンピュータはどこですか?」オリヴァーがデスクを指差した。液晶モニターやケーブルはあるが、それとつながっているはずのコンピュータ本体が見当たらない。

「家出したときに持っていったんだろう」

オリヴァーはデスクの引き出しを開けた。いろいろな小物に教科書、DVD-R。これといって気になるものはない。教科書を数冊抜き取ると、オリヴァーはひらいてみた。一冊からすり切れた写真が数枚はらりと落ちた。長い金髪の少女と男が抱き合っている写真だ。あいにく男がだれかわからない。サインペンで顔が塗りつぶしてあった。

「この写真を預かりますが、よろしいですね？」オリヴァーはボックの方を向いた。ボックは眉を上げただけで肩をすくめた。写真を見ようともしなかった。

「息子さんとスヴェーニャが付き合っていたことはご存じですね？」ピアはたずねた。

「どうせ軽い気持ちで付き合っていただけさ」

ピアは超音波写真をだして、ボックの鼻先に差しだした。

「これがヨーナスさんの携帯電話に保存されていました。スヴェーニャさんは妊娠していると思われます」

ボックはちらっと見た。表情を変えなかったが、頬がかすかにひくついた。

「ありがとうございます、ボックさん」オリヴァーが口をはさんだ。「すっかりお邪魔しました」


「どうして急に引き上げることにしたんですか？」ボック邸を辞して、車に乗ってから、ピアはボスにたずねた。「あの冷血漢に人間らしい感情を思いださせることができるところでしたのに」

オリヴァーはポケットから写真をだしてピアに渡した。

「これがヨーナスの教科書にはさまっていた」オリヴァーはいった。「ヨーナスが何度も見たようだな。ぼろぼろだ」

「女の子はスヴェーニャのようですね」ピアは写真をめくった。「でも相手がだれかわかりません。ラボでサインペンのインクを除去できるといいのですが」

「うまくいくといいな」

「あのボックという人物はぞっとするタイプですね。冷淡です！」

「息子が敵の側についたのだから、腹の虫が収まらなかったに違いない。パウリーはボックと事を構えたとき、地雷を踏んだんだ」

「ボックはコンラーディと同じ理由でパウリーを憎んでいました」ピアは声にだして考えた。「息子のヨーナスは公然と敵側に寝返ったわけですからね」

「しかし蹄鉄で人を殴り殺すようなタイプじゃない」

「もしかしたら、かっとして殴ってしまったのかもしれません。スヴェーニャがボックを見てしまい、それをヨーナスに話した。ヨーナスは父親を訴えようとして、死ぬことになった。それなら、死体から検出されたDNAにヨーナスと共通点がある説明がつきます。犯人は父親」

オリヴァーは横目でちらっとピアを見た。

「二件の事件が一気に解決か。ボックを連続殺人犯として逮捕して、名誉毀損で訴えられる」

オリヴァーはニヤリとした。

「でもその可能性があるじゃないですか」

「そんなに簡単な話とは思えないな」

「とにかく二件の殺人には関連があります。間違いないです」

「パウリーとヨーナスの人間関係がかぶっているのは間違いない」オリヴァーはいった。「だが犯行の手口がまったく違う。パウリーは衝動的に殺された。感情による殺人だ。だがヨーナスの場合は違う。吊るされた。計画的に殺されている」

ヴィースバーデンで遺言書の開封に立ち会ったカトリーンが耳寄りな情報を持ってきた。パウリーは、マライケ・グラーフがいっていたような貧乏人ではなかったのだ。〈ビストロ・ベジ〉の共同名義になっている経営権はエスター・シュミットに遺贈された。私物もすべてエスターに遺されたが、これはあいにく火事で焼失してしまった。所有していた株式証券はルーカス・ファン・デン・ベルクとヨーナス・ボックがコンピュータ会社を設立するときに使うようふたりに譲ると記されていた。遺言が書かれた日の時価は八万三千ユーロだった。また、パウリーがふたつの生命保険に入っていて、どちらもエスター・シュミットが受取人であることを、カイが突き止めてきた。パートナーを失ったことで、およそ三十万ユーロが彼女の手に入る。しかも火災保険というおまけつきだ。全焼した場合、パウリーとエスター・シュミットとマライケ・グラーフには家の共有者として十五万ユーロ支払われることになっていた。この情報は、マティアス・シュヴァルツの証言でエスター・シュミット逮捕の準備に入っていた捜査十課のユルゲン・ベヒトに伝えられた。捜査十課はすでにエスター・シュミットを逮捕するためにケルクハイムへ向かっていた。

ゾマー造園はエッシュボルンの米軍キャンプ跡地に作られた新しいビジネスパークにあり、家具専門チェーン〈マン・モビリア〉の向かいに店を構えていた。オリヴァーは拘置所のノルベルト・ツァハリーアスに会いに行くことにして、ピアとフランクにターレク・フィードラーのことをまかせた。ターレクは温室にいて、口笛を吹きながら、ロープでくくった植物をトラックの荷台に積んでいるところだった。

「フィードラーさん」ピアはいった。ターレクは作業の手を止めて振り返った。

「やあ」ターレクはそう答えて、好奇心と懐疑心がないまぜになった目つきでピアとフランクを見た。「なにかいけないことをしたかな?」

警察の世話になった経験があるようだ。二十歳になったばかり。細面で唇に色気があり、瞳が黒い。刺青《いれずみ》のある筋骨隆々とした上腕に耳のピアスが似合わない。

「いいえ、そんなことはないわ」ピアは自分とフランクの身分を告げた。「あなたの友だちヨーナス・ボックさんのことで来たの」

ターレクは作業手袋を脱いだ。「聞いたよ。首を吊ったんだってね」

「あら。だれから聞いたの?」ピアはたずねた。

「友だちさ。悪い知らせはすぐに伝わる」

「ヨーナスはハンス＝ウルリヒ・パウリーと同じく殺されたと見ているの」

その知らせに、ターレクはびっくりしたようだ。「ヨーは殺されたの?」

「そのようね」ピアは認めた。「ヨーナスはだれかと喧嘩をしていなかった？」

「恋人と喧嘩をした」ターレクは相当ショックを受けていた。「他には知らないな。そうだ、エスターのことで腹を立てていたな。日曜日はなにもいってなかったけど、月曜日にはあいつ、機嫌が悪かった」

「ルーカスとヨーナスが設立したコンピュータ会社はどういうものなの？」

「ルーカス、ヨー、そして俺で作ったんだ」ターレクは言い直した。「オフリミット・インターネットサービス有限会社」

「有限会社……なにをする会社？」

「インターネットにサイトを立ち上げる手伝いをする。今のところ、俺たちはユーザーが自分のウェブページをオンラインで管理できるように会社のサーバーにシステムを構築してるところさ」

「俺たちって、あなたも関わっているの？」ピアはたずねた。

ターレクは眉を上げた。

「俺がただの庭師だと思ってたのか？」急に声がとげとげしくなった。「そうだよな。ルール地方の炭鉱町出身の刺青とピアスをした中国人とのハーフ。金持ちのために庭師として働いている奴にまともな奴がいるわけないもんな」

「そうはいってないわ」ピアは容赦なくいった。「だけどボック社のＩＴマネージャーには力不足だったわけでしょう」

ピアは痛いところをついた。ターレクはピアをにらんで薄気味悪く笑った。

「俺には学費をだしてくれる金持ちの父親がいないからね。ドイツじゃ、なんでも修了証や証明書がないとだめだからな」

「大学で学ぶのに金持ちの親はいらないでしょう。連邦教育促進法があるのはなんのため？」

ボックも気に入らなかったが、ターレクには拒否反応を覚える。ターレクの目に敵意がにじみでた。ターレクの本音が引きだせそうだ、とピアは思った。まさにその瞬間、それまで黙っていたフランクが口をひらいた。

「ヨーナスとはどうやって知り合ったんだ？」フランクはたずねた。

「〈ビストロ・ベジ〉だよ」ターレクが答えた。「エスターとはズルツバッハの動物保護施設《ティアハイム》で働いていたときに知り合ったんだ。あの人は動物保護協会の会長でね」

「あら、動物保護施設《ティアハイム》でも働いたことがあるの？」ピアは驚いてみせた。「どこでも仕事が長続きしないようね？」

ターレクはちらっとピアを見てから、フランクの方に顔を向けた。「なんだよ。俺に濡れ衣を着せようってのか？」

フランクがそこで割って入った。

「もういいじゃないか。本題に入ろう」物知り顔の生徒をやりこめる教師のような高飛車な物言いだった。

ピアはフランクをじろっとにらんだ。ターレクはそのことに気づいてニヤリとした。

「日曜日にコンピュータを運びだしただろう。なんでだ？」フランクはたずねた。

「エスターが賃貸料を寄こせっていいだしたんだ。そんなのごめんだからさ」

「賃貸料を収めないですむように説得できなかったのか？」

「エスターとは仲がいいけどね、こと商売になると、あの人は絶対に引かない」

「あなたたち、仲がいいどころか、かなり懇《ねんご》ろのように見えたけど」そういうと、ピアは口をはさむなというようにフランクをじろっとにらんだ。「エスターのパートナーが死んでからそうなったの？」

ターレクはピアを見ようともせず答えた。

「パウリーはいい友だちだった。だから少しだけエスターのことを気にかけるようにしている。今はひとりぼっちだからね」

「なるほど」ピアはいった。

「俺になんか文句があるの？」ターレクはフランクの方に顔を向けた。「くだらない質問ばかりしてさ。俺がなにか悪いことをした？　困っている友だちを気にかけただけなのにさ」

「そうかっかするなよ」そういって、フランクは微笑んだ。「俺の同僚に、そんなつもりはないさ」

ピアは腹が立った。フランクは何様のつもりだ。ターレクの前で恥をかかせようというのだろうか。それともターレクが「いい警官と悪い警官」なんていう安っぽい演技にだまされるような玉だと思っているのだろうか。

「ルーカスは月曜日の夜、どうしてヨーナスのパーティに行かず、〈ビストロ・ベジ〉にいたんだ？」フランクがたずねた。「ルーカスはヨーナスの親友だったんだろう？」

ターレクは少しためらった。

「あのふたり、喧嘩したんだ」ターレクはいった。「原因はわからないけど」

フランクはその言葉を信じたようだが、ピアはあやしいと思った。ターレクはふたりが喧嘩した理由を知っているはずだ。ヨーナスのパーティでなにがあったかは話した。それでスヴェーニャの話が裏付けられた。彼女と喧嘩別れしたあと、ヨーナスはへべれけに酔ってしまい、ターレクは午後十時頃、パーティ会場をあとにしたという。

「ヨーナスはきみのところに居候していたんだよな」フランクはいった。「どうして親の家から出たんだ？」

「おやじっていうのがくそったれでね」ターレクは吐き捨てるようにいった。「ヨーはおやじにつべこべいわれることにうんざりしたのさ」

「それって、あなたにも責任の一端があるのよね」ピアはいった。

ターレクはピアの言葉を無視した。ピアの方を見ず、ピアが空気ででもあるかのように振舞った。

「ヨーは、おやじよりも友だちの方が大事だったのさ」ターレクはフランクに向かっていった。

「家族は選べないけど、友だちは選べるからね」

「たしかに」フランクが相づちを打った。

ピアは目を丸くした。ふたりは気が合ったようだ。

「あなたがヨーナスの親友だったのなら、彼がどうしてスヴェーニャのウェブページにあんな写真をアップして、たくさんの人にEメールを送ったのか知っているんじゃない？」ピアも負けていなかった。

ターレクは口を開けたが、考え直して肩をすくめた。

「自分じゃないってヨーはいってた」ターレクはいった。「だけど他にだれがしたっていうのかね？」

「ヨーナスとスヴェーニャの仲が壊れることを望んだだれかね」ピアはいった。「だれかしら？」

「さあ」ターレクはしたたかな嘘つきだ。親友が死んだというのに、この言い草。

「スヴェーニャがヨーナスに嘘をついていて、彼は仕返しをするつもりだったということ？」

「そうかもね。スヴェーニャは売女だからな」ターレクはさげすむようにいった。「とくに酔っぱらったときなんて、スネオだからな」

フランクがニヤリとした。

「スネオ？」ピアはたずねた。「どういう意味？」

ターレクはさげすむような目でピアを見た。「すぐ・寝る・女」

ノルベルト・ツァハリーアスは見る影もなかった。取り調べで弁護士の同席を望まず、勾留されて当然だと自分から漏らした。

オリヴァーはびっくりした。評判を気にするツァハリーアスにとって、殺人容疑で勾留されるのは万死に値するはずだ。捜査判事は弁護士の抗議を退け、保釈を却下した。

「今晩は市民への説明会があるんです」ツァハリーアスはいった。「判定書がどうしてあの数値になり、なぜケーニヒシュタインの計測スポットが考慮されなかったのか、百人にのぼる抗議の群衆に説明する必要があるんですよ。しかし説明のしようがない」

「しかしあれは見落としただけだという話ではないのですか?」オリヴァーはたずねた。

「見落とした?」ツァハリーアスは嘆息した。「ボック・コンサルタントのような会社が本当にそういうミスをすると思うんですか? 計測スポットを忘れるわけがないです。実測したデータが計画に合わなかったので、意図的に無視したんです」

オリヴァーは理解した。

「つまり、パウリーの疑念は正しかったということですか?」

「ええ」ツァハリーアスはうなずいた。

「正しい数値だったら、判定書と開発計画にどのような影響が出たと思いますか?」

ツァハリーアスはため息をついた。

「破局をもたらしたでしょうね。実際の交通量に基づく予測最高値はバイパス推進派の根拠を奪うことになったでしょう。実際にはバイパスを建設する緊急の必要性などないんです。ケーニヒシュタインのロータリーが改良されるのですから尚更です」

「そうなんですか」オリヴァーは、がっくり肩を落としているツァハリーアスを見つめた。

「あなたがそれを告白したらどうなるでしょうね？」

ツァハリーアスは肩をすくめた。「だからヘッセン州道路交通局はすでに、正しい数値で新しい判定をおこなうようにいってきています。もちろんわたしやボックと無関係であることがはっきりしている中立的な鑑定者による判定です。そうすれば地域開発計画は白紙にもどるでしょう」

「あなた自身にはどういう意味を持ちますか？」

「全権委員の地位を失います」ツァハリーアスに、眠れぬ夜を過ごした印象はなかった。

「あなたの娘婿はなんというでしょうね？　彼の会社にはどういう結果になるのですか？」

ツァハリーアスは顔を上げた。暗い目つきになった。

「道路が建設されないと、大きな仕事をふいにし、大損します」

「どうしてですか？」オリヴァーはたずねた。「判定費用はもらったのでしょう。金をどぶに捨てたのは依頼主じゃないですか」

「そう簡単なことじゃないのです。いろいろと裏がありまして。これ以上はいえません」

「いえないことってなんですか？」オリヴァーは身を乗りだした。「あなたのお孫さんはこの件に関してどこまで知っていたのですか？」

突然、目の色が変わり、ツァハリーアスは背筋を伸ばした。

「ヨーナス？　あの子がなにを知っていたと？」

「それが知りたいんです。とても重要なことです。わたしたちは、パウリーさんがヨーナスさんから情報を得ていたとにらんでいるんです。パウリーさんはヨーナスさんの担任で、仲がよかった。一方、ヨーナスさんは父親とうまくいっていなかった」

ツァハリーアスはじっと前を見つめた。

「ツァハリーアスさん、答えてください。こちらも遊びで質問しているわけじゃないんです。お孫さんは月曜日の夜に殺されたのですから」

その瞬間、ツァハリーアスの顔から血の気が引いた。

「ヨーナスが殺された？」ツァハリーアスは愕然としてささやいた。「まさか」

「残念ながら本当です。ヨーナスさんはあなたの別荘で友人たちと誕生日を祝い、翌日、遺体で発見されました」

「なんてことだ」ツァハリーアスはささやいた。「ああ、わたしはなんてことをしたんだ！」

ツァハリーアスは全身を震わせ、目に涙を浮かべた。今にも泣き崩れそうだ。オリヴァーはツァハリーアスを苦しめている自分に吐き気がしたが、もうひと押しすれば、ツァハリーアスがなにか重要なことを供述すると思った。

ザンダー家は一九五〇年代にバート・ゾーデンに建てられた地味な一戸建てに住んでいた。古風な住宅で、正面壁には部分的にツタが絡まっている。この界隈はケーニヒシュタインのヨハニスヴァルト地区と同じで、高級住宅街と化していて、左右を豪邸にはさまれて、ザンダーの家は浮いて見えた。ガレージの前には後部座席にチャイルドシートをつけた古いパサートが止まっていて、その横にはバックミラーの壊れた黄色のスクーターがあった。ピアはチャイムを鳴らした。家の内部でチャイムが鳴り、少しして小さな子どもを腕に抱えた若い女性がドアを開けた。ピアは名乗ってから、アントニアとスヴェーニャがいるかたずねた。

「庭にいます」若い女性がいった。アントニアのすぐ上の姉のアニカらしい。「どうぞ入ってください」

「トニ！」子どもが手を叩いた。「トニ！　アントニア！」

ピアは微笑み、若い女性のあとから家に入った。どうやら娘たちには母親の遺伝子がほとんど継承されていないようだ、とピアは思った。

「例の死体が見つかったとき、動物園に来た方でしょう？　父からあなたのことを聞いています」

「し・たい！」子どもが叫んだ。「し・たい！　トニ！」

ピアは基本的に、人からどういわれようが気にしない質《たち》だが、ザンダーが娘たちになんといったのか大いに気になった。

「お父さんは？」ピアはそれほど関心がなさそうに質問したが、本心ではザンダーのことをものすごく気にしていることに気づいて自分でも驚いていた。

「いません」女性は答えた。「父は動物園です」

女性は家の中を通ってピアをサンテラスに案内した。家の中はいい感じに散らかっている。

古ぼけた寄せ木張りの床には、子どものおもちゃが転がっていた。リビングルームにあるくたびれた革のソファでは猫が二匹寝ていて、真っ白な三匹目はダイニングルームにあるアンティークの配膳台に載せた大きな水槽の前にしゃがんで、魚を狙っていた。広いキッチンには昼食の跡がそのまま残してあり、音を絞ったラジオが鳴っていた。

「ふたりを呼んできますね」女性はいった。

「よろしく」ピアは女性にうなずいて見回した。サンテラスは広く、エキゾチックな植物でいっぱいだ。それにすわり心地のよさそうな黒っぽい革張りの肘掛け椅子が並べてある。脚の低いテーブルにひらきっぱなしの本や雑誌が数冊と書き込みがしてあるメモ帳が載っていて、そのあいだに空っぽのワイングラスと半分空いている赤ワインの瓶があった。ピアは身を乗りだして本のタイトルを読んだ。動物学の専門書だ。どうやらこのサンテラスはザンダーのお気に入りの場所らしい。急に自分が無断で家に入り込んだ侵入者のような気がした。そのときアントニアがスヴェーニャ・ジーヴァースと連れだって庭から入ってくるのを見た。スヴェーニャは昨日と変わらず、げっそりやつれた蒼白い顔は無表情で、ビスクドールのようだった。そして厚化粧をした大きな丸い目はガラスのようにうつろだった。ピアは肘掛け椅子にすわり、アントニアとスヴェーニャは真向かいのソファに腰かけた。ピアはバッグから超音波写真をだして、ふたりに差しだした。スヴェーニャはちらっと見ただけで、アントニアは眉間にしわを寄せた。

「スヴェーニャ、妊娠しているの？」ピアはたずねた。

「どうして？」スヴェーニャは驚いてみせた。

「この写真がヨーナスの携帯電話に入っていたのよ」ピアは答えた。

「どうしてヨーの携帯電話がのぞけたの？」スヴェーニャはけげんそうにたずねた。

「ごめんなさい。こんなこといいたくないんだけど」ピアはできるだけ言葉に気をつけた。

「でもヨーナスは亡くなったの」

アントニアは息をのみ、顔から血の気が引いた。スヴェーニャは催眠術にかかったかのようにピアを見つめた。

「やだ」スヴェーニャは愕然として目を見ひらいた。「あたしのせいだわ……あたしが……」

スヴェーニャはその先がいえなかった。アントニアは慰めようとしてスヴェーニャに腕をまわした。だがアントニア自身、気をしっかり持とうと必死だ。ピアはふたりにヨーナスの死の様子を話してショックを与えたくなかったが、このままだとスヴェーニャは自分が彼を自殺に追いやったと思い込みそうだ。本当のことを話すほかなかった。「それは違うわ、スヴェーニャ。あなたとは関係のないことよ。ヨーナスは自殺ではないの。殺害されたの」キッチンのラジオからニュースキャスターの声が聞こえた。サッカーの中継だ。人々の関心は今、ほとんどそこにしか向けられていない。

「あたし、家に帰る」スヴェーニャがいきなり立ち上がった。まるで亡霊でも見ているようだ。

アントニアはスヴェーニャの手首をつかんだ。しかしスヴェーニャはアントニアを突き飛ばし、鈍い音をたてて玄関のドアを閉めた。アントニアはピアを呆然と見つめた。

かないわ」

「行かせてあげましょう」ピアはいった。「こんなにひどいショックは、自分で乗り越えるほかないわ」

アントニアはソファにもどってすわると、両手で顔をおおってかぶりを振った。恐ろしい知らせに、彼女も相当こたえていた。

「スヴェーニャはすっかり人が変わってしまったわ」アントニアは声を押し殺した。「前は隠しごとなんてしなかったのに……」

「妊娠している。そうなんでしょう?」ピアはアントニアを見つめた。

アントニアは一瞬ためらった。

「ええ。先週、産婦人科で新しいピルを処方してもらったときにわかったの」

「それって火曜日だったんじゃない?」ピアはたずねた。

「ええ」アントニアは驚いた。「どうしてそれを?」

さっき水槽の中の魚を狙っていた白猫がサンテラスに出てきて、アントニアの足にまとわりついたかと思うと膝に飛び乗った。アントニアは猫の柔らかい毛に指を入れて無意識になでた。

「スヴェーニャがパウリー先生を訪ねたのにはなにかわけがあるはずだった」ピアは答えた。

「これで説明がつくわ。相談をするためか、慰めてもらうために訪ねたのね」

「そうかも」アントニアが不機嫌そうな声でいった。「先生を訪ねたなんて、あたしにはひと言もいわなかった。でもスヴェーニャは先生に夢中だったから。先生を知ってから肉食をやめて、車社会とか、環境汚染とか、そういうことに反対していた。昔はちっとも関心がなかったのに」

「ヨーナスとスヴェーニャは、どうして土曜日に古城で喧嘩していたの？」

「そのことは話してくれなかったわ」

親友が秘密を明かさなかったことで、アントニアは傷ついていた。

「ヨーナスってどういう子だったの？　あなたは好きだった？」

アントニアは一瞬考えた。

「ええ、好きだったわ。彼も急に人が変わっちゃったけど。なにもかも変わっちゃった……でも、もうどうでもいいわ」

「変わったって、いつから？」ピアはたずねた。

アントニアは泣きだして、なにもしゃべれなくなった。

ピアは、アントニアの気持ちが落ち着くのをじっと待った。

「スヴェーニャが妊娠しているといったとき、ヨーナスはどういう反応をしたのかしら？」ピアはたずねた。

「かなり腹を立ててたみたい」アントニアは涙をぬぐった。「スヴェーニャは先週の火曜日、超音波写真を持ってあたしのところへ来たの。すっかり取り乱していた。スヴェーニャはそのあとヨーにその画像データを送ったの。彼からスヴェーニャにショートメッセージが届いた。それを読んで、スヴェーニャは泣きだして、飛びだしていったわ。ヨーを捜して、話をしようとしたのよ」

「最初にそうすべきだったわね」ピアは冷静にいった。

「ええ、そうだったかもね」アントニアは肩をすくめた。「あの夜、彼と大喧嘩したのよ。そのあとスヴェーニャはあたしに電話をかけてきて、大泣きしたわ」

アントニアは口をつぐんだ。白猫が急に頭を上げて、膝から飛びおりた。ピアはどきっとした。クリストフ・ザンダーとルーカスがサンテラスに通じる階段にあらわれたからだ。猫は鳴きながらザンダーの足にまとわりついた。アントニアが父親の腕の中に飛び込んだ。

「パパ」アントニアは泣きながら、ザンダーにかじりついた。「ヨーが死んだんですって！」

「えっ？」ルーカスが蒼い顔になって、ピアを見つめた。「まさか！　嘘だろう？」

「残念ながら本当よ」ピアは腰を上げて、ザンダーたちのところへ歩いていった。「昨日、わたしが発見したの」

ノルベルト・ツァハリーアスは五分ものあいだ悶々とし、オリヴァーの目の前でみるみる老けていった。

「気づくのが遅すぎた」ツァハリーアスが突然ささやいた。「地域開発計画の規制に詳しいわたしの知恵が本当に必要とされたと思ったんです。だがそれは違っていました。実際には生け贄《にえ》が必要だったんです。その前と同じです……」

ツァハリーアスは目を閉じて、堪《こら》えきれずに涙をこぼした。

「賄賂《わいろ》はもらっていません」ツァハリーアスは吐きだすようにいった。「お人好しだったということです」

「その前、なにがあったんですか?」オリヴァーはたずねた。

「ケルクハイム市街地の整備計画ですよ」ツァハリーアスは力なくいった。「地域計画連合体がルッペルツハイン、フィッシュバッハ、ミュンスターの農地を宅地に転用したんです。そのときフンケ市長とシュヴァルツ議員が、ミュンスターにある自分たちの所有地が対象地域からはずれていることに気づいたんです。ふたりはもともとこの計画を見込んで、所有地をわたしの娘婿の会社に売却するつもりだったんです。ふたりにとっては驚天動地のできごとでした。わたしが計画を読み間違えたとなじり、ルッペルツハインを対象にするのは道理に合わないと文句をいってきたんです。そして計画の変更をわたしに迫りました。

当然、住民の反感を買いました。転用対象地がツァウバーベルクの下の狭い土地だけになったと知ると、ルッペルツハインの住民が抗議しました。しかし修正した整備計画はすでに市参事会に提出したあとで、フンケ市長とシュヴァルツとコンラーディ両議員は所有地を高値でわたしの娘婿に売却し、娘婿はそこを大規模開発したのです。野党側は調査を求め、わたしが介入したこととボックとのつながりが発覚したのです。スキャンダルになりました。フンケ市長はわたしに、懲戒手続きが取られる前に健康上の理由で辞職して年金生活に入るようすすめたんです。わたしを見捨てない、と市長は約束しました」

「あなたの娘婿の会社が入札で過去、再三にわたって最低の見積額を提示して、市の公共事業の発注を受けているというのは本当ですか?」オリヴァーはたずねた。

「ええ」ツァハリーアスはうなずいた。「そのとおりです。ケルクハイムとその近郊でなにか公共事業がおこなわれるときはほぼ決まって娘婿の会社が請け負っています。入札責任者から、競合相手の入札額を教えてもらう見返りに、相応の金を支払っているんです」

「パウリーがマフィアといったのは、あながち間違いではなかったのですね」オリヴァーはいった。

「間違ってはいませんでした」ツァハリーアスは力なくうなずいた。「そのとおりです」

「だとしますと、あなたの娘婿はパウリーが目の上のたんこぶだったことになります」オリヴァーがまとめた。「もちろん計画中の予定線上にある安価な土地を買った人たちも、土地でもうけ損ねたら相当頭にくるでしょうね。ボックの損失は、今回のもうけ話だけではすまなくなります。とはいえ……どうして道路建設を本当に請け負えると確信できたのですか？　ケルクハイムとケーニヒシュタインの市当局だけで決定できることではないですよね？」

「ええ。決定するのはヘッセン州道路交通局です。しかしわたしの娘婿は決定権を持つ人物と良好な関係を保っています。彼の人脈は首都のベルリンにまで及んでいるんです」

「パウリーさんはどうやってそのことを知ったんでしょうね？　ヨーナスさんから？」

ツァハリーアスは顔をしかめた。今にも泣きそうだ。

「おそらく」声を押し殺していった。「最近ヨーナスと友だちのターレクがわたしの別荘に来ました。ふたりはときどき庭仕事を手伝ってくれたんです。ヨーナスの友人は庭師ですので。その日、わたしは困り果てていました。わたしが例の嘘のデータについてなにか漏らしたら、ただではすまない、と娘婿に脅されていたんです。わたしの娘は結婚するとき、離婚した場合、財産をすべて放棄するという覚書に署名していました。そして娘婿は、わたしが口を割れば、娘を餓死同然の憂き目に遭わせるといったんです」

「脅迫じゃないですか」オリヴァーは驚かなかった。ボックに対するピアの印象は正しかったのだ。

「ええ」ツァハリーアスはいった。「その晩、わたしは酒を浴びるように飲んで、ヨーナスとあの子の友だちにそのことを愚痴ったんです。自分の娘婿に利用され、いかさまが発覚すれば自分が人身御供になると気づいて、すっかり失望していたものですから」

「お孫さんの反応は？」

「かんかんに怒っていましたよ」ツァハリーアスは思いだしながらいった。「あの子は父親を嫌っていました。あの子が黙っているはずがなかったんです。きっとヨーナスがパウリーに情報を流したんです。そしてパウリーが死に、今度はヨーナスまで！　ふたりが死んだのはわたしの責任だ。そんな思いを抱えて生きていかなければならないなんて！」

「パウリーさんとヨーナスさんが一連の事件の犠牲者かどうかは今のところわかっていません」オリヴァーはツァハリーアスをなだめようとした。「火曜日の夜、なにをしにパウリーを訪ねたんですか？」

「彼に協力するというつもりだったんです」ツァハリーアスは力なくいった。「そして、危険だから、もっと慎重にことに当たるよう頼もうと思っていました。わたしの娘婿に引導を渡すには、彼が賄賂を渡した連中を暴く必要があります。でもパウリーが騒いだので、みんな、危険を察知してしまいました」

「パウリーさんと話しましたか？」オリヴァーは訊いた。

「いいえ」ツァハリーアスはかぶりを振った。「女の子を見かけて、不安になって。表向き、わたしはパウリーの敵でした。いっしょにいるところを見られたくなかったんです」

オリヴァーはツァハリーアスをじっと見つめた。信憑性はある。

「お引き取りいただいてけっこうです」オリヴァーはいった。

「困ります」驚いたことにツァハリーアスは即答した。「帰りたくないです」

「どういうことです？」

「ここにいた方が安全だ」ツァハリーアスはうなだれた。「わたしが弁護士をまじえずに話したのを不思議に思わなかったんですか？」

「話してください。不思議に思っていました」

「わたしを担当する弁護士には、娘婿の息がかかっているからですよ」


ザンダーは娘の髪をなでた。不安げな彼の視線がピアに向けられていた。

「スヴェーニャは知っているのですか？」ザンダーは小声でたずねた。

ピアは黙ってうなずいた。ルーカスはすすり泣きとうめき声のまじったような声をだしてから外階段のステップに腰を下ろし、腕に顔を伏せた。ピアは右腕の真っ白な包帯に気づいた。

肘までグルグル巻いてある。アントニアは父親から離れ、ルーカスの隣にすわって、両腕で彼を抱いた。ルーカスは彼女の顔に自分の顔を寄せた。ピアは、ルーカスの顔を伝う涙を見た。

ザンダーはサンテラスに下りた。汗をかき、ストレスがたまっているように見える。

「庭を歩きましょう」ザンダーはそういって、ガラス扉から外に出た。ピアはあとにつづいた。壁のそばの大きな鉢にトマトが育っている。花壇では紫陽花が咲き、つる薔薇がうっとりするような甘い香りを発散させていた。

「まったくひどい一日だ」ザンダーはいった。「病院からもどったところなんです。ヒトコブラクダがルーカスに襲いかかって、腕に嚙みついたんですよ、それも子どもたちのいる前で。不幸中の幸いでした。飼育係とアニマルセラピストが駆けつけなかったら、大変なことになっていました」

ピアはサンテラスを見た。ルーカスとアントニアが寄りそって階段のステップにすわり、友人の死を悼んでいる。ザンダーはテラスと庭のあいだの低い塀に腰をかけた。

「ヨーナスになにがあったんですか？」ザンダーはピアを見た。

「首を吊られていました。ひどく争った痕があり、ヨーナスはその最中に自分を殺すことになる相手を嚙んでいました。歯のあいだから人の組織が見つかっています」

ザンダーは顔をしかめてささやいた。「なんてことだ。それでスヴェーニャは？」

「飛びだしていきました。取り乱していました」

「あの子はこのところどうかしています。あのろくでもないパウリーの仲間に入ってから、まるで人が変わってしまいました。あの子が本当に気がかりです」

「たしかに気がかりですね。あの子の周囲で二件の殺人事件。そのうえパウリーが殺された前後に、彼を訪ねている。あいにくそのことについて、わたしに話してくれませんけど」

ザンダーは両手で褐色の巻き毛をかき上げ、膝に肘をついた。

「わたしはどうしたらよかったんだろう？」ザンダーはピアにというより自分に向かっていった。「アントニアに友だちと付き合うのを禁ずるわけにはいかない。そうしたいのは山々だが、どうせこっそり会うだろうし、わたしに嘘をつくようになる」

ザンダーが話しているあいだ、ピアは捜査とはまったく関係ないことを考えている自分に気づいた。ザンダーの外見はドキドキするほどすてきだ。ピアの気持ちがぐらついた。男性にこんな気持ちを抱くのはひさしぶりだ。本当にひさしぶりだった。突然、そう唐突に、ヘニングと縒りをもどせないわけがわかった。ピアが欲しているのはただの温もりでも、慣れ親しんだ安堵感でもなかった。新しい出会い。胸のときめき。膝の力が抜けるような感覚。情熱と冒険。感情を押し殺して生きることに満足している、と何年ものあいだ自分に嘘をついてきた。それは違う。もう嘘はつけない。

「……アントニアがヨーナスのような連中と付き合うことに虫酸が走っていたんです」

ピアはザンダーの言葉を聞いて、気を引きしめ直した。

「ヨーナスのような連中ってどういう意味ですか？」

「甘やかされて、自己中心的な連中のことですよ。敬意の欠片もなく、人を思いやることを知らず、夢中になれることを探してばかりいる」ザンダーの声には皮肉がこもっていた。「連中の両親は子どもになんでも買い与える。ほったらかしにしている言い訳のように」

「ヨーナスのことはどのくらい知っていたんですか？」

「ヨーナスはスヴェーニャといっしょによくここへ来ていました」

「それで？」

「それで？」ザンダーはピアをまっすぐ見つめた。

ピアは見つめられてぞくぞくした。「ヨーナスをどう思っていました？」

「だめな奴だと思っていました。それでもネットにあんな写真をアップしてEメールに流すようなことをするとは思いませんでした。見下げ果てた奴です！　子どもたちはやっていいこととといけないことの区別がつかない。人の気持ちを思いやることなく、やりたい放題」

「でもヨーナスにも大事にしていることがあったじゃないですか」ピアは反論した。「自然と環境の保護のためにバイパス建設の反対運動に関わっていましたよ」

「それはどういうことですか？」

ピアはヨーナスが作成したコンピュータシミュレーションによる画像の話をした。ザンダーは疑うような目つきをした。

「スヴェーニャが妊娠していたことをご存じですか？」ピアはたずねた。

「なんですって？」ザンダーが愕然とした。

「先週の火曜日に知ったそうです。パウリーを夜中に訪ねたのも、おそらくそのためだったのでしょう。相談したかったんです」

「よりによってあいつに相談するか」ザンダーはそういって、首を横に振った。「あいつが他人のことを気にするわけがないのに」

「先週の火曜日にスヴェーニャとヨーナスは口論しています。土曜日にまた喧嘩をして、日曜日、スヴェーニャはヨーナスに会っていません。そして月曜日、インターネットに写真がアップされ、その夜、彼は死にました」

ザンダーはピアを見た。「なにがいいたいんですか？」

ピアはザンダーに顔を向けることができなかった。自分がどんな気持ちでいるか見透かされそうな気がしたのだ。同時に距離を保てない自分に苛立った。「インターネットにアップされた写真は、スヴェーニャがヨーナスを裏切っていた証拠になります。ヨーナスは自分が赤ん坊の父親ではないと思った可能性があります。だとすれば、あのウェブページとEメールの理由がわかります。やけになったんですよ。復讐です」

ふたりとも、少しのあいだなにもいわなかった。

「パパ？」アントニアが泣きべそをかいてテラスにあらわれた。ザンダーは娘の方を振り返った。「ルーカスを家に送っていってもいい？　彼、すっかり落ち込んでいるの」

「もちろんだ。だけど、あまり遅くなるんじゃないぞ」ザンダーはうなずいて、ふたりがいなくなるのを待った。

「ルーカスは今朝」ザンダーはため息をついた。「動物園での研修をやめるといったんです」

「〈ビストロ・ベジ〉のアルバイトもやめることになりそうですね」ピアは答えた。「パウリーの遺言が判明しましたから、エスター・シュミットはルーカスと口も利きたくなるでしょう。パウリーはルーカスとヨーナスにおよそ八万ユーロの価値がある株式証券を遺産として遺したんです」

ザンダーは唖然としてあんぐり口を開けた。

「信じられない。ファン・デン・ベルクが知ったら、卒倒するでしょう！」

「ところで。ルーカスの父親とはどんな知り合いなのですか？」

「よく知っています。動物園の後援者のひとりで、近所ですし」

「ルーカスとヨーナスの父親にビジネス上のつながりがあることは知っていましたか？」

「ありうるでしょうね」ザンダーはピアをしげしげと見つめた。「ファン・デン・ベルクは銀行頭取で、ヨーナスの父は大会社の代表取締役社長です。ああいう人たちはけっこう横でつながっているものです」

「ファン・デン・ベルクはボック・ホールディング社の監査役会会長でした」ピアはいった。

「経済界の大物たちはお互いにもうかる仕事を融通し合っていますからね。監査役会の会長なんて一番おいしい仕事でしょう？」

「そうですね」ピアは顔をほころばせた。「それなのに、ファン・デン・ベルクはその役職を降りたんです。どうしてなのか気になります」

「本人に訊いてみましょうか？」ザンダーは真剣な顔でいった。「今晩会いますから」

ピアは一瞬考えた。「もしかしたらそのことを話題にする機会があるかもしれませんね」

「これだけいろいろ起きていますから、そちらに話題を振るのはむずかしくないでしょう」ザンダーはいった。ピアは時計に視線を向けた。ふたりはサンテラスにもどり、家に入った。次女のアニカが熱心にアイロンをかけていた。子どもはベビーサークルの中で遊んでいた。ザンダーがリビングルームに入ると、子どもがベビーサークルの柵を持ち上げた。

「おじいちゃん、高い、高い！　おじいちゃん、遊んで！　遊んで！」そう叫んで、子どもは手を伸ばした。暗い面持ちだったザンダーが笑みを浮かべ、子どもを持ち上げた。アニカはアイロンをかけていた手を休め、歓声をあげる子どもと自分の父親を見た。ピアは突然、胸がちくっと痛くなった。なぜかわからないが、仲むつまじい光景を見ているのが辛くなったのだ。開けっ放しだった門と玄関のことを丸一日思いださないようにしていた。しかし突然、孤独な思いが迫り来る嵐のように不安を呼び覚ました。

「キルヒホフさん、待ってください！」ザンダーが声をかけた。「あなたの車のすぐ後ろに駐車してしまいました！」

ピアは歩く速度を上げた。だが庭木戸のところでザンダーに追いつかれてしまった。ザンダーはにこにこしていた。

「どうしたんですか？」顔から急に笑みが消え、ザンダーは探るような目つきをした。

「なんでもないです」ピアは答えた。「なにか変ですか？」

「急に……暗い顔をされたから」やはり人の気持ちがわかるようだ。

「ふたつも殺人事件を抱えていますから」

アントニアがしたように首にかじりついて、慰めてほしいのに、どうしてそれができないのだろう。今日の未明、どんなに心細い思いをしたか、ザンダーに話したかった。だがよく知らない女が、自宅にひとりでいるのが恐いなんていきなりいいだしたら、なんと思うだろう。ザンダーにも心配ごとがある。きっと負担に感じるだろう。

「動物園にまたアイスを食べにきてください」ザンダーがその瞬間いった。「そうしてくださるとうれしいです」

ピアはむりして微笑んだ。

「喜んで。事件が解決したら、そうした楽しい時間も取れると思います」

ふたりはザンダーの車の横に立って、お互いの顔を見た。ピアは目をそむけた。おどおどしている自分がいやだった。ザンダーには本当にドキドキさせられる。

「行かなくては」ピアは車のキーをだした。「ではごきげんよう」

「ごきげんよう」ザンダーは、ピアの車が通れるように道を開けた。「ルーカスの父親からなにか聞けたら電話をします」

ピアは車をバックで進入路からだした。いまだに胸が張り裂けそうで、手が震えていた。感情が抑えられなくなっている。よくない。本当によくない。捜査の方も混迷を極めているのに。全体を見渡すためにも、冷静な頭でいなくては。

二〇〇六年六月二十二日（木曜日）

懐中電灯の光が顔に当たって、ピアは目を覚ました。心臓が激しく胸を打つ。ベッドに横たわり、金縛りに遭ったかのように小指一本動かせない。だれかがベッドルームにいる。全身から脂汗が吹きでた。けれども逃げることはおろか、悲鳴をあげることも、ベッド脇に置いてある拳銃をつかむこともできない。懐中電灯が消え、目が闇に慣れた。突然、男の影が目に飛び込んできた。

「ルーカス！」ピアはほっと胸をなで下ろして、笑いだしそうになった。「なんなの？　どうやって入ってきたの？」

ピアは暑かったのでスリップ以外なにも身に着けていない。恥ずかしかった。ルーカスはピアの上にかがみ込んだ。美しい緑色の目が血走って、涙で腫れている。土曜日の夜とは打って変わって、彼がそばにいることがいやではなかった。むしろその反対だ。彼の両手が自分の体に触れるのを感じて、ピアは目を閉じた。しかし突然、ルーカスが乱暴にピアの手首をつかみ、ピアを後ろにのけぞらせ、全体重をかけて体を押しつけてきた。ピアはどかそうとしたが、ルーカスの方が力が強い。ピアは目を開けた。ルーカスの引きつった顔が目に飛び込んできて、不安になった。ふたりは黙って歯を食いしばりながら争った。

ルーカスが重くて、身動きが取れない。息もつけないほどだ。叫ぼうとしたが、声が出なかった。ピアはパニックに陥《おちい》った。叫んでも意味がない。だれにも聞こえない。隣近所はいないし、散歩をして偶然通りかかる人もいないだろう。近くにはだれもいない。ピアはひとりぼっち。無力だった。目からくやし涙がこぼれ、顔を伝い落ちる。鼻が詰まった。いきなりルーカスが体を起こした。射るようなまなざし。同情するように破顔するなり、ルーカスはピアの首に両手を当てた。

「やめて」ピアは泣きべそをかいた。「お願い……」

「きみにはがっかりだ、ピア」ルーカスはかすれた声でささやいた。「ぼくをがっかりさせた人間にはどういう仕打ちをするか知ってる？」

そして、のしかかってきた。

ピアは闇を見つめた。Tシャツが汗でびっしょりだ。心臓がばくばくいって、体じゅうが震えていた。真っ暗闇の中、じっとベッドに横たわり、胸の鼓動が落ち着くのを待った。こういう夢を見るのは何年ぶりだろう。

ピアは照明のスイッチの方に体を向けて、明かりをつけた。午前三時半。窓は開いていたが、冷たい夜気は入ってこなかった。口がからからで、喉がひりひりする。本当に泣いていたことに気づいた。膝をがくがくさせながら起き上がると、キッチンへ行った。二週間前からタバコをやめていた。だが今は吸いたい。廊下のコート掛けにかかっている上着を片端から探った。

冬用のジャケットの内ポケットに古いタバコを一箱見つけた。最初の一服で気持ちがすっとした。さっきまで意識が朦朧《もうろう》としていたが、ようやく指の震えが止まり、冷や汗がひいた。

一九八九年の夏、フランスでバカンスを過ごしたときのことを思いだすのは数年ぶりだ。はじめはいい感じだったが、最後にはさんざんな目に遭った。それから何ヶ月も不安な日々を過ごした。何年か過ぎるうちにそのおぞましい体験を記憶の片隅に押しやり、いつしか考えることがなくなっていた。

ピアはたっぷりシャワーを浴びて、洗い立ての下着を身に着け、ジーンズをはき、Tシャツを着た。悪夢の余韻が残っていたが、玄関のドアを開けて、新鮮な空気を胸いっぱいに吸った。タウヌス山地にかかる空はまだ暗かったが、東の空にうっすら明るい筋が浮かんでいる。また暑い一日になりそうだ。ピアは厩舎《きゅうしゃ》へ行った。夜明け前の時間が好きだ。夜でもなく、昼間でもない不思議な雰囲気がいい。家の裏手の林で鳥がさえずっている。ピアを見て、馬たちがうれしそうにいなないた。毎日の繰り返しに優る癒しはない。本当はまだ一時間早かったが、馬に飼い葉を与えた。鶏やアヒルやガチョウにも餌をやった。ピアは農場を横切りながら、ふと不思議に思った。モルモットの鳴き声がしない。いつもならもこもこしたモルモットたちがピアを待ち構えて、かつて犬小屋だった檻の金網のところに集まっているはずなのに。

「まだ寝ているの？」ピアは犬小屋の扉のレバーをつかんだ。ところがレバーが上がっていて、テンや猫の侵入を防ぐために金網で補強した扉が開いていたのだ。ピアはぎょっとした。テンや狐がもぐり込んだのか、モルモットが全滅しているのを見て、気分が悪くなった。ぞっとする夜を過ごしたあとに、これはあんまりだ。ピアは涙にむせびながら朝露に濡れた草むらに膝をついた。

一時間後、ピアはコーヒーを飲んで、気持ちを落ち着けようとした。開いていた門、開け放してあった玄関のドア、そして死んだモルモット。そのことを考えないようにして、コンピュータのモニターを見つめた。もう一度ザンダーのEメールをひらいて、スヴェーニャのホームページのリンクをクリックした。

「Error 404」とモニターに出た。「見つかりません」

だれかがデータを削除したのだ。ヨーナスのはずはない。死んでいるのだから。

「カイ」ピアは同僚に声をかけた。「スヴェーニャ・ジーヴァースのウェブページが全部消されているんだけど。どういうことかしら？」

カイ・オスターマンがさっそく調べた。

「スヴェーニャが自分で削除したようだな」数秒してカイが答えた。「あるいはプロバイダーかな」

「だけどスヴェーニャはアクセスできなくなっていたのよ。おととい、彼女の友だちがそう話していたわ。だれが削除したのか突き止められる？」

「やってみる」カイはうなずいて、作業をはじめた。まだ午前七時十五分だったが、ピアはザンダーがルーカスの父と話したかどうか知りたかった。ザンダーの電話にかけると、すぐに彼の声が応答した。

「わたしも電話をかけたいと思っていました。でも、朝早くから邪魔をするのはどうかと思いまして」

ろくに知らない相手なのに、ピアは急に自分のことをもっと話したくなった。

「今日なら朝の四時に電話をくれてもぜんぜん平気でしたよ」と答えた。

「どうしてです？　また死体が出たのですか？」

「ええ、それも十五体も。死んだモルモット。昨日の未明、帰宅したときなぜか敷地の門と玄関のドアが開いていて、それから変なんです」

「田舎でひとり暮らしをすべきではないですね」ザンダーの返事はピアの思う壺だった。

「同じようなことを同僚にもいわれました。でもひとり暮らしをやめるにも、そう簡単に相手が見つかるわけではないので」

「ご主人はどうしているのですか？」ザンダーがたずねた。興味を持っているような声だ。ピアはそっちへわざと話を持っていった自分が少し恥ずかしかった。といってもほんの少しだけだが。以前は男女の駆け引きに長けていた。ひどい目に遭って不安を抱くようになる以前は。それからヘニングと出会った。ヘニングは学問にしか関心がなく、見事なほど鈍感だった。だがザンダーと出会ったことでピアの中でなにかが変わった。恋の駆け引きのおもしろさにふたたび目覚めたのだ。

「フランクフルトにいます」どうでもいいというような感じで告げた。「でも死んだモルモットのことであなたに嘆いてもはじまらないですね。ルーカスの父親とは話せましたか?」

「ええ。それもかなりたっぷりと。ヨーナスが死んだことを知ってショックを受けていました。ボック社の監査役会会長を辞任した理由ですが、社長の経営方針に賛同できなくなったからだそうです。はっきりとはいいませんでしたが、わたしなりに理解したところでは、中近東でのプロジェクトやいかがわしい取引先を問題視したようです」

ふたりはそれからまだしばらくのあいだ話をし、ピアは情報提供を感謝して受話器を置いた。目を上げると、カイの愉快そうなまなざしに気づいた。

「どうしたの?」ピアはたずねた。

「なんでもない」カイは肩をすくめ、ニヤリとした。「今きみがしていたことに、なんだか覚えがあってね」

「わたしがなにをしていたというの?」

カイはますますニヤニヤしながらふんぞり返った。「捜査にかこつけて、網を投げている。狙った魚はだれだい?」

「魚?」ピアは不意を突かれた。

「自分もそういう網にかかった経験があるんでね」カイは眉を上げげた。「悪いことじゃない。この足がこうならなければ、もっと発展していただろうな」

八時少し前、署に着いたオリヴァーは気もそぞろだった。朝の打ち合わせでも、部下の報告をまともに聞いていなかった。コージマは月曜日の夜の一件についてあれっきりまったく話題にしない。非難されるのも困りものだが、なにもいわれない方がもっと気をもむ。なにかがおかしい。今日は血液鑑定の結果が出るはずで……部下の目が自分に向けられていることに気づいた。

「ヨーナスの友人全員に連絡をとって召喚しました」カイはもう一度いった。「だれが担当します？」

「きみとファヒンガーで頼む」オリヴァーはいった。「パウリーが死んだ夜と今週の月曜日の夜どこにいたか訊いてくれ。それから噛まれた傷がないか調べる理由を説明してくれ。それにヨーナスとルーカスがなぜ口論になったのかも知りたい。キルヒホフ、ルーカスともう一度話してみてくれ。彼なら、ヨーナスのコンピュータに残されているEメールを見られるかもしれない」

ピアはうなずいたが、あの悪夢を見たあとでルーカスに会うのはどうも気乗りがしなかった。

「パウリーがジーベンリストを脅した件はどうなっている？」

ピアはそのことをうっかり忘れていた。

「ファイルはわたしのデスクにあります」そういって、ピアは取りにいった。

「他になにか通報はなかったか？」オリヴァーはたずねた。みんな、首を横に振った。

「先週の火曜日の夜、フランス対スイスの試合がありました」カトリーンがいった。「みんな、テレビで観戦していましたからね。残念ながら有力な手掛かりはひとつもありません」

ピアはファイルを持ってもどってきた。

「一九八二年八月十七日、パーティで死亡事故がありました。マリオン・レーマーという女性がカクテルの飲みすぎで意識不明になり、病院への搬送中に高血糖症で亡くなっています。過失致死の容疑で捜査手続きが取られました。とくにシュテファン・ジーベンリストに対して。しかし証拠不十分で不起訴になり、事故扱いになっています」

オリヴァーが眉間にしわを寄せた。

「では仕事に取りかかってくれ」オリヴァーはさっと腰を上げた。「今日の午後またここに集まる。キルヒホフ、わたしの部屋に来てくれ」

一同そろって快適な椅子から離れた。ピアは胃にもやもやしたものを感じながらボスの後ろを歩いた。オリヴァーが部屋のドアを閉めて振り返った。

「さっきの調書だが、いつ読んだんだ？」オリヴァーはたずねた。

「送られてきたときに」ボスがなにを考えているのかわからず、ピアはそう答えた。

「そしてなにも気づかなかったのか？」

「は……はい」

オリヴァーはデスクの向こうにまわってすわった。「ヨーナス・ボック殺人事件でてんてこ舞いなのはわかる。だがさっきの調書によると、死んだのはマリオン・レーマーだ。シュテファン・ジーベンリストはベルベル・レーマーと結婚している。わたしの記憶が正しければ、一九八二年の出来事だと彼はいっていた。レーマー家具店の相続人。死んだ女性は親族じゃないのか？」

　ピアは顔を紅潮させた。そのことに気づかなかったとは。

「うっかりしていました。すみません。さっそくジーベンリストを訪ねます」

「そうしてくれ」オリヴァーは冷ややかにいった。「忙しいのはわかっているが、犯行時間にアリバイのない人物なのだから、もう少し注意を払わないとな」

「はい、ボス」ピアは小声でいった。

「ジーベンリストにアリバイをたずねるんだ」オリヴァーはコージマに電話をかけるために受話器をつかんだ。「アリバイがなければ、緊急逮捕したまえ」

　ピアはうなずいたが、立ち去ろうとはしなかった。ジーベンリストがパウリーを殺し、遺体を運んだとは思えなかったのだ。ピアがあやしいとにらんでいたのはマティアス・シュヴァルツだ。エスター・シュミットのところに出入りしていたということは、パウリーの犬を知っていることになる。犬は彼になにもしないだろう。それに彼なら、遺体を運び去ることも平気でするに違いない。

「どうした？」オリヴァーは不機嫌そうにたずねた。

「なんでもありません」そういって、ピアは廊下に出た。だがケルクハイムへはすぐに向かわず、コンピュータで一九八二年の新聞を検索して、問題の死亡事故に関する記事を探した。タウヌス＝ウムシャウ紙にちょうどいい記事が見つかった。その新聞は一九七三年までデジタル化されていたのだ。

「ボスはなんの用だったんだい？」カイがたずねた。

「ちょっと見落としたことがあって」ピアは答えた。オリヴァーがみんなの前でピアに恥をかかせないようにしてくれたのはありがたかった。それでも傷ついた。新聞記事をプリントアウトすると、ピアはざっと目を通した。そのときオリヴァーが暗い面持ちで部屋に入ってきた。

「なにをぐずぐずしている」オリヴァーはピアを怒鳴りつけた。ピアはなにもいわずバッグをひっつかむと、新聞記事を押し込み、黙ってオリヴァーの脇をすり抜けて部屋の外に出た。ボスが奥さんのことで気をもんでいることはわかっている。だがフラストレーションの捌《は》け口にされるのは迷惑だ。


ピアが家具の展示場を歩いてくるのを見て、シュテファン・ジーベンリストはいやそうな顔をした。

「忙しいんですよ」ジーベンリストは笑みを絶やさないようにしながらいった。ピアはこのあいだ握手したときの汗ばんだ手を思いだして、手を差しだすことはしなかった。

「わたしもです。早いとこすませましょう。一九八二年の事故について調書を取り寄せました……」

「ここでは困る！」ジーベンリストがさえぎった。「オフィスに行きましょう」

ピアはあとについて、キッチン展示コーナー脇のごみごみした小部屋に入った。ジーベンリストはドアを閉めて、ピアのすぐ前で足を止めた。

「当時死んだ女性があなたの義理の姉だということをなぜいわなかったのですか?」早く決着をつけたかったピアは単刀直入にたずねた。自分の中に答えがあるわけではない。しかしピアが握手をしなかったことで、ジーベンリストは焦りを感じていた。

「そんなの関係ないことでしょう」水色の目が泳いでいた。「あれは事故だった」

「マリオンさんは奥さんのお姉さんでしたね。婚約中で、結婚したら家具店を継ぐはずだったのでしょう」

「だからなんだというんだ?」

「義理の姉が死んだことは、あなたのキャリアにプラスに働きましたね」ピアはジーベンリストを見据えた。

「ばかな。そのことでわたしは起訴されなかった。わたしはなにもしていない。どういうことだ?」

相手が自分の目を見返そうとしないときは、たいていなにかある、とピアはわかっていた。だがそのとき、男の方が体力があるということを思いだした。「わたしが考えていることをいいましょう」ピアは落ち着き払っているふりをした。「パウリーさんは当時なにがあったか知っていたんですね。そしてあなたは、二十四年間隠しとおしてきた真実が明るみに出ることを恐れた。だからただひとり過去を知る者を殺害した」

ジーベンリストはいらついて肉厚の唇を舌でなめた。

「マリオンさんはあなたにカクテルを何杯も飲まされたあと意識不明になった。あなたは、マリオンさんが糖尿病であることを知っていて、思いがけずいい機会が巡ってきたことに気づいた。救急医には事情を話さなかった。そしてマリオンさんが死に、あなたの奥さんが家具店を継ぎ、あなたが社長になった」

「証拠がない。そんな古い話を蒸し返して殺人の動機にするなんてむちゃだ」

「むちゃですか？　あなたはパウリーさんのことを怒っていました。面子が丸つぶれになるのを恐れた。あなたがパウリーさんを訪ねたことは目撃されているんです。問題の夜、アリバイがありませんね」ピアは肩をすくめた。「緊急逮捕の要件には充分です。もう少し聞き込みをすれば、あなたにとって不都合なことが出てくるかもしれませんね。救命活動を怠ることは充分罪になります」

「とっくに時効だ」

「法的にはそうです」ピアはパトカーを呼ぶために携帯電話をつかんだ。「しかし奥さんの家族は違う見方をするかもしれませんね。弁護士はいらっしゃいますか？　刑事警察署へ来るよう連絡をした方がいいでしょう。たった今、緊急逮捕します」

ようやくジーベンリストも、冗談ではすまないことに気づいたようだ。

「客と従業員の見ているところで連行するというんですか！　それがなにを意味するかわかりますか？　明日には、わたしが殺人の容疑者だとケルクハイムじゅうに知れわたってしまう」

「では火曜日の夜のアリバイを教えてください。そして二十四年前、本当はなにが起きたのか思いだしてもらいましょう。そうすれば、これからもベッドやキッチンを販売することができます」

「苦労して築き上げたんだ。あんな古い話で、すべてを台無しにされてたまるか」ジーベンリストの目に危険な光が宿った。ピアの方へ一歩近づいた。

ピアは、襲いかかられ、喉をしめられると思った。とそのとき、ジーベンリストが自分の胸をつかんでよろめき、ネクタイをゆるめてデスクに両手をついた。

「わたしの知りたいことを自供しなさい。それともわたしの同僚を呼びましょうか？　六月十三日の夜、あなたはパウリーさんを訪ねてなにをしたんですか？」

「心臓が」ジーベンリストは声を押し殺してささやいた。「き、気分が悪い」

ピアは呆然として、ジーベンリストの背中を見つめた。よりによってこんなときに、相手が体調を崩し、自分が介抱する羽目に陥るとは！　ジーベンリストはデスクの引き出しを開けて、中を引っかきまわした。

「妻を……」ジーベンリストはしゃがみ込んだ。「呼んでくれ……頼む……妻を……」

息も絶え絶えになりながらジーベンリストはどさっと床に倒れた。ピアはドアを勢いよく開けた。まったく信じられない！

受話器を置いてからしばらく、オリヴァーは電話を見つめた。コージマの話を聞けばひと安心できるかと思っていたが、血液検査がどうのこうのいうばかりだ。この数週間ずっと様子がおかしい。その上この厄介な事件。わけのわからない事件で、時間ばかりが過ぎていく。次から次へと新たな奈落が口を開け、確かな動機を持った容疑者があらわれるが、詳しく調べてみると袋小路に突き当たる。内線の呼び出し音が鳴った。カイだった。いつになく興奮している。

「ボス。ヨーナスの携帯に残っていた写真が手に入りました。見てもらいたいんです」

「今行く」これでやっと確かな手掛かりがつかめたかもしれない。結果を求めているニーアホフ署長を喜ばせることができたらいいのだが。しばらくして、科学捜査研究所で特殊加工されたとわかる拡大写真を見た。ヨーナスはコンピュータモニター上に映っている書類や資料やEメールを携帯電話で撮影していたのだ。

「ボックはこれでぐうの音も出ないですね」カイはニヤリとした。「あいつがどうやって言い訳をするか楽しみです」

オリヴァーはボックとヘッセン州道路交通局の担当者が交わしたEメールにざっと目を通した。Eメールのやりとりはかなりの件数にのぼる。ヨーナスはすべて写真に撮っていた。同じように父親と連邦交通省の官僚が交わしたEメールも撮影されていた。関係者はだれも、一連のEメールが第三者に読まれると思っていなかったようだ。暗号化もしていなかった。

「とんでもない起爆剤になるな」オリヴァーはいった。「これはホーフハイム市土木課のシェーファーだぞ。北市街地の第一回工区に対する競合会社の見積もりをボックに添付資料で送っている」

「官製談合」カイはうなずいた。「賄賂《わいろ》、全部そろっています。どうしますか?」

「なにもしないさ。これはわれわれの管轄じゃない。フランクフルト刑事警察署の捜査三十課に電話をして、データを引き渡してくれ。われわれの捜査状況も伝えるんだ。もしかしたらあちらでも、ボックにとって不利ななにかをつかんでいるかもしれない」

救急車が青色灯をつけて家具店の入口に止まり、フランクフルト通りに渋滞を引き起こしていた。ピアは、救急隊員がジーベンリストをストレッチャーに乗せて店から出てくるのを見守っていた。夫人や従業員の敵意に満ちた視線が痛かったが、ピアは救急車を病院まで先導するパトカーを呼んだ。ジーベンリストが逮捕を免れるために心臓発作を装ったのか、本当に発作を起こしたのか、いずれわかる。それよりも、ジーベンリストに襲われると思ってパニックを起こした自分が情けなかった。このまま刑事をつづけられるだろうか。ドアが閉まり、サイレンが鳴って、救急車が動きだした。ピアはほっと息をついてフランクフルト通りを渡った。車はケルクハイム警察署に止めたままにして、駅前通りに沿ってコンラーディ精肉店の前を通り過ぎ、〈ビストロ・ベジ〉まで歩いた。驚いたことに入口が開いていた。若い男が大きな木の看板を通りに引っ張りだそうとしている。そこにはその日のメニューが書かれていた。その瞬間、黒いメルセデス・ベンツMクラスが店の前に止まって、金髪の女が車から降りた。ライムグリーンのスーツを着て、パリス・ヒルトン風の大きなサングラスをかけ、ハイヒールをはいている。マライケ・グラーフだ。こつこつとヒールの音を響かせながら階段を上り、ビストロの中に消えた。

「ここになんの用かしら?」そうささやいて、ピアは近くへ行ってみることにした。ビストロを通り越す。中庭の門が開いていた。ピアは中をのぞき込んだ。日の当たる場所にテーブルがあり、エスター・シュミットがすわっていた。思ったとおり、保釈金を払って自由の身になっていたのだ。マライケ・グラーフが中庭に出てきて、ふたりはあいさつを交わした。数日前、あれほどの殴り合いを演じ、ののしりあったというのに、今は仲良くいっしょに席についている。なにを話しているかは聞こえなかった。ふたりはどうしてありもしない喧嘩を演じたのだろう。あやしすぎる。

十五分後、マライケの夫がピアに手を差しだした。

「妻はあいにく出かけています」グラーフはピアをガラス張りの応接室に通してからいった。「奥さんが建築現場で見学者に対応しているのです。電話で呼びもどしましょうか？」

「奥さんが建築現場にいるというのは嘘ですね」ピアはいった。グラーフがあわれに思えた。のんきなことに、妻がこっそりなにをしているかまったく知らないのだ。

「奥さんはエスター・シュミットさんといっしょに〈ビストロ・ベジ〉の中庭にいますよ。十分前にそこで見かけました」

「だが、しかし……」そういいかけて、グラーフは黙った。

「奥さんは、月曜日に逮捕された理由を話しましたか？」ピアはたずねた。

「ええ。放火の疑いをかけられたといっていましたが」

「それは嘘ですね」ピアはかぶりを振った。「奥さんが逮捕されたのは、元夫が殺害された時間にアリバイがなかったからです」

「よくわからないのですが」グラーフは面食らった顔をした。「マライケがどうしてパウリーの死と関係があるのですか？」

「関係はありません。奥さんにはアリバイがありました。コンラーディさんといっしょだったのです」

「ケルクハイムの精肉屋と？」グラーフは驚いてたずねた。

「ええ。奥さんの話では、奥さんとコンラーディさんの付き合いはあなたの公認だそうですね。あなたが若い頃、癌《がん》にかかり、性交不能になったためだとか」

グラーフは目を白黒させてピアの話をじっと聞いていた。

「なにも知らなかったんですか？」ピアはたずねた。

「ええ」グラーフはすわって、ペリエをひと口飲んだ。ショックを受けていることがはっきりとわかった。「わたしは癌になったことなどないですし、不能でもありません」

「奥さんの前科についてはご存じですよね？」

「前科？」グラーフは、妻の知られざる真実をこれ以上受け入れられないという表情をした。

「あなたと奥さんは大学で知り合ったそうですね。長い付き合いということになります。それなら二〇〇三年に脅迫と傷害の罪で保護観察に処されたことはご存じのはずでしょう」

「大学で知り合ったなんて、どうしてそんな馬鹿げたことをいうのですか？　マライケは結婚する前、わたしの秘書だったのです」

「秘書？」今度はピアが驚く番だった。「奥さんは建築学を学んでいたといっていましたけど」

「それは本当です。三学期か四学期。わたしが妻と知り合ったときは、ウェイトレスをしていました。離婚訴訟中で、金が必要だったのです。わたしは妻を愛して、離婚が成立してから三日目に結婚しました。わたしは……」

テーブルの上の電話が鳴って、グラーフは話を中断した。グラーフは、さかんに合図を送っている受付嬢の方を見てから、ため息をついて受話器を取り、二、三秒話を聞いた。

「すぐにかけなおすといってくれ」グラーフはいった。「いいや……だめだ……ボック本人でも、今はむりだ」

グラーフは受話器を置き、メガネを取って、親指と人差し指で鼻の付け根をもんだ。

「ボック？」ピアは好奇心を抱いてたずねた。「カルステン・ボックさんですか？」

「ええ」グラーフはまたメガネをかけた。いきなり老け込み、落ち込んでいるように見えた。

ピアは胸が痛んだ。

「ボック土木建築会社はうちで一番の得意先なのです」グラーフはいった。目から光が消えていた。「ケルクハイムで大規模な計画があるんです。それからヴィースバーデンでも。しかしこうなると、彼の申し出を受けた方がいいのではないかと思えてきました」

「申し出？」

「ボックさんはわたしの設計事務所を買い取りたがっているんです。わたしは独立してやってきたことが誇りで、申し出を断ってきました。でももう一度考えてみようと思います」

「やめた方がいいです」ピアはとっさにいった。

「なぜですか?」グラーフの目に好奇の光が宿った。「ボックさんについてなにか知っているのですか? あの方と知り合いなのですか?」

「知り合いというといいすぎです。二度会っただけです」

「あの方が好きではないのでしょう?」グラーフは悲しそうに笑った。「わたしもです。どうも信用できなくて。しかし妻が、あの方の申し出を受けろとうるさいのです」

ピアはマライケの思惑がわかった。そこそこ金回りのいい建築家と結婚しているより、大金持ちになった夫と離婚して慰謝料を得る方が金になるからだ。「よくよく考えた方がいいと思います」ピアは彼に名刺を差しだした。「それともうひとつ。奥さんは金曜日の夜、エスター・シュミットと激しい喧嘩をしました。それなのに今日は親友みたいにいっしょにすわっているんです。どういうことなのかわかりますか?」

「パウリーさんが死んで、仲直りしたんでしょう」グラーフはいった。

「仲直り?」ピアは驚いてたずねた。

「マライケとエスターはいっしょに学校に通った仲で、親友同士だったんです。あの一件があるまでは」

「あの一件?」ピアは興味を惹かれた。

「エスターはパウリーの親友グンター・シュミットと暮らしていて、四人は仲良しでした。シュミットが筋萎縮性側索硬化症にかかりましてね。死ぬ四日前にエスターと結婚しました。シュミットはもう動くこともできず、集中治療室に横たわっていました。パウリーはシュミットが死んだとき、エスターを慰めました。でもその慰め方が度を超して、シュミットの葬儀があった翌日、ふたりがベッドに入っているところをマライケが見つけてしまったのです。それで友情は終わりました」

ピアにもわかってきた。

「〈ビストロ・ベジ〉が入っている家はエスターの死んだ夫のものだったんですね？」

「そうです」グラーフはうなずいた。「エスターが相続したのは駅前通りの家だけではありません。フランクフルトにもいくつも不動産があります」

グラーフが急に微笑んだ。

「でも、妻にはあの小さな家しかなかったので、相手にならなかったんです。パウリーはいっしょにあの家に住めばいいと妻にいったんです。でも、ベッドルームは使わせない、と」

「てっきりマライケさんの方がパウリーさんを捨てたのかと思っていました」ピアはいった。

「違います。その反対ですよ」

ファン・デン・ベルクの邸《やしき》はバート・ゾーデンのフライリヒラート通りの一番奥に建っていて、道路からのぞきみることはできなかった。ピアがチャイムを鳴らすと、インターホンに女性が出た。しばらくしてドアを解錠する音がした。ピアは広い敷地に足を踏み入れた。進入路の横の舗装した坂道を辿《たど》って家まで上った。邸はバンガロー式の住宅で、窓には格子がはめてあり、スレートを葺《ふ》いた大屋根に半円の屋根窓がいくつもついている。二台用ガレージの前に小型車のスマートが止まっていた。家政婦が玄関のドアを開けて、ピアを待っていた。

「ルーカスさんは病気です」東欧の訛《なま》りがある家政婦はいった。

「長くはお邪魔しません」ピアはいった。「でも急いで伺いたいことがあるんです」

家の中は外観から想像したよりもはるかに広かった。鏡面磨きの大理石を市松模様に張ったエントランスホールは舞踏会でもひらけそうだ。壁にかけた絵はどれも本物だろう。ひと財産になる。ピアはフランクフルトに住む金持ちの家をいくつも知っているが、この邸に匹敵するものを見たことがない。ピアは家政婦のあとについて、階段を上がった。ルーカスは家政婦にも言い寄ったりしたのだろうか。家政婦はドアの前で足を止めてノックした。

「ルーカスさま、お客さまです!」家政婦はそういってドアを開けると、横にどいて、ピアを通した。その屋根裏部屋はびっくりするほど無味乾燥だった。造りつけのクローゼット、勾配天井に寄せてあるベッド、屋根窓の下のデスク。デスクにはディスプレイ部を立てたノートパソコンが置いてあり、服が床に脱ぎ捨ててあった。壁にはヨーナス・ボックのところにあったのと同じパノラマ画像が貼ってあった。といっても少しサイズが小さい。デスクの上の壁にはたくさんの写真がピンで貼ってある。ピアはベッドの方を見た。ルーカスが寝返りを打って、ピアを見つめていた。ピアはぎくっとした。昨夜の夢の中のルーカスとそっくりだ。悲しそうな表情、はれぼったい目、ぼさぼさの髪。

「やあ」ルーカスはささやいた。「ごめんね、こんな恰好で。でも、本当に具合が悪いんだ」

「見ればわかるわ。病院に連れていってあげましょうか」ピアは心から心配になった。ルーカスの体調は確実に悪く、しかも屋根裏部屋のせいで室内に熱がこもっている。熱気で息が詰まる。

「いいや、病院には行きたくない」ルーカスがいまだにドアのところに立っている家政婦に視線を向けた。

「行っていいよ、イリーナ」ルーカスはいった。「それから父さんには電話で知らせないでくれ。大丈夫だから」

家政婦はなにもいわず背を向けて、ドアを閉めた。

「父さんはぼくの見張りにあのロシア人スパイをつけてるんだ」ルーカスはまた頭を枕に沈めた。「父さんはあのスパイを使って探りをいれる。ぼくが気づいていないと思ってるんだ。でもそれが父さんの唯一の楽しみだからね。付き合ってやってる」

「お母さんは？」ピアは窓をいっぱいに開けてから、デスクチェアをベッドのそばへ運んだ。

「ボストン」ルーカスは顔をしかめた。「マサチューセッツ工科大学。電子工学と情報工学の客員教授」

「へえ」ピアはびっくりした。

「父さんは最初の結婚で子どもができなかった」ルーカスは皮肉たっぷりにいった。「それで自分の貴重な遺伝子を自分と同等の知性がある怪物と交配することにした。ぼくの母さん、つまり二人目の奥さんがそのおメガネに適《かな》った」

ルーカスは薄ら笑いを浮かべた。

「ぼくは生後十三ヶ月で最初の知能テストを受けた。交配が失敗に終わっていないか念には念を入れたのさ。IQが百五十以下だったら養子にだされていただろうな」

投げやりな言い方に、ピアは胸が痛んだ。屈託のない幸せな子ども時代を過ごしたとはとても思えない。ピアはザンダーから聞いたファン・デン・ベルク家の話を思いだした。

「ご両親とはうまくいっているの？」ピアはたずねた。

「親の期待に応えるようがんばってるさ」ルーカスは力なく答えた。「いつかノーベル賞に輝くかもしれない。それまではできるだけ親の目の届かないところに逃げてる。賭けてもいいけど、スパイ女が父さんに電話をかけてる頃だ。刑事がぼくを訪ねてきたってね」

「どうしてお父さんはそんなにあなたを疑うのかしら？」

「父さんは基本的にだれも信じない」ルーカスはしかめっ面をした。「異常な強迫観念にとりつかれてるんだ」

ルーカスは考えながら天井を見つめた。

「お父さんは、あなたがパウリーにお金を渡したと思っているそうね」ピアはザンダーから聞いた話を思いだしていった。ルーカスの目がらんらんと燃えたかと思うと、すぐに火が消えた。

「ああ、そう思ってる。でもそれは違う。ぼくは自分の金を投資したんだ。ちなみにぼくたちの会社に」

それからルーカスは少し考えてささやいた。

「違った。〝ぼくたち〟の会社じゃない。もうヨーはいない」

「それはそうと」ピアはその機を逃さず、ルーカスを訪ねた本来の目的を果たすことにした。

「じつはお願いがあるの。ヨーナスのコンピュータの中味をのぞいてくれないかしら。コンピュータがどこにあるか、あなたなら知っていると思うんだけど」

ルーカスはうなずくと、顔を引きつらせて目をこすった。

「ヨーがいなくなってさみしい。いっしょにいろいろ計画を立てていたんだ。それなのに……あいつはいなくなってしまった」

「あなたたちが喧嘩をしたって聞いたけど、本当なの？　なぜ？」

「だれがいったの？　ターレク？」

「どうして彼だと思うの？」

「ヨーとぼくの意見が合わなかったとき、彼がそばにいたから」ルーカスはため息をついた。

「いっしょに働いていれば、そういうことは起きるさ。でも喧嘩なんてしてない」

「あなたがヨーナスの誕生パーティに出なかったのはそのせい？」

ルーカスはほんの一瞬ためらった。「仕事があったんだ。みんなのように、エスターをほったらかしにはできなかった」

ピアは彼の顔をしみじみ見つめた。どうやら会社の共同経営者のあいだでぎくしゃくしていたようだ。

ルーカスは横を向いて、怪我をしていない方の手で顔を支え、ピアをじっと見つめた。ブラインドの隙間から射し込む陽光が部屋の壁に光の縞模様を作り、ルーカスの緑色の目を金色に輝かせた。

「パウリー先生とヨーのことは本当に悲しい」ルーカスは小声でいった。「だけどあの事件が起きなかったら、あなたに会えなかったからな。毎晩、あなたの夢を見る」

ピアの目をじっと見たまま、ルーカスは毛布をはいだ。ブリーフしか身に着けていなかった。どういう夢を見ていたか見逃しようがなかった。昨日の悪夢が蘇って、ピアの心臓が口元まで跳ね上がった。ルーカスはわざと困らせようとしているのだろうか、それともプレイボーイのつもりだろうか。

「男の体なんて見飽きたわ」ピアはことさら平静を装った。「男の裸はさんざん見てきたから」

「そうなの？」

「夫は法医学者なのよ。解剖台に乗った男の死体をどれだけ見たと思う？　全員、全裸」

隣のバスルームからシャワーの音が聞こえる。ピアはデスクの上の壁に貼った写真を見た。若者たちのスナップ写真だ。多くはルーカスとアントニアの写真。肩を寄せ合ったり、抱き合ったりしている。それからスクーターに乗っている写真、ヨーナスやスヴェーニャやターレク・フィードラーといっしょの写真もある。数分して、濡れた髪のままルーカスは部屋にもどってきた。腰にタオルを巻いている。どうやら法医学研究所でピアが集めたサンプルとは較べられたくないようだ。

「アントニアはガールフレンドだったの？」そうたずねて、ピアは写真の一枚を指差した。ルーカスはタンスからだした洗い立てのＴシャツを着てから、ブリーフをはいた。

「アントニアは今でもガールフレンドさ」ルーカスは答えた。「でも、あなたが思ってるようなのじゃないよ。親友。まだ一度も寝たことがない。セックスはすべてをだめにする」

「どうだった？」オリヴァーは部下にたずねた。

「だめでした」カトリーン・ファヒンガーががっくり肩を落としていった。「だれひとり、かすり傷も負っていませんでした。生前のヨーナス・ボックと最後に会ったふたりは、精肉屋の息子フラーニョ・コンラーディとディーン・コルソことラース・シュピルナーでした」

カイとカトリーンはたっぷり四時間、ヨーナス・ボックの仲間だった十二人の若者と三人の少女に事情聴取をした。質問はいつも同じだった。ヨーナスのパーティには何時までいたか？ヨーナスと喧嘩をしたことがあるか？ヨーナスがだれかと喧嘩をしたのを見たことがあるか？最近ヨーナスに変わったところはなかったか？全員、嚙み傷がないか身体検査されることを拒まず、ＤＮＡ鑑定のために唾液を採取されるのもいやがらなかった。

「パーティは十時半にお開きになりました」カイが付け加えた。「ヨーナスは酔っぱらって、みんなをののしったそうです。午後、ヨーナスのＥメールが届いて、みんな、わけがわからなかったといっています」

「パウリーが殺された夜のアリバイは？」オリヴァーは訊いた。

「何人かは〈ビストロ・ベジ〉にいました」カトリーンが調書をめくった。「数人はヨーナスといっしょにアイスクリーム屋の〈サン・マルコ〉のそばにあったパブリックビューイングでサッカーを観ていました。ヨーナスはかなり酔っていたそうです。ハーフタイムにスヴェーニャがやってきて、話をしようとしましたが、ヨーナスは拒絶したそうです」

「スヴェーニャの妊娠を知っていた者は？」

「いませんでした」

「スヴェーニャといっしょに写っている写真の男を知っている者は？」

「だれも、知らないといっています」カイはうなじをこすった。「ピアからさっき電話がありました。シュテファン・ジーベンリストにはアリバイがありません。ただ連行しようとしたら、ジーベンリストが心臓発作を起こし、病院に運ばれました」

カイは、ピアから連絡のあったジーベンリスト、マライケ・グラーフ、エスター・シュミットについてかいつまんで報告した。

「ふたりは以前、親友でした。エスターがマライケからパウリーを寝取るまでは」

「だれがだれを？」オリヴァーは面食らってたずねた。

「ピアはマンフレート・グラーフを訪ねたんです」カイはいった。「グラーフは癌でもなければ、不能でもなかったそうです。死んだ夫から遺産を相続したエスターとくっついたあと、パウリーはマライケと別れたそうです」

オリヴァーは眉間にしわを寄せて考えた。マライケとエスターは何年もいがみ合っていたのに、パウリーの死でいっしょにもうけるために手を組んだということか。ところでジーベンリストの方はどうだろう？　パウリーを殺した可能性は？　ありうる。ジーベンリストは失うものが多い。

ケルクハイムのビジネスパークにある大きな倉庫は目立たず、使われていないように見えた。洗いだしのコンクリートタイルの隙間から雑草が生え、敷地のいたるところにゴミや端材がうずたかく積まれていた。ルーカスは倉庫をまわり込んで、ピアを裏手に連れていき、監視カメラつきの鉄扉を開けた。ふたりは倉庫に入った。内部はほこりをかぶったラックが数個あるだけでがらんとしていて、はめ殺しの窓からうっすら光が入ってくるだけだった。

「ここなの？」ピアの声が大きな部屋に反響した。

「ああ」ルーカスは倉庫の奥のどっしりした鉄扉へ向かって歩いた。「機材は大変な金額になるからね。だれにでも見えるような倉庫の真ん中に置くわけにいかないさ」

鉄扉は陸軍基地のフォート・ノックス並みに厳重に守られていた。監視カメラ、〈ビストロ・ベジ〉のときと同じカード読み取り機。ただし暗証番号を入力しないと扉は開かないようになっていた。ルーカスがスイッチを押すと、天井の蛍光灯が点灯して、窓のない部屋をうっすら照らしだした。

「オフリミット・インターネットサービスの電算センターへようこそ」ルーカスはいった。ピアはあんぐり口を開けたまま立ち尽くした。そこは一種のハイテクラボだった。〈ビストロ・

ベジ〉のコンピュータ室を思いだす。ずらっと並んだデスク。液晶モニターが十四台、向かい合わせに配置されている。タイル敷きの床をはうケーブルの束も壮観だ。四方の壁にはいくつもラックがあり、さまざまな機器が点滅し、ジージー音をたてている。室温はエアコンで一定に保たれていて、外気温が三十度だったので、ピアには寒いくらいだった。

「すごい！」ピアは啞然として叫んだ。「日曜日にこれ全部移すのなんてむりでしょう！」

「そりゃそうさ」ルーカスは微笑んだ。「電算センターは前からここにあった。〈ビストロ・ベジ〉にあったのは、いわば実験室」

「これはなに？」ピアはコンソールに近寄った。ライト、スイッチ、ダイアル、発光ダイオードの数々。

「オフリミットの心臓部。我が社のサーバーだよ」ルーカスは別に自慢するでもなくいった。「ユーザーにホストコンピュータを提供している。つまり、ユーザーはうちのホストコンピュータをレンタルし、自宅のコンピュータからうちのサーバーにログインして、ウェブページを管理したり、更新したりできるようになっているんだ。ぼくらはユーザーがイメージしたウェブページをデザインする。編集用ソフトウェアはぼくが書いた。これでユーザーは自分のウェブページをオンラインでいじることができる。それもワードと同じくらい簡単にね」

「へえ」どういうことかだんだんわかってきて、ピアは感心した。「これだけのものを構築したのはだれ？」

「ぼくらさ。少しずつね」ルーカスは愉快そうにニヤリとした。「そのために父さんの金が必要だったんだ」

「ぼくらってだれ?」ピアはたずねた。

「ヨー、ターレク、それからぼくが経営者」そういってから、ルーカスは言い直した。「だったといった方がいいね。もうターレクとぼくだけだから」

ルーカスは笑みを浮かべた。少し誇らしげで、少し悲しげだった。

「他にプログラマーがふたりいる、フィッシとフラーニョ。ラースはネットワーク担当で、マルクスは経理担当、請求書を書く係」

「本当の会社なのね」ピアはいった。

「そうさ」ルーカスは手前のモニターに向かった。「課税番号もあるし、商業登記もすませてある」

「どうしてこっそりやるのか、わたしにはわからないわ」ピアは手近のキャスターチェアにすわった。「あなたのお父さん、これを見たら、感心するんじゃないかしら」

「そんなはずないさ」ルーカスは右手の包帯を指でゆるめ、顔をしかめた。「無意味な暇つぶしだと思ってる。ぼくには銀行マンになってほしいのさ。ああいう地位についてる人間があんなに視野が狭いなんて、あきれるばかりだ」

「ここの仕事はいつこなしているの?」ピアは興味をそそられてたずねた。

「たいていは夜」ルーカスはピアに微笑みかけた。「おかげで動物園での研修という茶番に付き合う時間がない。アントニアの父さんはわかってくれてるけどね」

コンピュータに向かった瞬間、ルーカスの様子が変わった。本当にここが彼の世界なのだ。ピアは感心してしまった。すごい集中力だ。モニターを食い入るように見つめ、ネットでつながったコンピュータの奥深くへともぐり込み、ピアが頼んだものを捜しはじめた。そのあいだピアは部屋を見回した。壁にあの見慣れたパノラマ画像がある。だがここの画像には国道八号線西バイパス予定線をあらわす赤い実線がない。ピアは立ち上がって近寄ってみた。近くでよく見ると、ヨーナスとルーカスの部屋にあった画像ではなかった。どちらかというと市街図。しかも文字と数字が網の目状に書き込まれている。図の上の方にこんな言葉が書き込まれていた。「世にも恐ろしい発見があなたを待っている。ダブルライフにサインアップしよう！」

「あったよ」いきなりそういうと、ルーカスは振り返った。「きっとこれだ。あいつ、父親のコンピュータをクラッキングしてたのか」

ルーカスはニヤニヤしていたが、すぐにその笑顔を消した。

「欲しいものはなに？」

「できればそのハードディスク」

「それはむりだな。このコンピュータはネットワークにつながっているから」ルーカスは椅子を転がして別のデスクに移り、引き出しを開けた。「でも、ＵＳＢスティックにコピーするよ。そうすれば必要なものを捜せるだろう」

ルーカスは黙々と作業した。

「できたよ」しばらくしてそういうと、ルーカスは銀色に光るＵＳＢスティックをピアに渡した。

「ありがとう」ピアは白い歯を見せた。「そういえば、パウリー先生があなたたちに大金を遺したことは知っている？」

ルーカスは驚いて彼女を見つめた。

「まさか。先生は文無し同然の貧乏人だったのに」

「そうでもないの。あなたたちの会社のために八万ユーロ相当の株式証券を遺していたわ」

マウスに乗っていたルーカスの指が止まった。こわばった顔が蛍光灯の光で死人のように蒼白く見えた。ごくんと唾をのみ込んだ。

「なんでそんなことをいうんだよ？」ルーカスは声をひそめてたずねた。

「本当だからよ。わたしの同僚が遺言書の開封に立ち会ったわ」

ルーカスは黙ってピアを見つめてからうなだれ、怪我をしていない方の左手で額《ひたい》を支えた。

ルーカスが泣いていることに気づいて、ピアはびっくりした。

「ルーカス……」ピアはそばにいって、慰めるか、あやまろうとした。だがルーカスは手を上げて拒否した。パウリーが大金を遺したと知って、ルーカスはショックを受けていたのだ。

「頼む」ルーカスは気持ちを抑えながらささやいた。「ひとりにしてくれ」

ピアはうなずいて、バッグを手に取った。ドアのところでもう一度振り返ると、ルーカスはキーボードに頭を乗せてすすり泣いていた。

オリヴァーは腰を上げて、隣の部屋に入った。ピアはもどっていた。彼女とフランクとカトリーンがカイの背後に立ち、肩越しにモニターを見つめていた。

「どうだ？」オリヴァーはたずねた。

「パウリーが持っていた不正の証拠というのはこれですね」ピアはオリヴァーの方を見ずにいった。「ルーカスがヨーナスのコンピュータからコピーしたのは、ボックがさまざまな官庁の役人と交わしたEメールです」

ピアは今朝のことでまだへそを曲げているようだ。オリヴァーは気づかないふりをした。

「なにかつかめるかな？」オリヴァーはたずねた。

「たぶん」カイはうなずいた。「汚職関係の捜査官は大喜びしますね。ヨーナスは定期的に父親のコンピュータをクラッキングしていたようです。すべてのデータに目を通すのにしばらくかかりそうです」

「三時間でやってくれ」オリヴァーはいった。「そのあいだにシュヴァルツのところへ行く。逮捕令状と家宅捜索令状が届く頃だ」

「あいつを逮捕するのはむりでしょう」フランクがやる気のない顔をした。オリヴァーはフランクが時計を気にしていることに気づいていた。

「今晩、なにか急用でもあるのか？」オリヴァーは鋭い口調でたずねた。

「いいえ」フランクは黙って肩をすくめた……もちろん用事があるのだ。ブラジル対日本の試合がある。オリヴァーは少しだけいい気味だと思った。夜が台無しになるのは自分だけではないのだ。だが同時に、そんなことを考える自分が恥ずかしかった。いつも落ち着いているのに。部下だろうが、上司だろうが、いや、被疑者にだって感情をあらわにすることはないのに。

「放火の罪でシュヴァルツを逮捕するのはむりだ」オリヴァーはいった。「だが火曜日の夜に確かなアリバイがなければ、殺人の容疑がかけられる」

「でもアリバイがあったら？」カトリーンがたずねた。

「そのときはスヴェーニャを尋問する。もうとっくにしておかなければならなかった」

ピアがじろっとオリヴァーを見て、冷ややかにいった。

「ボーイフレンドが月曜日に殺害されました。妊娠して、情緒不安定です。これ以上追い込んだら、なにをするかわかりません」

カイ、フランク、カトリーンの三人がちらっと視線を交わした。ボスがいらついていることも、ボスとピアのあいだになにかあったことも気づいていた。だがその理由がわからずにいた。

「逮捕令状が届いたら知らせてくれ」オリヴァーは部屋にもどって、いつになく乱暴にドアを閉めた。それからコージマに電話をかけた。

「やっぱりだめそうなんでしょう？」コージマがいった。

「いや、まだわからない」オリヴァーは冴えない調子で答えた。

予定が立たないといわれたのに、コージマはいつものようにおっとり構えていた。はじめてのことではない。しかしそういうとき、じつはコージマが不満に思っているのだとわかってしまった。

「事件のことばかり大事にするときみにいわれて、どうも良心が痛むんだ。そんなつもりはないんだけど、たまに、なにもかもきみに押しつけてしまって申し訳ないと思うことはある」

「あら、そういうつもりではなかったのよ」コージマは心なしか笑った。「あのときは、わたし、どうかしていたのよ」

「いや、あれが本音だろう。本心をいったんだ」オリヴァーはそのことにこだわった。

一瞬、ふたりとも黙った。

「あなたが残業しなければならないことは、二十年以上前からわかっていた」コージマは真面目な声でいった。「でもそのことで、あなたを責めた覚えはないわ」

コージマは、オリヴァーが聞きたかったことを口にした。だがうれしくなれなかった。もう話題を変えた方がいいのはわかっているが、それができなかった。オリヴァーの中のなにかが喧嘩をしたがっていた。

「つまり、わたしが残業すればいいということか」

「どうしたの？」コージマは驚いてたずねた。「そんなことはいっていないでしょう！」

「だけど、そう思っている」

「あのねえ」コージマの声がきつくなった。「わたしは、ひどいことをいってごめんなさいってあやまっているんだけど。わたしはあなたの仕事に理解を持っているわ。あなたがわたしの仕事に理解を示してくれているようにね。わかった？　でもちょっとした言葉もあなたが根に持つってわかったから、今後は口の利き方に気をつける！」

「わたしはなにも……」

しかしコージマは最後までいわせなかった。

「今晩、わたしたちがどこにいるか知っているわよね。あなたが来られるならうれしい。でも、たとえ来られなくても、わたしは不満には思わない。じゃあね」

オリヴァーは手にした受話器を見つめた。怒りがこみ上げてきた。自分自身とコージマへの怒り。彼女が正しくて、自分が間違っているから。その瞬間、ノックの音がした。ピアが入ってきて、ドアを閉めた。

「逮捕令状が届いたのか？」オリヴァーがいった。

「いいえ」

「じゃあ、なんでわたしの邪魔をする」

「ボスからいうのが沽券に関わるのなら、わたしからいいます」ピアはかまわずいった。「ボスがそうかっかしていると、こっちもまともに仕事ができないんです」

オリヴァーは言い返そうとしかけて、怒りがすっと萎んだ。

「どうなってしまったのか自分でもわからないんだ」オリヴァーは正直にいった。

「だれにだって調子の悪い日はあります。シュヴァルツのところへはわたしたちだけで行きます。ボスは今夜あがってください」

「わたしをお払い箱にするのか？」

「フランクと働くより、ボスといっしょの方が何千倍もいいに決まっているでしょう。でも今のありさまでは、フランクとどっこいどっこいです」

オリヴァーは苦笑した。ピアは肝がすわっている。自分だったら、機嫌の悪いボスの部屋に自分から飛び込むことなど絶対にしないだろう。

「ではどうしろというんだ？」オリヴァーはたずねた。

「結婚記念日にはなにかしらいいことを思いつくものでしょう」

オリヴァーはカレンダーに視線を向けた。ピアはどうして知っていたのだろう。だがそのとおりだ。だからコージマは家族で食事に行こうといいだしたのだ！

「まずいな」オリヴァーはささやいた。

「花束を買って、帰宅してください。そしてわたしたちと同じくらい奥さんが大事なら、あやまることです」

オリヴァーは顔を上げ、はにかんだ。「すまない。わたしは八つ当たりをしていた。本当だ」

「いいってことです」ピアも顔をほころばせた。「さあ、行ってください。花屋が閉まってしまいますよ。ガソリンスタンドでしおれた花を買ったんじゃ様になりませんから」

ピア、カトリーン、フランクの三人が巡査を十五人連れてシュヴァルツの農場に到着したとき、シュヴァルツ夫妻はちょうど出かけるところだった。

「お邪魔します」ピアは令状をだした。「おたくの農場と母屋を家宅捜索します」

「どうしてだ？」エルヴィン・シュヴァルツは肩をいからせた。

ピアは負けていなかった。

「すべてここに書いてあります」ピアは令状をエルヴィンの手に押しつけた。そのあいだに同僚たちが農場と家の捜索をはじめた。そのとき納屋に人の気配がしたかと思うと、ドアが閉まり、しばらくしてエンジン音が鳴り響いた。フランクがすかさず反応した。巡査を三人従えて駆けだし、マティアス・シュヴァルツのゴルフの前に飛びだした。マティアスは無我夢中でハンドルを切り、アクセルを踏んだ。巡査がひとり避けきれず、ボンネットとルーフを越えて投げ飛ばされた。地面に倒れ、苦痛に体を縮こまらせている巡査のところにピアは駆け寄った。マティアスは車を止めようともせず、そのままタイヤをきしませてローアヴィーゼン小路を走っていった。

「どうする？」フランクは叫んだ。

「行き先はわかっているわ」ピアは携帯電話をかけた。「救急車を呼んでちょうだい」

シュヴァルツ農場の家宅捜索は、シュヴァルツの妻の甲高い抗議の声と夫の脅し文句をものともせずつづけられた。マティアスが逃げたのはすねに傷を持つからだ、とピアは判断していた。そして十五分後、ケルクハイム警察署の巡査から〈ビストロ・ベジ〉の前で彼を逮捕したという一報が入っても驚かなかった。マティアスは熱愛するエスター・シュミットのところに逃げ込んだが、エスターから冷たくあしらわれてしまったのだ。午後八時少し過ぎに家宅捜索は終了した。ピアはマティアス・シュヴァルツを取り調べるため、フランクといっしょに署にもどった。マティアスは取調室でがっくり肩を落としていた。

「公務執行妨害」フランクは数え上げた。「警官への暴行、故殺になりかねない危険な傷害、自動車による逃走……いろいろやらかしてくれたな。どうして逃げたりしたんだ？」

ピアとカトリーンはミラーガラスの裏に控えて、フランクがサッカーを観戦し損ねた不満をマティアスにぶつけるところを淡々と見ていた。マティアスはじっと目の前の机を見つめたまま、なにもいわなかった。罪状の列挙と、エスターの拒絶と、どっちの方がこたえているのだろう。三十分後、フランクはなんの成果もなく取り調べを終え、マティアスを留置場へ連行させた。

「これからどうする？」フランクは少しして、部屋に集まった同僚にたずねた。

「ひと晩頭を冷やさせたらいいわ」ピアがいった。

「あいつが犯人だな」カイはきっぱりといった。「犯行を事実上認めたようなものだ。あいつの携帯電話に、六月十四日にエスター・シュミットへ送ったショートメッセージが残っていた。〝あんたのいうとおりにした〟と書いてあった」

「いろいろな可能性があるわね」ピアがいった。「トマトの収穫とか芝刈りかもしれない」

「〝わたしが帰るまでに豚を片付けておいて〟というエスターのメッセージへの返信なんだが」

「豚？」ピアがたずねた。

「ああ」

「わかった」ピアはため息をついた。「みんな、悪いんだけど、もうひと働きしてもらわないとなないわね。ベーンケさん、マティアス・シュヴァルツともう一度話す？　それともエスター・シュミットの方がいい？」

「シュミットのところに行く」フランクはカイがプリントアウトしたショートメッセージをつかんだ。「どうせ試合はもうすぐ終わる」

カトリーンがフランクのあとにつづいた。ピアは地下の留置場に下りて、マティアスをあらためて引きだした。


「人をひくつもりはなかった」彼は開口一番いった。「本当だよ。焦ってて、車がオートマチックだったことを忘れていたんだ」

「どうして逃げたりしたんですか？」

彼は両手で顔を隠して、口をつぐんだ。

「シュヴァルツさん、黙っていても事態はよくなりませんよ」ピアは攻めた。「捜査判事は、あなたが逃げたのは罪の告白にあたると考えるでしょう。どうして逃げたりしたんですか？」

沈黙。うつろな目。

「あなたの携帯にエスター・シュミットさんのショートメッセージがあるのを見つけました」ピアは、マティアスがエスターの名にどういう反応をするか気にした。「シュミットさんはあなたに、〝わたしが帰るまでに豚を片付けておいて〟と書いていますね。そしてあなたは六月十四日に、〝あんたのいうとおりにした〟と返信しています」

マティアスの水色の目がピアの顔に向けられた。それからまたうなだれた。

「おふくろのいうとおりだった。俺は利用されただけだ」

「シュミットさんに頼まれてなにをしたんですか？」ピアは執拗にたずねた。「パウリーさんが殺害された火曜日の夜はどこにいましたか？」

ピアは、マティアスの頬筋に力が入るのを見た。

「シュヴァルツさん、返事をしてください」少ししてからピアはいった。

マティアスは唐突に机を拳骨で叩いた。筋骨隆々の体軀に、怒髪天を衝くような怒りと、当然と言えば当然の復讐心。危険だ。

「だましやがって！」そう怒鳴って、マティアスはピアをじろっとにらんだ。「女どもはみんな汚い嘘つきだ！」

「落ち着いてください」ピアがなだめたが、効き目はなかった。ダムが決壊した。マティアスは奴隷のくびきをかなぐり捨てたのだ。跳ね上がると、両手でテーブルをつかみ驚くべき力で投げ飛ばした。ピアはあわてて安全なところに避難した。部屋の隅にすわっていた警備係が、狂ったように暴れるマティアスに組みついたが、マティアスが繰り返し頭を壁にぶつけ、額から血を流すのを止めることができなかった。さらに警備係が三人加わって、マティアスはようやく床に押し倒され、両手を背中にまわされた。ピアは取り調べでいろいろ体験してきたが、これほどの怒りの発作を見るのははじめてだ。ピアはマティアスの前でしゃがんだ。「六月十三日火曜日、隣人のハンス＝ウルリヒ・パウリーを殺したのはあなた？」

マティアスは充血した目でピアを見据えた。失望し、傷ついている。同情を禁じえなかった。

「ああ」マティアスの体の力が急に抜けた。「ああ、俺がやった。エスターがそう望んだから」

ピアは白樺農場《ビルケンホーフ》で車から降りた。疲労困憊していた。自供は得たものの、真犯人でないのは明らかだった。マティアス・シュヴァルツはエスター・シュミットにそっけなくされてすっかり気持ちを腐らせていた。隣人のパートナーに憧れ、愛情を抱いていたのだ。エスターは、彼の純朴な心という小さな宇宙の太陽だった。しかし彼女は彼の愛情と忠誠心を踏みにじり、わずらわしい虫けらかなにかのように払い捨てた。マティアスは頭の回転が速い方ではないが、腹いせをする機会を見逃さなかった。殺人の依頼をしたのはエスターだと自供して、溜飲を下げたのだ。フランクはエスターを逮捕した。エスターは激しく抗議した。〝豚〟は本当に豚のことだ、マティアスからもらったベトナムポットベリーピッグのことだ、といって。言い分は筋が通っていたし、おそらく本当のことでもあった。遅くとも明日には真相がわかり、マティアスの自供が嘘であることが判明するだろう。オリヴァーはピアの意見に賛同した。ピアはボスに電話をかけ、ボスの声にとげとげしさがなくなっていることに気づいてほっと胸をなで下ろした。

帰宅したピアはもぬけの殻となった犬の檻に視線を向けた。モルモットの全滅が脳裏に浮かび、昨夜の恐怖が蘇った。一日じゅう考えずにすんでいたのに。ピアは厩舎へ行った。庭仕事をすませ、動物の世話をしているうちに日が暮れ、夜の帳《とばり》が降りた。冷蔵庫にまだグリーンソースの残りとカツレツがある。ピアはそれを電子レンジにかけた。突然ブレーカーが落ちて、電子レンジが止まった。同時に明かりも消えた。ニュースのアナウンサーの声も途中で途切れた。ピアは麻痺したようにキッチンに立ち尽くした。耳の奥で血が流れる音がした。今夜もまた昨夜と同じ目に遭うのは耐えられない。

逃げるように家から飛びだし、車に乗ってフランクフルトへ向かった。いきなりあらわれたら、ヘニングがどう反応するかわからないが、かまっていられない。彼がおっとり構えて受け入れてくれれば、不安も悪夢もきっと払拭されるだろう。ピアはすぐに駐車スペースを見つけ、住み慣れた家に入った。ヘニングは鍵を持っているようにといっていた。いつかもどってくるよう説得できると思ってのことだ。ピアは念のためチャイムを押した。反応がなかったので、鍵を開けて、隅々まで知っている住居に足を踏み入れた。テレビが大きな音をだしていた。キッチンがぐしゃぐしゃだ。家政婦まかせなのだ。空のグラス、使った皿、中味がまだ半分残っている赤ワイン、手作り料理の残り。ピアは微笑んだ。毎晩の片付けはピアの役目だった。朝、起きたときに自分が汚れたキッチンを見たくなかったからだ。

次にリビングルームに足を踏み入れようとして、ドアのところで立ち尽くした。そこで目にしたものが理解できなかった。興奮して手足をからめあうふたりの人間に目が釘付けになった。ふたりはあえぎながらリビングのテーブルの上で愛し合っている。おかしなことに、ピアはテーブルのことを心配した。ヘニングと彼女がライプツィヒ通りの骨董屋で二千二百マルクもだして買ったものだ。嫉妬の鋭いひと刺しに体が痙攣《けいれん》するとは思ってもいなかった。同時にヘニングに嘘をつかれたと知って腹が立った。一糸まとわぬレープリヒ検察官は魅力が半減していた。太腿とでっぷりした臀部の湿疹がくっきり見える。ピアはそのまま姿を消そうかと思ったが、黙っていられなかった。

「そのテーブルは見た目ほど頑丈じゃないわよ」わざとそういって、ピアは古典的な体位のふたりの邪魔をした。

「ピア!」ヘニングは驚いて声をあげた。「どうしてここに?」

「鍵を返しにきただけ。邪魔してごめんなさい」

ヘニングはテーブルのそばの床に落ちていたメガネを手探りした。レープリヒ検察官も同じことをして、手近な服で裸の体を恥ずかしそうに隠した。

「鍵はキッチンのテーブルに置いておくわ」ピアは回れ右をした。「お楽しみをつづけてちょうだい」

「待ってくれ!」ヘニングは叫んだ。

ピアは鍵を玄関の横のチェストに置いて外に出た。喉になにか詰まっている感じがした。車に向かって走ると、ヘニングがバルコニーから呼んだが、無視した。よく考えたら奇妙だ。別れたがっているのは自分なのに、急にひとりぼっちな気がした。

二〇〇六年六月二十三日（金曜日）

あてもなく車で市内を走る。白樺農場《ビルケンホーフ》にはもどる気がしなかった。だれもいない家で孤独を味わうなんて耐えられそうにない。ヘニングを非難することはできない。出ていったのは自分の方なのだから。連絡せずに住まいに入っていくなんて、愚かなことをしたものだ。涙で顔はぐしょぐしょだったが、急に笑いが止まらなくなった。なんて間の悪いことをしたんだろう！ヘニングはレープリヒとやり直しているだろうか。その瞬間、携帯電話が鳴った。ヘニングだ！　やり直してはいなかった。ピアは呼び出し音が鳴るにまかせた。そのうちショートメッセージが届いた。ピアが電話に出ないとわかって、送って寄こしたようだ。ピアは興味をそそられて携帯電話をひらいてみた。だが着信したショートメッセージはルーカスからのもので、ヘニングからではなかった。〝起きてる？　話がしたい。眠れないんだ。ルーカス〟

ルーカス。彼とクリストフ・ザンダーの顔が交互に脳裏に浮かんで、消すことができない。ヘニングが選択肢から消えた以上、ルーカスも悪くないと思った。

三十分後、ルーカスがピアの家の食卓にすわった。顔が蒼白く、目がうつろで、泣きはらしていた。ピアはフライパンに溶き卵を落とし、パンを二切れ切った。料理を皿に盛って、ルーカスに差しだした。ルーカスはもりもり食べながら、嚙み切ったパンをしげしげと見つめて、また口に入れた。いかにもひとりっ子らしい食べ方だ。兄弟がたくさんいたら、自分の分が取られることを恐れて、こんなに悠長に食べはしない。ルーカスは静かに食事をし、ほんの少し血色がよくなった。

「ごちそうさま」ルーカスはパンのひと切れで皿をきれいにふいてからいった。「ぼくがすすぐよ」

「食洗機があるから大丈夫」ピアは微笑んだ。「怪我をした腕は大事にしなさい。まだ痛い？」

「まあまあだよ。なにか飲みたいな。なにかこしらえようか？」

「カクテル？」

「なにがあるか見てもいい？」

「どうぞ」

ルーカスは冷蔵庫と戸棚を開けて、ウォッカとトマトジュースとタバスコをだしてきた。

「ブラッディ・マリーなんかどう？」

「いいわね」

ルーカスは材料を混ぜて、氷を細かく砕いて何度も味見した。ピアはタバコに火をつけて待った。女の足のあいだからのぞいてみえたヘニングのむきだしの臀部にはすっかりショックを受けたが、だいぶ気持ちが収まった。ルーカスがいっしょにいてくれるおかげだ。去年はひとりで生きていくと粋がってみたが、結局ひとり暮らしには向かないと認めるほかなさそうだ。

ルーカスはヨーとふたりで立てた計画の話をした。しばらくしてふたりは乾杯をしてブラッディ・マリーを飲んだ。二杯目、三杯目。びっくりするほどおいしい。不安の影は小さく萎み、些細なものになった。

「ヨーナスはコンピュータに詳しかったの?」ピアはたずねた。

「うん、けっこうね。ヨーとフラーニョはだいぶ腕を上げた」

「じゃあ、あなたとターレクが一番?」

「ぼくの方が上だな」ルーカスは悪びれもせずいった。「まだ一度も捕まったことがないから」

「そうなんだ。ターレクは?」

「あれ、全員の名前をコンピュータで検索してないの?」ルーカスは驚いて眉間にしわを寄せた。「ターレクは五年前、ワームを書いて、コンピュータとネットワークをかなり麻痺させた。マイクロソフトが高額の賞金をかけて、ばれちゃったのさ。八ヶ月刑務所に入れられて、そのあと保護観察」

ピアには、日に焼けた庭師のターレクがクラッカーだとはとても思えなかった。

「あなたも違法なことをしたことがあるの?」

ルーカスはにやっとして、できたてのカクテルをピアに差しだした。

「昔はね。他人のコンピュータをクラッキングした。それからウイルスやワームやトロイの木馬を五十個くらい書いた。でも書いただけで、ネットに流してはいない。ぼくが興味を持っているのはセキュリティホールさ。だれかに被害を与える気はない」

「そういうソフトウェアを書くのってとてもむずかしいんじゃないの?」

「ぼくにはむずかしいことじゃない。挑戦するのが好きなんだ」

「世にも恐ろしい発見があなたを待っている」ピアはパノラマ図のフレーズを口にした。

ルーカスの笑みが凍った。

「なんだって?」

「今日、あなたの会社で見たフレーズ。壁に貼ってあったパノラマ図に載っていたわ。どういう意味?」

「なんでもないさ。禁止されているオンラインゲームの宣伝文句だよ」

ピアは、カイが最近話していたことを思いだした。ダブルライフ、禁止になったオンラインゲーム。たしか、あのフレーズのあとにダブルライフという言葉があった。

「ダブルライフ」ピアは大きな声でいった。

「知っているの?」ルーカスは自分のグラスをかきまわした。

「スヴェーニャのウェブページにダブルライフへのリンクが貼ってあったわ。同僚から聞いたけど、インターポールがそのサーバーを捜しているそうよ」

「知ってる」ルーカスはふんぞり返ると、ピアをじっと見つめた。「だから有名なんだ。ぼくの友だちは今でもプレイしてる」

「ディーン・コルソ?」

「当たり」ルーカスは愉快そうに微笑んだ。「あなたが古城でその名を口にしたとき……」

突然、バチッと音がして、またしてもブレーカーが落ちた。ピアは立ち上がって、酔いがまわっていることに気づいた。手探りでなんとかブレーカーボックスのところまで行き、自分の靴につまずいてクスクス笑った。ブレーカーはスイッチをオンにしても、すぐにまた落ちた。

「だめだわ」ピアは手探りで食卓にもどった。「たしかどこかにろうそくがあったはずなんだけど」

ルーカスがライターの火をつけた。ピアは引き出しを順に開けて、ティーライトキャンドルのパックを見つけ、いくつか火をともして食卓に置いた。

「いい雰囲気だ」そういって、ルーカスは微笑んだ。彼の目を見て、ピアはまた誘惑されているような気がした。

「そろそろ家に送っていくわ」ピアはささやいた。

「ブラッディ・マリーを四杯も飲んでるんだ。車の運転はだめだよ。絶対にだめだ」

「たしかに」ピアはいった。「酔ってる」

本音をいえば、ルーカスがいっしょにいてくれるのがうれしかった。彼がいれば、ブレーカーが壊れていても平気だ。

「寝具をだしてくる」ピアはいった。「ソファで寝て」


ケルクハイム中央墓地では、これまでに何度も大きな葬儀が執りおこなわれてきた。ハンス＝ウルリヒ・パウリーの葬儀も盛大だった。墓地の大きな駐車場では足りず、シュミーバッハタールに通じる橋の下まで駐車の列がつづくほどだった。じりじりと暑い金曜日の昼、空には雲ひとつなく、吸い込まれそうな素晴らしい青空だった。オリヴァーとピアは離れたところから、集まってくる参列者を観察した。パウリーの棺のために用意された墓穴からそう遠くない木の陰では望遠レンズをつけたカメラを持った現場写真係が参列者を撮影した。オリヴァーとピアは、パウリーを殺した犯人が墓地に来ていると期待したのだ。シュテファン・ジーベンリストは取り調べができる状態ではなかったが、それでも妻が弁護士を呼んでいた。マティアス・シュヴァルツは釈放された。取り調べの初期段階で矛盾が露呈したからだ。マティアスが車でひいた警官は片腕を骨折し、脳しんとうを起こし、複数の打撲傷を負った。その点では重大な傷害に責任を負う必要があるが、勾留するまでもないと判断された。

棺のすぐ後ろを神妙な顔をしたエスター・シュミットが歩いてきた。サングラスをかけているが、涙を流していないことを隠すためだろう。そのあとから〈ビストロ・ベジ〉の従業員と常連の若者が黙々とついてくる。多くの者が手をつないで、すすり泣いていた。ピアはルーカスを見つけた。怪我をしていない方の腕で、足元のおぼつかないスヴェーニャ・ジーヴァースをしっかり抱いていた。

「見ろよ。ハンサムなルーカスが死んだ友だちの彼女に早くも手をだしている」オリヴァーの言い方には少し皮肉がこもっていた。

「わたしには、慰め合っているように見えますけど」ピアはなぜかボスの前ではルーカスの肩を持ってしまう。

「おいおい、あいつのハンサムな外見にやられたんじゃないだろうな」オリヴァーはピアにからかうようなまなざしを向けた。「あの緑色の目にメロメロだなんていわないでくれよ」

「なにをいっているんですか」ピアは後ろめたい気持ちを抱えながら答えた。そのときバッグの中で携帯電話が振動した。ピアは無視した。おそらくまたヘニングだろう。これで三十回目か四十回目だ。

「どうもあいつを信用する気になれない」オリヴァーは少し声を低くして本音をいった。ボスのひと言ひと言に、ピアは内心いやな予感がした。「じつに人なつこい。役者としては優秀だ。だけど、相手次第でどうとでも変わる真っ白なスクリーンに思えてならない」

「それは違います」ピアは思わず口をひらいた。「彼のことがわかっていないですね。不幸せで孤独なんです」

「そうなのかい？」

「親友が死に、頼りにしていた人もいなくなってしまったんです。彼の両親は留守がちで、ろくに彼の相手をしてきませんでした」

オリヴァーは眉を上げた。「ずいぶん同情するんだな。意外だ」

「ザンダー園長から聞きました」ピアは弁解した。「あの人もルーカスに理解を示しています」

「本当にザンダーに理解があるかどうかあやしいと思うがな。ルーカスの父の意向が働いているのだろう。自分も父親として苦労したからいえる。ルーカスくらいの年齢の若者はどん欲だ。欲しがらないのは大人の理解だけさ。自分を甘やかして、世界じゅうから、とくに親から虐待されていると思っている」

ピアはそれ以上深入りしたくなかった。ルーカスは違う。あれは演技じゃなかった。それとも、どうだろう？　誘惑しようとした。だがピアは、そんな考えを振り払おうとして首を横に振った。オリヴァーの言葉がまいた疑いの種が、針のように尖った歯のごとくピアの脳を蝕《むしば》んだ。ヨーナスが殺された夜にルーカスと話したことが脳裏に蘇った。どうして友だちの誕生パーティのことを話題にしなかったのだろう？　ヨーナスとスヴェーニャが土曜日に古城で喧嘩したことをいわなかったのはなぜだろう？　ピアは急に気がかりになった。ルーカスがピアのところで一泊したと知ったら、オリヴァーになんといわれるか考えたくもなかった。


一時間後、葬儀が終わり、参列者は墓地をあとにした。ヴォルフガング・フレットマンたち数人の友人に伴われて、エスター・シュミットが目の前を通り過ぎたとき、オリヴァーはスヴェーニャがいないことに気づいた。

「そんなはずはないです」ピアはかぶりを振った。「ルーカスもいないなんて。ふたりはまだ墓前にいるんじゃないでしょうか」

ところが墓の前には墓地の作業員がいるだけだった。太陽がじりじりと照りつけているのにさっそく作業に取りかかり、掘った土を大方、棺の上にかけ終えていた。

「ルーカスに電話をかけてみます」ピアは携帯電話をつかんで、ルーカスの電話番号を押した。コンピュータの声が応答した。「ただいま電話に出られません」……葬儀中、携帯電話を切っていたのは当然だ。

「スヴェーニャの家に行ってみよう」オリヴァーがいった。「いつか姿を見せるはずだ。もしかしたら、あのハンサムなルーカスが熱心に慰めているかもしれない」

皮肉っぽい言い方に、ピアは返事をしなかった。オリヴァーがルーカスのことをよく思っていないことは、もうしかたがない。それより、自分の方こそルーカスに好意を持っているせいで現実を見る目が曇っていないだろうか。それともオリヴァーはルーカスのルックスがいいから気に入らないということだろうか。つまり両雄並び立たずということ。考えれば考えるほど、後者に思えてならなくなったが、それでも一抹の不安は残っていた。

ルーカスの携帯電話は応答せず、スヴェーニャは行方知れずのままだ。ルーカスの家も、スヴェーニャの家も留守だった。

「ふたりはどこへ行ったんだ?」オリヴァーはピアに視線を向けた。「きみはルーカスが立ちまわるところをよく知っているはずじゃないか」

ピアは頬が赤くなるのを感じた。だがオリヴァーにはとくに他意はないようだ。ただ事実をいっているだけだと気づくと、ピアは気を取り直していった。

「ミュンスター地区にある会社かもしれません」

だがふたりはそこにもいなかった。〈ビストロ・ベジ〉とツァハリーアスの別荘にもいなかった。ルーカスとスヴェーニャがどうやって墓地からいなくなったのか謎だ。ルーカスは車を持っていない。すくなくとも、ピアは彼が運転しているのを見たことがない。ふたたびルーカスに電話をかけてみると、彼の携帯電話の電源がオンになっていた。

「スヴェーニャがどこにいるか知ってる？」そうたずねながら、ピアはオリヴァーのＢＭＷのフェンダーに寄りかかった。ボスはまだヨーナスの遺体が見つかったガーデンハウスを見にいってもどってきていない。

「知らない」ルーカスは答えた。「葬儀ではいっしょだったけど、スヴェーニャはそのあと家に帰るっていってた」

「でも自宅にはもどっていないわ。墓地からどうやって帰ったの？　墓地から出ていくところを見かけなかったんだけど」

「ぼくはターレクに乗せてもらって、スヴェーニャはスクーターに乗った」

「今どこにいるの？」

「どうして？　ぼくに会いたいの？」

「いいえ、仕事中よ」ピアはボスのいる方を振り返った。

「じゃあ、あとでどう？」ルーカスは声をひそめた。「昨日の晩は楽しかった。本当だよ」

なんてこと！　いったいなにをしているんだろう？

「また〝誘惑者〟を気取るつもり？」ピアは軽い気持ちでたずねた。

ほんの二、三秒、ルーカスは黙っていた。

「どうしてそんなことをいうの？」ルーカスは傷ついたようだ。「昨日の夜はおとなしく振る舞ったじゃないか」

ピアは自分のいったことを後悔した。ルーカスのいうとおりだ。彼がいてくれて、自分だってうれしかった。彼の気持ちを踏みにじるのはよくない。「そういうつもりじゃないわ」ピアはあわてていった。「でもスヴェーニャに話があるのよ。どこにいるかしら？」

「アントニアのところじゃないかな」

「なるほど。それは考えてみなかったわ。ありがとう」

「どういたしまして」ルーカスは小声で笑った。「ところで、うちの家政婦が今日から二週間、ウラルに帰ってるんだ。だから車がある。なんなら、今晩遊びにいってもいいかな。またしてもブレーカーが落ちて、ひとりでいるのが嫌だったらの話だけど」

ピアははっとした。ルーカスはどうしてそんなことをいうんだろう？　ひとりで家にいるのが恐いと彼に話しただろうか。ピアは、芝生の斜面を上ってくるオリヴァーに気づいて、ルーカスのコメントを深く考えなかった。

「あとで連絡する。それでいい？」ピアは早口にいった。

「約束だよ？」

「ええ、約束する。じゃあね」

ザンダー家も留守だったので、オリヴァーとピアはまた車に乗り込もうとした。ちょうどそのとき、オペル動物園のピックアップトラックがガレージの前で止まり、ザンダーが車を降りた。ピアを見るなりザンダーがうれしそうな笑みを浮かべたことに、オリヴァーは気づいた。

「やあ」ザンダーはそういって、近づいてきた。「わたしに用ですか？」

「こんにちは、園長」オリヴァーは答えた。「じつはスヴェーニャ・ジーヴァースを捜しているんです。あなたのお嬢さんといっしょかなと思いまして」

「それで？　家にいませんか？」

「お宅にはだれもいませんでした」オリヴァーは答えた。

「アントニアに電話をしてみましょう」ザンダーはいった。見たところ、建設現場で仕事をしていたかのように、靴もシャツもジーンズも泥だらけだ。

「ひどいなりでしょう」オリヴァーの考えがわかったのか、ザンダーは言い訳をした。「動物園でひと騒動ありましてね。インパラが逃げだして、動物の水飲み場に想定した池にはまってしまったんです」

「それであなたもいっしょに水浴びをしたんですか？」ピアが茶々を入れた。

「だれかが池から救いださなければなりませんからね」ザンダーが笑った。「でも恰好の暑気払いになりましたよ」

「アイスよりもよかったですか？」ピアが軽口を叩いたので、オリヴァーは妙な気分になった。

「それはアイスの方が効果的でしょう」ザンダーが微笑みながら答えた。

オリヴァーはピアとザンダーを見比べた。そのときピックアップトラックの荷台が目にとまった。積み荷のあいだから木製の古いパレットがのぞいていた。

「いつもこの車に乗っているんですか?」オリヴァーは唐突にたずねた。

「えっ?」ザンダーがびっくりしてオリヴァーを見つめた。「その車のことですか?」

オリヴァーはうなずいた。

「ええ、まあ」ザンダーは少し戸惑った。「うちの動物園にはこのタイプのピックアップトラックが三台あります。動物園で使わないとき、家に乗って帰ることがあります」

ザンダーがピアにけげんな視線を向け、ピアが肩をすくめるのを、オリヴァーは見逃さなかった。

「その車を科学捜査課にまわしたいのですが」オリヴァーはザンダーにいった。

「どうぞ。かまいませんよ。しかし、なんのためですか?」

「パウリーさんの遺体は牧草地に遺棄される前に、木製のパレットに置かれていたんです」オリヴァーはそういって、ザンダーの顔を見つめた。

「ちょっと待ってください」ザンダーは怒りだした。「つまりあいつの死にわたしが関係しているというんですか?」

オリヴァーはじっと彼を見つめた。

「言い掛かりをつけるつもりはないです」オリヴァーは静かに答えた。「先週の火曜日の夜はなにをしていましたか?」

ザンダーが目を吊り上げた。「わたしはロンドンにいました。わたしが乗った飛行機は九時半頃着陸して、タクシーで帰宅しました。それからスーツケースの中味を片付け、シャワーを浴び、真夜中頃、ベッドに入りました。タクシーの領収書があります。娘が証人になれるのなら、裏を取ってください」

最後のひと言は皮肉たっぷりだった。

「他にこのピックアップトラックが使える人は？」オリヴァーはたずねた。

「従業員はだれでも使えます。わたしの知るかぎり、全員、免許証を持っています」

「何人になりますか？」

「わたしを除いて四十三人です」

「だれが乗ったかわかりますか？」

ザンダーはオリヴァーをじろっとにらんだ。

「その前に遺体が荷台に乗っていたか調べた方がいいでしょう。わたしは無駄なことはしたくないので」

「いいでしょう」オリヴァーは冷ややかにいった。「ではその車を預かります」

ザンダーは肩をすくめると、鍵束から車のキーをはずしてピアに渡した。

「娘がスヴェーニャの居場所を知っていたら連絡します」ザンダーはいった。「それでいいですか？」

「もちろんです」オリヴァーはうなずいた。「それからあなたを疑うことを悪く思わないでください。手掛かりはすべて確認する必要がありますので」

「わかっています」ザンダーは回れ右をした。「ごきげんよう」

ピアがピックアップトラックのハンドルをにぎって町の外に出たとき、ザンダーから電話がかかってきた。アントニアはふたりの姉といっしょにプールに行っていたという。だからアントニアも、スヴェーニャの居場所を知らないし、そもそも昨日から連絡がないらしい。

「うちのボスのこと、ごめんなさい」ピアはいった。

「しかたないでしょう」ザンダーの声に棘はなかった。「パウリーの死体があのピックアップトラックに乗せてあったと判明したら、わたしは困ったことになりますね。ところで、車をだれが乗りまわしていたか、わたしは把握していません。自分から名乗り出る者もいないでしょう。私用で使うことをわたしがよく思っていないことを、みんな、知っていますから」

「そうしたら、わたしが従業員を聴取します。正式に」

「わたしに異存はありません。では声がかれたら、アイスをごちそうしましょう」

ザンダーがニヤニヤしているのが見えるようだ。ピアも微笑んだ。

「前にも誘われましたね。ガゼルの水飲み場に飛び込まなくてもすむのは助かります」

ザンダーが笑った。

「今日は何時に仕事が終わるんですか？」ザンダーが唐突にたずねた。

ピアはどきっとした。

「スヴェーニャが見つかるかどうかにかかっていますね。見つからなければ、これで今日の仕事は終わりです。どうしてですか？」

「月曜日に新しい施設がお披露目されることになっています。まだ動物は入っていませんが、もしかしたら見学したくないかなと思いまして」

「いいですね」ピアは喜んで答えた。「仕事を終えていいか確認します」


経済犯罪課は、カイが引き渡したボック・ホールディング社に関する情報にすぐ飛びついた。過去に何度もボックの活動がうさんくさいことを把握しながら、捜査のメスを入れる決定的証拠が入手できずに終わっていた。今回、確保したEメールで状況は一変した。それにピアがルーカスから手に入れた資料もある。ボックと発注者たちは手も足も出ないだろう。

「ツァハリーアスは自宅ですか？」ピアは、ピックアップトラックをできるだけ早く検査するよう科学捜査課の遅番に依頼したあと、ボスにたずねた。

「釈放された」オリヴァーはうなずいた。

「ボックの固定電話と携帯電話をすべて監視させた方がいいですね。義父が秘密を暴露することを恐れているでしょうから」

「いいアイデアだ。検察官に一報してくれ」

「だれか他の人に頼めませんか？」ピアは少しきまりが悪かった。「急用がなければ、これで帰りたいんですが」

オリヴァーは驚いた顔をした。ピアは捜査中に定時に帰宅したいといったためしがなかったからだ。

「魚が食いついたのか？」カイがさりげなくいった。

ピアはじろっとカイをにらんだ。

オリヴァーが興味津々な顔をした。

「携帯電話は切らずにおきます」ピアはいった。「スヴェーニャがあらわれたら……」

「いや、いい」オリヴァーは最後までいわせなかった。「帰りたまえ。スヴェーニャが見つかったら、わたしが対応しよう。今日はわたしが代わりを務める」

ピアが部屋から出ていったら、ボスはすぐにカイを質問攻めにするに違いない。だがそれはどうでもよかった。ピアは久しぶりに自由な晩を過ごせることがうれしかった。しかもクリストフ・ザンダーといっしょに過ごせるのだからなおうれしい。


最後の来園者が一時間前に動物園を去った。広大な敷地には従業員と動物しかいない。ザンダーとピアは、完成したばかりの管理棟を見てまわった。一階は広々したエントランスホールになっていて、上の階に事務所が入っていた。動物園の小高いところにはレストランが建っていて、二、三週間もすると、そこの展望窓から、新しくできたアフリカ・サバンナに群れるキリン、シマウマ、インパラ、ヌーを眺めることができる。ザンダーはその囲い地のそばを通って新しいキリンの家へピアを案内した。そして新しいグラウンドと獣舎によってどんな可能性がひらけるか語った。ピアは話にじっと耳を傾け、ザンダーの熱意と誇らしげな様子に胸が熱くなった。ヘニングには悪いが、ザンダーを何度も盗み見て、ふたりを較べてしまった。

ふたりはアフリカ・サバンナの下の道を行き、自由を好むミーアキャットの囲いのそばを通って、クローンベルクとケーニヒシュタインをつなぎ、動物園の中を横断している哲学者の道に曲がった。

「ずっと動物学者になりたかったんですか？」ピアはたずねた。

「生物学者です」ザンダーはいった。「本当はね。両親の遺伝を強く受けました。ふたりは……」

ピアの携帯電話が鳴った。ピアは失礼といって、通話ボタンを押した。ヘニングかオリヴァーではないかと心配したが、ルーカスだった。

「ルーカス」相手がだれかザンダーにもわかるように、ピアはいった。「スヴェーニャがどこにいるかわかった？」

「いいや。あちこち電話をかけたけど、だれも知らなかった。今、どこにいるの？」

「移動中よ」ピアはわざとあいまいに答えた。自分がしていることはルーカスと関係がないし、ルーカスと親しいという印象をザンダーに与えたくなかったのだ。

「あとで家に寄ってもいい？」

「むずかしいわね」ピアはいった。「そろそろ切るわ。でも電話をくれてありがとう」

「待って！」ルーカスが叫んだ。

「なに？」

「なにかいけないことをしたかな？　ぼくのことを怒っている？」

「いいえ。今は時間がないだけよ」

「わかった。スヴェーニャのことでなにかわかったら連絡する」

しばらくのあいだ、ピアとザンダーは黙って歩いた。

「ルーカスはコンピュータ会社を起こしたんですよね。すごいと思いませんか?」ピアがたずねた。

「コンピュータ会社?」ザンダーは驚いてピアを見つめた。「そういえば、SNSがどうのこうの話していました」

「いいえ、そんなものじゃないです。ルーカスはなにもかも見せてくれました。たいしたものです。従業員のいる本格的な会社です。ウェブページを作成して、客に自分で管理や模様替えができるプログラムを提供しているんですよ」

「ほう」ザンダーは立ち止まった。

「あなたがなにも知らないなんてむしろ不思議です。ルーカスがいっていました。動物園の研修をやめるといったとき、あなたは理解を示したと」

「そんなことをいったんですか?」

「ええ、そんな感じのことを。それに、父親のお金は自分の会社に注ぎ込んだんですって。パウリーに渡したわけじゃなかったんです」

「あなたを信頼しているようですね。いいことです。わたしは父親のお先棒担ぎだと思われていますから。でも、ルーカスが自分の道をすすんでいると聞いてうれしいです。ただし彼は精神的にややこしいので、自分で台無しにしなければいいんですが」

「どういう意味ですか？」ピアは驚いてたずねた。

「ルーカスは以前、心に傷を負ったんです。親の温もりを知らないのです。子どもには必要なことなのですが。服や食べ物や教育、住む家だけでは子どもは育ちません」

ふたりはさらにそぞろ歩きした。クドゥやカンガルーのグラウンドを通り過ぎた。ザンダーは鍵束を取りだし、哲学者の道と動物園の敷地をつなぐ門を開けた。

「あの、アントニアさんから聞きました」ピアはいった。「奥さんを亡くされているんですってね」

「十五年前」ザンダーは少しためらってからいった。「わたしは突然三人の娘をかかえてひとりぼっちになったのです」

「なにがあったんですか？」ピアは小声でたずねた。

「脳卒中。いきなりでした。妻のカルラは二ヶ月意識不明がつづいてから死亡しました」ザンダーはため息をついた。「一週間後にナミビアに移住しようとしていたときのことです。妻が亡くなったので、計画を中止して、ドイツにとどまりました。楽ではありませんでしたが、娘たちにはよかったと思っています」

ザンダーはふっと笑みをこぼしたが、それはすぐに消えた。

「娘たちとはうまくいっているんです。次女のアニカが二年前、妊娠したと告げたときも、たいした騒ぎにはなりませんでした。ルーカスやスヴェーニャがうちによく来る理由もおそらくそれでしょう」

「スヴェーニャもかわいそうな子のようですね」

「そうです。子どもには金を与えておけば充分だと考える人が多いのです」ザンダーの声がきつくなった。「ルーカスの場合もそうです。わたしはあの子が九歳のときから知っています。そのときすでに問題を抱えていました」

「どういう問題ですか？」

「ルーカスは空想上の友だちを作るようになって、自分の世界に引きこもってしまったんです。父親は彼が十一歳のとき、はじめて精神科医の診察を受けさせました。もっと子どものために時間を取ればいいだけだったのですがね」

「ルーカスは病気だと思いますか？」ピアはたずねた。疑念がまた湧きあがった。

「親の期待を一身に集めているんです。そのプレッシャーに耐えるために、あの子はやれることはすべてしました。それも過剰なくらいに。スポーツ、タバコ、ドラッグ、セックス。数年前、虚脱状態になって、そのあと学校を中退しました。それが彼の父親への反抗の仕方なんです。それでいて、つねに愛情を求めているんですよ。とてもかわいそうな若者です」

「父親にとっては自慢の息子のはずなのに。ルーカスはコンピュータで信じられないことができるんですよ」

「そんなのファン・デン・ベルクの目には、ただの暇つぶしとしか見えませんよ。あの人は世代が違うのです。ルーカスには銀行で研修を受けさせ、ドイツ連邦軍の兵役をすませたあと、大学進学させることにしています。どうして動物園で研修することになったかといえば、父親がルーカスに自制心を叩き込みたかったからです」

「コンピュータプログラムが自在に書けて、日中は動物園飼育係、夜はビストロ、その上、会社経営。ものすごく自制心がなければこなせるものではないです」

ピアにはルーカスの態度がだんだんわかってきた。彼は認められたいのだ。外見とは関係のない本当の愛情を求めているのだ。

「ルーカスは自分がハンサムなことを気に病んでいますね」ピアはいった。

「わかっています。二、三週間前、あの子に訊かれました。近寄ってきた女の子が外見や父親の金目当てかどうか、どうやったら見破れるか、と。若者にとっては厄介な問題なんです」

「なんて答えたんですか？」

ザンダーはすぐには答えず、グラウンドにいるオオヤマネコを見た。日が落ちて、オオヤマネコが隠れていたところから出てきて、地面にじっとしゃがんでピアたちを見返した。

「女の子とすぐにベッドに入るのをやめるといいのですが」ザンダーは淡々といった。ピアの顔に血が上った。「セックスと愛情を混同するのは大きな間違いだと説明しようとしたんです」

「セックスはすべてをだめにする」

「えっ？」ザンダーは驚いてピアを見つめた。

「ルーカスがそういったんです。そのとおりです」ピアは心臓がドキドキしだして、どぎまぎした。はじめて会ったときから惹かれている男性とふたりっきりだ。そして天気の話をするかのように性のことを話題にするなんて。

「なぜですか？　セックスがすべてをだめにするんですか？」ザンダーがたずねた。彼の目を見て、ピアは膝ががくがくした。

「いいえ」ピアは視線をそらした。「セックスは愛情と同じではないということです。わたしも痛い思いをして、そのことを学びました。大恋愛なんてものはただの愚かしい幻想だと気づいたときは愕然としました」

「どうしてですか？」ザンダーはたずねた。

「そんなもの存在しないからです。ただのメルヘンじゃないですか」

ザンダーは探るようにピアを見つめた。

「それは悲しいですね」ザンダーはまたオオヤマネコの方を見た。「カルラとわたしは学校に通っていた頃からの知り合いでした。ひと目惚れとは違いますが、いい関係でした。この十五年間、気になる女性には一度も出会っていません」

いきなりザンダーが振り返ったので、ピアはかっと熱くなった。太陽がタウヌス山地の向こうに消えて、暗くなった。近くの森から樹液や野草のうっとりする香りが漂ってきた。薄闇の中、ザンダーの表情がほとんど見えない。

「でもあなたと知り合った。もしかしたら第二の人生があるかもしれないと思ったんです」

ピアは喉がしめつけられた。返事ができない。この告白に深く感動しながら、ふと「網にかかった」とカイにからかわれたことを思いだした。ふたりは向かい合って、互いの顔を見つめ合った。ザンダーが一歩足を前にだした。そしてもう一歩。抱きしめられる、とピアが思ったその瞬間、携帯電話が鳴った。

「すみません」ザンダーは残念そうにいった。「ちょっと出ないと。家族の呼び出し音なんです」

「どうぞ」ピアは腕組みして、ちょうど目の前の檻にいるオオヤマネコを見ながら、片方の耳で「ショートメッセージを転送してくれ。こちらから警察に連絡する」とザンダーがいうのを聞いた。ピアは彼の方を向いたが、距離を置いた。ふたりのあいだのことはおあずけだ。

「アントニアにスヴェーニャからショートメッセージが届きました」ザンダーがいった。

ピアは事件に気持ちを切り替えるのに、二、三秒かかった。それくらい事件から気持ちが遠く離れていたのだ。しばらくしてザンダーがショートメッセージを読み上げた。

「〝アントニア、勝手に姿を消してごめんなさい。でももう耐えられないの。また連絡する。あたしは大丈夫。心配しないで。スヴェーニャ〟」

ピアは携帯電話をだして、オリヴァーに電話をかけた。

「携帯電話の位置を割りだす必要があります」ピアはボスにいった。「それからスヴェーニャの両親と話さないと」

「手配する」オリヴァーは答えた。「そのショートメッセージをこっちへ転送してくれ。スヴェーニャの両親の家の前で合流だ」

スヴェーニャの母親アニタ・ペルクジッチはやせた女だった。明るいブロンドに染めた髪、生気のない表情、日焼けサロンに通いすぎたせいか、首元にしわが寄っていた。実年齢は五十代はじめだろう、とオリヴァーは推測した。

スヴェーニャと連絡が取れないことをオリヴァーが告げると、母親はヘビースモーカーらしい低い声でいった。

「女友だちのところに泊まっているんじゃないかしら。ときどきわたしに断るのを忘れるんですよ」

母親はキッチンに入って、タバコに火をつけた。

「わたしたちはお嬢さんが殺人を目撃していると見ています」オリヴァーはいった。

「えっ？　だれが殺されたんですか？」

「ハンス＝ウルリヒ・パウリー、スヴェーニャさんのボーイフレンドの先生です」母親が娘の日常についてこんなに知らないなんて信じられない、とピアは思った。「スヴェーニャさんも知り合いでした。ケルクハイムにパウリーが経営するビストロがありまして、スヴェーニャさんとアントニアさんはそこの常連です」

「スヴェーニャがなにか悪いことをしたんですか？」母親は花崗岩《かこうがん》の調理台に寄りかかると、タバコの煙が目に沁みたらしく、まばたきした。

「いいえ。お嬢さんと話がしたいだけです」

「お嬢さんは妊娠しています」ピアが口をはさんだ。「父親と思われるヨーナスさんは月曜日の夜、殺害されました」

「えっ?」母親はタバコを持つ手を下ろした。「ヨーナスが死んだの?」

オリヴァーとピアは顔を見合わせた。

「ええ」オリヴァーはいった。「お嬢さんから聞いていませんか?」

「ええ」母親はささやいた。吸いかけのタバコを灰皿に置いて、椅子にすわった……妊娠と娘の失踪の話よりも、ヨーナスが死んだという知らせの方がこたえたようだ。

一瞬、沈黙した。

「これからどうしたらいいんですか?」母親は呆然としながら、同時に腹立たしそうにたずねた。「わたしにどうしろというんです?」

「スヴェーニャさんの居場所がわかりますか?」オリヴァーはたずねた。「先週から研修先に出勤していません。数時間前、女友だちにショートメッセージを送って寄こしましたが、そのあと携帯電話の電源を切ってしまいました。あいにく位置も割りだせません」

アニタ・ペルクジッチは途方に暮れた。

「あなたはスヴェーニャさんのことをなにも知らないのですか?」ピアは母親のいいかげんさに呆れはてた。「お嬢さんはまだ未成年です。養育義務を怠っていることになりますよ」

「あのねえ。夫は空港で働いているんです」アニタは見上げた。「わたしだって、朝から晩まで働きずくめ。スヴェーニャにスクーター、コンピュータ、MP3プレイヤーとかそういうものを買ってやっているんですよ。あの子が金持ちの友だちと付き合えるようにね。だけど感謝されないし、なにかいうといやな顔をされる！」

「スヴェーニャさんの部屋を拝見できますか？」オリヴァーは頼んだ。

母親は腰を上げ、娘の部屋へ歩いていって照明をつけた。ベッドは起きたときのままで、服が投げ捨ててある。もう何日も空気を入れ換えていないのか、こもったにおいがした。ピアはデスクに向かってコンピュータを起動させたが反応がなかった。ピアはデスクの下をのぞいて、コンピュータ本体の蓋が開いていることを発見した。ハードディスクがなくなっている。ピアはボスにそのことをいった。

「ペルクジッチさん？」オリヴァーは叫んだ。母親がドアのところにあらわれた。指にはさんだ新しいタバコに火がついていた。

「スヴェーニャさんは日記をつけていましたか？」

「コンピュータでつけていました。インターネット。フロクとかなんとかいう」

「ブログですね」ピアが確かめた。

「ああ、それそれ。ブロック」

「スヴェーニャさんが親戚を訪ねている可能性はありますか？」オリヴァーが質問をつづけた。

「バカンスとかクラス旅行で行った場所で、お嬢さんが気に入っているところはないですか？

本当の父親は？」

「あの人のことを、娘は知りません。わたしの母はベルリンに暮らしていますけど、そこへ行ったとは思えませんね。それからバカンスとかクラス旅行？　いいえ、知らないです」

スヴェーニャの部屋にはアルバムも手紙もなければ、映画やコンサートのチケットなど若い娘なら必ず取っておく思い出の品も見当たらなかった。部屋はだれの部屋でもおかしくなく、個性がほとんどない。奇妙だ。

「お嬢さんに最近変わったところはなかったですか？」

「さあ。ほとんど口をひらきませんから」

「なぜですか？」

「なぜ、なぜ。知るもんですか！」

ピアはバッグから写真を数枚取りだした。スヴェーニャのウェブページからプリントアウトした、スヴェーニャと男の写真も一枚入っていた。母親は写真を見つめ、顔をしかめた。

「これをどこで？」母親はたずねた。オリヴァーが説明するのを聞き、写真をじっと見ながらごくんと唾をのみ込んだ。

「最低」そうささやいて、母親はピアに写真をもどした。

「この男をご存じですか？」ピアはたずねた。

「いいえ」母親はいきなり背を向けてリビングルームへ行き、革のソファにすわった。オリヴァーとピアはあとにつづいた。

「ペルクジッチさん」オリヴァーは訴えるような声になった。「お嬢さんは問題を抱えています。写真の男を知っているのなら教えてください。だれですか？」

「わからないです」母親は両手を膝にはさんで遠くを見つめた。ピアはチェストに並ぶ銀の額に入った写真を見た。レンズに向かって笑うスヴェーニャの写真を手に取った。スヴェーニャはずいぶん変わった。そのとき結婚式の写真が目にとまった。

「今のご主人と結婚したのはいつですか？」ピアはたずねた。

「三年前ですけど、どうしてですか？」

「あなたのご主人はお若いですね」

「だからなんです？　わたしは三十八歳ですよ。婆さんてわけではないわ」ペルクジッチはむっとして答えた。

「スヴェーニャさん、義理の父親とはうまくいっていましたか？　ご主人の名前は？」

「イーヴォよ。仲良くやっていると思いますけど」

オリヴァーとピアは顔を見合わせた。アニタ・ペルクジッチは口でいうよりもはるかに多くのことを知っている。だがなぜいわないのだろう？　だれを守ろうとしているのだろう？　なにを隠しているのだろう？

二〇〇六年六月二十四日（土曜日）

「スヴェーニャの母親は写真の男に気づいていたな」外に出て、駐車場を横切りながら、オリヴァーがいった。「どうして写真の男がだれかいわなかったんだろう？」

「夫なのかもしれません」ピアは推理した。

「それはわたしも考えてみた。スヴェーニャの母親に対して他意はないが、十七歳のかわいい娘と較べたら年増の鴉だ。そして新しい夫は毎日娘を見ることになる」

オリヴァーは車のキーをだした。

「この足で空港に行こうか。それとも明日の朝まで待つか？」

ピアは家に帰る気がしなかった。調子のおかしいブレーカーをまだ電気工に見てもらっていないし、ザンダーとあんな体験をしたあとでは一睡もできないだろう。

「この足で行きましょう」ピアは答えた。


ふたりはフランクフルター・クロイツ（フランクフルト南西にある高速道路ジャンクションの名称）を猛スピードで走り抜け、十五分後、空港に着いた。空港は照明で煌々《こうこう》と照らされていて、おかげでライン＝マイン地方の空は夜中も真っ暗になることがない。ピアは空港の夜景が好きだ。うら寂しい冬の夜に明るく照らされたガソリンスタンドと同じくらい胸に迫るものがある。ピアは腕時計を見た。夜中の十二時四十五分。ザンダーは今なにをしているだろう？　ふたりは黙ってピアの車まで歩いていき、そっけなく別れた。

オリヴァーは到着ロビーAの前に駐車スペースを見つけ、じつにうまくBMWを駐車した。ふたりは到着ロビーに入ると、ひらいているインフォメーションカウンターを探して、巨大なホールの中をロビーCまで歩いた。

「カイがさっき、魚がどうのこうのいっていたけど、あれはなんだったんだ？」オリヴァーがさりげなくたずねた。いずれ訊かれると覚悟していたが、ピアはしどろもどろになった。

「なんでもないです。ただのジョークです」

「そうは思えなかったな。きみとザンダーの仲に気づかなかったら相当の間抜けだ」

ピアの顔にかっと血が上った。

「それは違います。あの人とはなんでもありません」ピアは、カイの首をしめてやりたいと思った。

「ヘニングにはもう勝ち目がないか」オリヴァーは人気のないゲートの前を通りながらいった。私生活について、ピアはめったにボスと話さない。話すとしても、他愛のないことばかりだ。ピアは立ち止まった。

「昨日、リビングテーブルの上で女性検察官とセックス中の夫を驚かせてしまいました。彼に勝ち目がないのは明らかだと思います」

ボスが一瞬絶句したのを見て、胸がすく思いがした。オリヴァーは内心ふたりの関係の行方が気になっていたはずだが、これほどあけすけに話されるとは思っていなかっただろう。だが驚いたことに、オリヴァーがニヤニヤしだした。

「なるほどね」

「なにがなるほどなんですか？」

「どうりでヘニングの電話に出ないわけだ。四六時中電話をかけてきているだろう?」

「ええ、四六時中」ピアもニヤリとした。「昨日の夜からもう五十回はかけてきています」

イーヴォ・ペルクジッチがフランクフルト空港の広大な敷地のどこにいるか突き止め、到着ロビーCのインフォメーションカウンターまで来てもらうのにまる一時間を要し、二十五ヶ所に電話をかけた。ペルクジッチは建物の保安管理を担当する警備会社に勤務していた。ピアはひと目見るなり身震いした。身長一メートル八十五センチの引きしまった体、軍人のように髪を刈り上げにし、顔は角張っている。警備員の黒い制服に身を包んだイーヴォ・ペルクジッチは、いったんことを構えたら厄介そうな男だった。

「義理のお嬢さんが行方不明になりまして」オリヴァーはいった。「お嬢さんに最後に会ったのはいつですか?」

オリヴァーの言葉に、ペルクジッチは落ち着きをなくした。「なんだって? 消えた?」

「お嬢さんは友人にしばらくのあいだ〝姿を消す〟というようなショートメッセージを送ったのです」

オリヴァーはスヴェーニャの母親にしたのと同じ質問をしたが、ペルクジッチはスヴェーニャの変化に気づいていたようだ。

「あの子は最近、いらいらしていた。部屋にこもって、泣いてばかりいた。なにを悩んでいるかは話してくれなかった。いいや、あの子とはなんの問題もなかった。あの子は俺を慕ってくれているし、俺もあの子がかわいいと思っている」

「スヴェーニャさんは妊娠しています。ご存じでしたか？」

ペルクジッチはためらった。それまで表情が硬かったが、はじめて顔をしかめてうなずいた。

「お母さんは知りませんでした」オリヴァーはいった。「なぜ話さなかったのでしょう？」

ペルクジッチは肩をすくめた。

「もしかしてあなたがお嬢さんと寝たからですか？」

「まさか」ペルクジッチは答えた。「そんなことはしていない」

「ペルクジッチさん」オリヴァーは訴えるような声になった。「スヴェーニャさんは行方不明なのです。しかも殺人事件を目撃した可能性があります。それにボーイフレンドがこの月曜日に残酷な方法で殺されました。冗談をいってる場合じゃないんです。わかりますか？」

ペルクジッチはオリヴァーを見つめた。

「ヨーナスが死んだ？」ペルクジッチは唖然としてたずねた。「殺された？」

「ヨーナスとは知り合いだったんですか？」ピアはたずねた。

「ああ、知っている」ペルクジッチはうなずいた。

「なぜお嬢さんが妊娠したことを奥さんに話さなかったのですか？」オリヴァーがたたみかけた。「なにか理由があるはずですね」

「あの子が望まなかったんだ。話さないと約束させられた」ペルクジッチは答えた。両手の拳を固め、感情を押し殺している。「先週、あの子は遅く帰宅した。朝の四時頃だった。あの子は気が動転していて、スクーターで事故を起こしたと俺に話した」

「先週の水曜日？」オリヴァーは聞き返した。

ペルクジッチはうなずいた。

「あの子は狂ったように泣いた。慰めようがなかった。そうしたらいったんだ。妊娠してしまったけど、だれの子かわからない、と」

「父親がわからないと？」ピアはたずねた。

「そうだ」ペルクジッチは途方に暮れた仕草をした。「あの子は自分と同い年の男の子には興味がないっていった。ヨーナスとのことも真剣じゃないと。そして既婚の男と付き合っていると打ち明けた。嘘をついていると思った」

ペルクジッチはドイツ語がじょうずだった。ドイツに暮らして十年。ほとんど訛《なま》りがなかった。

「お嬢さんは、ヨーナスがなにをしたかあなたに話しましたか？」ピアはたずねた。「Eメールとウェブページにアップした写真のことですけど」

ペルクジッチは改めてうなずいた。

「なんといいましたか？」

イーヴォ・ペルクジッチは一瞬考え、スキンヘッドに近い頭をかいた。

「ヨーナスがなにかしたとかで、あの子は怒っていた。ヨーナスの父親とパウリーに関係することだった。それで大喧嘩になった。日曜日、あの子は一日じゅうベッドの中で泣いていた。

ヨーに本当のことを知られたら自殺するといって」

「本当のこと?」ピアはたずねた。

「さあ」ペルクジッチはピアの視線を避けた。きっとわかっているのだ。だがなぜ知っていることをいわないのだろう。ピアは彼に、スヴェーニャがだれか男に添い寝している写真を見せた。

「この写真の男がだれかわかりますか?」ピアはたずねた。

ペルクジッチは写真をじっと見るなり顔を曇らせた。それなのにかぶりを振った。二時間前の妻と同じように、彼も嘘をついた。

「月曜日の夜、午後十一時と零時のあいだ、あなたはどこにいましたか?」オリヴァーは訊いた。

「家にいた。ひとりだった。ちくしょう。信じないよな」

「ええ、信じられません」オリヴァーはうなずいた。「あなたはスヴェーニャさんが気に入っている。そのスヴェーニャさんにヨーナスがなにをしたか知って、かんかんになって怒った。あなたはヨーナスに食ってかかり、話し合いが行き詰まって、彼を殺した」

「むちゃくちゃいうな。俺はやっちゃいない」

「パーティのことは知っていましたね。スヴェーニャから聞いていた」

「聞いてはいたさ。だけど、そこへは行ってない」

「ヨーナスを殺した犯人のDNAが採取されています。唾液を採取させてもらい、DNA鑑定で現場に残されていた遺伝子と一致しなければ、疑いは晴れます」

ホーフハイムへ向かう車の中、三人とも押し黙っていた。ホーフハイム北で高速道路を降りる直前、ピアの携帯電話が鳴った。ピアはルーカスだったらどうしようと思いながら携帯電話をひらいた。だが受信したショートメッセージはクリストフ・ザンダーからだった。

〝まだ起きていますか？〟

ピアは返事をした。

〝ええ。まだ働いています。どうして起きているのですか？〟

すぐさま返信があった。

〝そんなことを訊くんですか？〟

オリヴァーがピアに視線を向けた。ピアはにやっとして、返信を打ち込んだ。

〝いいえ。わたしもさっきの話のつづきを考えています……〟

ピアはメールを送ってから電話の画面を見つめた。

〝どうしたらあの先がどうなったかわかるでしょうね？〟とザンダーが書いてきた。

ピアは心臓がドキドキした。

〝会って、さっきの続きをすれば……〟

ピアたちは刑事警察署に到着した。オリヴァーは玄関のすぐそばまで車を寄せてから降りた。

〝しかしもう真っ暗です。会うといっても、どこで？〟

ピアはしぶしぶ車から降りた。オリヴァーは、イーヴォ・ペルクジッチが降りられるように車をまわり込んでドアを開けた。

〝すぐ行きます〟ピアは興奮して自分の指が震えていることに気づいた。

〝提案してください〟ピアは打った。

オリヴァーとペルクジッチが警察署に入った。

〝朝食はどうですか？〟

ピアは一瞬考えた。未明の三時二十五分だ。イーヴォ・ペルクジッチの件がひと段落つく頃には、五時になっているだろう。

〝いいですね。うちに来ますか？　六時はどうです？〟

ピアはまる一分間、そのショートメッセージを送ろうかどうしようか逡巡した。結局、送信すると、オリヴァーの車のフェンダーに寄りかかって携帯電話を見つめた。なんだかコーヒーを十杯がぶ飲みして、指をコンセントに突っ込んだような感覚を味わった。携帯電話の画面がともった。ピアは顔をほころばせた。

〝焼きたてのパンを持っていきます。コーヒーを入れてください。お住まいはどこですか？〟

五時四十五分、ピアはパトカーで家まで送ってもらった。イーヴォ・ペルクジッチはおとなしく血液と唾液の採取に応じたが、口数が少なかった。ペルクジッチが四月はじめまでカルステン・ボックの運転手兼ボディガードだったという事実は興味深い。しかもスヴェーニャの母と知り合ったのはボック家なのだ。スヴェーニャの母は長年ボック家で家政婦として働いていたからだ。

白樺農場《ビルケンホーフ》の緑色の門の前で、パトカーにブレーキがかかった。ピアは運転してくれた巡査に礼をいって、パトカーから降りた。大きなポプラの木で朝を迎えた鳥たちがさかんにさえずっていた。ピアは門を開けたままにした。チャイムが壊れていたからだ。二頭の雌馬が上半分が開いている馬房の外扉から顔をだして、うれしそうにいないた。ピアは飼い葉桶に餌を入れ、藁をひと束開梱してその半分を馬房に敷いてから母屋へ歩いていった。もうすぐクリストフ・ザンダーが来る！　彼はひと晩じゅう眠れなかったのだ。ピアのことを考えて。ピアは興奮しながら家のドアを開けた。通りがかりにブレーカーを調べた。スイッチはすべてオンになっている。突然、凍りついた。リビングルームのドアが開けっ放しだ！　一気にアドレナリンが体を駆けめぐり、体が震えた。反射的に拳銃をつかもうとし、持っていないことに気づいた。昨日、ザンダーと会う約束をしたときには持たなかった。そしてそのまま家にもどることなく、オリヴァーと行動を共にしていた。ピアは自分が侵入者でもあるかのように抜き足差し足で自分の家の中を歩いた。心臓がばくばくいった。だれもいなかった。なにも動かされていない。ほっとしてリビングのドアを閉め、ベッドルームに入った。ピアはクローゼットを開けて拳銃を手に取ることにした。昨晩いつものようにクローゼットの下着用の引き出しにしまった。シグ・ザウエルP6の銃身に指が触れると、ほっとして膝から力が抜けた。

「よかった」そうささやいて、ピアはクローゼットに寄りかかった。だがベッドサイドのテーブルに目がとまって、ぎょっとした。体がこわばり、うなじに寒気が走ったときのようにパニックで体じゅうがびりびりした。血のように真っ赤な薔薇の花束を挿した花瓶が、そのテーブルに立ててあったのだ。そこにそんなものを飾った覚えはない。

ピアは家から飛びだし、グレトナとノイヴィルの馬房に逃げ込んだ。隅っこで小さくなって体をわななかせた。だれも赤い薔薇のことは知らないはずだ。何ヶ月もピアをつけまわし、最後に乱暴したあいつ以外だれも。ピアはそのことをだれにも話していない。知っているのは、当時担当した警官だけだ。何年もかけてやっと、そのおぞましい体験を記憶の片隅に追いやることができたのに。喉がしめつけられ、不安で体じゅうが痛かった。留守のあいだにだれかが家に入り込み、ベッドの横に花束を飾ったのだ。赤い薔薇がなにを意味するかわかっている奴が。もうここでひとり暮らしはできない。だれかがベッドルームに入り込んだと思うだけでぞっとする。ピアの髪に口を寄せてきた子馬を片手で払った。動物たちとひとつ屋根の下で暮らすという夢は泡と消えた。今日はホテルに部屋を取り、月曜日の朝、不動産屋に話して農場を売り払う算段をしなければ。一瞬たりともここにはいられない！

「こんにちは」

男の影が馬房のドアに浮かんだ。それを目にして、ピアのアドレナリン濃度が天井知らずに一気に上昇した。ピアがびくっとして立ち上がると、ノイヴィルとグレトナが驚いて一歩さがった。

泣いた。
「降参します」といって一歩さがった。彼に拳銃を向けていることに気づいて、ピアはむせび
ザンダーはさっと両手を上げた。
「大丈夫ですか?」クリストフ・ザンダーは声を曇らせた。「玄関が開いていますけど……」

「オリヴァー?」

オリヴァーは振り向いて、寝ぼけまなこでキッチンのドアのところに立つコージマを見た。

「起こしちゃったかな」

「大丈夫。目が覚めていたから」

コージマはTシャツしか身に着けていない。くしゃくしゃの髪が顔にかかっている。あくびをしながら食卓に着いたところは、娘にそっくりだ。娘の姉といってもとおりそうだ。

「あなた、ちゃんと眠ったの?」コージマはたずねた。

「いいや、気になるのか?」

「そりゃあね」コージマは白い歯を見せた。「もう一度ベッドに入らない? 事件のことを話して。わたしも話したいことがあるの」

「それはいいね」オリヴァーはうなずいて、あくびをした。「事件の全貌が見えなくなっているんだ。手掛かりはいろいろあるし、どれもはじめのうちは有望だったが、結局、空振りだった。それでも二件の殺人事件にはなんらかの関連がある」

オリヴァーはコージマをちらっと見て、ほっと胸をなで下ろした。目をきらきらさせてじっと聞いている。よかった。このところコージマと意見交換をする機会がなく残念に思っていたところだ。コージマの神経が高ぶっていたので、事件の話をするのを少し控えていた。だが今朝のコージマは元にもどったかのようだ。いらいらしていないし、顔色も悪くない。ふたりは二階に上がった。オリヴァーが靴とスーツを脱ぎ、ネクタイをほどいた瞬間、収集がつかなくなっていた思考の断片がいきなり像を結んだ。さっきまでどうしても理解できなかった事件の全貌が急に鮮明に見えたのだ。

「ヨーナスの父親だ」オリヴァーは大きな声でいった。

「ヨーナスの父親？」コージマがたずねた。「その人がどうしたの？」

ペルクジッチ夫妻はふたりとも、写真の男がだれかすぐにわかった。既婚の男性と付き合っているというスヴェーニャの言い分はあながち嘘ではなかったようだ。ボックは人間的に好きになれないが、命の危険にさらされるのは看過できない。ペルクジッチはボック家に憎しみを抱いているはずだ。

「やっぱり出かける」オリヴァーは急いで服を着ると、携帯電話をつかんだ。「なにか話があったのか？」

「立ちながらでは話せないこと」コージマは毛布をかぶった。「あなたがもどってからでいいわ」

「わかった」オリヴァーの気持ちはもう他所へ飛んでいた。気もそぞろに微笑み、ピア・キルヒホフの携帯電話を呼びだした。だが応答はなかった。

馬房の暗がりで、ピアはなにがあったか声を震わせながら訥々《とつとつ》と話した。ザンダーは藁の中にすわって、ピアを腕に抱いた。ピアはほっとして泣いた。

「わたし、どうかしているみたいです」少し落ち着くと、そう漏らした。「ドアが開いていて、そして花束があって」

ザンダーは顔を曇らせてピアを見た。

「門の鍵はだれが持っているんですか?」

「お隣、別居中の夫、わたしの両親、そしてわたし」ピアは手の甲で涙をぬぐった。「あんなことをする人はいません。それに赤い薔薇のことはだれも知らないことだし……」

ピアはその先がいえず、黙ってかぶりを振った。

「その薔薇にはどういう意味があるんですか?」ザンダーは小声でたずねた。

ピアは発作的になにもかも打ち明けたくなった。何年ものあいだずっと心の重荷になってきたことだ。ザンダーのことをまだよく知らないが、彼なら信頼できると思った。

「かなり昔の話です」ピアは少したmらってからぽつぽつと語りだした。「大学入学資格試験を受けた年の夏、仲間とフランスへバカンスに行ったんです。そのとき出会いがありました。相手はフランクフルトの大学生。遊びのつもりだったんですけど、そいつはそうじゃなかったんです。わたしをつけまわすようになりました。何週間も、何ヶ月もつきまとって、待ち伏せして、わたしは恐くなってしまいました。そのうち三度もわたしのアパートに忍び込んで、赤い薔薇の花束をベッド脇に置いていったんです」

あの頃を思いだしただけでピアの背筋が寒くなった。

「どうしたらいいかわからなくなって警察に通報し、そいつが書いて寄こした手紙を見せました。けれども、なにかが起こってからでないと対処できないと警察にいわれてしまったんです」ピアはすすり泣いた。「すると突然、そいつはわたしを追いまわすのをやめたんです。これで解決したと思いました。でもその直後そいつがわたしのアパートに押し入って、……わたしを襲い、喉を絞めたんです」

「なんてことだ」ザンダーはピアをしっかり腕に抱いた。「ぞっとする」

「このことはだれにも話したことがありません。夫にだって」ピアはいった。そのことをやっとだれかに話せてほっとしつつも、ザンダーがピアの暗い過去を知って引いてしまうのではないかと心配になった。

「話すと楽になるということが往々にしてあるものです」ザンダーは小声でいった。

ふたりは顔を見合わせた。

「思っていた朝食とは違ってしまったわ」ピアはささやいた。「ごめんなさい。わたし……」

「いいんですよ」ザンダーはすぐにいった。「あやまることはないです。平気ですから。しかしなんとかしないといけませんね。身辺警護は頼めないのですか？」

「そのためにはすべて話さなければなりません」

「わたしだったらそうしますけど」ザンダーは真面目な顔でいった。「黙っていても、なんの助けにもなりませんよ。そのままにしていたら、どんどん厄介なことになってしまいます。話してしまった方がずっといいです。できるだけのことを」

そのことを考えただけで、ピアは虫酸が走った。自分が怯えていること、辱《はずかし》めを受け、死にそうになったこと、そんな弱みをみんなににぎられてしまう。一瞬、会話が途切れた。ザンダーはピアを強く抱き寄せ、ピアの顔を優しくなでた。ピアは、ザンダーの心臓の鼓動も早鐘を打っていることに気づいた。

「話を聞かれていますね」ザンダーがふいに耳打ちした。ピアは顔を上げて子馬を見た。子馬は首をかしげて好奇心いっぱいにふたりを見ていた。ピアは笑った。ザンダーも笑った。立ち上がると、ザンダーは手を差しだして、ピアを助け起こした。ふたりは顔を見合わせて、また真剣な顔つきになった。

「それじゃ」そういって、ザンダーは彼女の手をつかんだ。「その薔薇をまずゴミ箱に捨てましょう」

ボック家の門はいっぱいに開いていた。オリヴァーは門を車で走り抜け、玄関に駐車してある白いニッサン・マイクラ（日本名はマーチ）を見た。二時間ほど前、アニタ・ペルクジッチが刑事警察署に夫を迎えにきたときに乗っていた車だ。勘は的中した。手遅れでなければいいのだが。無線機をつかんで応援を要請すると、グローブボックスから拳銃をだし、車を降りて玄関へ向かった。ドアは開いていた。オリヴァーはペルクジッチが武器を持ち、逆上していないことを祈った。拳銃の安全装置をはずし、大きな玄関ホールに足を踏み入れた。二階に上がる階段に素速く近づこうとしたとき、そっと歩く足音を耳にした。

「ベンヤミン」オリヴァーは、階段を下りてくるヨーナスの弟に気づいて小声で声をかけた。ベンヤミンは身をこわばらせて立ち止まった。オリヴァーは拳銃を下ろし、手招きした。ベンヤミンはおどおどとあたりを見回してから、さっと玄関ホールを横切ってきた。

「どうしたんだ」オリヴァーはささやいた。「お父さんとお母さんは？」

「ぼ、ぼく……知らないよ」ベンヤミンは怯えて口ごもった。「みんな、図書室にいる」

「ペルクジッチはひとりか、それともだれかいっしょか？」オリヴァーはたずねた。

「ひとりだよ」ベンヤミンは顔面蒼白だ。ぶるぶる震えている。「父さんが兄さんを殺したっていってる」

オリヴァーは一刻の猶予もならないと思った。

「きみは外に出ていなさい」オリヴァーはベンヤミンの肩に手を置いてかがみ込んだ。「そこにわたしの車がある。ＢＭＷだ。車に乗って、わたしがもどるまですわっていなさい。いいね？」

　ベンヤミンは怯えたまなざしのままうなずいて、開け放した玄関から出ていった。図書室でなにが待ち受けているのかわからないが、玄関に待機して、応援を待っているわけにはいかない。オリヴァーは深呼吸をして図書室のドアを一気に開けた。そこで目にしたのは恐ろしい光景だった。カルステン・ボックは椅子にすわっている。Tシャツとトランクスしか身に着けていない。背後に夫人が立っていて、夫の後頭部に拳銃を突きつけている。イーヴォ・ペルクジッチは腕組みをしてボックの前に立っていた。ボック夫人は人が変わっていた。阿修羅のような形相で安全装置をはずしたワルサーP38の銃口を夫の頭に当てている。いつ発砲しても不思議ではない状況だ。オリヴァーは、ボック夫人がこのあいだ悲鳴をあげながら倒れ込む前に夫を突き飛ばしたことを思いだした。「触らないで!」と金切り声をあげた。城と見紛《みまが》う豪華絢《けん》爛《らん》な家の構えとは裏腹に、内側はどろどろだったのだ。

「奥さん」オリヴァーは静かにいった。「拳銃を置きなさい」

「いやよ」夫人は顔を上げることなく叫んだ。「置くものですか。わたしは本当のことを知りたいのよ。こいつは長いあいだ、わたしに嘘をついて、だましてきた」

「落ち着きましょう」オリヴァーは、夫人がなにをするかわからないと思った。「ベンヤミンのことを考えるんです。ご主人が刑務所に入ったとき、息子さんにはあなたが必要だ」

「刑務所?」夫人の目が揺れて、ペルクジッチに向けられた。カルステン・ボックはなにもいわず壁を見つめ、目はなにも語っていなかった。

「ええ、刑務所行きです」オリヴァーはいった。「証拠は充分そろっています。法廷で贈賄と脅迫の責任を取ることになります」

「ふん」夫人はまた拳銃の銃口を夫の後頭部に押しつけた。「どうせ弁護士の助けで保釈金を払ってすぐ出てくるに決まっているわ。息子のガールフレンドを妊娠させたって知っていたの？」

夫人の声は裏返っていた。

「ヨーナスがそのことを知ったとき、この人には死んでもらうべきだったのよ！」

「仮にそうだとすれば、ご主人にはその責任も取ってもらいます」オリヴァーはいった。「しかし今あなたがご主人を撃てば、あなたも刑務所に入ることになる」

「もうどうだっていいわ」夫人は投げ槍に笑った。「この豚が死んだらいいとずっと思っていた！　あなたは知らないのよ。こいつがわたしや、わたしの父や息子たちにどんなひどいことをしてきたか！」

「ゲルリンデ、頼むから拳銃を下ろせ」ボックは必死で気持ちを抑えながらいった。「なにもかも話す。わたしはなにも……」

「うるさいわよ」夫人は声を張りあげて、夫の頭を拳銃で小突いた。「わたしのことをさんざんばかにしておいて」

緊張を緩和させなくては、とオリヴァーは思った。だがどうやったら、ボック夫人は拳銃を手渡す気になるだろう？　話しかけるんだ。夫人にしゃべらせるんだ。夫人は冷酷な殺し屋ではない。本気で夫を撃ち殺す気なら、即座に迷わず引き金を引いたはずだ。夫人が話しつづければ、拳銃を取り上げるチャンスがどこかで生まれる。オリヴァーは顔を上げた。イーヴォ・ペルクジッチと目が合った。オリヴァーは黙っているように目で合図を送った。

「こいつはわたしの父を苦境に陥《おとしい》れたのよ」夫人はそのあいだも話しつづけ、ひと言いうたびに銃口で夫の頭部を小突いた。「あんたはわたしに指先を突きつけて、飢え死にさせてやるといったわね。あんたがどういう人間か気づいていなかったと思うの、この人でなし！　だけど今度ばかりはやりすぎよ。息子が邪魔になったからって殺すなんて。ほら、いいなさいよ！　白状なさいよ！」

カルステン・ボックは顔をしかめた。恐怖に震えている印象はない。

「あの娘と寝たことは認める」ボックはかすれた声でいった。「しかしヨーナスが死んだことに、わたしは関係ない」

「あんたのいうことなんて、なにも信じない」夫人は目を怒らせて笑った。目が憎しみで燃えている。だが拳銃をにぎる手は震えていない。「あの夜、あんたはミュンヘンに行っていない。知っているんだから！」

「ボック夫人、拳銃を渡しなさい。お願いです」オリヴァーは手を伸ばした。「今ご主人にしゃべらせても、それは強要したことになります。裁判では証拠にならないのですよ。わたしに話させてください」

夫人のまぶたがふるふる震えた。ためらっている。

「そいつのいっていることが聞こえただろう」ボックは体を起こした。そして自尊心を傷つけられた夫人の憎しみを甘く見るという取り返しのつかない過ちを犯した。「ほら、早くその拳銃を下ろせ、馬鹿女！」

夫人はぎゅっと唇を引き結び、引き金を引いた。オリヴァーは即座に反応した。夫人の腕をひと突き。耳をつんざく銃声が轟《とどろ》いたが、銃弾はボックの後頭部ではなく、書架に当たった。ボック夫人は拳銃の思いがけない反跳で後ろによろめいた。オリヴァーは彼女から拳銃を奪いとった。夫人は逆上して泣きわめき、膝からくずおれ、両手の拳で床を叩いた。その瞬間、応援要請した警官隊が図書室に踏み込んだ。カルステン・ボックとイーヴォ・ペルクジッチはおとなしく連行され、夫がいなくなると、ようやく夫人は静かになった。オリヴァーは夫人の横に膝をつき、骨張った肩に手を置いた。

「なんで邪魔をしたんですか？」夫人は涙を流してささやいた。「どうしてあの豚を撃ち殺させてくれなかったの？」

「わたしに止められたことを喜ばなくては」オリヴァーは答えた。「息子さんのベンヤミンにはあなたが必要です。ご主人はしばらくのあいだ刑務所暮らしになるでしょうから」

　オリヴァーが六杯目か七杯目のコーヒーを飲んでいたとき、ピアが部屋にやってきた。顔は蒼白く、やつれていて、オリヴァー自身と大差なかった。

「すみません」とピアはさっき電話でいったのと同じことをいった。「携帯電話を車の中に置き忘れてしまいまして」

「いいさ」オリヴァーはため息をついた。

「ボックはスヴェーニャについてなにかいいましたか？」

「本当にスヴェーニャと関係を持っていた。だが彼女が今どこにいるかは知らないし、息子が殺されたこととは関係ないといっている。捜査三十課がこちらへ向かっているところだ。ボックに買収されていた連中は全員、今日のうちに逮捕されるだろう」

「ボック夫人はどこですか？」

「ヘヒストのメンタルクリニックだ」オリヴァーはコーヒーをすすりながら顔をしかめた。「間一髪だった。夫人は旦那を撃ち殺すところだった」

「どうしてそんなことに？」

「ペルクジッチは、スヴェーニャといっしょに写真に写っているのがボックだと気づいていたんだ。だから前の雇い主だったボックのところに談判に行った。ヨーナスを殺しただろうとボックをなじるペルクジッチの言葉を夫人が耳にして、一気に状況がエスカレートしたんだ」

「そうだったんですか」

「ヨーナスと共通するDNAの謎はこれで解けた。だがボックは、月曜日の夜ミュンヘンにいたといっている」

「ペルクジッチがボックのところへ行くってどうしてわかったんですか？」ピアはたずねた。

「直感だよ」オリヴァーは弱々しく微笑んだ。「ありがたいことに、わたしの直感は錆《さ》びついていなかった」

オリヴァーが帰宅すると、コージマはキッチンのテーブルにすわって、買い物メモを書いていた。

「それで？」コージマは興味を惹かれてたずねた。

「第七感が働いてなんとかなった」オリヴァーは冷蔵庫のところへ行き、ヨーグルトをだした。

オリヴァーは朝からの一連の出来事をかいつまんで話した。

「すべて知ったら心臓に悪いわ」コージマはいった。「一分たりとも心穏やかでいられない」

「まだ震えているよ。寝不足でコーヒーを飲みすぎたせいかもしれないが」

「まだ出かける用事があるの？」

「ちょっとしたらな」オリヴァーは引き出しからスプーンをだし、ヨーグルトの蓋を開けた。

「ところで秋に予定していたニューギニア探検はキャンセルしたわ」コージマはさりげなくいって、買い物メモを書きつづけた。

オリヴァーはヨーグルトを食べるのをやめた。

「どうしてだい？　ようやく分別がついたのか」

「どうかしら」コージマは彼を見て微笑んだ。「分別がついたからそういう決断をしたかどうかは疑問ね」

「気になることをいうな」

「一週間前に知ったことなのよ。はじめはショックで。そろそろおばあさんになる覚悟をしていたでしょう。それなのに……」

オリヴァーはわけがわからずコージマを見た。

「最初は病気かと思ったの。まさかですものね」コージマが真面目な顔になった。「もちろん四十五歳でもむりな年じゃない。だけどもう一度、おしめを替えたり、授乳をしたり、子育てをはじめからやり直すなんて考えられなくて」

ようやくオリヴァーにも合点がいった。

「おい、嘘だろう？」

「嘘じゃないわ。子どもができたの」

オリヴァーは絶句して妻を見つめた。それからにやっとした。こればかりは予想外だった。

「だからニューギニアをキャンセルするのか？」

「軟弱だと思う？」コージマは白い歯を見せた。

「さすがに寄る年波には勝てないようだな」そういってそばへ行くと、オリヴァーはしっかり腕に抱きしめた。コージマもオリヴァーの首に腕をまわした。

「早くいわなくてごめんなさい」コージマはささやいた。「でも気持ちの整理が必要だったの。産んでもかまわない？　子育てをもう一度することになるけど」

「感動ものだ」オリヴァーはうれしくて目に涙が浮かぶのを感じた。「コージマ、信じられない。すごいよ、本当だ！」

ふたりは顔を見合わせて微笑んだ。

「思いがけないな」オリヴァーは小声でいった。コージマの頬に触れ、それからキスをした。はじめは優しく、それからしだいに情熱的に。

「どうしちゃったの？」ふたりの背後でロザリーの声がした。

オリヴァーとコージマはキスをやめ、お互いの顔を見て、恋に落ちたばかりのカップルのようにクスクス笑った。

「ロザリーにいうべきかな?」オリヴァーはたずねた。コージマはうなずいた。

「なんの話?」ロザリーはけげんそうに両親を見た。

「きみからいえよ」オリヴァーは妻にいった。

コージマは夫から離れると、娘のところへ歩いていって抱きしめた。

「あのねえ、ロジー。赤ちゃんができたの。十二月に赤ちゃんが生まれるのよ」

すると、ロザリーが乱暴に母親の腕から離れた。

「なんですって?」ロザリーは啞然として母を見つめ、それから呆れたという顔で父親を見た。

「信じられない! 恥ずかしくないの?」

「どうして?」オリヴァーはたずねた。「なにが恥ずかしいんだ?」

「だって年を考えてよ」ロザリーはつっけんどんに答えた。

「なにがいいたいの?」コージマは愉快そうにニヤリとした。「妊娠するには年の取りすぎということ? それとも子どもを作るには年の取りすぎということ?」

ロザリーは言葉を失った。

「信じられない」そう捨てぜりふを残して、ロザリーは姿を消した。

オリヴァーも笑った。若者はおつにすまして、両親が自分たちと同じように愛し合い、いっしょに寝ることを想像したがらない。十二歳くらいのとき、両親が愛し合っているところを目撃してしまったのを、オリヴァーは思いだした。両親のことが恥ずかしくて、何週間も顔を見ることができなかった。

「最低な親になっちまったな」そういって、オリヴァーはコージマの手をつかんだ。「どうだい、ドアを閉めて寝直さないか？」

「それからどうするの？」コージマは首をかしげてニヤリとした。

「それはあとでのお楽しみ」オリヴァーは答えた。


午後から夕方にかけて、スヴェーニャ・ジーヴァースが行方不明になったことがラジオとテレビで報道された。携帯電話の現在位置は突き止められず、移動履歴によると、金曜日の夜八時七分、バート・ゾーデンで携帯電話の電源が入ったのが最後だった。スヴェーニャがアントニア・ザンダーにショートメッセージを送った時刻だ。それっきり携帯電話のスイッチは切られたままだ。いくつか情報提供があったが、調べてみると、どれも間違いだった。二件の殺人事件は袋小路にはまってしまった。上機嫌のオリヴァーが刑事警察署にもどると、部下はみんな苦虫を嚙みつぶしたような顔をしていた。目に見える成果が上がらないせいで、みんな、気持ちを腐らせ、そのうえ空調のない部屋がものすごく暑く、気分は最低に落ち込んでいた。

「あれからどうだ？」オリヴァーはいわずもがなのことをたずねた。

「アンドレア・アウミュラーという〈ビストロ・ベジ〉の常連からさっき電話がありました」カトリーン・ファヒンガーがいった。「ボスと話したいそうです」

「電話をかけてみよう」オリヴァーはいった。「番号を教えてくれ」

オリヴァーが部下に帰宅するようにいおうとしたとき、州刑事局の科学捜査研究所から鑑識結果がファックスで送られてきた。カイが報告書を手に取り、ざっと目を通してからいった。

「結果が出ました！　パウリーの遺体はたしかにピックアップトラックの荷台に乗せられていました」

オリヴァーとピア・キルヒホフの視線が一瞬交差した。

「パレットと荷台の内側にパウリーの毛髪と血液と皮膚片が付着していました。それにパレットと、司法解剖で見つかった木片の材質が一致しました。動物がなめるための鉱塩が大量に見つかり、毛髪に付着していた塩化ナトリウムと一致しました。パウリーの自転車の塗装痕も荷台の後ろアオリ部で見つかっています。決まりですね」

一瞬、会議室は静寂に包まれた。オリヴァーが咳払いした。

「キルヒホフ」オリヴァーはいった。「ザンダーの電話番号を教えてくれ。フランク、ザンダーのアリバイを調べろ。彼がいっていた便に本当に乗っていたか確認するんだ」

「よかったら、わたしが……」ピアがいいかけると、オリヴァーは手を上げて黙らせた。

「いいや。きみは家に帰れ」

ピアはため息をついてうなずいた。オリヴァーは、ピアがザンダーのことを客観的に見られないと判断したのだ。だからピアは捜査からはずされる。たぶんオリヴァーは正しい。ピアはザンダーの携帯電話の番号を書いて、メモ用紙をボスに渡した。

「では帰ります」そういって、ピアはバッグをつかんだ。

「待った」オリヴァーはピアに声をかけて、食い入るように見つめた。「軽率なことはするなよ」

警告のように聞こえた。

「どういう意味ですか？」ピアはたずねた。

「ザンダーの捜査からはずれてもらう。それと今から彼に電話をかけることも、ショートメッセージを送ることも控えてもらう」

「まさかザンダーがパウリー殺人事件に関係しているというんですか？」

オリヴァーは少しためらった。

「彼には動機と手段がある。犯行に及ぶ機会があったかどうかはこれから突き止める」


オリヴァーが電話をかけると、クリストフ・ザンダーは三十分でホーフハイム刑事警察署に出頭した。ザンダーは、晴天の土曜日午後、オペル動物園が賑わっている時間帯に仕事を中断しなくてはならないのは迷惑千万だといってはばからなかった。オリヴァーはザンダーを自分の部屋に連れていき、コーヒーを飲まないかと誘った。ザンダーは丁重に断った。オリヴァーは科学捜査研究所から届いた報告書をザンダーに見せた。

「パウリーを殺害した犯人は、動物園と接点がある人物です」オリヴァーは最後にいった。「園の車を使える立場にいた人間です。とにかくあなたとあなたのところにいる従業員は捜査の対象となりました」

「うちの従業員は全員パウリーを知っていました。あいつはよく面倒を起こしていたので」ザンダーは腕組みした。「しかしうちの従業員のだれかがパウリーを殺して、遺体を動物園の牧草地に遺棄するなんて考えられませんね」

「あなたはどうですか？　あなたがいったロンドン発の便に乗っていませんね。あなたの名前は、フランクフルト着のその便の乗客名簿にありませんでした。これをどう説明しますか？」

ザンダーは鋭い褐色の目でオリヴァーをじっと見つめた。

「わたしはひとつ早い便を予約していたのです。電話でチェックインしたのですが、ヒースローへ移動中にタクシーが事故渋滞に巻き込まれたんです。空港に到着したとき、乗るはずの便は飛びたったあとでした。ですから次の便に乗りました」

本当らしく聞こえるが、作り話かもしれない。

「包み隠さずいいましょう。あなたに不利な条件がそろっています。動機、手段、機会すべてです。それからキルヒホフに近づいたのも、彼女に影響を与えようとしたものと見ることができます」

ザンダーは眉ひとつ動かさず、無表情なままだった。

「あなたが犯人の場合に矛盾を感じるのは」オリヴァーは話をつづけた。「遺体発見現場とピックアップトラックの荷台で見つかった遺留品ですね。パウリーの遺体を遺棄したのがあなただった場合、わたしなら動物園の牧草地を選ばないでしょう。それにパレットを廃棄するし、ピックアップトラックを徹底的に洗車するはずです」

ザンダーは眉を上げただけで黙っていた。オリヴァーはデスクチェアの背にもたれかかり、相手をしげしげと見つめた。

「だれかをかばっているんですか？」オリヴァーはたずねた。

ザンダーには思いがけないことだったらしい。

「かばう？」と驚いてかぶりを振った。「どうしてだれかをかばう必要があるんですか？ そんなことをすれば、わたしが疑われるだけだ」

「たとえば気持ちがわかるから……」

「ありえないです。従業員とは気が合っていますが、そんなことまではしません」

「家族ぐるみの友人で、後援者の息子でも？」

「ルーカスのことですか？」ザンダーは眉をひそめ、その可能性を一瞬考えてからすぐさま打ち消した。「ルーカスにはパウリーを殺す動機がないですよ。パウリーのことが好きだったのですから」

「彼のことはどのくらい知っているのですか？」

「かなりよく知っています。長い付き合いですから」

「わたしはルーカスのことをとくに知りません」オリヴァーはふんぞり返って、目の前の相手を探るように見た。「おかげで他の人のように彼に共感したりしません。彼は人当たりがよすぎます。あれは目くらましかもしれない」

「どういう意味ですか？」ザンダーは体を起こした。

「ルーカスはハンサムで、知性があり、人気者だ。この数日、取り調べで会った人たちはだれひとり、彼があやしいとはいいませんでした」

「むりもないでしょう？　ルーカスがパウリーやヨーナスの殺人事件とどういう関係があるんですか？　ふたりとも彼の親しい友人でした」

「疑われていない人を疑うというのが、わたしの習性でして」オリヴァーは微笑んだ。「同僚のキルヒホフはルーカスのことが気に入っています。彼に関して中立ではないという印象を覚えています」

「それはどうしたわけで？」

ふたりは黙って顔を見合った。

「感情は人の客観性に影響を与えます」オリヴァーはいった。「熟練の刑事の場合でもそうです。キルヒホフはルーカスに同情しているんです。あなたからいろいろ聞いたせいでもあります。同情はとても強い感情なんですよ」

ザンダーはなにもいわず、じっとオリヴァーを見た。

「わたしの見立てでは」オリヴァーは話をつづけた。「ルーカスは人を洗脳することに長けています。人が見たいという表情や、自分にとって都合のいい顔ができる。つまり、みんな、ルーカスに自分の見たいものを見るのです。ルーカスの素顔はだれも知らない」

ザンダーは拳に顎を乗せた。

「ルーカスを買いかぶっていると思いますね。あの子がハンサムで、自信家だという印象を与えるのは確かです。しかし、本当はものすごく自信がないんです。人から認められたい、同情が欲しいという気持ちでいっぱいのとても繊細な子です。それを父親に望めないからです」

「彼が好きなんですね」オリヴァーはいった。

「ええ、そのとおり。ルーカスが好きです。小さいときに、あの子はひどいトラウマを抱えました。今も苦しんでいます。それがかわいそうでなりません」

「パウリーはキッチンのドアの前で殴り殺されました。遺体はピックアップトラックの荷台に乗せられて長時間放置され、それから牧草地に遺棄されました。普通の神経ではできないことです」

「たしかに。冷血であるか、憎しみを抱いていたのでしょう。パウリーが相手なら、そういう気持ちになる人がいても不思議ではありません。でもルーカスはまだ免許証を取得していませんよ」

「では、だれならそういうことをやりそうですか？　車を運転できる従業員の中に、そういうことができるほどパウリーを憎んでいる人はいますか？」

「いません」

「では質問を変えましょう。あなたに罪を着せたいと思うほどあなたに憎しみを抱いている従業員はいますか？」

「わたしを殺人犯に仕立てるためにこんな事件が起きたと考えているんですか？　なぜです

か？」ザンダーは信じられないというように微笑んだ。「だれかあなたに復讐したいと思っている人がいるかもしれません。あなたが解雇した元従業員はいませんか？　もしかしたら逆恨みしているかもしれません」

ザンダーは眉間にしわを寄せて考えた。

オリヴァーはじっと彼を観察した。

「たしかにひとりいます」ザンダーはしばらくしておずおずといった。「貧乏くじばかり引くと感じるタイプの人間でした。働いたのはたったの四週間です。しかし協調性がまったくなく、怠惰でいいかげんでした。わたしは二度注意してから、およそ一ヶ月前に解雇しました。彼は腹を立てて、わたしに食ってかかりました。完全に喧嘩別れしました」

「名前を教えてくれますか？　調べてみたいので」

「名前はターレク。ターレク・フィードラー」

オリヴァーは体を起こした。ターレク・フィードラー！　ルーカスとヨーナス・ボックの友人だ。エッシュボルンで庭師の仕事をしている。火事のときにエスター・シュミットを迎えにきた！　パウリーを知っていて当然だ。

「お引き取りいただいてけっこうです、ザンダーさん」オリヴァーはそういって、目の前のデスクに載っていたヨーナス・ボックの調書をつかんだ。「来てくれて感謝します」

「どういたしまして」ザンダーは腰を上げ、オリヴァーと握手することなく部屋を出た。

三十分後、シュヴァルバッハのオストリングに建つ高層住宅に着き、ターレク・フィードラーの住まいの前に立ったとき、オリヴァーはバッグをいくつも持って住まいから出てきた若者とぶつかりそうになった。若者はびくっとしてバッグを落とした。

「フラーニョ・コンラーディじゃないか？」オリヴァーは少年たちを刑事警察署に召喚したときに、その顔を見た覚えがあった。

「ああ。だから、なに？」フラーニョはあとずさった。窓のない廊下の暗がりでも、顔に怪我をしているのがわかった。唇がはれ、左目に青痣ができ、メガネがねじれて、レンズにひびが入っている。

「どうしたんだね？」オリヴァーはたずねた。

「なんでもない」フラーニョはかがんで、バッグを拾い上げようとした。小柄で、華奢《きゃしゃ》だ。落ち着きがなく、緊張しているようだ。フラーニョは怯えている。

「フィードラーさんはいるかな？」オリヴァーはたずねた。「至急、話がしたい」

「いいや、あいつは会社に行ってるよ」フラーニョはとげとげしく答えた。

「引っ越しかね？」

「ああ」フラーニョはぼそっといった。フラーニョが涙を堪《こら》えていることに気づいて、オリヴァーはびっくりした。なにかひどいショックを受けているようだ。この年の若者は、人前で泣くくらいなら、十五階のビルのてっぺんから飛びおりる方を選ぶ。

「だれかと殴り合いをしたのかね？　ターレクとかな？　きみたちは友だちで、いっしょにコンピュータ会社をやっていると思っていたが」

「友だち？」フラーニョは笑い声と泣き声がないまぜになったような声を漏らした。「ターレクがあらわれるまではそうだったさ。あいつは金にしか興味がない」

フラーニョは血のにじんだ唇に手を当てた。

「俺はもう会社やなんかにうんざりなんだ」フラーニョは語気強くいった。「あいつら、世界をよくしようとしていると思ったのに。本当は全然関心がない！　パウリー先生のアイデアとプロジェクトなんて、どうだってよかったんだ。あいつらの実態をさんざん見てきた」

フラーニョは本気で両親と訣別した理想主義者だったのだ。

「あいつらというのはだれだね？」オリヴァーはこの失望した若者からなにか情報を引きだせそうな気がした。しかし刑事の質問に、フラーニョは警戒して答えなかった。

「どうやって帰るつもりだね？」

「さあ」フラーニョは肩をすくめた。

「なんなら車に乗せてやってもいいが。ケルクハイムまで送っていこう」

途中でフラーニョは少しだけ心を許し、自分の道を行くように、とパウリーに背中を押された話をした。

「精肉屋にはなりたくないといっても、おやじはわかってくれないんだ」フラーニョはいった。「俺には感謝の気持ちがないとまでいわれた。だけどさ、一生ソーセージ作りをして、カウンターに立ちつづけるのかと思うとぞっとするんだ」

オリヴァーは黙って聞いた。パウリーが息子をそそのかしたとわめき散らしたコンラーディには共感した。だがフラーニョの口から聞くと印象が違った。フラーニョは精肉屋になりたくないのだ。ちょうど警官になりたがらなかった自分の息子のローレンツと同じだ。オリヴァーは、家を継ぎたくない、法学を学んで警官になった方がましだといって、父親をがっかりさせたことを今でもよく覚えている。彼自身は子どもたちに仕事を押しつけるつもりはなかったが、このあいだロザリーが夏休みに厨房の手伝いのアルバイトをするといったとき、思わず反対してしまった。

「生物学が学びたいんだ」フラーニョがいった。「ガラパゴス諸島の研究所で働きたい。でも、おやじに鼻で笑われて、勘当するっていわれた」

オリヴァーはフラーニョの傷だらけの顔を横目でちらっと見た。

「だから仲間に加わったんだ」フラーニョは話をつづけた。「大儲けできるってヨーにいわれたから。コンピュータが得意なんだ。プログラムが書ける。ルーカスには負けるけどね！」

「そうなのか？」オリヴァーはたずねた。ルーカスに好意を寄せず、尊敬してもいない人間がようやく見つかったのだろうか。

「ルーカスは天才さ」フラーニョがそういったので、オリヴァーはがっかりした。「本を読むみたいにソースコードが読み解けるし、Ｐｅｒｌ、Ｊａｖａ、ＢＡＳＩＣ、Ｃ言語なんかターレクよりも十倍はうまい。ダブルライフはルーカスのアイデアだった。だけど今は独り占めしようとしているって、ターレクがいってる」

「ルーカスとターレクの仲はよくないのか？」

「ルーカスはだれとだってうまくやれるさ」フラーニョはいった。そのとき不機嫌な声になった。「ターレクは、ルーカスがいないとなにもできないから、おべんちゃらをいって、あいつにすり寄ったんだ。ターレクはそういうのがうまい」

「ルーカスのことは好きかね？」

「ああ」フラーニョはうなずいた。「あいつ、ときどきおかしくなる。でも、天才ってそういうもんだろう。ルーカスがおかしなことをしだしたとき、パウリー先生が病気なんだって教えてくれた。ターレクはルーカスのことをからかってた。もちろんこっそりと。でもひどいなと思ってた。友だちを貶《けな》すなんてすべきじゃないもんな」

オリヴァーは、じつに興味深いと思った。

「ルーカスの病気というのは？」

「先生は、解離性障害っていってた」フラーニョは肩をすくめた。「どういう意味かわからないけど」

オリヴァーにもよくわからなかったので、あとで調べてみることにした。

オリヴァーがビジネスパークの倉庫に着いたとき、ターレク・フィードラーが出てきた。携帯電話を耳と肩にはさんで激しい口調でなにかいっている。だれかと口論になっているようだ。

ターレクはそのままドアの鍵を次々に閉めた。オリヴァーに気づくと、手を上げてあいさつし、通話を終了した。

「やあ、ええと……ごめん、名前を忘れちゃった」そういって、ターレクは親しげに微笑んだ。さっきまで言い争っていたのが嘘のようだ。

「ボーデンシュタインだ。時間はあるかな。二、三訊きたいことがある」

「あるよ」ターレクはうなずいた。携帯電話から着信のメロディが鳴ったが、無視した。

「パウリー先生の遺体は動物園のピックアップトラックで運ばれたことがわかったよ」オリヴァーはいった。「問題はどうしてあそこに遺棄したかだ。そしてピックアップトラックを使ったのはどこのどいつか」

ターレクの顔から笑みが消えた。

「ああ、なるほど。ザンダーと話したんでしょう。あいつにクビにされたとき、喧嘩をしたからね。俺を自動車泥棒に仕立てたわけか。驚きだな」

「そういうことはしていない。だが可能性は低くても、すべての手掛かりを検証しているんだ」

ターレクの携帯電話がしつこく鳴りつづけた。

「どうしてルーカスに訊かないの？　ザンダーがいないとき、いつもピックアップトラックに乗ってる」

「免許証を持っていないはずだが」

「それは知らないけど、あいつ、運転はできるよ」

オリヴァーは自問した。どうしてこいつは友だちのルーカスが疑われるようなことをいうんだろう。嫉妬からか？　ザンダーは、ターレクのことを、いつも貧乏くじを引くと感じているタイプだと形容していた。

「ルーカスとヨーナスの会社では、なんの仕事をしているんだね？」オリヴァーはたずねた。

「会社は三人で対等に所有している。もちろん俺には、有限会社を起こすのに必要な金の持ち合わせはなかったけどね。だから公式にはルーカスとヨーが経営者として登記されている。内部では分け隔てはない。みんな、それぞれに得意なことをしている」

「きみが得意なのは？」

「プログラミング」ターレクは微笑んだ。「もちろん合法的なことしかしない。お灸をすえられたからね」

「ルーカスとはうまくやれているかね？」

「たいていはね」ターレクはそれから考える仕草をした。「でも最近、あいつは変わっちゃったから」

「どういうふうに？」

「うまくいえない。ときどき……抜け殻のようになっちゃうんだ。それからわけもなく逆上して、怒鳴りちらす。おやじさんからめちゃくちゃプレッシャーをかけられているからむりもないさ。おやじさんが金をだしてくれなくなってね、ルーカスみたいな奴にはそれが痛手だった」

「どうして？」

「会社の運転資金はルーカスのおやじさんとヨーのおやじさんから出ているからさ。運転資金の大半がそう。でもルーカスとヨーはさ……ええと……盗んだというと人聞きが悪いね。利子をつけて返すつもりなんだ」

携帯電話がまた鳴った。今度はメロディが違う。ターレクは画面に視線を向けた。

「他に質問は？」ターレクはじれったそうにたずねた。「いろいろ忙しいんだよ」

「フラーニョ・コンラーディを殴ったのはどうしてだね？」

「だれがそんなことをいったの？」

「きみの手、怪我をしている」オリヴァーが指摘した。「フラーニョの顔にそういう痕があった。それで推理したのさ」

ターレクが急にそわそわしだした。「ちょっと喧嘩をしたんだ。たいしたことじゃない」

「たいしたことじゃないにしては、フラーニョはだいぶひどく痛めつけられている。なにか大事なことで喧嘩をしたように見えるが」

「でも死んじゃいない」ターレクは微笑んだが、目は笑っていなかった。「もうひとりの友だちのときとは違う」

「ヨーナスのことかね？」

「そうさ。あいつも喧嘩をした。ルーカスと」

日中の蒸し暑さが去って、穏やかな夏の夕べになった。古城レストランのテラスからは、谷とルッペルツハインの見事な景観が楽しめる。コージマとオリヴァーが食事を終えると、弟のクヴェンティンがふたりの席にやってきた。

「そうだ、うちの馬場にひとり会員が増えた」クヴェンティンがいった。「兄さんたちの未来の嫁、トルディス・ハンゼン」

「本当か？」オリヴァーは早朝のガレージで出くわしたときのことを思いだした。少し遅かったら、かなり気まずいことになっていた。「いつから？」

「一昨日から。〈グート・ヴァルトホーフ〉の運営がどうなるかいまだにはっきりしないらしくて、馬場が荒れ放題らしい」

「それは残念だな」〈グート・ヴァルトホーフ〉はケルクハイムの町外れにある高級な乗馬クラブだったが、前の所有者だけでなく、新しい所有者までもがオリヴァーの手で刑務所行きになっていた。

「うちにとっては大歓迎さ」クヴェンティンはウェイターを手招きして、赤ワインの空き瓶を指差した。「うちの馬房は満杯状態だ。それに土木課からもようやく色よい返事がきてね。融資がなんとかなれば、来年の春、古い馬場を撤去して、新しい屋内馬場の建築がはじめられる」

「へえ。どうやって土木課を納得させたんだ？」オリヴァーは弟をじろじろ見た。「古い屋内馬場は文化財保護の対象だといって難色を示していたんだろう」

「土木課長は美食家なんだ」クヴェンティンは答えた。

「賄賂《わいろ》じゃないか」

「なんだよ」クヴェンティンは手を振った。「硬いことをいうなよ」

「硬いのは警察だけじゃない。ところで土木課長と賄賂を渡した者は今朝から勾留中だ。贈賄でな。おまえのところの件、土木課長が決済して、署名してあればいいがな。さもないと後任が同じように食い意地の張った奴であることを祈るしかないな」

「からかうなよ」クヴェンティンは背筋を伸ばした。

「からかっていない。シェーファーが甘い汁を吸っていたのは、おまえのところだけじゃなかったってことさ」

新しい客がテラスにやってきた。クヴェンティンの妻マリー＝ルイーゼがあいさつに立ち、空いている最後の席へ案内した。

「あれってトルディスのお母さんじゃないかしら?」コージマが心持ち冷やかすような口調でいった。「あなたたちの若かりし日のマドンナよね?」

ボーデンシュタイン兄弟が振り返った。本当だ。インカ・ハンゼンが数人の男女といっしょにいる。オリヴァーはクリストフ・ザンダーに気づいて、我が目を疑った。

「これはこれは」オリヴァーはささやいた。

「オペル動物園の園長と後援会員たちとそのご夫人方だ」クヴェンティンがいった。「月に一度、食事に来る。動物園内にレストランができたから、ここには今までほど来てくれなくなりそうだけど」

オリヴァーは、ザンダーがインカ・ハンゼンのために優雅に椅子を引くところを見た。インカ・ハンゼンは微笑みながらザンダーに礼をいった。二十五年前だったらただじゃおかなかっただろう。ザンダーへのピアの思いは空振りに終わるということか。動物園園長とハンゼンは仲がよさそうだ。笑みを交わし、いっしょにメニューをのぞいている。魅力的な男やもめと、負けず劣らず魅力的な未婚の女性。しかも仕事上の接点も多く、関心が重なる。理想的なカップルじゃないか。まだ離婚していない女刑事がザンダーの暮らしにどう入り込めるというのだろう。ザンダーに不信感を抱くオリヴァーの気持ちが強くなった。そして唐突に、ずっと引っかかっていたことに気づいた。


午後遅くから夕方にかけて、ピアは気が気ではなかった。それなのに待てど暮らせど、ザンダーからはなんの連絡もなかった。先に警告しておかなかったことが悔やまれる。それともまさかもう逮捕されてしまったのだろうか？　気になってなにも手につかなかった。

夜の九時四十五分、携帯電話が鳴った。ザンダーではなく、オリヴァーだったのでがっかりした。

「キルヒホフ」オリヴァーは静かにいった。背後で皿の当たる音やけたたましい人の声が聞こえる。「とてもプライベートな質問をしたいんだが」

「なんでしょう？　もちろんいいですよ」

「ザンダーときみだが、本気なのか、それともお遊びなのか？」

ザンダーの名があがったので、ピアの心臓が喉元まで飛びあがった。今朝、ボスが電話をかけてこなかったら、あのあとどうなっていただろうとふと考えてしまった。

「どうしてそんなことを訊くんですか？」ピアはおそるおそるたずねた。「そんなに気になるんですか？」

「いいや、本気で訊いている」オリヴァーは声をひそめていった。「考えれば考えるほどわたしたち、とくにきみが巧妙に仕組まれた演出の片棒を担がされているような気がしてね」

「どういうことですか？」ピアは唾をのみ込み、体を起こした。「なにがおもしろくて……ザンダーが演出をする必要があるんです？」

「わたしにもよくわからない。彼の娘の友だちスヴェーニャに関係しているのかもしれない。あるいはルーカスかもしれない。ふたりとも今回の事件に絡んでいる。ザンダーはそのことを知っていて、ふたりを守ろうとしているんだ。わたしの勘だがね」

オリヴァーの勘！　よくはずれる。ボスは去年、勘に頼って空手有段者の女性に嫌疑をかけ、とんだ失態を演じた。

「今、弟のレストランにいる」オリヴァーはいった。「ザンダーもいる。連れはインカ・ハンゼン。だからってなにも意味はないんだが、インカは獣医で、だけど……その、なんだ……」

「だけど、なんですか？」ピアは目をつむった。未明のショートメッセージ、今朝の慰め。あのすてきな言葉が全部、恋する女刑事の目を曇らすための腹黒い計画だったというのだろうか？ そんな気もしてきて、ぱっくり開いた傷口のようにずきずきした。

「ふたりがやけに仲良さそうに打ち解けているもので」

「親しくて当然じゃないですか。毎日いっしょに仕事をしているんでしょう」ピアは自分の声に元気がないことに気づいた。「彼とわたしのあいだには別に……なにもないんですから」

ピアは、夢を見て子どもっぽい恋にうつつを抜かした自分に腹が立った。そしてオリヴァーが憎らしかった。せっかくの美しい幻想を台無しにするなんて。失望は怒りに変わった。オリヴァーとの通話を終えると、ピアはなにを見るともなく夕空を見上げた。目に涙をためながら、ザンダーに利用されたのだろうかと考えた。ザンダーは、ピアが気があることにすぐ気づいたはずだ。その弱点を突かれたということだろうか。網にかかった魚は彼ではなく、自分だったということ？ ピアは、そんな勘違いをするとは思えなかった。だが今朝、最悪の秘密を打ち明けた男は今この瞬間、別の女と食事をし、ピアのことは毛ほども考えていないのだ。短い連絡くらいくれてもよさそうなものなのに。いつになく自分が惨《みじ》めで、さみしいと感じた。いつのまにか仕事と私生活を混同していた。ピアは夢想と不安に心が揺れるあいだにいったいいつ道を踏み外したのか思い返した。空を見上げていると、携帯電話が鳴った。画面に視線を向けた。ルーカス！ 傷ついた心を慰めてくれるかもしれない。

ドイツじゅうが大騒ぎをしていた。午後の決勝トーナメント一回戦でドイツのナショナルチームが、スウェーデンを二対〇で下したからだ。夜中になっても、歓声をあげ、国旗を振りまわすファンが車でフランクフルトじゅうを走りまわっていた。まるでドイツが優勝したかのようだ。

「ばかな奴らだ」ルーカスはいった。「いかれてる」

ピアはルーカスをちらっと見た。電話があってから十五分で彼はピアのところにやってきた。スリムなジーンズ、袖をまくり上げたワイシャツに金髪という姿の大天使といった麗しさだ。ピアはルーカスがどこへ行くつもりかたずねなかった。ひとりで家にいないですむ。クリストフ・ザンダーのことで悶々としないですむ。それだけでよかった。

「どうしたの？」ルーカスがたずねた。ふたりは家政婦のスマートに乗って、見本市会場のそばを通って市中心部へ向かっていた。

「どうしたって、なにが？」ピアが聞き返した。

「いつもと違うから」ルーカスはいった。「気持ちが他所に行っている」

「二件の殺人事件が、暗礁に乗り上げちゃったものだから」ルーカスが敏感なことに、ピアは舌を巻いた。

「そうじゃないな。だれかに傷つけられた。そうだろう？」

彼の声が優しかったので、ピアは涙をこぼしそうになった。

「まあ、いいや」ルーカスはピアが気持ちを切り替える機会をくれた。マインツ街道を曲がると、ノイエ・マインツ通りに入った。

「どこへ行くの？」ピアはたずねた。

「カクテルを飲もうと思って」

「ここで？　金融街じゃない」

「うん。マインタワーに入ったことはある？」

ルーカスは駐車スペースを探し、スマートにちょうどいいスペースを見つけた。

「入ったことはないわ」ピアはかぶりを振った。「そんな簡単に入れるの？」

「ぼくならね」ルーカスはニヤリとした。ピアは一瞬たりとも疑わなかった。

ふたりはヘラバ銀行の本社ビルであるマインタワーに向かって歩いた。その高層ビルの高さ百八十七メートルにヘッセン放送のスタジオとレストランが入っている。ルーカスはプラスチックのＩＤカードをだすと、ピアの手をつかんで、並んでいる人たちをかきわけた。花崗岩《かこうがん》の受付カウンターに若い女性がふたりいて、紺色の制服を着た保安係が、笑みを絶やさず入館チェックをしていた。ルーカスは土曜日の夜の成否を左右するその三人にＩＤカードを渡した。ＩＤカードが読み取り機にかけられた。

「身分証を拝見できますか？」保安係は疑り深かった。高層ビルへのテロが夢物語でなくなってから、フランクフルトでも警備が強化されている。ルーカスは身分証を呈示した。身分証をじっくり見てから、保安係の冷たい笑みが卑屈なくらい熱烈な笑顔に変わった。

「ありがとうございました」保安係はルーカスに身分証とＩＤカードを返した。「マインタワーにようこそ。どうぞお入りください……」

めったに入れない玄関ドアが音をたててひらいた。ピアはルーカスにつづいて保安検査場を抜けてエレベーターへ向かった。

「どうして入れたわけ？」エレベーターの中で保安係と三人だけになると、ピアはささやいた。

「ぼくの父親の名前があれば、フランクフルトのどんな場所でも門がひらかれるさ」ルーカスは目配せをした。エレベーターは数秒で百八十七メートルの高みに達した。

「わたしを感心させたいのね」ピアはいった。

「もちろん」ルーカスはにこっとした。「せっかくぼくに付き合ってくれたんだから、中途半端なことはしたくない」

マインタワーレストランに入るなり、ピアは一瞬息をのんだ。高さ八メートルの展望窓から街全体が見渡せた。足元にはすばらしい光の海が広がっていた。

「こんばんは、ファン・デン・ベルクさん」レストランの女性支配人が恭《うやうや》しくあいさつした。

「いらっしゃいませ」

「ぼくの友人はここに来るのがはじめてなんだ」ルーカスは高飛車に振る舞った。「だから窓際がいいんだけど。できればバーの」

「かしこまりました。少しお待ちください」支配人が足早に去っていった。

ものの数秒で席が用意された。ファン・デン・ベルク頭取の息子のためにだれかが席替えをさせられたのだ。天井から床まである窓からの眺めは息をのむ美しさで、カクテルも絶品だった。ルーカスといっしょにいて、ピアは気持ちがよかった。気が利くし、上品さにもしつこさがない。落ち込んだピアの心にはちょうどいい芳香剤だ。ザンダー、ヘニング、そして仕事上の悩み、どれも空の月と同じようにはるか遠く感じる。男も悩み事も糞食らえだ！　五杯目のカクテルを飲み干すと、ピアの気分はかなりよくなっていた。

「なんかここもつまらなくなった」ルーカスが急にいった。「場所を変えようか」

「いいわよ」ピアは答えた。ほろ酔い気分だ。ルーカスに見つめられていると、自分が若くてセクシーな気がした。理性の警鐘は最後のかすかな明滅と共にもうとっくにスイッチが切れていた。ピアはこの何年かいつもけじめをつけてきた。だが今夜くらいは分別なんていらない。

二〇〇六年六月二十五日（日曜日）

午前七時十五分、指令センターに緊急電話がかかってきた。通報者は、隣人の家に死体が横たわっていると告げた。指令センターの担当官は巡回中のパトカーに連絡して、通報された住所へ急行させた。クラウゼ上級巡査とベルンハルト婦警はちょうど付近にいたので、フライリヒラート通り五二番地へ向かい、何度チャイムを鳴らしても応答がなかったので防犯カメラのついた門を乗り越えた。それからふたりは邸《やしき》を囲む広い庭を横切って家の裏手にまわり、開けっ放しのテラスから屋内に入った。隣人の通報どおり、水泳パンツしかはいていない男性がデスクの前の寄せ木張りの床に倒れていた。頭のまわりは血の海だ。クラウゼ上級巡査は男の横に膝をつき、頸動脈に指を当てた。

「救急医を呼べ！」上級巡査は婦警にいった。「まだ生きている！」

「なにがあったんだ？」鑑識チームと同時に到着したオリヴァーがたずねた。

「だれかに頭を殴られたようです」救急医は返答した。「腕と肩にも血腫があります」

「容体は？」オリヴァーは重ねてたずねた。

「危険な状態です」救急医は顔を上げた。「すでに数時間ここに横たわっていたようです」

「ドイツ銀行のファン・デン・ベルクなのか？」鑑識課課長がたずねた。

オリヴァーはうなずいた。ファン・デン・ベルクの衣服は庭のプールのそばにあるデッキチェアにきれいにたたんでかけてあった。どうやらプールに入ろうとしたところを暴漢に襲われ、家の中で殴られたようだ。争ったらしく、椅子が二脚とスタンドライトが倒れていた。

「ここのテラスにも血痕が！」鑑識官のひとりが叫んだ。「ここに凶器があります」

「それはなんだ？」

「ペーパーウェイトか」オリヴァーは犯行の状況を頭の中で再構成してみた。

ファン・デン・ベルクを襲った犯人は家の中から出てきたようだ。さもなければ、ペーパーウェイトを持っていたはずがない。重傷を負った被害者は書斎まではっていき、そこでまた争ったらしい。だが犯人は、防犯システムが整った邸にどうやって入り込んだのだろう。

「キルヒホフ警部と連絡がつきません」巡査がオリヴァーに報告した。「携帯電話の電源が切れています」

「携帯電話が切れている?」オリヴァーは驚いた。ピアは普段、携帯電話を切ることがない。夜勤のときでも、週末だって。それに早起きだ。彼女の携帯電話が切れているのには、なにか理由があるはずだ。

オリヴァーはファン・デン・ベルクから目を離して、ピアの固定電話の番号にかけた。

「もしもし」という彼女の声がして、オリヴァーはほっとしたが、すぐにそれが留守番電話だとわかった。なにかおかしい。病気なら、なにかいってくるはずだ。巡査がそばに立って、彼の命令を待っていた。

「パトカーを警部の家へ向かわせろ」オリヴァーは胸騒ぎがした。ピアはやはり昨夜ザンダーに電話をかけたのだろうか? ふたりは会ったのかもしれない。オリヴァーは少し離れたところで待っているファン・デン・ベルクの隣人の方を向いた。家政婦は二、三日前から帰省していた。ホームドクターがいないかオリヴァーがたずねていたとき、玄関のドアが開いて、若者がエントランスホールに足を踏み入れた。

「ルーカスです」隣人が愕然としていった。「かわいそうに」

「なにがあったんだ?」ルーカスは玄関ドアの鍵を取り落とし、巡査と救急隊員を押しのけて父親の書斎に入ってきた。数秒のあいだ身をこわばらせ、啞然として父親を見つめた。

「父さん」ルーカスは消え入りそうな声でささやいた。「父さん、目を覚ましてよ! 父さん!」

「お父さんは重傷で、意識がない」オリヴァーはルーカスの肩に手を置いた。「救急隊員が病院へ搬送する」

ルーカスはオリヴァーの手を払った。体を起こし、充血した目でその場にいる人々を見つめた。

「ぼくらにかまうな！　ここから出ていけ！」ルーカスは見境なくわめいた。「うちから出ていけってんだよ、この糞野郎！　人の家でなにしてんだよ？　出ていけ！　警察を呼ぶぞ！」

オリヴァーは啞然としてルーカスを見つめた。人なつこく、いつも微笑んでいるルーカスしか知らなかった。それが突然、粗暴で短気な人間に様変わりしたのだ。ルーカスは目を吊り上げて、そばに立っていた巡査に飛びかかり、両手の拳で殴りかかった。三人がかりでやっとルーカスを押さえた。

「なんてことだ」救急医はいった。「こんなことははじめてだ」

「わたしもだ」オリヴァーは答えた。ルーカスのハンサムな顔の裏に別の人格が隠れているという疑いがまた頭をもたげた。オリヴァーはしゃがんで、床に倒れてあえいでいるルーカスの手首をつかんだ。巡査たちはまだ押さえつける手をゆるめなかったが、ルーカスの体からは力が抜け、一切抗《あらが》おうとしなかった。

「きみのお父さんをすぐ病院へ搬送しなければ」オリヴァーは真剣な声でいった。「重傷なんだ」

「なにがあったんだ？」ルーカスはうろたえて彼を見た。

「まだよくわかっていない」

「だけど今日はいっしょに古城ホテルでブランチをとることになっていたんだ」ルーカスはあいまいにささやき、それから顔をくしゃくしゃにしてすすり泣きをはじめた。

「そっとしておこう」オリヴァーはいった。ルーカスに手を差しだして助け起こすと、肩に手を置いた。ルーカスはおどおどしながら見回した。暴れたせいで腕の包帯がほどけ、傷口からうっすら血がにじんでいた。ルーカスはうつろな目でそこを見ていた。オリヴァーと巡査に付き添われて、酔っぱらいのようにふらふらしながらリビングルームに移った。足を上げるのもままならないのか、一歩一歩足が重そうだった。

「古城ホテルに電話をして、キャンセルをしなくちゃ」ルーカスはささやいた。


ルーカスが、救急医が打とうとした鎮静剤の注射を拒んだので、オリヴァーはファン・デン・ベルク家のホームドクターを捜した。ホームドクターのベルトラム・レーダー医師が駆けつけてきたのは、ルーカスの父が救急車で搬送された直後だった。ルーカスは階段のステップにぼんやりしゃがみ込み、うつろな目で遠くを見つめていた。彼は自分の部屋に上がるのを拒んでいたが、さっきの修羅場を目にしていたので、だれも彼に無理強いする者はいなかった。

「ルーカスのことはどうしますか?」オリヴァーは医者にたずねた。「母親に連絡をとってもらわないと。母親はたしかボストンで働いていると聞いていますが」

レーダー医師は妙な目つきをした。「ルーカスがそういったのですか?」

「ええ、そんなふうに」オリヴァーはうなずいた。「なぜですか?」

「ルーカスの母は亡くなっています。十四年前に癌《がん》で」

一瞬、家の中が静寂に包まれた。

オリヴァーはあることを思いだして医者にたずねた。「解離性障害というのはどういうものですか？」それからフラーニョ・コンラーディからそのことを聞いたという話をした。

「じつは」レーダーは咳払いをした。「ルーカスが何年も前に精神病で治療を受けたことは事実です。多重人格障害とみられています」

「なんですって？　統合失調症ということですか？」

オリヴァーは、あいかわらずうつろな目で怪我をした自分の腕を見つめているルーカスの方をうかがった。

「多重人格はトラウマ体験から生まれるものです。とくに幼児期の早い時期に。多重人格患者の多くは感情的になおざりにされ、捨てられるという感覚を経験しています。ルーカスの場合は七歳のときに母を失いました」

「多重人格」オリヴァーがまたルーカスの方へ視線を向けた。「ジキル博士とハイド氏のような感じですか？」

「まあ、そんな感じです。多重人格の形成は自衛手段です。人格交替はいわゆるトリガーによって発現します」

「障害を見分けるには、どうしたらいいんですか？」

「多重人格障害にかかっている人は、見捨てられることを嫌います。不安定な人間関係、衝動的な性行動、突発的で制御不能な怒りの発作、一定期間の記憶の欠如などの症状があります」

「つまり」オリヴァーは眉間にしわを寄せた。「一方の人格がなにかしても、別の人格はそのことをまったく知らないということですか？」

「そうともいえます」

その瞬間、玄関のベルが鳴った。巡査がドアを開けた。クリストフ・ザンダーがエントランスホールに飛び込んできた。心配そうな表情だ。ルーカスに目をとめると、その前にしゃがんで手を取った。オリヴァーには声が聞こえなかったが、ザンダーがなにかいうとルーカスの目に生気が宿った。ザンダーがルーカスの髪をなでて優しく抱くと、ルーカスはザンダーの肩に顔をうずめた。

「父さんが死んじゃう！」ルーカスはすすり泣いて、絶望した子どものようにザンダーにかじりついた。「どうしたらいいんだ？」

オリヴァーの携帯電話が鳴った。ピアからだろうと期待した。携帯電話の充電を忘れていたとでもいわれるものと思ったが、連絡してきたのは白樺農場《ビルケンホーフ》へ向かわせた巡査だった。

「ここにはだれもいません。門が閉まっています。しかし家の前に四輪駆動車が駐車してあります」

「家に入ってみてくれ」オリヴァーは声をひそめた。「なにか起きていないか見てみるんだ」

「どうやってですか？」気の利かない奴だ。

「隣の農場の人間にたずねてみろ」オリヴァーは鋭い口調で答えた。「たしか鍵を預かっているはずだ」

ザンダーは、少し横になった方がいいとルーカスにいって、彼の部屋へ連れていき、五分ほどして階段を下りてきた。

「家の前に救急医が立っているのを見かけたものですから」ザンダーはいった。「なにがあったのですか？」

「ルーカスの父親がデスクの前で意識を失って倒れていました。何者かに殴られたのです」オリヴァーはザンダーをよく思っていなかった。にこやかにザンダーを見つめるインカ・ハンゼンを目撃してからはとくにそうだった。

「なんてことだ」ザンダーは衝撃を受けた。「あの子がこんな目に遭うなんて。これからどうなるんですか？」

「ルーカスをひとりにしておくのはまずいですね」レーダーがいった。ふたりは知り合いらしい。

「それじゃ、うちの娘にこっちへ来て、ルーカスに付き添ってもらう。そのあとあの子はうちに来ればいい」

「それがいいでしょう。ルーカスはさっき少々発作を起こしました」

「すごい暴れ方でした」オリヴァーが正確にいった。「巡査に襲いかかってわめき散らしましたからね」

「親しい人を殺され、それから親友、そして今度は父親が意識をなくして横たわっていたんでしょう」ザンダーは強い口調で答えた。「そんな体験をしたんですよ。あなたのように平然としていられると思いますか？」

そう非難されて、オリヴァーは腸《はらわた》が煮えくりかえったが、口まで出かかった言葉をぐっとのみ込んだ。

「キルヒホフさんもここにいるのですか？」ザンダーがたずねた。

「いいや」オリヴァーはザンダーとは必要以上に会話をしたくなかった。「なぜ訊くのですか？」

「明け方の四時少し過ぎにキルヒホフさんから奇妙なショートメッセージが届いたんです」

「ショートメッセージ？　なんて書いてきたんですか？」

ザンダーはズボンのポケットから携帯電話をだしてひらくと、ボタンを押して画面にメッセージをだし、オリヴァーに携帯電話を渡した。

〝ダブルライフ　タルク　バラ〟

「これはなんです？」オリヴァーは顔を上げた。

「わたしに訊かれても」ザンダーは肩をすくめた。

「どうしてキルヒホフは朝の四時、あなたにショートメッセージを送る必要があったんです？こういうやりとりをずっとしているのですか？」

ザンダーの顔が硬くなった。「わたしがその前にショートメッセージを送ったかというんですか？　いいえ」

「しかしその前の夜は、あなたがショートメッセージを送ったでしょう」

「それは確かです」ザンダーは眉ひとつ動かさずにオリヴァーの目を見た。「あなたのおっしゃるとおり、一日前の未明です」

ザンダーがなにかいうたびに、オリヴァーの嫌悪感が増した。どういう奴なんだ？　特別にハンサムなわけでもないし、口が悪い。それなのにピア・キルヒホフだけでなく、冷静なはずのインカの心まで射止めるとは！　オリヴァーは黙っていられなくなった。

「しかし昨夜はインカ・ハンゼンの方にご執心だったようですな……」

「なんですか、それ？」

「昨日、彼女といっしょだったでしょう。違いますか？」オリヴァーは嫉妬丸出しでいった。

「わたしのプライバシーにどうして首を突っ込むのかわかりませんが」ザンダーはオリヴァーがさらに腹を立てるほど皮肉たっぷりにいった。「ええ、そのとおりです。いっしょに食事をしました。それからわたしは帰宅しました。ひとりでね。これで答えになりましたか？」

「ああ、わかりました。ありがとう」オリヴァーは冷たく答えた。

ふたりは敵意をむきだしにした。それからザンダーは回れ右をして、邸から出ていった。

「ああ、そうだ、ザンダー園長！」オリヴァーが声をかけた。

ザンダーが立ち止まって、いやそうに振り返った。

「ルーカスが落ち着いたら、電話をくれませんかね。話があるんですよ。あなたの話と違って、彼は運転ができるらしい。あなたが不在のときに、動物園のピックアップトラックを乗りまわしていたという証言があるのでね」

ザンダーは顔面蒼白になり、それから顔を紅潮させ、目を吊り上げて立ち去った。オリヴァーはそれを見て、胸のすく思いがした。今度、ザンダーの娘たちを訪ね、ハンサムなルーカスがザンダーの信頼を恥ずかしげもなく利用していることを聞きだそうと思った。

白樺農場《ビルケンホーフ》に、ピア・キルヒホフの気配はまるでなかった。隣人の女性が警官のために門を開けた。オリヴァーはまた電話連絡を受け、十五分後到着した。ピアの車は胡桃《くるみ》の木の下に止めてあり、家のブラインドが上げてあり、鍵が壊された形跡はなかった。だれかが強引に押し入ったり、誘拐したりした様子はなかった。オリヴァーはピアの夫に電話をかけ、なにか連絡がなかったかたずねた。それもなかった。夫のヘニングも心配した。だれにもなにもいわずにいなくなるなんて、ピアらしくない。オリヴァーはピアの両親や妹にも電話をかけてみたが、やはり無駄だった。


十一時頃、ピアの身になにか起きたことがはっきりした。フランク・ベーンケは、刑事警察署の捜査官を可能なかぎり呼びだして特別捜査班を立ち上げるようにいわれた。特捜班は地域の警察署、病院、死体公示所をまわってピア・キルヒホフを捜すことになる。友人と会っているだけかもしれないし、事故に巻き込まれたのかもしれない。あるいは襲われたか、強盗に遭ったとか……だが最後の可能性だけ、オリヴァーは考えないようにした。結局、騒ぐほどのことではなかったというオチになるかもしれないのだ。ピアの隣人は、とくに気になることはなかったといった。昨日の夕方、垣根越しにピアと世間話をしたという。隣人はもう一度夫や、白樺農場《ビルケンホーフ》の裏の果樹園で臨時雇いの仕事をしている季節労働者に訊いてみるし、ピアがもどるまで、動物や花の世話をするといった。
オリヴァーは気が気でなかったが、ホーフハイム刑事警察署へもどった。昨日電話をかけて、ピアに短絡的な行動をさせてしまったのではないか、そのせいで行方不明になったのだとしたらどうしようと悶々としながら車を走らせた。ザンダーに対するピアの気持ちは、思った以上に深かったのかもしれない。だが彼女がザンダーに送ったあの奇妙なショートメッセージはなんだろう？　ただひとつはっきりしていることがあるとすれば、インカ・ハンゼンに微笑みかけながら、ピアのことを弄《もてあそ》んだあの男は絶対に信用ならないということだ。

捜査十一課の空気はいつもとまったく違っていた。今回捜索するのは仲間だ、同僚だ。刑事警察署の捜査官でピア・キルヒホフ特別捜査班に顔をださなかった者はひとりもいなかった。オリヴァーとドクター・ヘニング・キルヒホフが会議室に入ると、捜査官三十二人全員が詰めかけていた。カイがまず報告に立った。ピアと年恰好が似た女性が周辺の病院に運び込まれた事実はないという。ヘッセン州の警察署すべてに、ピア・キルヒホフ警部の失踪が伝えられた。鑑識はピアの家の食洗機の中から、使ったコーヒーカップとグラスを複数押収し、血痕のついたシーツやタオルも見つけた。だがピアの私生活をかぎまわり、プライベートなことを捜査官全員の前で話すのは気が引ける。だからオリヴァーは別の角度から捜査をすすめることにした。

まず重要なのは、携帯電話と固定電話の通話記録と携帯電話の移動履歴だ。それから引きつづき病院に当たってみる必要がある。そのとき、経済犯罪／詐欺捜査課の捜査員が会議室に入ってきた。

「今朝四時半、イドシュタイン郡立病院に女性が搬送されました。意識不明で、身元のわかる書類は一切持っていないそうです。高速道路補修工事の作業員によって、イドシュタイン高速道路駐車場で発見されました。人相風体がキルヒホフ警部に似ているようです」

オリヴァーは顔を上げた。イドシュタイン？「なにをぐずぐずしている。すぐにそこへ向かってくれ！」

「問題があります。その女性は意識がもどらないまま一時間半前に息を引きとりました」集まっていた捜査官の声がピタッと消えた。指揮者が指揮者台に上がったときのオーケストラのようだ。身も凍るような静寂が会議室を包んだ。

オリヴァーが腰を上げた。「わたしが行く」

「わたしも行く」おとなしく捜査の成り行きを見守っていたドクター・キルヒホフも立ち上がった。顔面蒼白だったが、平静を保っていた。

どうか、神様、キルヒホフではありませんように。オリヴァーは心の中で必死に祈りながら、ドクター・キルヒホフと見るからに疲労困憊している外傷外科の女医のあとからイドシュタイン郡立病院の地下に下りていった。ホーフハイムからイドシュタインへの移動中、ドクター・

キルヒホフとオリヴァーはろくに口をきかなかった。目的地で待ち構えているものが心に重くのしかかっていた。オリヴァーは昨日の夜九時四十五分に電話でピアと話をした。あんな電話をしなければよかった！　ピアはクールに落ち着いていたが、彼女だって人間だ、女だ。悪い相手に恋をしてしまうことだってあるだろう。あのあとザンダーに電話をかけたのだろうか？　ザンダーは彼女に会いにいったのだろうか？　喧嘩になったか？　そのあげくザンダーが……。

病院の霊安室に着いた。事故による遺体は法医学研究所か葬儀屋に運ばれるまでここに安置される。布をかけられた遺体の乗ったストレッチャーがタイル敷きの部屋に置いてあった。冷却機の作動音が響いていた。オリヴァーは床を見つめ、ポケットの中で両手の拳を固めた。見たくない。知りたくない。女医が遺体をおおう布を引くかさかさという音がした。

「違う」ドクター・キルヒホフの声がオリヴァーの耳に入った。安堵感が度数の高いアルコールのようにオリヴァーの五臓六腑に染みわたった。目を開けて、膝を震わせながらストレッチャーに近寄る。女性は金髪だ。だがピアの外見と共通しているのはそれだけだった。

オリヴァーが一時間後、刑事警察署にもどると、最初の手掛かりが見つかっていた。フランクと数人の捜査官が、言葉の障壁にもめげず、エリーザベト農場の季節労働者五十人を相手に聞き込みをしたのだ。そのうちのふたりが、午後十時半頃スマートに乗った肩まである長い金髪の女性がピアを迎えにきたと証言した。誘拐の可能性はなくなった。カイはテレコムから携帯電話の移動履歴を入手した。ピアは午前二時頃までフランクフルトにいて、電話の最後の所在地はケーニヒシュタイン。午前四時少し過ぎに電源が切られていた。

「通話記録もあるのか？」オリヴァーはたずねた。

「今日は日曜日です、ボス」カイは首を横に振った。「さすがにそこまでテレコムも対応できません」

「圧力をかけろ。ラボにもだ。一時間後にはすべての結果がほしい」オリヴァーはいった。

「ニーアホフ署長には連絡がついたか？」

「はい」カイは答えた。「記者会見をするそうです。半死半生の銀行頭取のせいでゴルフに行きそびれたとぼやいていました」

オリヴァーはコメントを控えた。署長とオリヴァーのあいだには事件を公表する場合の役割分担ができあがっていた。オリヴァーはそれを歓迎していた。パウリーとヨーナス・ボックのファイルを取りだして、ピアがまとめた報告書を読むためにデスクについた。集中できないままヨーナス・ボック殺人事件の供述調書にざっと目を通した。突然はっとして、めくったページをもどった。記憶とつながるなにかがあるような気がした。オペル動物園。ザンダー。ルーカス。ピックアップトラック。他にもなにかあった。だがなんだったろう？　オリヴァーはピアがいてくれたらと思った。彼女なら細かいことでもよく記憶している。その瞬間、ピアがザンダーに送った謎のショートメッセージのことが頭にひらめいた。自分の携帯電話をひらいて、ザンダーが転送したピアのショートメッセージを捜した。

「オスターマン？」

「はい」カイがモニターの上に顔をだした。

オリヴァーは携帯電話を彼に渡した。

「このショートメッセージだが、キルヒホフが明け方、ザンダーに送ったものだ」

「〝ダブルライフ　タルク　バラ〟」カイは読んだ。

「なんだと思う？」オリヴァーはたずねた。

「ダブルライフはオンラインゲームです。連邦憲法擁護庁から暴力の礼賛をしていると指摘され、禁止されたゲームです。スヴェーニャのウェブページにそこへのリンクがあったんです。ピアにそのことを話しました」

フラーニョ・コンラーディから聞いた話が脳裏に蘇った。彼の話にその言葉が出てきた。なんといっていたか正確に思いだしてみた。「ダブルライフはルーカスのアイデアだった」

「フラーニョ・コンラーディとターレク・フィードラーに電話をかけてくれ」オリヴァーはカイにいった。カイは驚いた。「ふたりをすぐここへ呼ぶんだ。あいつらがなにか関係しているかもしれない」

カイは理解に苦しむ様子でボスを見つめた。

「昨日ふたりと話した」オリヴァーはいった。「ターレク・フィードラーはオペル動物園で働いたことがある。あいつとフラーニョ・コンラーディはダブルライフとルーカスに接点がある。あのふたりからなにか聞きだすんだ」

オリヴァーは携帯電話を手に取って、フランクを呼び、ドアへ向かった。

ファン・デン・ベルク邸の前にはテレビ局の中継車やたくさんのレポーターが集まり、新しい情報が入るのをじっと待っていた。

「ファン・デン・ベルクが死んで得をするのはルーカスだ」オリヴァーは声にだして考えた。「外部からだれかが侵入した形跡がない以上、彼が犯人の可能性がある」

「どうしてルーカスが父親を殺す必要があるんです？」フランクは驚いてたずねた。

オリヴァーはターレク・フィードラーがいったことを思いだしていた。

「金がもらえなかったからだ。父親にあれこれ指図されることにうんざりしていた」

「信じられないですね。あいつ、すごいショックを受けていました」

「あれが芝居だったらどうする？　ルーカスは頭の回転が速い。それに多重人格だ」

オリヴァーはザンダーの家の前で車を止めた。

「報道機関にはホーフハイム刑事警察署へ行くようにいってくれ」オリヴァーはフランクにいった。「わたしはザンダーの家へ行って、ルーカスと話をしてみる」

しかしルーカスはザンダーの家にいなかった。自宅から出るのをいやがっている、とアントニアの姉アニカ・ザンダーがいった。

「お父さんは彼のところですか？」オリヴァーはたずねた。

「いいえ、アントニアがあっちに行っています」アニカが答えた。「父は動物園です」

オリヴァーは礼をいって車にもどった。マスコミは撤収をはじめていた。数分後、通りは静かになった。オリヴァーがチャイムを鳴らしたが、応答がなかった。少し待ってから、フランクが高い門を乗り越え、内側から開けた。ふたりは芝生を歩いて、家の裏手にまわり込んだ。リビングの掃きだし窓は開いたままだった。

「ルーカス？」そういいながら、オリヴァーは家に足を踏み入れた。「ルーカス！」

リビングのドアに女の子があらわれたので、オリヴァーはびっくりした。アントニアは蒼白い顔をしていて、取り乱しているようだった。オリヴァーを見てほっとしたのか、こういった。

「チャイムが鳴らないようにしていたんです。鳴りっぱなしだったので。すみません」

「それはいい」オリヴァーはアントニアを見つめた。「ルーカスは？　どんな様子だ？」

アントニアはためらった。

「変なんです」アントニアは小声でいった。「来てください」

アントニアは回れ右をした。オリヴァーとフランクは彼女のあとからエントランスホールを抜け、数時間前にこの家の主が発見された書斎に入った。椅子とスタンドライトは元にもどしてあったが、寄せ木張りの床の血痕はまだ拭き取られていなかった。ルーカスはマホガニーのデスクについて、虚ろな目で遠くを見つめていた。

「やあ、ルーカス」

ルーカスはオリヴァーをちらっと見て、ふっと微笑んだ。目が充血して、ぎらぎらしていた。

「電話を待ってるんだ」ルーカスは小声でいった。「母さんは携帯電話の番号を知らないから」

オリヴァーはルーカスに、昨日の夜なにをしていたのか訊くつもりだったが、急にあわれに感じてしまった。今は質問できない。

「お母さんから電話はかかってこないよ、ルーカス」オリヴァーは慎重にいった。「レーダー先生が、お母さんは十四年前に亡くなったといっていた」

ルーカスはオリヴァーを見つめた。口元が震えている。苦しそうに腕を組んでちぢこまり、涙で顔をぐしゃぐしゃにした。

「レーダー先生は知らないんだ」ルーカスは声を押し殺してから、ふと思いだしたかのようにたずねた。「キルヒホフさんはどこ?」

「キルヒホフは……他に用事があって」オリヴァーはあいまいに答えた。

「キルヒホフさんの携帯電話が切れている」ルーカスはいった。「電話をかけてみたけどだめだった。病気なの?」

「いいや」

ルーカスはオリヴァーとフランクを交互に見た。

「なにか隠しているでしょう。なにかあったんですか」

「今は話せないんだ、ルーカス」オリヴァーは否定も肯定もしないことにした。「二、三質問したいんだが、大丈夫かな?」

「今じゃなきゃだめ? 疲れた。眠りたい」

「うちへ行きましょう」アントニアが口をはさんだ。「朝食を作るわ」

ルーカスのまぶたが震えた。あたりを見回した。どうやらアントニアがいることを忘れていたようだ。

「アントニア」ルーカスの顔がまた涙で濡れた。「アントニア！　パパは病院だ。死んじゃうかもしれない！」


日中の気温は木陰でも三十三度になった。風がやみ、空気が淀んでいる。捜査十一課の空気も天気と同じでどんよりしていた。ドイツじゅうの警察署にピアの情報が流された。ピア・ルイーゼ・キルヒホフ警部、三十八歳、身長一メートル七十八センチ、金髪、青い目。病院もマイン＝タウヌス郡からホーホタウヌス郡、フランクフルト、ダルムシュタット、オッフェンバッハ、リンブルク、ギーセンのすべての病院に問い合わせをした。電話が鳴りつづけたが、新しい情報はなかった。ターレク・フィードラーには連絡がつかなかったが、フラーニョ・コンラーディは出頭要請に応えてすぐホーフハイム刑事警察署にやってきた。身を硬くして椅子にすわり、物音や電話の呼び出し音が聞こえるたびにびくっとして、だれかが部屋に入ってくるとおどおどと振り返った。

「ダブルライフについて知っていることを話してくれないか？」カイはたずねた。問題のオンラインゲームのスタートページには辿《たど》り着いたが、プレイヤーとして登録することができずにいた。三度試したところで、エラーが表示され、サイトからはじきだされた。

「なにも知らない」顔が傷だらけのフラーニョは嘘をつき、両手を見つめた。

カイは眉を上げた。フラーニョは、なにもいうなとだれかに口止めされているのだ。なぜだろう？　なにを知っているんだ？

「あのなあ」カイは身を乗りだした。「ゲームの中味はどうでもいいんだ。きみの知っている人間がふたり死んでいる。スヴェーニャ・ジーヴァースは行方不明だ。そして俺の同僚キルヒホフも。行方不明のふたりを無事に見つけだしたいんだ。それからルーカスが殺人事件に関係しているとにらんでいる。だから知っていることを教えてほしい。きみの安全は保障する」

「ルーカスが？」フラーニョは驚いて顔を上げた。「どうして？」

「それはいえない。しかしルーカスとターレク・フィードラーが問題のオンラインゲームに関わっていることはわかっているんだ」

ターレクの名前が出ると、フラーニョはびくっとした。しばらく逡巡してから話しだした。

「ダブルライフのプログラムを書いたのはルーカスだよ。もともと計画中の国道八号線の西バイパスがどこを走るか見せるために作ったCGアニメだった。ヨーロッパ環境自然動物保護連盟やケルクハイム独立左派のウェブページにリンクを貼って、ケルクハイムとケーニヒシュタインに住む一家に一枚CD－ROMを配る計画だったんだ」

ルーカス、ヨーナス、ターレクの三人はそのCGアニメを元にゲームを作り、作り込んでからネットに公開した。はじめのうちは、プレイヤーはアバターになってケルクハイムとケーニヒシュタインを歩きまわったり、〈ビストロ・ベジ〉で食事を注文できたり、ケルクハイムの映画館のチケットを予約できたりする他愛のないものだった。そのあとルーカスとヨーナスはオンラインバンキングが組み込めるかどうか試すために、タウヌス貯蓄銀行のコンピュータをクラッキングした。アメリカのセカンドライフと同じようなことをしたかったのだ。

「ルーカスはクライアントソフトウェアを開発して、うちのサーバーにオンラインで接続して
ユーザーがホームページの管理や加工をすることができるようにしたんだ」フラーニョは説明した。「このクライアントソフトウェアのおかげで、プレイヤーはダブルライフでアバターに変身して、ゲームの中を動きまわれるようになった。ユーザーアカウントをひらくには、会員登録をするときにクレジットカードの番号を入力しなければならない。ユーザーがゲーム内でするることはすべて代金に換算されて、あとで引き落とされる。原理はネットショップと同じ」

カイはうなずいた。たいしたものだ。

「ユーザーが増えるにつれて、ダブルライフはどんどんおもしろくなった。ルーカスがユーザーにソースコードを公開して、ゲーム作りに参加できるようにしたんだ。でもターレクがなにもかも台無しにした」

「どうして？」

フラーニョは顔を上げた。「TPSって知ってる？」

「サードパーソン・シューティングゲームだね」カイはうなずいた。「トゥームレイダーのような」

「そう。犯罪者や武器があったらもっとおもしろくなるってターレクがいいだしたんだ」

カイは渋い顔をした。「ルーカスはなんといっていた？」

「はじめはなにもいわなかった。インターポールの調査が入る前に、セキュリティコードとア

クセスコードを作って、見つからないように隠したんだ。ダブルライフはうちのサーバーで作動しているけど、ルーカスはどこか外国にある別のサーバーにつなぐことに成功した。だからサツ、いや、警察には手が届かない」

フラーニョはため息をついた。

「それから問い合わせが殺到した。人殺しになるために、みんな、どんだけ金を支払ったことか。ほんとびっくりだよ。武器所持許可証は百ユーロ。許可証がだせるのはゲームマスターだけ」

「ルーカスだね？」カイは勘を働かせた。フラーニョはうなずいた。「撃ち殺されたらどうなるんだ？」

「二十四時間の監禁。アバターはそのあいだ古城の牢獄をさまようことになる。金を払って自由になるか、時間が経つのを待つか、ふたつにひとつ」

「だけど、金というのはヴァーチャルマネーなんだろう？」

「ちがうよ。自分の口座から払うことになる」フラーニョは苦笑した。「ダブルライフは金の鉱脈。それで喧嘩になった」

オリヴァーはデスクについていた。ヨーナス・ボックとパウリーの事件に関する報告書を脇に押しやった。なにか新しいことに気づくか、勘が働かないかと何度も読み返したところだ。ルーカスには同情を禁じえないが、まだ不信感が残っていた。正直いって多重人格者と関わるのははじめてだ。だからルーカスの奇妙な態度が障害によるのか、ただの芝居か判断がつかなかった。ルーカスをザンダーの家に残すにあたって、念のためパトカーを家の前に待機させた。警察がいるというだけで、好奇の目やしつこいレポーターから守られるだろう。だが正直なところ、ルーカスをザンダー家に残していいかどうかわからなかった。彼はハインリヒ・ファン・デン・ベルクの唯一の家族だ。被害者の死に関心を持ちうる唯一の人物でもある。病院の方もなにひとつ進展がない。ファン・デン・ベルクの容体はなんとか安定しているが、いまだに意識がもどらないという。医師団は後遺症があるかどうかまだ判断できないらしい。

熱風が窓から吹き込み、オリヴァーのデスクに載っていた季節労働者の供述調書を飛ばした。ぶつぶついいながら、飛び散った報告書を集めにかかった。そのとき待ちに待ったひらめきがあった。そうだ！　答えがすぐ目の前にあるとわかっていたのに、つかみきれずにいた。オリヴァーは飛びあがって、カイのオフィスへ駆けていった。

フラーニョ・コンラーディがカイのコンピュータに向かっていて、ダブルライフのポータルを開ける方法を教えていた。プレイヤー名が打ち込まれると、ケルクハイムとケーニヒシュタインの完璧に近い3Dシミュレーション画像が、目を輝かせているカイの前にわずか二、三秒であらわれた。同時にものすごい速度でカウントダウンするカウンターがモニターに浮かんだ。時限爆弾のようだ。

「これは？」カイがたずねた。

フラーニョは唇を嚙みしめてからいった。

「ルーカスはダブルライフを抹消するつもりだ。ヨーが死ぬ前、ルーカスはゲームを抹消するって脅したんだ。ヨーとターレクが四六時中文句をいうようになったから。喧嘩がはじまったのは、いくつかのソフトウェア会社がダブルライフに興味を持ってからだよ。ルーカスはぜんぜん売る気がないのに、ヨーとターレクが無理強いするせいでね」

「ソフトウェア会社からの引きがあったのか?」

「それも複数から。日本人は三百万、アメリカ人はもっとだすといってた」

「三百万ドル?」カイの目がオリヴァーの目と合った。

「ユーロだよ」フラーニョが訥々《とつとつ》といった。「ルーカスは、自分の世界を売るくらいなら破壊するっていった。ターレクがいきり立って、あいつのことをののしった。おやじからそのうちどっさり金がもらえるからいいよなって。ターレクはなにかというと金のことばかり口にする」

「それで、このカウントダウンは?」

「ルーカスがアンインストールを開始したってこと。あと六時間三十四分でコンピュータがDoS攻撃を開始し、ルーカスが自分でプログラムしたワームが起動する。ワームはダブルライフにつながっているサーバーとコンピュータをすべてシャットダウンさせる。このスヴェーニャウイルスと較べたら、SoberウイルスMyDoomウイルス、Sasserウイルスなんて目じゃないよ」

カイはすべて本当のことだと思った。ルーカスにとって重要なのは金ではなく、ハッカーとしての名誉なのだ。自分の知的財産を商品にするくらいなら、強烈な爆弾をしかけてコミュニティからおさらばする方を選ぶだろう。

「スヴェーニャウイルス?」オリヴァーがそばに来て質問した。「ルーカスはどうしてそんな名前をつけたんだ?」

フラーニョは彼をちらっと見た。

「ターレクにいわせると、ルーカスはスヴェーニャの虜《とりこ》になったけど、逆はなかったらしい」

「というと?」オリヴァーは訊いた。

フラーニョは顔をしかめた。

「俺にもよくわかんない。でもターレクはいってた。スヴェーニャがちっとも自分を好きにならないから、ルーカスがおかしくなったって」

オリヴァーはフラーニョを見つめた。頭の中でばらばらだったパズルのパーツがひとりでに組み合わさり、今まで理解できずにいた像を結んだ。フランクとカトリーンが部屋に入ってきたとき、電話が鳴った。カイは受話器を取って、しばらくのあいだ聞いていた。

「科学捜査研究所からです」カイは愕然としていった。「キッチンタオルに付着していた血とヨーナスの口腔内から検出した組織のDNAが一致したそうです。つまりヨーナスを殺した殺人犯がピアの家にいたことになります」

「それがだれかはわかっている」オリヴァーはささやいた。「盲点だった」

「ボック？」フランクがいった。「それともザンダー？」

「違う」オリヴァーはかぶりを振った。「わたしの部屋に来てくれ」

「俺は？」フラーニョがおずおずとたずねた。

オリヴァーは怯えたウサギのようなフラーニョを見つめた。

「パウリーが殺害されたとき、きみはどこにいたんだ？」

「〈ビストロ・ベジ〉です。集会があったから」フラーニョは答えた。「そのことはこのあいだ……」

「ルーカスがひと晩じゅうそこにいたかどうか思いだせるか？」

フラーニョは眉間にしわを寄せて、懸命に考えた。

「集会は八時には終わった。ビストロの入口あたりにすわってたんだ。スヴェーニャがめそめそ泣きながら入ってきた。仲間の何人かがからかったのを覚えてる」

「つづけて」オリヴァーがせっついた。

「スヴェーニャはルーカスとなにか話して、それから出ていった。ルーカスはしばらくいたけど、気づいたらカウンターにはだれもいなかった」

「ルーカスはそのあともどってきたのか？」

「もどってこなかったと思う」フラーニョはおどおどした目でオリヴァーを見た。「でもアンディが、家に帰るときルーカスを見かけたっていってた」

「アンディ？」

「アンドレア。アンドレア・アウミュラーだよ」

オリヴァーはその名に聞き覚えがあった。

「昨日、電話をしてきて、ボスと話がしたいといっていた女の子です」カトリーンがいった。

「アンドレアはなにを見たんだ？」オリヴァーはたずねた。

フラーニョはもじもじした。

「オペル動物園の例のピックアップトラック。ミュンスターの十字路で。アントニアのおやじさんがいないとき、ルーカスはよくそれに乗ってるんだ」

オリヴァーはフラーニョをそこに残して部屋にもどった。ルーカスがあやしいと思っていた。彼はパウリーが殺害された夜、ピックアップトラックに乗っていた。ターレク・フィードラーがいったとおりだ。スヴェーニャが泣きながら〈ビストロ・ベジ〉を出ていったあと、ルーカスはあとを追ったのだ。パウリーのところだ。オリヴァーは折を見て動物園の牧草地に遺棄したのはルーカスに違いない。パウリーを殴り殺して、ザンダーに電話をかけた。話し中だ。

「くそっ」

「どうしたんです、ボス？」フランクがカイといっしょにドアから顔をのぞかせた。

オリヴァーの携帯電話が鳴った。ザンダーだった。

「ちょうど電話をかけたところです」オリヴァーはそういって、ザンダーの話を黙って聞いた。

「なんですって？　出かけた？　そんなばかな！　わたしたちを待っていてください。十五分で行きます」

オリヴァーは受話器を叩きつけるようにもどすと、振り返った。

「オスターマン、ルーカス・ファン・デン・ベルクの捜索を指揮してくれ。あいつにまんまとだまされた。あいつが車を運転できないと思っていたからだ！」

「説明してくれませんか、ボス？」フランクは面食らってたずねた。

オリヴァーはデスクの引き出しから拳銃をだしてホルスターに挿した。

「季節労働者は、肩まである金髪の女がキルヒホフを迎えにきたといっていたが、それは女じゃなくて、ルーカスだったんだ！　オスターマン、アンドレア・アウミュラーに電話をかけて、問題の夜なにを目撃したのか正確に聞きだしてくれ。わたしはザンダーのところへ行く。ルーカスがスヴェーニャをどこかに監禁したに違いない。おそらくキルヒホフのこともだ。キルヒホフに正体を突き止められて、あいつは危険を感じたんだ」

「なにを突き止めたっていうんですか？」カイはたずねた。

「ルーカスがパウリーを殺した犯人だということだ」オリヴァーは立ち上がった。「そんな気がしていたんだが、動機がわからなかった。だが今は、はっきりしている。あいつは嫉妬を抱いていた。スヴェーニャは自分になびかなかったたったひとりの女の子だ。そのスヴェーニャがパウリーといっしょにいるところを見て逆上した。あいつがパウリーを殴り殺し、ピックアップトラックに乗せて、牧草地に遺棄した。あと邪魔なのはヨーナスだけだ。ダブルライフのことでそもそも喧嘩をしていたし。スヴェーニャとヨーナスが仲直りするのを阻止するために、例のEメールを配信したんだ。キルヒホフが月曜日の夜、ビストロを訪ねたとき、あいつはヨーナスのパーティのことを黙っていた。友だちを殺す計画を立てていたからに違いない。腕の傷も、ラクダに嚙ませてごまかしたんだ」

「しかし犯人のDNAがヨーナスに似ているというのはどうするんです?」フランクが異論をさしはさんだ。

オリヴァーは自分の推理の弱点に説明をつけていた。

「捜査を攪乱《かくらん》するためだ。ヨーナスが嚙んだ相手が殺人犯とはかぎらない」

フランクはまだ納得しなかった。

「ルーカスがスヴェーニャの失踪に関係しているのはなんでです?」

「彼女のコンピュータからハードディスクがなくなっていた」オリヴァーは上着をつかんだ。「そのハードディスクになにかあってはならないものが保存されていたに違いない。きっとダブルライフへのアクセス権だ。急げ。ルーカスは多重人格障害だ。なにをするかわからない」

オリヴァーがクローンベルク通りの古い温泉保養施設の角を曲がったとき、自動車電話が鳴った。カイからだった。

「アンドレア・アウミュラーは昨日の夜、ひき逃げ事故に遭い、フランクフルト大学病院で意識不明の重体です。目撃者が駆けつけた巡査に話したところによると、ひき逃げしたのは黒いメルセデス・ベンツかBMWで、アンドレアがミュンスターの十字路を渡るのを狙ってひいて逃げたそうです」

「いつのことだ？」

「十一時半頃」

「ルーカスの父親は黒いベンツSクラスを所有しています」フランクがいった。「今朝、ガレージに駐車してあるのを見ました」

オリヴァーは唇を引き結んだ。アンドレアは昨日、電話をかけてきて、話がしたいといったのに、オリヴァーは折り返し電話をかけるのを忘れていたのだ。オリヴァーに電話をかけたせいで、ひかれたのだろうか？ ピックアップトラックに乗っているところをその少女に見られたことを、なんらかの方法でルーカスが知ったのか？ フラーニョ・コンラーディもひどく怯えていた。いったいどうなっているんだ？ とにかく犯人はなにをするかわからない。殺人すら厭《いと》わないのだから。ルーカスがピア・キルヒホフの居場所を知っているなら、極めて危険だ！

ザンダーの家の前にパトカーが二台、待機していた。オリヴァーは車を止めて降りた。緑色のピックアップトラックが進入路に斜めに駐車してあった。フランクとカトリーンはそのまま車を走らせた。待機している巡査たちとファン・デン・ベルクの家を捜索し、ルーカスがどこへ向かったか手掛かりを捜す手はずになっていた。ザンダーはオリヴァーの方へやってきた。顔面蒼白だ。その表情から、緊張しているのがわかる。

「ルーカスがアントニアをトイレに監禁して、うちの庭から逃げだしたんです」

「お嬢さんはどこです?」オリヴァーはたずねた。「話が聞きたいんですが」

「それなんですが、ルーカスがどこへ行ったかわかっていると姉にいって、彼を追いかけていってしまったんです。ルーカスがなにかとんでもないことをするのではないかと心配していたようです」

「どうして止めなかったのですか?」

「わたしは家にいなかったんですよ!」ザンダーが強い口調で答えた。「仕事があるんですから!」

「お嬢さんが危険です」オリヴァーは真剣な声でいった。「ルーカスはパウリーを、そしておそらくヨーナスも殺しています。彼はパウリーが殺害された夜、あなたのピックアップトラックに乗っていました。ミュンスターの十字路で目撃されています。スヴェーニャとキルヒホフを誘拐したのも彼だとにらんでいます」

ザンダーは唖然としてオリヴァーを見つめた。

「ルーカスがラクダに噛まれたのも、ヨーナスと争って噛まれた傷口を隠すためだったと思われます」オリヴァーは話をつづけた。「彼にはもう失うものがない。父親を殺そうとしたのもおそらく彼でしょう。彼は自分が命を吹き込んだオンラインゲームを、あと六時間ほどで自壊するようにプログラムしました。同時に何千台ものコンピュータに被害が及ぶ見込みです」

「あなた、どうかしてますよ」ザンダーは笑い声をあげた。「あまりに馬鹿げています!」

「馬鹿げているとは思いません」オリヴァーはいきり立って言い返した。「あなたのルーカスがあなたの思っているような人間ではないということを、どういう証拠をあげたら納得するんですか。あいつは病気です。別の交替人格を持っているんです」

ザンダーは首を横に振った。

「お嬢さんに電話をかけてください」オリヴァーはザンダーに要求した。

「とっくにかけています。でも携帯電話に出ないんです。姉が今かけています」

「電源は入っているんですね？」

「ええ」

警官がひとり、通りを横切ってきた。「ガレージのメルセデス・ベンツは最近、事故を起こしています。フロントがへこんでいて、フロントグリルに血痕がありました」

オリヴァーとザンダーは警官についてファン・デン・ベルク家のガレージに踏み込んだ。フランクが車の内部を調べた。

「なにかある」突然そういって、フランクは車を降りた。携帯電話をふたつ手にしていた。

「ひとつはピアのものです」カトリーンがいった。

「もうひとつはスヴェーニャのものでしょう」ザンダーは声を震わせながら付け加えた。「スヴェーニャとアントニアは二、三週間前におそろいの携帯電話を買ったんです。なんてことだ」

ザンダーはベンツのフェンダーに寄りかかると、途方に暮れ、手で顔をぬぐった。

「一目瞭然です」フランクはいった。「この車で少女をひき逃げした奴はスヴェーニャとキルヒホフを監禁しているだけじゃない。ファン・デン・ベルクを殺そうとしたんですよ」

「そしてそいつはルーカスだ」オリヴァーは憎々しげにうなずいた。そのとき若い女性が道路を渡ってきた。

「父さん！」娘の息せき切った声にザンダーが振り向いた。「アントニアにつながったわ！ケルクハイムにあるルーカスの会社にいるっていってる！」

ビジネスパークの倉庫の前にアントニアのシルバーのベスパがぽつんと止めてあった。ホールに通じるドアは開いていた。コンピュータ室に通じるドアも。オリヴァーとフランクは拳銃を抜いて、安全装置をはずした。アントニアひとりではなく、ルーカスがピアの拳銃を持っている恐れがある。そのとき、ホールを駆けてくるザンダーが、オリヴァーの目にとまった。

「どこだ？」ザンダーが叫んだ。「娘はどこだ？」

「ここでなにをしているんですか？」オリヴァーは怒鳴りつけた。「家で待つようにいったでしょう」

精神を病んだ二十一歳の若者に誘拐されたピア・キルヒホフが心配で、オリヴァーは気が変になりそうだった。彼女の携帯電話を目にするまで、そのうち連絡が来るのではないかとひそかに期待していた。だが彼女になにかあったことは、これで動かしようのない事実となった。

「娘が危険な目に遭っているのにじっとしていられるわけがないでしょう」ザンダーはむきになって答えた。「アントニア！　アントニア！」

「ここよ！」少女の声がした。「あたしはここ！」

オリヴァーは大きな部屋に入って、信じられない思いで見回した。外の蒸し暑さが嘘のように冷え冷えとしている。蛍光灯の蒼白い光の中、ぶんぶんうなりをあげ、ランプが点滅している装置の数々が目に飛び込んできた。ケーブルの束、モニター、真っ黒な背景の中カウントダウンする赤い数字。五時間十八分でダブルライフは自壊し、同時に恐ろしいワームがインターネット上に拡散する。アントニアは涙で顔をぐしゃぐしゃにして部屋の隅にしゃがんでいた。両手両足がケーブルで縛られていたが、携帯電話を手にしていた。

「アントニア！」ザンダーは娘のところに駆け寄って、ケーブルをほどいた。フランクに手伝ってもらって、ようやく縛め《いまし》がとけると、アントニアは父親の首にかじりついた。

「パパ」アントニアはすすり泣いた。「ルーカスがどうかしちゃったの！　あたしがここに来たら、ターレクと殴り合ってて。殺し合ってるかと思った」

「だれに縛られたんだ？」オリヴァーはたずねた。

「ルーカス」アントニアは涙をぬぐい、ケーブルで切れた手首をこすった。「あたしにあとを追わせたくなかったのよ」

「どこへ行くといっていた？　それに、ターレクはどこだ？」

「知らないわ」アントニアは声を震わせながら答えた。「ルーカスはワームがどうのこうのいってた。脅迫には応じない。あいつを殺すって」

オリヴァーはザンダーの顔を見た。その顔は不安に充ち満ちていた。この男のことを見誤っていたのだろうか？　ピア・キルヒホフのことも本気で心配しているのかも。

「あの子に限って、ふたりにはなにもするはずがない」ザンダーは声を震わせながらいった。

自信があるようには聞こえなかった。

「あなたのいうとおりであることを祈っていますよ」オリヴァーは答えた。「わたしは心理学者じゃない。プロファイラーでもない。だけどルーカスは、二度の殺人と二度の殺人未遂を犯した危険な人間だと思っています」

　オリヴァーには、ルーカスが一触即発の時限爆弾に思えた。時間がない。

「ケーニヒシュタインの古城にいると思います」カトリーンが突然いった。

　オリヴァーは振り返った。

「どうしてそう思うんだ？」

「ダブルライフの牢獄」カトリーンがいった。「ルーカスは自分のゲームからインスピレーションを受けたと思うんです」

「ルーカスは古城が好きよ」アントニアがいった。「ヨー、スヴェーニャ、ルーカスとあたしでよく行ったことがある」

「よし」オリヴァーは顔を上げて、ザンダーを見つめた。「お嬢さんと家に帰っていてください」

「いやよ」アントニアは口答えした。「いっしょに行く。古城のことならあたしの方が知っているし。それにルーカスはあたしになにもしないわ」

タウヌス地方の空は黒々していた。雲が低くたれ込み、空は真っ黒な塊《かたまり》となって、刻々と大地に沈んでくるようだった。鳥がさえずるのをやめた。生きとし生けるものはみな、なにが上空から迫っているか気づいていた。例外はサッカーファンだ。ケーニヒシュタインじゅうが黒赤金のドイツ国旗色に染まっていた。国旗を打ち振る車列がロータリーを埋め尽くしていた。オリヴァーはじれったくなって拳骨でクラクションを鳴らした。

「マンモルスハイン方面に曲がってくれ」ザンダーが身を乗りだしていった。

「それから?」

「いいから早く!」オリヴァーはバックミラーでじろっとザンダーをにらみつけてから、いうとおりにした。ザンダーは、オペル動物園の林間駐車場を抜けてクローンベルクへ通じる道路へと道案内した。そしてクローンベルクに入る直前で、ファルケンシュタイン城方面へ左折するようにいった。数分後、ケーニヒシュタイン旧市街に着いた。

「特別出動コマンド《SEK》(人質立てこもりなど凶悪犯罪に対処する警察特殊部隊)はいつ着く?」オリヴァーはたずねた。フランクは電話をつかんだ。

熱波が石畳の道路のほこりと紙くずを舞い上げていた。歩行者専用区域にはほとんど人通りがなかった。人はみな、迫り来る嵐を恐れて、家に引きこもったのだ。ザンダーはオリヴァーに矢継ぎ早に指図して、細い路地を抜け、ルクセンブルク城とプロテスタント教会の間を通り過ぎた。古城の正門へ通じる道に入ると、オリヴァーはアクセルを踏んだ。

「特別出動コマンド《SEK》は三十分で到着します」フランクがいった。「うまく町を通り抜けられれば」

「そんなに待っていられない」オリヴァーは気が気ではなかった。ルーカスは武器を持っている。なのにオリヴァーたちはだれも防弾ベストを着用していない。ザンダーとその娘を危険にさらすわけにはいかないが、娘のアドバイスは必要だ。最初の大きな雨粒がフロントガラスを叩きだした。

「あそこにスマートが！」アントニアが興奮して叫んだ。オリヴァーは急ブレーキを踏んだ。その小型車は半ば藪《やぶ》に突っ込むようにして止まっていた。運転席側のドアが開いている。ルーカスは、アントニアが警察に連絡するとわかっていてあわてていたようだ。手遅れでなければいいのだが！　オリヴァーは振り返って、アントニアを見つめた。他の中世の城と較べたら、ケーニヒシュタイン城はそれほど大きくないが、それでもたくさんの地下室や通路がある。時間がない。

「どこへ行ったらいいか教えてくれ」

「そんなのまどろっこしいわ」アントニアは答えた。「いっしょに行く」

「だめだ。危険すぎる。ルーカスは武器を持っているんだ」

「わたしたちはいっしょに行く」ザンダーもあとに引かなかった。

「責任が持てない」オリヴァーは首を横に振った。「ここは警察に……」

「いつまでぐだぐだいってるんだ？」ザンダーが怒鳴ってドアを開けると、車を降りて、城門へ向かって歩きだした。アントニアもあとにつづいた。
「いって聞く連中じゃないです、ボス」フランクはいった。「急ぎましょう。さもないと大変なことになる！」

ピアは時間の感覚を失っていた。口の中がからからで、頭がずきずきする。手足を動かしてみた。血がまわりだした。ひと声うめいて、なんとか目を開ける。今にも燃え尽きそうなろうそくの光に目をしばたたいた。二、三メートルほど上にぼんやりと鉄格子が見える。どうなっているんだろう？　ここはどこ？　いつからここに？　地面が冷たくじめじめしている。背中に当たっている石が痛い。ルーカスに連れられてマインタワーへ行ったのは、土曜日の夜だった。いつになく飲みすぎた。だけどなぜだろう。ピアは目をつむって考えた。喉が渇いている。おしっこが漏れそうだ。マインタワー。ルーカス。そのあと梯子した。クラブだ。何百人もの人がいた。パーティだった。そこで庭師のターレクに出会って、さらに酒を飲んだ。そのあとは切れ切れの記憶しかない。気分が悪くなって吐いた。ルーカスとターレクが激しい口論をはじめた。それからルーカスがそわそわしだした。「ごめんよ、ピア。だけど急に用事ができたんだ」といった。ルーカスはピアを家まで送っていこうとした。ピアは思いだそうとして頭を絞った。ラゲージスペース。薔薇。赤い薔薇。ラゲージスペースに赤い薔薇があった。ベッドの脇に置いてあったのと同じものだ。家には帰り着かなかった。代わりにここにいる。冷たい石の床、直径二メートルほどの縦穴の中。あれからどのくらい時間が経っただろう？　三時間？　三十時間？　どこか遠くで雷鳴が轟《とどろ》いている。指がこわばっていて、思うように動かない。やっとの思いで立ち上がった。一瞬じっとして、眩暈《めまい》が消えるのを待った。壁は分厚く、かなりなめらかだ。鉄格子は高すぎて、手が届きそうにない。突然、頭上で足音が聞こえた。胸をドキドキさせて、ピアは冷たい壁に体を張りつけた。急に頭が冴えて、不安を感じた。

「キルヒホフさん」だれかがささやいた。「そこにいるの？」

ルーカス！　ほっとして、体の緊張がほどけた。これで安心だ！

「ここよ！」ピアはかすれた声でいった。「穴の中よ！」

懐中電灯の光が上から射して、ちらっと彼女の顔を照らした。

「よかった！」ルーカスは両手で格子をつかんだ。「もう死んでいるかと思った」

緊張しているせいか、彼の顔は今までよりやつれて見える。目が血走っていて、汗が額《ひたい》からこぼれ落ちた。

「ここはどこ？　なにがあったの？」

「ケーニヒシュタインの古城だよ」ルーカスは物陰から襲われるのを恐れているかのように、しきりにあたりを見回している。「すぐにここから逃げないと」

「どういうこと？　どうなっているの？」

ルーカスは返事をする代わりに鉄格子をゆすった。必死に力んだが、鉄格子はびくともしなかった。

「くそっ！　動かない！　こんなはずじゃないのに！」

ルーカスがパニックに陥《おちい》ると、なぜかピアが冷静になった。

「どうして逃げなければならないの？　だれのことを恐れているの？　ルーカス！」

「鉄格子から手を離せ！」突然、鋭い声が響き渡った。「離せ！」

ルーカスはびくっとして振り向いた。

「彼女にはなにもするな」ルーカスは声を震わせながらいった。「彼女は関係ないだろう！」

足が床をこする音がした。

「あれをうまく止められたか？」

「だめだったよ！　おまえがあのワームに細工をしなければできたけどな！」

「言い訳をしやがって！　おまえのその天才的頭脳なら、できて当然だ！　くだらないことをいうな」

いったいだれの声だろう。ピアの胃がきゅっとすぼまった。これは遊びじゃない。本気でまずい状況だ。ピアがここにいることはだれも知らない。ルーカスになにかあったら、この穴蔵の中で朽ち果てるほかない！　血管が凍りそうなほど恐ろしくなった。

「ルーカス？」ピアは声をひそめて呼んだ。「ルーカス、どこにいるの？」

だが答えはなかった。そして突然、銃声が鳴り響いた。

アントニアは城壁をくぐると古城の真ん中に聳える塔へまっすぐすすんだ。雨足が強くなり、突風が城壁跡を吹き抜ける。稲光と雷鳴が短い間隔でつづいた。アントニアが急に立ち止まって、朽ちかけた細い扉を指差した。

「ここから地下に入れるわ」アントニアは叫んだ。「他には井戸の底からしか牢獄と隠し通路へ行く道はないの」

「隠し通路？」オリヴァーは雨を防ぐため目に手をかざした。

「数年前、崩れかけた通路を見つけたの。旧市街の下を通っているのよ。市役所でもあの隠し通路の存在は知らないと思う。でもあたしたちは、その気になればいつでも城に入れるってわけ」

アントニアは朽ちかけた扉をぎぎぎっと音をたてて開けると、闇の中へ入っていった。オリヴァー、フランク、ザンダーの三人があとにつづいた。内部は暖かかった。この数日つづいた熱気が溜まっているのだ。フランクが懐中電灯をつけた。瓦礫《がれき》が転がっている床に気をつけながらすすむと、急な階段に出た。ただし、とても階段と呼べる代物ではない。フランクが奥を照らした。古城に深くもぐるにつれ、かび臭いにおいがし、じめじめした冷気に包まれた。ようやく階段が終わり、狭い通路に立った。あまりに狭くて、オリヴァーは命が縮む思いだった。何トンもある石が落下するところを考えないようにして、アントニアにつづいた。そのアントニアが急に足を止めた。

「光が見える」そうささやいて、壁の隙間から射し込む淡い光を指差した。「あそこが牢屋よ」

オリヴァーの心臓が早鐘を打った。とうとう犯人がわかる。深呼吸して拳銃を構えた。

「お父さんといっしょにあとからついてくるんだ」オリヴァーはアントニアにいった。「なにがあってもお父さんのところにいるんだぞ！」

　しばらくして、崩れかけた回廊らしきところから大きな牢屋を見下ろした。床に円を描くように立てられたろうそくの揺れる光が、その穴蔵を浮かびあがらせていた。オリヴァーはルーカスに気づいた。床に膝をついて、錆《さ》びた格子を引っ張っている。オリヴァーが声を張りあげようとしたとき、だれかの声がその穴蔵に響きわたった。

「鉄格子から手を離せ！　離せ！」

「どうしますか？」フランクがささやいた。オリヴァーたちは身をひそませたが、オリヴァーは下の様子をうかがってみることにした。

「ターレク・フィードラーだ」オリヴァーがささやいた。「拳銃を持っている」

　オリヴァーは頭をフル回転させた。キルヒホフはどこだ？　失敗は許されない。しかし手をこまねいて見ているのは最悪の選択だ。

「行くぞ」そういうと、オリヴァーはフランクにうなずいた。

「武器を捨てろ」フランクが叫んだ。「警察だ！」

　ところがターレクはまったくたじろがなかった。拳銃を捨てると思いきや、逆に拳銃を振り上げて、フランクの声がした方に発砲した。銃声は穴蔵の中で耳をつんざくような音を響かせた。銃弾は壁に当たり、爆発するような音をたてて、石の破片をはじき飛ばした。石がぼろぼろ転がり落ちた。二発目、三発目の銃声が轟く。がらがらと音をたてて、壁の一部が崩れ落ちた。

「馬鹿野郎！」フランクが小声でいった。空気はほこりっぽくなった。オリヴァーは生き埋めの恐怖と闘い、パニックに陥るのをぐっと堪《こら》えた。

「みんな、大丈夫か？」と小声でたずねた。

「はい」そう答えて、フランクは咳き込んだ。

ザンダーとアントニアは黙ってうなずいた。オリヴァーは隠れていたところから身を起こし、ろうそくがほとんど消えていることを確認した。

「懐中電灯！」オリヴァーはいった。フランクが下を照らした。ほこりにさえぎられて、光がかすんだが、穴蔵にだれもいないことはわかった。ルーカスもターレクも、姿が見えない。オリヴァーたちは回廊から牢屋に下りた。

「助けて！　ねえ！　だれか聞こえる？」鈍い声が床から聞こえた。

フランクとザンダーがオリヴァーよりも先に反応した。ふたりは、ルーカスがさっきゆすっていた鉄格子に飛びついた。フランクは縦穴の中を照らした。

「ピア！」ザンダーが叫んだ。オリヴァーはほっとして力が抜けた。そのあと三人は力を合わせて、錆びた鉄格子を横にずらした。ピアは泥だらけで憔悴していたが、怪我はなかった。オリヴァーたちは腹ばいになって、ピアを引っ張りあげた。ピアは一瞬目をつむって仰向けになり、それからフランクを見つめた。

「残念だったわね」ピアは弱々しく微笑んだ。「まだ生きているわ」

「しぶとく生きていると思ったよ」フランクはそっけなく答えると、手を差しだして、ピアを助け起こした。「ところで、ワールドカップ中の残業はごめんだ」

緊張がほぐれた。オリヴァーはピアの肩を叩いた。

「話はあとだ。ひとまずここから出なくては」

「あっちに井戸と隠し通路があるわ」アントニアが声を震わせながらいった。「あとはさっき入ってきた道しか知らない」

だがさっき来た道はふさがっていた。オリヴァーたちが穴蔵に下りたあと、石がさらに落ちたのだ。拳銃の発砲で、古い壁に衝撃が走ったためだ。

「古城が崩れ落ちる前にここから出るぞ」そういって、フランクがまた咳き込んだ。彼とオリヴァーはアントニアのあとから狭い通路に足を踏み入れた。ピアはザンダーの方を振り返った。

「心配で生きた心地がしませんでした」ザンダーはささやいた。ふたりは見つめ合った。かろうじてまだ燃えているろうそくの淡い光で、ザンダーの目に涙が浮かんでいることに、ピアは気づいた。ザンダーはなにもいわず、ピアを腕で抱きしめた。

「来たまえ！」オリヴァーの声が通路から聞こえた。「急がなくては！　愛の告白はあとでもできる」

アントニアは狭くて天井が低い通路へとみんなを案内した。かがまないと歩けなかった。二、三メートルほど奥で、通路は大きく折れ曲がり、上りになった。ようやく井戸に辿り着いた。フランクがまず壁に固定された錆だらけの梯子を登った。アントニア、ピア、ザンダーの順でつづき、最後にオリヴァーが梯子に足をかけた。だが革靴の底がつるつるすべったため、登るのはひと苦労だった。中庭の井戸から塔の下部にはいだすと、激しい風にあおられて、オリヴァーは一瞬息ができなくなり、雨に打たれてあっという間にびしょ濡れになった。フランク、ピア、ザンダー、アントニアは兵器庫の入口で雨宿りしていた。オリヴァーは四人のところへ走っていき、ちょうど呼び出し音が鳴りだした携帯電話をあえぎながらつかんだ。

「位置につきました」特別《S》出動《E》コマンド《K》の隊長からの報告だった。「どうしましょうか？」

古城じゅうを捜索するのはむりだ。ここのことはルーカスの方が詳しい。隠れる場所もわかっているはずだ。

「男がふたり、どこかを移動しているはずだ」オリヴァーは息を切らしながら答えた。「すくなくともひとりは拳銃を持っている。すでに発砲している。用心するように。そっちは今どこだ？」

「古城の中庭に向かっているところです」隊長はいった。

「われわれもそこにいる」オリヴァーは外の方へ視線を向けた。ここからは中庭以外なにも見えなかった。「よし塔に登ろう。上からならまわりが見渡せる」

特別《S》出動《E》コマンド《K》の狙撃手がひとり、古城の塔で配置につき、二人目が向かい側の城壁にひそんだ。これで古城全体を視界に収めることができる。黒い人影が城壁の裏、階段のステップ、地上に散開した。全員が重装備だ。防弾ベスト、ヘルメット、目出し帽。アントニアから隠し通路の出口を教えてもらい、そこからも隊員がふたり古城へ向かってすすんでいる。これで逃げているふたりは袋の鼠だ。

「部下は古城を包囲しました」隊長はオリヴァーにいった。「鼠一匹逃しません」

オリヴァーは緊張した面持ちでうなずいた。狙撃手二名、重装備の警官二十五名、すくなくともふたりを冷酷に殺害した二十一歳の若者、そしてもうひとりは拳銃を持っている。隊長の無線機から声がした。

「五時方向にふたり」隊員の声が響いた。「古い火薬庫から草地へ出ようとしています」

オリヴァーはアドレナリン濃度が上がるのを感じた。フランクに視線を向け、それからピアを見た。ピアはザンダーと並んで塔に通じる木の階段にしゃがんでいる。アントニアは蒼白い顔で黙って壁に寄りかかっていた。

「武器を持っているかどうかわかるか?」隊長はたずねた。

「いいえ。いや、待ってください、ひとりが拳銃を所持。金髪の方です」

「ルーカス」ピアは立ち上がって、ボスのところへ行った。「ルーカスを撃たないでください。彼は関係ありません」

「あいつは人をふたり殺し、自分の父親まで襲った。その上スヴェーニャを誘拐し、きみをさっきの縦穴に監禁したじゃないか」

「それは違います!」ピアはいった。「彼はわたしを助けだそうとしたんです!」

「行方不明のあいだになにがあったか知らないからだ」オリヴァーはピアを見ずにいった。

「ルーカスの父親が土曜日の夜遅く襲われて死にそうになるほど殴られた。意識不明だ。前後して何者かがファン・デン・ベルクの車で少女をひいた。パウリーが殺害された夜、オペル動物園のピックアップトラックに乗っているルーカスを目撃した少女だ」

「ルーカスの父親が襲われたのはいつですか？」ピアは遠慮するのを忘れて、オリヴァーの腕をつかんだ。「何時ですか？」

「おい、腕が折れる」オリヴァーはいった。「時間ははっきりしていない。十一時か十二時頃だろう」

「それならルーカスのはずがありません。彼は十時半頃わたしを迎えにきたんです。わたしたちはいっしょにフランクフルトへ行きました。マインタワーです」

オリヴァーは振り向いて、ピアを見つめた。

「それならどうしておまえとスヴェーニャの携帯電話がルーカスの父親のベンツにあったんだ？」フランクがたずねた。ピアは懸命に考えた。意識の底でなにかぼんやりしたイメージが浮き沈みした。

「標的が移動中」隊長の無線機から狙撃手の声が聞こえた。隊長は地上にいる部下たちに草地への移動を命じた。塔にいる狙撃手から報告がつづいた。

「口論しているようです」

「どうしますか？」隊長がオリヴァーを見た。

「すぐに標的を無力化しろ」オリヴァーは迷わず決断した。

「だめです！」ピアは興奮して叫んだ。「ルーカスを撃たせないでください、ボス！」

「他に手があるか？」

「わたしがふたりと話します」

「なにを考えてるんだ」オリヴァーは隊長の方を向いた。「やれ。片をつけろ」


嵐は去っていた。来たときと同じように瞬《また》く間に通り過ぎた。雨足も弱くなり、西の空に雲の切れ間が見えた。青と赤の縞模様になった空がタウヌスの丘陵をおおっている。ピアは体を震わせながらボスの横に立ち、狙撃手の声を聞いていた。ルーカスとターレクは特別《S》出動コマ《E》ンド《K》の網にかかったことに気づいていない。狙撃手には数百メートル先の動いている標的でも正確に命中させる腕がある。

「標的まで距離二十メートル」

「スコポラミン」ピアは突然いった。昨夜の記憶が、目覚める直前の夢の断片のように脳裏に蘇った。

「なんだって？」オリヴァーとフランクが異口同音にたずねた。

「思いだしました！」ピアは興奮して叫んだ。「ルーカスとわたしはボッケンハイムでやっていたパーティでターレクに会ったんです。あるいは、あいつがわたしたちを捜しあてた。わたし、あいつからなにかもらって、そのあと気分が悪くなりました。ターレクとルーカスがダブルライフのことで口論していたのをかすかに覚えています。ルーカスは白樺農場《ビルケンホーフ》の門の前でわたしを降ろしてくれましたけど、わたしは門が開けられませんでした。そうしたら突然ターレクがあらわれたんです。あいつは笑って、スコポラミンはやっぱり効くなと……」

ピアははっとした。

「あいつがわたしを車のラゲージスペースに押し込んだんです！　あそこに薔薇があった！　赤い薔薇。たしかショートメッセージを送ったはずですけど」

「たしかに受けとった」ザンダーが背後からそういった。「わたしのところに届いた。〝ダブルライフ　タルク　バラ〟。わけがわからなかった」

「標的が内門へ移動しています」狙撃手が塔から連絡を寄こした。「視界から消えます」

オリヴァーは少しためらってから号令した。

「包囲しろ。だが発砲するな！」

ターレクは、ルーカスよりも早く黒い人影を見つけていて、ルーカスが驚いたすきに拳銃を奪い、ルーカスの頭を狙った。

「だれかひとりでも動いたら、こいつが死ぬぞ！」ターレクが叫んだ。

「スヴェーニャがどこにいるか知ってます」部屋の隅にいたフラーニョ・コンラーディが突然口をひらいた。

カイはびっくりしてフラーニョを見つめた。フラーニョは椅子にすわったまますっかり悄《しょ》げ返っていた。古城でなにが起こっていて、どれだけ緊迫した状況かわかったのだ。

「そうなのか？」カイはいった。「どうして急にわかったんだ？」

「ずっと前から知っていました」そう答えて、フラーニョはうつむいた。すっかり良心を痛めていたのだ。カイは一瞬、平手打ちをしたくなった。

「どこだ？」かっとする気持ちを抑えて、カイは電話をつかんだ。

「ファン・デン・ベルクの家です。地下の暖房室」

「生きているのか？」

「そ……それは」そういいよどんで、フラーニョは両手で顔をおおった。

カイは待機室に電話をかけ、それから立ち上がった。

「来たまえ」とフラーニョにいった。「きみもいっしょに行くんだ。途中で知っていることを洗いざらい話してもらうぞ」


緊迫した状況だった。ターレクは拳銃をルーカスの後頭部に当てて前に押しだし、壁を背にした。狙撃手にとってふたりとも位置が悪い。特別出動コマンド《SEK》隊員たちは動けなかった。

「どうしますか？」隊長がたずねた。

「内門の外に部下は何人いる？」

「四人です」

そのときオリヴァーの携帯電話が鳴った。カイだった。

「ボス！　スヴェーニャ・ジーヴァースを発見しました。生きています。フラーニョ・コンラーディが監禁した場所を吐いたんです。ファン・デン・ベルク家の地下にいました」

やはりスヴェーニャの失踪にはルーカスが関わっていたのだ！　オリヴァーはピアに視線を向けた。ピアはそれでもルーカスの無実を確信しているようだった。

「監禁したのはターレクです」カイは話をつづけた。「フラーニョはいやになって、昨日の午後逃げたのですが、ターレクに見つけだされ、いっしょにファン・デン・ベルクの家に連れていかれたといっています。ふたりは庭を抜け、ターレクがルーカスの父を殴ったあと、ふたりでスヴェーニャを地下に置き去りにしたそうです」オリヴァーは黙って聞いた。

「スヴェーニャとフラーニョがすべて話してくれました」「すべてルーカスのせいにするためにターレクが仕組んだことです」

「ルーカスではないというのは確かなんだな？」オリヴァーは確かめた。今、状況判断を間違えることは許されない。狙撃手がターレクとルーカスに狙いをつけて、発砲命令を待っている。

「百パーセント間違いないです」いつもゆったりしているカイの声がうわずっていた。「他にもわかったことがあります。ターレクはカルステン・ボックの婚外子、つまりヨーナスの腹違いの兄です。それを知っていたのはパウリーだけでした。ターレクが落ち込んでいたときにパウリーに漏らしたんです。それからヨーナスの父親が雇おうとしなかったことに腹を立てて、ターレクは父親のコンピュータをクラッキングしました。ボックを痛い目に遭わせようとしたんです。パウリーが入手した情報はすべて、ターレクを経由したもので、ヨーナスからではなかったのです。パウリーがその情報を公にしようとしていることを知って、ターレクは腹を立てました。もともと父親に圧力をかけることしか考えていなかったからです。ターレクは火曜日の夜、パウリーのところへ談判に行って、ひどい口論になったんです。パウリーは、ターレクがヨーナスのことをなんとも思っていなくて、彼を通して父親に近づき、金をせびるために利用しているだけだと気づいていました。パウリーはそのことを面と向かって非難し、ターレクの出生の秘密をヨーナスにばらすと脅したんです。ターレクはそれを阻止するためパウリーを殴り殺しました。スヴェーニャは殺人の現場に居合わせて、すべて聞いてしまったんです」

オリヴァーはじっと聞いていた。ルーカスが無実だという事実がなかなか受け入れられなかった。推理は完璧だと思っていた。というか、辻褄合わせに成功したはずじゃなかったか。正直にいうと、推理にはいくつか大きな弱点があった。

「ターレクは〈ビストロ・ベジ〉にいたフラーニョに電話をかけて、ルーカスに内緒で、ピックアップトラックに乗ってパウリーの家へ来るようにいったんです」カイはつづけていった。「ふたりはいっしょに遺体と自転車を荷台に乗せ、車をまた〈ビストロ・ベジ〉の前に止めました。ルーカスは荷台に遺体が乗っているとも知らず、まる一日車を走りまわらせていたんです。次の夜、サッカーの試合が中継されている時間に、ふたりはパウリーの死体を牧草地に投げ捨てました。その時間帯なら、人に見られる恐れがほとんどなかったからです……」

「ひとまずわかった」オリヴァーはいった。「すぐにまたかけ直す」

「待ってください！」カイが叫んだ。「ターレクとフラーニョはピアの家にも侵入したそうです！　ターレクのアパートでピアの日記と一九八八年の捜査報告書のプリントアウトを見つけました。ピアは昔ストーカー行為に遭い、辱《はずかし》めを受けていました。ターレクはその過去を探りだしたんです」

オリヴァーはちらっとピアを見た。ピアとフランク、特別出動コマンド《SEK》の隊長の三人が緊張の面持ちで見つめていた。

「よし」オリヴァーは命令を発した。「ターレク・フィードラーが犯人だ。ルーカスに罪はない」

ピアとザンダーが互いの目を見交わした。ずっとふたりのいっていたことが正しかったのだ。

オリヴァーはカイから聞いたことをかいつまんで伝えたが、ピアに関する捜査報告書と日記のことには触れなかった。

「ターレクがヨーナスの腹違いの兄？」ピアは啞然としてたずねた。

「ああ」

「DNAが類似していたわけだ」フランクはいった。「あいつは自分の弟を殺したのか」

「あいつがうちに押し入ったんですね」ピアは怖気を震った。

オリヴァーたちは雨ですべりやすいでこぼこの岩場を登った。特別出動コマンド《SEK》の隊長は、拳銃を持つ褐色の髪の若者に照準を合わせ、投降しなければ、最適なときに一発で無力化するよう命じた。ふたりの若者はそのあいだに外壁の円塔に辿り着き、カトリーン・ファヒンガーと特別出動コマンド《SEK》の隊員ふたりが待ち構えている表門へと向かっていた。壁の上の狙撃手は成り行きを見守った。オリヴァー、フランク、ピア、特別出動コマンド《SEK》の隊長の四人は内門で立ち止まった。

「標的を目視」狙撃手が報告した。「指示を待つ」

その瞬間、ターレクは袋の鼠であることに気づいた。鋸壁《きょへき》が崩れて膝の高さしかないところへルーカスを引っ張っていって叫んだ。

「俺を撃ったら、こいつも死ぬぞ！」

ピアは黙っていられなくなった。オリヴァーが止める間もなく、門の陰から飛びだした。

「やあ、これはキルヒホフさん！」ターレクはあざ笑った。「また会えてうれしいぜ！　薔薇はどうだった？　赤い薔薇！　少し手間取ったけど、あんたのことはすべて調べさせてもらったよ！　あんたの家の鍵はどれも、本当にお粗末だった。恐がらせちゃったかな？」

ピアはターレクのいるところまで上がっていって、自分の手で城壁から突き落としたいくらいだった。こいつのせいでこの数日悪夢にうなされ、怯えて過ごす羽目に陥ったのだ。だが、感情に流されはしなかった。

「おかげでひどい目に遭ったわ！」ピアは叫んだ。「どうやって調べたわけ？」

「なにをしている？」オリヴァーがささやいた。「挑発するな！」

「とにかくしゃべらせます」ピアがささやき返した。「注意力が散漫になるかもしれません」

「家の中をのぞかせてもらった」ターレクは毒々しく笑った。「あんたの日記があった！　あんたを愛してやまない奴の居場所を探すのは簡単だった。カイ＝ミヒャエル・エングラー。知ってるかい、あいつは今ダルムシュタットに住んでるんだぜ。あんたがひとり暮らしだって教えたら、えらく喜んでた！」

ピアは腸が煮えくり返った。豚野郎！

「いっしょに画像を見た」ターレクの声はほとんど裏返りそうになった。「あんたの家のベッドルームとバスルームとキッチンを小型ビデオカメラで隠し撮りしたんだ。ブレーカーが落ちたのは俺のせいさ。そうそう、あんたが怯えて泣き叫んでいるところは最高だった！」

ピアはかっとなるのを堪えて、平静を保った。残虐行為の愉快さを覚えた凶悪犯だ。ターレクの病的なほどの自己顕示欲が劣等感の裏返しだったり、愛のない子ども時代の代償でありうるのかどうか、ピアには判断できないが、ひとつはっきりしていることがある。ターレク・フィードラーには功名心と知性があり、自分の父親から拒絶されたときに腹違いの弟とその友だちルーカスへの嫉妬を憎悪に変えた。

「それにスヴェーニャ！」ターレクの話しぶりは熱を帯びてきた。「あの傲慢でいかれた女は、自分の方が上等だとでもいうみたいに俺に見向きもしなかった！　そんなあいつが俺に土下座して、泣き叫んだ。ひどいことをしないでくれといってな！」

ターレクはルーカスの脇腹を蹴った。声に敵意が満ちあふれた。

「あいつがなにをしたか知ってんのか？　おまえらの大事なスヴェーニャがさ。見ただろう、あの動画。俺が撮ったんだ。あいつがどんだけはすっぱな女かわかったよな！　あいつは俺に……」

憎しみが嵩じて、ターレクは注意力が散漫になり、ルーカスの背後から数センチ動いた。城壁に位置取った狙撃手にはそれで充分だった。銃弾が左肩に命中し、ターレクは後ろにはじきとばされて、下の地面に落ちた。ピアは駆けだした。ルーカスを捕まえようとして。ルーカスは両腕を振りまわし、焦って目を見ひらいた。だが結局バランスを崩して、城壁から仰向けに落下した。

わずか数分で、古城は人でいっぱいになった。ケーニヒシュタインの消防隊が、光量のある手持ちのサーチライトでふたりの若者が落ちたあたりの黒々とした藪の中を照らした。特別出動コマンド《SEK》は撤収をはじめ、救急車がサイレンを鳴らし、青色灯を光らせながら近づいてきた。オリヴァーとフランクは巡査十二人を連れて城壁の外側の道をすすんだ。ザンダーはピアの肩に消防隊の毛布をかけて、しっかり腕に抱いた。この数時間、ピアを襲っていたショックがようやく和らいだ。ピアは自分がどれだけ危険にさらされていたか実感した。

「ターレクがいったのは本当だろうか？」ザンダーは気づかわしげにたずねた。ピアは彼を見てうなずいた。

「ええ、そう思うわ」ピアはいった。「あいつの名はカイ＝ミヒャエル・エングラー。ダルムシュタットに住んでいることは、わたしも知ってる」

「もうあの農場でひとり暮らしはよくない」

「ひとり、いたぞ！」消防隊員が興奮して叫んだ。「木に引っかかっている！」

消防隊は劇的な救助活動を展開し、城壁から十五メートル下の樹冠に引っかかっていたルーカスを発見した。ピアは救急車に乗るのを拒み、ザンダーやアントニアといっしょに消防隊が担架でルーカスを城壁に引き上げるのを待った。ルーカスは意識があって、ピアに気づくと、かすかに微笑んだ。落ちたときの衝撃で何ヶ所か骨折していたが、命に別状はなかった。木に引っかからなかったら、五十メートル下の花崗岩《かこうがん》に叩きつけられてまず助からなかっただろう。救急隊員たちが待機中の救急車に彼を運んだ。ザンダーはこの二十四時間のうちに起きたことをピアに話した。

「きみのボスはルーカスが自分の父親を殺そうとしたと思い込んでいた。すごい喧嘩をした」

「ボスはあなたを疑っていたわ」ピアが答えた。

「わかっていた。わたしが嫌いなんだろう」ザンダーは首を横に振った。

「嫉妬しているのだと思う」ピアはニヤリとした。

「それはいったいどうして？」

「インカ・ハンゼンはボスの初恋の相手だったの。あなたがハンゼンと夕食をとっているところを見かけたから」

ザンダーは納得した。「それはわかる。だけどきみとのことは？」

「わたし？」ピアは驚いてたずねた。「どういう意味？」

「きみのボスは、わたしがきみに好意を寄せていることが気に入らないようだ」

それを聞いて、ピアの心臓がドキドキした。

「そうね」ピアはいった。「鶏小屋に雄鶏は一羽しか入れておけないものね」

警察のヘリコプターが古城の上空を旋回した。特別出動コマンド《SEK》の隊員たちが集合して輸送車に向かった。彼らにとっては、今回の騒動も、たくさんの出動のひとつでしかないのだ。

ザンダーはピアの肩に片方の手を置き、もう片方の腕でアントニアを抱いた。

「さあ、ふたりとも行こう」ザンダーはいった。「もうこの古城にはうんざりだ」

「そうね、本当にうんざり」ピアは答えた。「でもその前にトイレに行かせて」

ターレク・フィードラーはなんとか無事だった。古城の下の比較的柔らかい藪に落ちたからだ。左肩の銃創をものともせず、その場から姿を消した。警察と消防隊は藪を片っ端から捜索した。ピアがザンダーたちに伴われて古城から下りてくると、オリヴァーが路上で携帯電話を耳に当てながら渋い顔をして立っていた。

「逃げやがったな」フランクがいった。「なんてタフなんだ。信じられない」

「あいつ、本当に頭がおかしかったわ」そういって、濡れ鼠になったアントニアが身震いした。

「好きになれなかった」

「遠くへは行けないだろう」オリヴァーは携帯電話をしまって振り返った。「応援と捜索犬を要請する。数分で来るはずだ」

「まだわたしの拳銃を所持しています」ピアが懸念した。

「わかっている」オリヴァーは首を横に振った。「ターレクが真犯人だともっと早く気づいていたらな。あいつがルーカスを被疑者に仕立てようとしたのは明らかだ」

「ターレクはルーカスとヨーに嫉妬していたのよ」アントニアがいった。「あいつはふたりが持っているものをなにもかも手に入れたがって、むりやり仲間に加わったのよ。去年の夏、あいつが突然あらわれてから、なにもかも変わってしまった。ルーカスには何度もいったのよ。ターレクは卑怯で、自分の得になることしか考えていないって。でもルーカスは信じてくれなかった」

アントニアはすすり泣いた。

「あいつが憎い！」そう怒鳴ると、彼女はピアを見つめた。「ヨーが死んじゃった！　ルーカスのお父さんも死にそうになった。スヴェーニャとあなたにまでひどいことをした！」

アントニアは泣き崩れた。ピアは彼女を優しく腕に抱いて、自分とアントニアのどっちが先にケアを必要としているのだろうと自問した。

「あいつのことは捕まえる」そうささやいて、ピアはアントニアをしっかり抱き寄せた。「逮捕して、罪を償わせる」

オリヴァーの携帯電話が鳴った。二、三秒黙って聞いているうちに顔を曇らせた。ターレクはバスターミナルの駐車場でシルバーのVWトゥアレグを運転していた女性を拳銃で脅し、運転席から降ろすと、自分で運転してロータリー方面に向かったというのだ。警察車両三台がすぐ後ろを追っている。特別出動コマンド《SEK》が呼びもどされた。オリヴァー、ピア、ザンダー、アントニアの四人はオリヴァーのBMWに乗った。カイがさらにとんでもないことを知らせてきた。オリヴァーは自動車電話をオンフックにした。

ターレクはスヴェーニャがヨーナスの父と関係を持っていることを、しばらく前から突き止めていたのだ。オリヴァーがヨーナスのデスクで見つけたスヴェーニャとボックの写真を撮ったのはターレクだった。彼はそのことをばらすと脅して、パウリー殺害の件を黙っているようスヴェーニャに強要した。だがしばらくしてターレクはヨーナスに写真を渡した。それでもスヴェーニャとヨーナスが仲直りしそうだったので、スヴェーニャのウェブページに写真をアップして、あっちこっちにEメールを送ったのだ。スヴェーニャの誘拐やピアの家への侵入はルーカスを追い詰めるためだった。ルーカスがスヴェーニャとピアを気に入っていることを知っていたからだ。スヴェーニャとヨーナスの携帯電話から最後のショートメッセージを送信したのもターレクだった。Eメールを送ったのがターレクであると気づいたため、ヨーナスは死ぬことになった。

「だがどうしてルーカスの父親を殺そうとしたんです?」ザンダーはたずねた。

「おそらくすべての罪をルーカスになすりつけようとしたんでしょう」カイは答えた。「フラーニョの話では、ターレクはしばらく前からルーカスの家の合い鍵を持っていたそうです。ターレクがファン・デン・ベルクのベンツを盗んでアンドレア・アウミュラーをひき殺そうとしたのもほぼ確実です。アンドレアはパウリーが殺された夜、動物園のピックアップトラックに乗っているターレクを目撃していたんですよ」

「だけどフラーニョはどういう役回りだったの?」ピアはたずねた。「どうしてターレクを助けたりしたのかしら?」

「ターレクはフラーニョにおいしい話をもちかけていたんですよ」カイはいった。「ルーカスとヨーナスだけでダブルライフの利益を独り占めしようとしていると話したうえで、ターレクは権利を売るときにフラーニョを対等のパートナーにすると約束したんです。そしてパウリーの遺体を遺棄した時点で、フラーニョはもう後戻りできなくなったんです。ターレクは、ばらしたら殺すとフラーニョを脅したんですよ」

　オリヴァーは旧市街の狭い通りを走った。聖アンゲラ校の前を通り、リンブルク通り方面へ右折した。

「フラーニョは今どこにいるんだ?」オリヴァーはたずねた。

「ここにいます」

「留置場に入れて、警護をつけろ。ターレクに逃げられた。あいつは車を盗んだ。拳銃を持っていて、やけくそになっている」

　シルバーのVWトゥアレグは高速でケーニヒシュタインのロータリーを走り抜けた。交通事故の危険があったが、ターレクが警察をまいて姿をくらますのを黙って見ていられなかった。日が落ちてきたのも問題だ。だが警察のヘリコプターによる追跡にはなんの支障もない。VWトゥアレグがどこへ向かっているか、地上に連絡してきた。今後の対応を無線で相談しているあいだに、ターレクはオペル動物園の前を通り、オーバーウルゼルに向かって疾走した。特別《S》出動《E》コマンド《K》が追跡を引き継いだ。オリヴァーもその後方についた。全員、ターレクがオーバーウルゼル市内に入らないと読んでいた。高速道路六六一号線に変わる手前の国道四五五号線ですでに非常線が張られていた。ところがターレクは罠に気づいているかのように、郡道七七一号線に右折して、オーバーウルゼルに向かった。

「どうする気だ？」オリヴァーはわめいた。車の中に緊張が走り、だれも口をひらかなかった。カーチェイスはオーバーウルゼル市内からシュティーアシュタット、オーバーヘーヒシュタットへと繰り広げられた。もう遅い時間なのにまだ道路を走る車の数が多かった。危険な状態だ。ターレクが赤信号を無視したため、オーバーヘーヒシュタットで事故が発生した。クローンベルクの踏切では赤信号がともったのに無視して突っ切ったため、特別出動コマンド《SEK》はあやうく振り切られそうになった。だが特別出動コマンド《SEK》の車両も下がりはじめた遮断機の下をくぐって踏切を通り抜けた。車両は踏切を過ぎたところにある波状路面で火花を散らし、マフラーがちぎれ飛んだが、そんなことは気にしていられない。クローンベルクの十字路で、ターレクはシュヴァルバッハ方面へ左折した。速度の出しすぎで車がスピンし、脱輪しそうになった。だがVWトゥアレグの走行性能のおかげでなんとか持ち直した。アスパラの移動式売店は木っ端微塵に壊されたが、幸い怪我人は出なかった。ターレクは時速百六十キロ近くで州道三〇〇五号線を走り、車を三台追い抜き、ニーダーヘーヒシュタットから来たマイクロバスが急ブレーキをかけた刹那、州道三〇一四号線に右折した。

「目標はバート・ゾーデンへ向かっています」ヘリコプターから無線で連絡が入った。「いや、違います！　ビジネスパークの方へ曲がりました。クローンベルクの丘です。これで袋の鼠です！」

「どういうつもりだ？」オリヴァーは自問した。

「ヨーのお父さんの会社に向かっているのよ」アントニアはいった。「すぐこの先よ。二つ目の通りを右」

オリヴァーはアントニアの考えを追跡班全員に伝え、幅広い袋小路に右折した。雷雨でぬかるんだ芝生をえぐるようにして、前方の未来的な設計の建物のガラス張りの正面へ突進した。

「ちくしょう！」と叫んで、オリヴァーはブレーキを踏んだ。ターレクがなにをするつもりか明らかだった。重さが二トンもある四駆は石畳の前庭を横切り、もう一度速度を上げて、エンジン音を唸らせながら、ガラス張りの正面玄関に突っ込んだ。九月十一日に世界貿易センタービルに激突したハイジャック機のように。

消防隊のサーチライトと明滅する青色灯によって闇に光が射した。シュヴァルバッハの消防隊員たちが、ねじれた鉄骨と砕けたガラス片を取りのぞいて、原形をとどめない車に辿り着き、バーナーで車体を焼き切って、ターレクを救いだすのにまる一時間かかった。乗員を保護するパッセンジャーセルは激突に堪えたが、エンジン部分が車内に押し込まれていた。

「生きています」消防隊長がオリヴァーとピアに報告した。「意識もあります。信じられない」

「華々しい死に方はできなかったということだ」オリヴァーは吐き捨てるようにいった。「選んだ車が悪かったな。ディーゼル車でなく、満タンのガソリンエンジン車ならうまくいったのに」

救急隊員は消防隊員の助けを借りて、重傷のターレクを瓦礫の中から救いだした。エントランスホールは戦場さながらの様相を呈していた。柱が折れていて、ビルをかろうじて支えている。

「容体はどうだ？」オリヴァーは血に染まったラテックスの手袋を脱いでいた救急医にたずねた。「助かるか？」

「両脚が潰れています。背骨も折れているでしょう。助かっても、これまでの生活はできませんね」

「自業自得だ。話しかけても大丈夫か？」

「ええ、容体は安定しています。今のところ、苦痛も感じていません。なぜですか？」

「逮捕するからさ」オリヴァーは救急車の方へ歩いていった。

ターレク・フィードラーは目を開けたままストレッチャーに横たわっていたが、オリヴァーに気づくとニヤリとした。

「俺さまは生と死を統《す》べる支配者」とあざけるようにささやいた。「俺の名前は歴史に残る」

「残るとしても捜査報告書の中だけだな」オリヴァーは冷ややかに答えた。

「新聞の見出しを飾り、テレビに映る。いつの日か俺を描いた映画が作られる」ターレクはかすれた声で笑った。

「それはどうかな」オリヴァーは答えた。「両脚をなくして、刑務所で車椅子生活している奴に興味を持つ者はそれほどいないのではないかな。まったく惨《みじ》めなもんだ、フィードラー。ねたみとそねみに満ちた敗残者」

　ターレクはにやつくのをやめた。目に殺意がこもっていた。オリヴァーはターレクの血に染まった蒼白い顔を見つめた。ふたりの人間を殺したうえに、多くの人を苦しめ、不安に陥《おとしい》れた男。残虐で、思いやりの欠片もない。

「俺はこの世で最悪のワームをネットにばらまいた。俺は……」ターレクはあえぎながらいった。

「あいにくだったな」オリヴァーがすかさずいった。「そうはならなかった。うちの捜査官がフラーニョに手伝ってもらってカウントダウンを止めた。ルーカスはダブルライフでこれからも相当もうけるだろう。だがあんたはお呼びではない。刑務所では金など必要ないからな。つまらないことをしたものだ、フィードラー。殺人が二件、危険な傷害が……」

「傷害？」

「ルーカスの父親は生きている。いつか刑務所から出られたとしても、あんたはかなり年をくっているだろう」

　ターレクは目を異様にぎらつかせてオリヴァーをにらんだ。顔が引きつっている。突然、口を震わせて、顔を背けた。

「勝手にしやがれ」そうささやいて、目を閉じた。

　カイはフラーニョ・コンラーディの調書をちょうどコンピュータに打ち終わったところだ。

向かいのデスクに緊張した面持ちのヘニング・キルヒホフがいた。オリヴァー、フランク、カトリーン、ピアの四人が部屋に足を踏み入れると、カイとヘニングはほっとして立ち上がった。カイ、つづいてヘニングが心を込めてピアを抱いた。緊張がほぐれた。これでふたつの事件は解決した。

「ひとつだけまだわからないんですけど」カトリーンがいった。「ターレクはどうしてパウリーの遺体をオペル動物園に遺棄したんでしょうね？　他の場所で遺体が見つかっていたら、事件を完全解明することはできなかったかもしれないでしょう」

「自称〝生と死を統べる支配者〟は自分の復讐心で墓穴を掘ったんだ」オリヴァーは苦笑した。「ルーカスかザンダーを容疑者に仕立てたかったんだろう。もちろんわれわれの根気強い捜査を甘く見ていた」

「根気強い捜査？」ピアは首をかしげてニヤリとした。

「そうさ。チームワークのなせる業《わざ》だ」オリヴァーもニヤリとした。

ヘニング・キルヒホフがドアのところでピアを待っていた。いつも沈着冷静な彼が顔に安堵の色を浮かべていた。

「無事で本当によかった」ヘニングはそばに立ったピアに声をかけた。「わたしたちは最悪の事態を覚悟していたんだ」

「わたしたち？」ピアは棘のある言葉を吐いた。「あなたとレープリヒ検察官？」

「やめてくれ」ヘニングはきまり悪そうにかぶりを振った。「あれは出来心さ。気の迷い。説明しようとしたのに、電話に出てくれないから」

「別にいいのよ。あなたがレープリヒの腕の中に飛び込むように仕向けたのはわたしのようなものだから。でもね、わたしの食卓であんなことをするのだけは許せなかった……」

「しっ」ヘニングがピアを黙らせた。

カイがそばを通った。

「魚はかかったかい？」カイは目配せした。

「下でわたしを待っていると思うわ」ピアは答えた。

「そういうことか」ヘニングは眉を上げた。「なるほど。それじゃ今晩、わたしの介抱はいらないということだな」

「おあいにくさま」ピアはヘニングと腕を組んだ。「でも心配してくれてありがとう。そのことは忘れない」

二〇〇六年六月三十日（金曜日）

オリヴァーとピアは放牧地の柵に寄りかかって、二頭の雌馬と子馬を眺めていた。ピアの家のテラスでは、オリヴァーの妻コージマと捜査十一課の同僚たちが準々決勝のドイツ対アルゼンチン戦の前半を観戦している。ピアはオーニングを広げ、サラダを用意した。カイ・オスターマンとフランク・ベーンケはグリル用の肉とソーセージを持ってきて、オリヴァーが飲み物を差入れした。

今週いっぱいかかってすべての事件が検察局に送検された。エスター・シュミットは危険な放火と保険金詐欺、捜査攪乱《かくらん》の罪をひとまとめにして訴追されることになる。前科もあるので、刑期の大半を刑務所で過ごすことになるだろう。ピアはエスターが知り合いに預けた犬たちを白樺農場《ビルケンホーフ》に引き取った。ここなら犬たちは離ればなれにならないし、これまでどおり自由に走りまわることができる。ターレク・フィードラーは退院したら、いくつもの訴訟で罪を問われる。二件の殺人、危険な傷害、二件の誘拐、器物損壊、自動車窃盗、脅迫、他にも余罪がある。フラーニョ・コンラーディは共犯の罪で訴追される。マライケ・グラーフとシュテファン・ジーベンリストも広い意味でターレクの犯行による影響を受けた。ふたりとも、それぞれの伴侶に家から追いだされたのだ。

「さっきルーカスから電話がありました」ピアはボスにいった。「明日退院できるそうです。しばらくのあいだザンダーのところで過ごすといっていました。それから父親は意識がもどって、彼のことを認識したそうです」

「それはよかった。ルーカスは本当にひどい目に遭ったからな」

「ボスはずっとあの子のことを犯人だと思っていたでしょう。どうしてだったんですか？　まったく動機がなかったのに」ピアはオリヴァーをちらっと見た。

オリヴァーは両腕を柵に乗せて馬を見つめた。

「勘が外れた。ルーカスは関係ないともっと早く気づくべきだった。なぜかわからないが、彼にこだわりすぎた」

「勘を頼りにするとそうなるんです」ピアは答えた。

サッカーの試合の前半が終わるところらしい。フランクが四匹の犬にまとわりつかれながらやってきた。

「あら」ピアが彼に声をかけた。「新しい友だちができたのね」

フランクは顔を引きつらせて、皿を高く持ち上げた。

「俺はそういう幻想を抱かないことにしている」フランクは答えた。「こいつらを惹きつけているのは、俺の魅力じゃなくて、ソーセージさ。ほら、持ってきてやったよ。まだなにも食べていないだろう」

「ありがとう」ピアは驚いて紙皿をつかんだ。「気が利くのね」

「俺にだっていいところはあるさ」フランクはいつものサングラスをかけず、物腰が柔らかかった。「おまえがいないと、どうも調子が狂うんだ。カイとカトリーンを怒らせても、張り合いがないし」

ピアは呆れて微笑んだ。どうやら和解を提案しているらしい。

「本当？　あら、残業のせいじゃなかったの？」

「ソーセージを食べないのなら、わたしがいただく」オリヴァーが口をはさんだ。「わたしもまだなにも口にしていない」

そのとき、さまざまな予断を生んだ緑色のピックアップトラックが門から入ってきて、この農場の名前の由来でもある白樺のあいだにフランクの車と並んで止まった。ピアの心臓が早鐘を打った。なにもいわずソーセージの皿をボスに渡した。

「見ろよ」ボスはいった。「きみの動物園園長さんの到着だ」

「〝きみの〟は余計でしょう」そう答えると、ピアはオリヴァーとフランクをじろっとにらんだ。「それから彼のいるところで魚の話はしないでくださいね。もしいったら……」

「わかったよ」ふたりはにやっとして、車を降りてピアの方へ歩いてくるクリストフ・ザンダーを見た。手には白ワインと袋を提げている。犬たちがすぐその袋に惹きつけられた。

「こんばんは」ザンダーはみんなにそういって、ピアに微笑みかけた。

「いらっしゃい、クリストフ」ピアは答えた。「来てくれてありがとう」

「約束だからね」ザンダーは袋を持ち上げた。「グリル用に持ってきた。サーモンとツナのステーキ」

「ベーンケに渡して。彼がグリル係だから」

フランクは袋をつかんで鼻をくんくんさせた。

「こりゃまいった」フランクはにやっとした。「本当にさか……」

フランクはそういいかけて、ボスを見つめた。

「うっかり口をすべらすところだった」

「だめじゃないか」オリヴァーもニヤリとした。「絶対しゃべらないとキルヒホフに約束したんだから」

ザンダーはふたりを交互に見た。

「魚は嫌い？」ザンダーはピアにたずねた。

フランクが吹きだした。

「いや、そんなことはない。大好きさ」

ピアは眉を上げた。

「ハーフタイムよ」ピアがフランクに詰め寄っていった。「グリルが呼んでいるわ」

「そうそう」オリヴァーがフランクから袋を奪った。「来たまえ、フランク。さっそくさ……あ、いや……サーモンを焼こう」

ピアはかぶりを振りながらふたりを見送った。

「仲がいいんだね」そういって、ザンダーはピアの肩に腕をまわした。「だけど、魚がどうしたんだ？」

ピアは彼に微笑みかけた。「聞きたい？」

「ぜひ」ザンダーは愉快そうに答えた。「もちろん捜査上の秘密でなければ」

「それは大丈夫」ピアは満面の笑顔でいった。「どちらかというと……そうね……からかっているのよ。あなたとわたしのことを」

「それは気になるな」

「サッカーは見たくないの？」

「だめだめ」ザンダーはピアを抱き寄せた。「まず魚の話から先に聞かせてくれないと」

謝辞

クローンベルクのオペル動物園、国道八号線問題、ケーニヒシュタインの古城は実在します。しかし登場人物と筋書きはすべてフィクションです。

動物研究協会ゲオルク・フォン・オペル動物園の本当の園長トーマス・カウフェルス博士にまず感謝を捧げます。わたしの創作であるクリストフ・ザンダーのモデルになってくれました。

法医学者のドクター・ハンスユルゲン・ブラッケ教授にも感謝します。「死体」に関わることをいろいろと相談しました。ちゃんと作品に生かせていることを祈るばかりです。ズザンネ・ヘッカーとペーター・ヒレブレヒトにもお世話になりました。

刑事警察の実際を見学させてくれたマイン＝タウヌス署のアンドレアス・ベーゼ首席警部、そして法律上のアドバイスをしてくれたラルフ・ゼットン検察官にもお礼を述べたいと思います。ただしこの小説になにか専門的な過ちがあったら、それはすべてわたしの責任です。

最初の原稿をじつに百ページ近く短くするのを手伝ってくれたロタール・シュトリューにも謝意を述べたいと思います。

二〇〇九年二月ケルクハイムにて

ネレ・ノイハウス

訳者あとがき

〈ドイツ・ミステリの女王〉と呼ばれるネレ・ノイハウスの警察小説シリーズ「オリヴァー&ピア」の二作目『死体は笑みを招く』をお届けする。

このシリーズの翻訳紹介は三作目、四作目を先行させて、そのあと一作目がつづいたので、これでようやく四作目まで時系列順に並ぶことになった。三作目から読んでくださっている読者の方々には長らくお待たせしました。一作目から読みはじめられた方々には、これで四作目まで一気に楽しんでもらいたい！

ここであらためて時系列に沿って書名を列記しておこう。

『悪女は自殺しない』(原題 Eine unbeliebte Frau 二〇〇九年)
『死体は笑みを招く』(原題 Mordsfreunde 二〇〇九年)
『深い疵《きず》』(原題 Tiefe Wunden 二〇〇九年)
『白雪姫には死んでもらう』(原題 Schneewittchen muss sterben 二〇一〇年)

括弧内は原作の出版年。すぐに気づくことだが、最初の三作は同じ年に出版された。正確には最初の二作が二〇〇九年春同時発売、三作目が同年秋。そして四作目は一年もあいだを置かず、二〇一〇年六月に上梓された。このシリーズに注目したのは、二〇〇九年十二月のことで、最初の三作につづいて『白雪姫には死んでもらう』を読み、ノイハウスの評価はぼくにとって不動のものとなった。どの作も、視点人物を次々と変えながらスタッカートのように短めのエピソードを重ねていく。展開が早くスリリング。登場人物が多く、それも聞き慣れないドイツ人の名前なので、日本の読者のなかにはとっつきにくく感じる方もいるようだが、そこを乗り越えると、あとは一気読み間違いなし。思いがけない犯人像に唸《うな》らされること請け合いだ。

ノイハウスの生い立ちや、本作までを私家版で出してドイツの大手出版社の目にとまり、二〇〇九年に鳴り物入りで作家デビューし、一気にスターダムに登りつめた経緯は『深い疵』の訳者あとがきに書いているので参考にしてほしい。

ノイハウス以降、ドイツでは数多のアマチュア作家がKindleの電子書籍で作品を発表し、人気に火がついて老舗出版社から作家デビューを果たしている。ドイツのミステリ界では、もともとテレビドラマの台本作家やジャーナリスト経験者、弁護士から作家へ転身する人が多いが、今ではなんのツテもないまま、作品の出来だけで世にあらわれる作家が増えつつある。ノイハウスはそうした作家の草分けといえるだろう。

ノイハウスの創作意欲はその後も衰えない。本シリーズのその後の展開を辿《たど》ってみよう。

Wer Wind sät（風に種を蒔く者）二〇一一年
Böser Wolf（悪しき狼）二〇一二年
Die Lebenden und die Toten（生者と死者）二〇一四年
Im Wald（森の中で）二〇一六年近刊

Im Wald は本書の出版と相前後してドイツでお目見えする予定だ。ドイツの Amazon では半年以上前から予約がはじまり、予約段階で書籍の売れ筋ランキングの順位二桁台までいく人気を誇っている。ドイツの読者がこのシリーズをどんなに待ちわびているかがわかるだろう。最近の二作は隔年出版なので、ドイツの読者はあきらかに禁断症状を起こしているように見える。シリーズは七作目までで現在通算六百三十万部を超えたと聞いている。

また「オリヴァー&ピア」のシリーズは、ドイツのテレビ局ZDFによって、『白雪姫には死んでもらう』のドラマ化（二〇一三年二月）を皮切りにすでに六作目（二〇一六年一月）まで放映され、こちらも好評だ。ピア役は日本でも公開されたドイツ映画「ドレスデン、運命の日」（二〇〇六年製作）で主演した人気女優フェリツィタス・ヴォル。原作シリーズの新作 *Im Wald* で、事件に絡《から》む人物としてフェリツィタス・モルという女性が登場するが、ヴォルをリスペクトしたものだろう。

ノイハウスはさらにこの間、少女と馬を巡る児童読み物（ドイツでは富裕層の子女の乗馬人気が高く、このタイプの物語に根強い人気がある）を二シリーズ全八冊発表し、二〇〇五年に私家版としてはじめて本にしたノンシリーズ、*Unter Haien*（鮫の群れの中で）を手直しして、二〇一二年に公刊している。このほかにも、次の二作がネレ・レーヴェンベルクの名で出版されている。

Sommer der Wahrheit（真実の夏）二〇一四年
Straße nach Nirgendwo（どこへも通じない道）二〇一五年

こちらの二作は「シェリダン・グラント」シリーズと銘打たれた連作で、一九九〇年代のアメリカのネブラスカ州と、ニューヨークを舞台にした家族小説だ。

さて、こうして精力的に作品を発表しつづけるノイハウス。ドイツでの人気の秘密はなんだろう。日本語に堪能で、ブログ「マライ・de・ミステリ」でドイツミステリを広く深く紹介しているマライ・メントライン氏が、「なぜ、ネレ・ノイハウスが『大本命』なのか？」と題して、ドイツにおけるノイハウス人気を分析し、「『ドイツ人のリアル関心・欲求にストレートに訴えかける』日常描写」の効果を指摘している。

たしかに『悪女は自殺しない』では、馬を愛する作者自身の経験も踏まえて、ドイツの上流階級と切っても切れない乗馬文化が物語の背景にうまく織り込まれている。一方、本作ではサッカー、とくにサッカー観戦が、さまざまなシーンでドイツ的なものをうまくあぶりだしている。事件が起きる二〇〇六年六月といえば、ワールドカップ・ドイツ大会があったことで記憶している方も多いだろう。

また原作を最新作まで通読すると、ノイハウスが作品を通して、現代ドイツが抱えるさまざまな闇にメスを入れていることもわかる。これまた『深い疵』の訳者あとがきで書いたことだが、作者の地元であるタウヌス地方という歴史があり風光明媚な「田舎」と、ドイツの金融の中心地であるフランクフルトという「都会」が、舞台として融合しているところが功を奏しているといえるだろう。

『悪女は自殺しない』では新興株の浮沈、マネーロンダリングなど金をめぐる巨悪が幾組もの夫婦の愛憎劇とミックスされ、本作では道路建設汚職や自然保護、クラッキングをめぐる事件が幾組もの親子の確執と絡んで語られていく。『深い疵』では終戦から六十年後もまだ癒えないナチの過去を背負った上流階級に、『白雪姫には死んでもらう』では村社会を隠然と支配する負のメカニズムの恐さに光が当てられる。

ノイハウスはその後さらに環境問題、幼児虐待、テレビ業界の内幕、医療問題などなどにも果敢にメスを入れていく。とくに次回翻訳予定の *Wer Wind sät* には圧倒される。原作の出版は二〇一一年五月。そう、東日本大震災からわずか二ヶ月後に出版された。この作品は、地球温暖化と再生可能エネルギーを巡る陰謀がメインテーマで、当時、原発事故で右往左往している日本の状況下で読んだときは、日本における環境意識が完全に遅れていると感じたものだ。

本シリーズは、事件を起こす人々の事情だけでなく、捜査する側の人間模様にも多く筆を割いているところが魅力のひとつだ。あるインタビューでノイハウスはいっている。「わたしたちだって人間だ。ピアは機械でも、スーパーヒーローでもない。人間はミスを犯すものだ」

ピアの私生活は本書で大きな転機を迎える。彼女が抱える過去のトラウマも語られているし、シリーズ全体を見ると、『深い疵』以後、ピアのかつての同級生が要所要所で事件解決に大きな役割を果たす。いまのところ家族の影が薄いが、いずれ法心理学者である妹が登場するので、どうぞお楽しみに。

警察関係者は刑事警察署長を含めいろいろと出入りがある。やがてトルコ系ドイツ人の捜査官、シリア系ドイツ人の捜査官が加わり、殺人捜査課の顔ぶれは国際化し、そのたびに力関係や空気がさまざまに変わって面白い。

オリヴァーの家庭も本書で転機を迎える。彼の女性関係は今後も山あり谷あり、いや、断崖絶壁か、というほど波乱に富んでいる。オリヴァーが十代の頃の様子は『悪女は自殺しない』で簡単に語られているが、少年時代の友人たちが事件に絡む作品もあって、彼の人間形成の様相がさらに深く見えてくることになるだろう。

『深い疵』から追ってくださっている読者の方々には、『悪女は自殺しない』と共に本書を前史として読んでいただけると幸いだ。オリヴァーと妻コージマのあいだにぽっかりあいた心の隙間の謎がきっと解明されるだろう。またピアとクリストフの出会いが本書ではじっくり描かれているので、なるほどこういうことだったのかと膝を打ってもらえると、とってもうれしい。

どんどんパワーアップしていくノイハウスの警察小説シリーズを、これからもぜひお楽しみいただきたい。

検印
廃止

訳者紹介　ドイツ文学翻訳家。主な訳書にフォン・シーラッハ「犯罪」「罪悪」「コリーニ事件」「禁忌」「テロ」，ノイハウス「深い疵」「白雪姫には死んでもらう」「悪女は自殺しない」，ギルバース「ゲルマニア」「オーディンの末裔」，セシェ「囀る魚」他。

死体は笑みを招く

2016年10月28日　初版
2021年7月9日　再版

著者　ネレ・ノイハウス

訳者　酒《さか》寄《より》進《しん》一《いち》

発行所　(株)東京創元社
代表者　渋谷健太郎

162-0814/東京都新宿区新小川町1-5
電話　03・3268・8231-営業部
03・3268・8204-編集部
URL　http://www.tsogen.co.jp
振替　00160-9-1565
暁印刷・本間製本

乱丁・落丁本は，ご面倒ですが小社までご送付ください。送料小社負担にてお取替えいたします。

ISBN978-4-488-27608-9　C0197

2002年ガラスの鍵賞受賞作

MÝRIN◆Arnaldur Indriðason

湿 地

アーナルデュル・インドリダソン

柳沢由実子 訳 創元推理文庫

◆

雨交じりの風が吹く十月のレイキャヴィク。湿地にある建物の地階で、老人の死体が発見された。侵入された形跡はなく、被害者に招き入れられた何者かが突発的に殺害し、逃走したものと思われた。金品が盗まれた形跡はない。ずさんで不器用、典型的なアイスランドの殺人。だが、現場に残された三つの単語からなるメッセージが、事件の様相を変えた。しだいに明らかになる被害者の隠された過去。そして肺腑をえぐる真相。

全世界でシリーズ累計1000万部突破！ ガラスの鍵賞２年連続受賞の前人未踏の快挙を成し遂げ、CWAゴールドダガーを受賞。国内でも「ミステリが読みたい！」海外部門で第１位ほか、各種ミステリベストに軒並みランクインした、北欧ミステリの巨人の話題作、待望の文庫化。